Friedrich Nietzsche

Así habló
Zaratustra

Introducción y notas de Luis Benítez

Colección "Espiritualidad y pensamiento"
Dirigida por Enzo Maqueira

Tanto la presente edición de *Así habló Zaratustra* como las otras obras que forman
parte de la colección "Espiritualidad y pensamiento", fue realizada con el objetivo
de facilitar su lectura y comprensión, respetando la esencia, extensión, contenidos y
profundidad de su versión original. Fueron modificadas ciertas estructuras gramaticales
y sintácticas, así como signos de puntuación y vocablos en idiomas extranjeros. De esta
forma, Ediciones Lea pretende acercar las obras cumbre de las filosofías de Oriente y
Occidente a diversos públicos, entendiendo que el acceso a estos escritos debe ser una
vía para la emancipación del pensamiento y la liberación del espíritu.

Así habló Zaratustra
es editado por
EDICIONES LEA S.A.
Av. Dorrego 330 C1414CJQ
Ciudad de Buenos Aires, Argentina.
E-mail: info@edicioneslea.com
Web: www.edicioneslea.com
ISBN 978-987-634-809-6

Primera edición, primera reimpresión. Impreso en Argentina.
Esta edición se terminó de imprimir en
agosto de 2015 en Cyangrafic.

Nietzsche, Friedrich Wilhelm
   Así habló Zaratustra. - 1a ed. 1a reimp. - Buenos Aires : Ediciones
Lea, 2015.
   352 p. ; 23x15 cm. - (Espiritualidad & pensamiento; 8)

   ISBN 978-987-634-809-6

   1. Filosofía Moderna. I. Título.
   CDD 190

Friedrich Nietzsche

Así habló Zaratustra

Introducción y notas de Luis Benítez

EDICIONES
Lea

Introducción

Se ha dicho, con obvia razón, que los mayores pensadores del siglo XIX fueron quienes construyeron la imagen del mundo que tendrían los hombres del siglo XX.

Fueron ellos quienes completaron el trabajo emprendido, centurias antes, principalmente por Nicolás Copérnico (aunque en base a las teorías heliocéntricas de Aristarco de Samos) y Galileo Galilei, quienes nos brindaron una comprensión del universo absolutamente diferente de la anterior, dominada por las creencias religiosas y la tradición. A un universo que giraba en torno de la Tierra, la llamada Revolución Científica de los siglos XVI y XVII (sumemos a los científicos ya señalados, los nombres de Johannes Kepler, Tycho Brahe e Isaac Newton) lo reemplazó por uno real, donde la Tierra –y por ende, toda nuestra civilización, historia y aun la imagen que tenemos de nosotros mismos– es apenas un elemento más del todo, mucho más complejo que lo imaginado por los mitos y las creencias anteriores.

Comenzaba así la lenta pero no pausada demolición de cuanto había sido hasta entonces la *imago mundi* –la imagen del mundo– sostenida por la humanidad, regida por un dios todopoderoso y omnisciente, en sus variadas versiones, como garantía de un orden inmutable, no dinámico, estático, acorde con el orden social establecido desde la caída del Imperio Romano, el establecimiento del feudalismo y el advenimiento del cristianismo como religión mayoritaria del Occidente conocido.

Frente a ese orden se alzaron las obras de los que continuaron la transformación de lo establecido, en los diversos matices que tiene una *imago mundi:* la imagen que el hombre tiene de sí mismo, es la fundamental y la primera afectada por toda modificación de tipo religioso, científico, social, económico, cultural. A esta tarea se abocaron autores como Sigmund Freud, Karl Marx, Charles Darwin, por citar solamente las figuras principales; sus continuadores se aplicarían a los detalles.

Con Charles Darwin y su teoría de la evolución, el origen mítico de lo humano voló en pedazos: somos animales superiores, la cumbre de la evolución de las especies (al menos, por ahora), pero nuestro origen se entronca con el mismo que tuvieron los simios. El hombre ha dejado de ser una suerte de nexo entre lo natural y lo sobrenatural, para ser simplemente un grado más de lo primero.

Con Karl Marx se revela una interpretación muy diferente de la religión, la historia, la economía, la filosofía y la relación entre los hombres, criaturas sociales por excelencia. Karl Marx nos habla de un universo social regido por las relaciones de producción, donde las variadas creencias e ideologías son apenas excusas –de mayor o menor efectividad, según la época en que se empleen– para justificar cierto orden y cierto convencimiento masivo de la conveniencia de mantener dicho orden.

Con Sigmund Freud, se revela la naturaleza humana como no dirigida exclusivamente por ese bien tan preciado desde los orígenes del pensamiento griego, la razón; el hombre resulta ser un animal sometido a sus pulsiones e instintos no desaparecidos, sino tan vigentes como hace cientos de miles de años. A pesar del ligero barniz de la civilización, esa criatura indomable que en el fondo somos todos siempre está lista para ocupar el primer plano a la primera oportunidad y, además, esa naturaleza "salvaje" se pronuncia inclusive detrás de nuestras supuestas decisiones más racionales, por obra y gracia del inconsciente.

Desde luego, estamos resumiendo aquí muy groseramente obras extraordinarias, complejas e imprescindibles para comprender el origen del siglo XX y cómo se ha desarrollado la cultura hasta llegar a nuestros días, pero resulta obvio que solamente describirlas en mayor profundidad requeriría varios volúmenes como éste.

Y el sentido de este libro es otro: introducirnos en una de las obras mayores que nos ha legado un pensador, Friedrich Wilhelm Nietzsche, que si bien no alcanza la estatura de los antes referidos, también fue una pieza importantísima en la transformación del hombre de comienzos del siglo XIX en aquel que ahora somos.

La obra en cuestión, tan singular, se llama *Así habló Zaratustra* y veremos por qué tiene tanta importancia.

Para ello, primeramente debemos saber más sobre su autor.

Friedrich Nietzsche: el filósofo y el hombre

El autor nació en Röcken, población cercana a Leipzig, Alemania, el 15 de octubre de 1844, y falleció en Weimar el 25 de agosto de 1900. Fue hijo de un pastor luterano que se desempeñó como preceptor privado en el ducado alemán de Sajonia-Altenburgo, en Turingia, quien falleció cuando su hijo tenía apenas 5 años. La educación del joven Nietzsche se concretó primeramente en un prestigioso instituto privado, la escuela Pforta, para luego pasar a estudiar, en 1854, al Domgymnasium de Naumburgo. Dadas sus demostradas cualidades musicales y literarias, fue admitido en la Schulpforta, donde concurrió hasta 1864. En Schulpforta, Nietzsche se especializó en los clásicos griegos y romanos. Ya graduado en 1864, Nietzsche dio comienzo a sus estudios teológicos en la Universidad de Bonn, que abandonó prontamente para consagrarse a la filología clásica en la misma institución universitaria. Un año después se introdujo en el estudio de los textos de Arthur Schopenhauer, que junto con los de Friedrich Albert Lange definieron su interés por la filosofía.

A partir de 1869 y durante una década se consagró a la enseñanza de la filología clásica en la Universidad de Basilea, pues ese mismo año obtuvo su doctorado por la Universidad de Leipzig. En 1872 publicó su primer libro, *El nacimiento de la tragedia en el espíritu de la música*, sin lograr mayor eco entre sus colegas e inclusive recibiendo algunas críticas ciertamente muy enconadas.

Entre 1873 y 1876, Nietzsche publicó sus ensayos *David Strauss: El confesor y el escritor*, *Sobre el uso y el abuso vital de la historia*, *Schopenhauer como educador* y *Richard Wagner en Bayreuth*. En el conjunto de estas obras se evidencia su crítica a la cultura alemana de su tiempo, mientras que el aislamiento gradual que sufría entre sus colegas universitarios se volvía más pronunciado.

En 1879, por razones de salud, debió dejar sus tareas académicas. Su estado de debilidad y la serie de patologías que lo aquejaban lo llevaron a la inactividad laboral, obligándolo a descansar y tomarse vacaciones que cada período se volvían más extensas. Impelido a buscar climas más moderados por su descalabrada salud, viajó con frecuencia y se convirtió en autor independiente, residiendo por temporadas en Suiza, Italia y Francia. Su precario modo de vida apenas estaba sostenido por una exigua pensión como profesor universitario, más las ocasionales donaciones que le hacían sus pocos amigos.

Empero, este período de su existencia es el de mayor producción intelectual: en 1878 publicaría *Humano, demasiado humano*; luego vendrían, entre otros: *El caminante y su sombra* (1880); *Aurora. Reflexiones sobre los prejuicios morales*

(1881); *La ciencia jovial. La gaya ciencia* (1882); *Así habló Zaratustra. Un libro para todos y para ninguno* (1883- 1885); *Más allá del bien y del mal. Preludio a una filosofía del futuro* (1886); *La genealogía de la moral. Un escrito polémico* (1887); *El Anticristo. Maldición sobre el cristianismo* (1888); *El caso Wagner. Un problema para los amantes de la música* (1888); *Ditirambos de Dioniso* (1888–1889); *El crepúsculo de los ídolos, cómo se filosofa con el martillo* (1889); *Nietzsche contra Wagner. Documentos de un psicólogo* (1889) y *Ecce homo. Cómo se llega a ser lo que se es* (1889).

A la edad de 44 años sufrió un colapso y fue detenido en Turín, en medio de un desorden público que él provocó. Tras este episodio se hicieron más y más evidentes los síntomas de su demencia, por lo que fue internado en una clínica psiquiátrica de Basilea primeramente y en una de Jena, después, de donde lo sacó su madre en marzo de 1890 para albergarlo en su casa de Naumburgo. Tras la muerte de su madre, siete años después, pasó a residir en Weimar, bajo el cuidado de su hermana Elizabeth. El 25 de agosto de 1900 Nietzsche falleció a consecuencia de una neumonía, siendo inhumado en la iglesia de Röcken.

La importancia de la filosofía nietzscheana en general y de *Así habló Zaratustra* en particular

Este texto es singularmente el más poético de todos los que le debemos a la pluma del gran filósofo alemán y precisamente, por la elección de este particular tipo de recurso y el abundante empleo de parábolas, símbolos, metáforas y fábulas –el conjunto, todo el libro, es una inmensa fábula– es también uno de los más complejos de leer, por sostener un discurso que tanto se dirige al intelecto como a la emotividad del lector.

En su complejidad se destaca la constante crítica que realiza el autor a la sociedad burguesa de su tiempo, a sus prejuicios e hipocresías, que no hacían otra cosa que sostener valores ya sin sentido en la gran transformación que se estaba llevando a cabo en la cultura: *Así habló Zaratustra* es una clave para entender la transformación del siglo XIX en el siguiente. Asimismo, se destaca la radical arremetida de Nietzsche en este volumen contra la tradición cristiana que, durante centurias, había sido la base ética, moral y religiosa de la sociedad occidental; un criterio que, en su época, a siglos de convertirse el paradigma divino sostenido hasta el Renacimiento en un paradigma humano, fallaba por la base.

En *Así habló Zaratustra* el centro del mundo es, precisamente, el hombre mismo, y a su perfeccionamiento posible se dirige el autor, a través de su célebre postulado del logro de aquello que él denomina el "superhombre".

Esta instancia de superación de lo humano, tal cual había sido entendido hasta entonces, es avizorada por Nietzsche no como una consecuencia lógica de la evolución social y psicológica de la humanidad, sino como un imperativo de la conciencia que, al ser materia consciente de sí misma, forzosamente debe proponerse superarse, alcanzar un plus ultra al que la impulsa su misma condición de ser. El ser es ser consciente –en Nietzsche, consciente también de las fuerzas pulsionales que lo animan como una energía pura y determinada a expresarse; en nada se emparenta este criterio con los sustentados por el racionalismo, que pretendía hacer de la conciencia exclusivamente una cumbre omnímoda de la razón– , y por esa misma conciencia es que comprende que puede ir más allá de sus límites y alcanzar por el ejercicio de su misma voluntad puesta en acción –ya no como idea, sino como praxis de la idea– su cenit factible. Es decir, que el hombre superior –al que tanto alude el autor en este volumen– si bien alcanza por diferentes caminos esa superioridad, no es el último e incompleto paso de lo posible para lo humano.

Queda una instancia siguiente, que Nietzsche define –o más bien, insinúa y alude, el viejo método de toda poética para "nombrar" lo que es innombrable en la apelación a la alusión y la elusión– como el "superhombre".

El hombre que alcanzó un nivel superior –y según la escala de valores expresada en la presente obra, todavía "imperfecto"– no sólo puede superar esa etapa de su progresión, sino que, fundamentalmente en la filosofía nietzscheana, "debe" alcanzar la etapa siguiente, esa alusión del superhombre que se hace todavía más presente en la cuarta y última parte de la obra.

Este sentido del "deber ser" nietzscheano se articula con la idea de voluntad –entendida como voluntad creadora y autotransformadora– formando un solo camino que conduce al superhombre. Para la conciencia del hombre superior, que reina en el mundo de las ideas, la comprensión de sí misma no puede menos que desembocar en el ejercicio de la voluntad capacitada para modificarla, para metamorfosear la conciencia que le da, simultáneamente, origen y combustible a la voluntad, operando entonces una suerte de alquimia que transforma conciencia y voluntad al mismo tiempo, esto es, al hombre mismo, en superhombre.

Si bien esta idea de Nietzsche no es una creación original, pues subyace en buena parte de lo concebido antes –parcialmente esbozada, desde luego, pero singularmente presente en las doctrinas de Arthur Schopenhauer, por ejemplo– es recién con su aporte fundamental que queda delineada nítidamente ante el intelecto y no asombrará, entonces, saber qué poderoso influjo tuvo en varias disciplinas humanísticas y hasta científicas, tras ser formulada por su autor. En su conjunto o fragmentadamente, mediante porciones de su discurso general, *Así habló Zaratustra* fue tras su publicación uno de los textos más influyentes en el pensamiento del siglo XX y los ecos de su aporte distan mucho de haberse extinguido en el siglo XXI, pues se lo sigue considerando un título capital del bagaje cultural de un hombre culto de nuestro tiempo.

Por dar apenas unos apretados ejemplos de esta influencia fundamental entre los filósofos, los pensadores científicos, los artistas, los literatos y aun los lectores generalistas que tuvo y tiene esta obra, en el campo de la filosofía alemana podemos evocar a Martin Buber, pero también a existencialistas como Karl Theodor Jaspers y fundamentalmente a Martin Heidegger, quien se consagró intensamente a la lectura de la obra nietzscheana muy tempranamente, en los años '30, y le dedicó numerosos escritos, entre los que se destaca el titulado simplemente *Nietzsche*, editado en 1961.

En el campo de la literatura, Albert Camus, el autor de *El Extranjero* difícilmente puede ser separado de una gran concepción nietzscheana en lo mejor de su obra, y es notorio que Jean-Paul Charles Aymard Sartre –la primera espada del existencialismo francés– le debe al gran filósofo alemán, entre otras concepciones que él desarrollaría de manera propia, la base para concebir su primera obra editada, la novela filosófica *La Náusea* (1938), si bien muchos creen que proviene de Nietzsche pero mediatizada por las lecturas sartreanas de Heidegger. Empero, será en una de sus obras capitales, *El Ser y la Nada*, publicada en 1943, donde se hará todavía más fuertemente transparente la base nietzscheana de muchos aspectos de la filosofía existencialista de Sartre; principalmente, en este texto, cuando el autor francés destaca la capacidad del individuo para rebelarse abiertamente contra las normas y los reglamentos sociales y crear sus propias leyes de libre pensamiento, a fin de elaborar él mismo los atributos de significado asignados a cada parte de la realidad general y hasta la propia y particular. Constituyéndose la conciencia del individuo sartreano en el único arbitrio posible y necesario del significado de lo real, se vuelve conciencia de sí misma y coloca la libertad como objetivo primordial de su autorrealización, señalando así un parentesco llamativo con los lineamientos del *Así habló Zaratustra*, aunque el filósofo y escritor francés derivará el logro de la libertad del ejercicio de la voluntad actuando sobre la transformación del mundo y Nietzsche hace hincapié en la perentoria necesidad de enfocar esa energía transformadora sobre el individuo mismo.

Por otra parte, en el campo de la psicología buena parte de la obra de Sigmund Freud dedicada a definir las características psíquicas posee una impronta nietzscheana (el padre del psicoanálisis, al igual que Martin Heidegger, fue un gran lector de los textos de Nietzsche desde la juventud más temprana). En principio, la crítica freudiana al racionalismo dogmático –uno de los puntos de partida de la formulación de la existencia del inconsciente, nada más ni nada menos– y su sospecha de la presencia de un "ello" que le impone al "yo" su poder indomable, deriva de las nociones de Nietzsche respecto de la genuina naturaleza humana como un complejo conjunto de fuerzas irracionales e incontrolables...

De hecho, también el rebelde discípulo de Freud, el psiquiatra Carl Gustav Jung, ha abrevado más de una vez en aguas nietzscheanas para explicar y concebir los fenómenos psíquicos de los que se ocupa su obra.

También en la esfera del pensamiento y la escritura en lengua española, la obra de Nietzsche –y siempre, singularmente, su título *Así habló Zaratustra* está en primera línea a la hora de influir en la posteridad y en varios idiomas– ha marcado su impronta; pensemos en el José Ortega y Gasset de *Verdad y Perspectiva*, el de *Meditaciones del Quijote* y concretamente, en el perspectivismo ortegiano en sí, que Ortega toma de Nietzsche del mismo modo que éste lo había tomado de Gottfried Wilhelm Leibniz, su creador (al menos, creador de la forma primaria de esta concepción filosófica). En relación a la impronta nietzscheana en nuestra lengua podemos agregar, entre los ejemplos más destacados, la influencia que tuvo con su irracionalismo sobre algunos de los nombres mayores de la generación española del 98, como "Azorín" (pseudónimo de José Augusto Trinidad Martínez Ruiz) en su obra *Castilla* (1912), con su apelación a la existencia de un tiempo cíclico;

Ramiro de Maeztu y Whitney, en lo referente a la superación del hombre –el "pecador", para Maeztu–, que no es otra cosa que su versión propia de la búsqueda del superhombre, a punto tal que –en su tiempo– a Ramiro de Maeztu se lo apodaba "el Nietzsche español"; Miguel de Unamuno y Jugo, singularmente en su *Vida de Don Quijote y Sancho* (1905), tan al estilo, precisamente, de *Así habló Zaratustra* pero vertido a los códigos del gran escritor de Bilbao; o el Pío Baroja y Nessi de *Zalacaín el aventurero* (1909) y de *El Árbol de la ciencia* (1911), cuyos protagonistas, fuertemente vitalistas o desengañados, son de la estirpe del filósofo alemán.

Lejos de haberse apagado el interés por la obra de Nietzsche, parece resurgir edición tras edición y esta nueva versión que aquí presentamos es la mejor demostración de cuanto hemos dicho.

Luis Benítez

Prólogo de Zaratustra

1

Cuando Zaratustra cumplió treinta años, abandonó su patria y el lago de su patria y marchó rumbo a las montañas. Allí disfrutó de su espíritu y de su soledad durante diez años, sin cansarse de hacerlo. Pero al cabo de un tiempo su corazón se transformó, y una mañana, al levantarse con la aurora, se ubicó de cara al sol y le habló con estas palabras:

—¡Tú, gran astro! ¿Qué sería de tu felicidad si no tuvieras a quienes les das tu luz? Durante diez años has subido hasta mi cueva: sin mí, mi águila y mi serpiente[1] habrías sentido hastío de tu luz y de este camino. Pero nosotros te esperamos cada mañana, te liberamos de tu sobreabundancia y te bendecimos. ¡Mírame! Estoy cansado de mi sabiduría, al igual que la abeja que ha recogido demasiada miel. Necesito de manos que se extiendan. Quisiera regalar y repartir hasta que los sabios que existen entre los hombres vuelvan a regocijarse con su locura;

---

1   Estos animales representan, respectivamente, la voluntad y la inteligencia de Zaratustra.

y los pobres, con su riqueza. Para ello debo bajar a la profundidad, como haces tú al atardecer, cuando atraviesas el mar llevando tu luz hasta el submundo, ¡astro lleno de riqueza!

Al igual que tú, yo debo hundirme en mi ocaso, como dicen los hombres a quienes quiero bajar. ¡Bendíceme, entonces, ojo tranquilo, capaz de mirar sin envidia hasta la más grande felicidad! ¡Bendice la copa que quiere desbordarse, para que de ella fluya el agua de oro que llevará a todas partes el resplandor de tus delicias! ¡Mírame! Esta copa quiere vaciarse de nuevo, y Zaratustra quiere volver a hacerse hombre.

Así comenzó el ocaso de Zaratustra.

2

Zaratustra descendió de las montañas sin encontrar a nadie. Cuando llegó a los bosques, apareció ante él un viejo santo que había abandonado su choza para buscar raíces en el bosque. El anciano habló así a Zaratustra:

—No me resulta desconocido este caminante. Hace algunos años pasó por aquí. Su nombre era Zaratustra. Sin embargo, ha cambiado. Entonces llevabas tu ceniza a la montaña[2].¿Ahora quieres llevar tu fuego a los valles? ¿No temes los castigos que se imponen al incendiario? Sí, reconozco a Zaratustra. Su ojo es puro y en su boca no existe ningún asco. ¿No viene hacia aquí como si bailara? Zaratustra está transformado; se ha convertido en un niño. Ahora que está despierto, ¿qué busca entre quienes duermen? En la soledad, vivías como en el mar; y el mar te llevaba. ¡Ay! ¿Quieres bajar a tierra? ¿Quieres volver a arrastrar tú mismo tu cuerpo?

Zaratustra respondió:

—Yo amo a los hombres.

---

2   La ceniza es símbolo de la muerte de los ideales de la juventud.

—¿Por qué —dijo el anciano— me marché al bosque y a las soledades? ¿No fue acaso porque amaba demasiado a los hombres? Ahora amo a Dios, y no a los hombres. El hombre me resulta algo demasiado imperfecto. El amor al hombre me mataría.

—¿Dije "amor"? —respondió Zaratustra—. Lo que yo llevo a los hombres es un regalo.

—No les des nada —dijo el anciano—. Es mejor que les quites alguna cosa y que la lleves a cuestas junto con ellos. Eso será lo que les hará mejor, ¡siempre y cuando te haga bien a ti! Y, si quieres darles algo, no les des más que una limosna, y deja que la mendiguen.

—No —replicó Zaratustra—, yo no doy limosnas. No soy bastante pobre para eso.

El santo se rió de Zaratustra y dijo:

—¡Entonces cuida de que acepten tus tesoros! Ellos desconfían de los eremitas y no creen que vayamos para hacer regalos. Nuestros pasos resuenan demasiado solitarios por sus callejuelas. Cuando por las noches, acostados en sus camas, oyen caminar a un hombre mucho antes de que amanezca, se preguntan: "¿Adónde irá el ladrón?" ¡No vayas a los hombres y quédate en el bosque! ¡Es mejor que acudas a los animales! ¿Por qué no quieres ser tú como yo, un oso entre los osos, un pájaro entre los pájaros?

—¿Y qué hace el santo en el bosque? —preguntó Zaratustra.

—Hago canciones y las canto. Al hacerlas, río, lloro y gruño: así alabo a Dios. Cantando, llorando, riendo y gruñendo, alabo al Dios que es mi Dios. Pero dime, ¿qué regalo es el que nos traes?

Cuando Zaratustra hubo oído estas palabras, dijo:

—¿Qué podría yo regalarte a ti? Sólo déjame irme con prisa, para que nada te quite.

Es así como el anciano y el hombre se separaron, riendo como dos muchachos. Cuando Zaratustra estuvo solo, le dijo a su corazón:

—¿Será posible? ¡Este viejo santo del bosque aún no ha sabido que Dios ha muerto!

3

Cuando Zaratustra llegó a la primera ciudad, ubicada en el límite del bosque, encontró una gran muchedumbre reunida en el mercado, pues estaba prometida la exhibición de un acróbata. Y Zaratustra habló así al pueblo:

—¡Les enseñaré el superhombre![3] El hombre es algo que debe ser superado. ¿Qué hicieron para lograrlo? Hasta ahora, todos los hombres crearon algo por encima de sí mismos. ¿Por qué ustedes quieren ser el reflujo de ese gran flujo y retroceder al animal, en lugar de superar al hombre? ¿Qué es el mono para el hombre? Una irrisión o una vergüenza dolorosa. Y justo eso es lo que el hombre debe ser para el superhombre: una irrisión o una vergüenza dolorosa. Han recorrido el camino que lleva desde el gusano hasta el hombre, y muchas cosas de ustedes continúan siendo gusano. En otro tiempo fueron monos, y también ahora es el hombre más mono que cualquier mono. El más sabio de ustedes es tan sólo un ser escindido, híbrido de planta y fantasma. Pero ¿los mando yo a convertirse en fantasmas o en plantas? ¡Presten atención! ¡Yo les presento el superhombre! El superhombre es el sentido de la tierra. Diga vuestra voluntad: "¡sea el superhombre el sentido de la tierra!" Hermano míos, yo los conjuro a permanecer fieles a la tierra. No crean en quienes les hablan de esperanzas ultraterrenales. Son envenenadores, lo sepan o no. Desprecian la vida, son moribundos y están, ellos también, envenenados. La tierra está cansada de ellos. ¡Ojalá desaparezcan! En otro

---

3 "Superhombre" es un concepto que Nietzsche contrapone al hombre "moderno", "bueno" y de tradición judeocristiana, con características de genio y de sabio.

tiempo, el delito contra Dios era el máximo delito, pero Dios ha muerto y con Él han muerto también esos delincuentes. Ahora, lo peor es delinquir contra la tierra y apreciar las entrañas de lo inescrutable más que el sentido de la tierra. En otro tiempo, el alma miraba al cuerpo con desprecio: y ese desprecio era entonces lo más alto. El alma quería el cuerpo flaco, feo, famélico. Así pensaba escabullirse del cuerpo y de la tierra. ¡Oh! ¡También esa alma era flaca, fea y famélica! ¡Y la voluptuosidad de esa alma era la crueldad! Díganme ustedes, hermanos míos: ¿qué dice vuestro cuerpo de vuestra alma? ¿Acaso vuestra alma no es pobreza y suciedad, además de un lamentable bienestar? El hombre es una sucia corriente. Es necesario ser un mar para recibir una corriente sucia sin convertirse en impuro. Yo les enseño el superhombre, que es el mar en el cual puede sumergirse vuestro gran desprecio. ¿Cuál es la máxima vivencia que ustedes pueden tener? La hora del gran desprecio, aquella en la cual vuestra felicidad se convierta en asco y eso mismo ocurra con vuestra razón y con vuestra virtud. La hora en que digan: "¡Qué importa mi felicidad! Es pobreza, suciedad y un lamentable bienestar. Sin embargo, ¡mi felicidad debería justificar incluso la existencia!". La hora en que digan: "¡Qué importa mi razón! ¿Ansía ella el saber lo mismo que el león su alimento? ¡Es pobreza y suciedad y un lamentable bienestar!". La hora en que digan: "¡Qué importa mi virtud! Todavía no me ha puesto furioso. ¡Qué cansado estoy de mi bien y de mi mal! ¡Todo esto es pobreza y suciedad y un lamentable bienestar!". La hora en que digan: "¡Qué importa mi justicia! No veo que yo sea un carbón ardiente. ¡Mas el justo es un carbón ardiente!". La hora en que digan: "¡Qué importa mi compasión! ¿No es la compasión acaso la cruz en la que es clavado quien ama a los hombres? Pero mi compasión no es una crucifixión". ¿Dijeron ya estas cosas? ¿Las gritaron? ¡Ah! ¡Ojalá los hubiese oído gritar así! ¡No es vuestro pecado, sino vuestra moderación lo que clama al cielo; vuestra mezquindad hasta en vuestro pecado!

¿Dónde está el rayo que los lama con su lengua? ¿Dónde está la demencia que deberían inocularse? ¡Atención! Yo les enseñaré el superhombre: ¡él es ese rayo y esa demencia!

Cuando Zaratustra terminó de hablar, uno del pueblo gritó:

–Ya hemos oído hablar bastante del acróbata; ahora, ¡también lo vemos!

Todo el pueblo se rió de Zaratustra.

Pero el acróbata creyó que esas palabras estaban dirigidas a él, y comenzó con su exhibición.

4

Zaratustra contempló al pueblo, maravillado. Luego habló así:

–El hombre es una soga que se extiende entre el animal y el superhombre; una cuerda sobre un abismo. Un peligroso pasar al otro lado, un peligroso caminar, un peligroso mirar atrás, un peligroso estremecerse y pararse. La grandeza del hombre está en ser un puente y no una meta: lo que en el hombre se puede amar, es que es un tránsito y un ocaso. Amo a quienes no saben vivir de otro modo que hundiéndose en su ocaso, pues ellos son los que pasan al otro lado. Amo a los grandes despreciadores, pues ellos son los grandes veneradores, además de flechas del anhelo hacia la otra orilla. Amo a quienes, para hundirse en su ocaso y sacrificarse, no buscan una razón detrás de las estrellas, sino que se sacrifican a la tierra para que alguna vez el superhombre sea su dueño. Amo a quien vive para conocer y quiere conocer para que alguna vez viva el superhombre, deseando así su propio ocaso. Amo a quien trabaja e inventa para construirle la casa al superhombre, y prepara para él la tierra, el animal y la planta, pues quiere así su propio ocaso. Amo a quien ama su virtud, pues la virtud es voluntad de ocaso y una flecha del anhelo.

Amo a quien no reserva para sí ni una gota de espíritu, sino que quiere ser íntegramente el espíritu de su virtud, y así avanza sobre el puente, en forma de espíritu. Amo a quien hace de su virtud su inclinación y su fatalidad. Así, por amor a su virtud, desea seguir viviendo y no seguir viviendo. Amo a quien no quiere tener demasiadas virtudes. Una virtud es más virtud que dos, porque es un nudo más fuerte del que se cuelga la fatalidad. Amo a aquel cuya alma se prodiga, y no quiere recibir agradecimiento ni devuelve nada, pues él regala siempre y no quiere conservarse a sí mismo. Amo a quien se avergüenza cuando, al caer el dado, le da suerte y se pregunta: "¿Acaso soy yo un jugador que hace trampas?", pues persigue su ocaso. Amo a quien delante de sus acciones arroja palabras de oro y cumple siempre más de lo que promete, pues desea su ocaso. Amo a quien justifica a los hombres del futuro y redime a los del pasado, pues quiere perecer a causa de los hombres del presente. Amo a quien castiga a su dios, porque ama a su dios, pues debe perecer por la cólera de su dios. Amo a aquel cuya alma es profunda, incluso cuando se la hiere, y que puede perecer a causa de una pequeña vivencia. Es así como atraviesa de buen grado por el puente. Amo a aquel cuya alma está tan llena que se olvida de sí mismo, y todas las cosas están dentro de él, porque de esta manera todas las cosas se transforman en su ocaso. Amo a quien es de espíritu libre y de corazón libre; su cabeza no es así más que las entrañas de su corazón, pero su corazón lo empuja al ocaso. Amo a quienes son como gotas pesadas que caen a su tiempo de la nube oscura que pende sobre el hombre; son quienes anuncian que el rayo viene, y mueren como anunciadores. ¡Mírenme! Soy un anunciador del rayo y una pesada gota que cae de la nube. Y el nombre de ese rayo es "superhombre".

5

Cuando Zaratustra terminó de decir estas palabras, observó en silencio al pueblo. "Ahí están —dijo a su corazón—. Se ríen y no me entienden. No soy yo la boca para estos oídos. ¿Habrá que romperles los oídos antes, para que aprendan a oír con los ojos? ¿Habrá que atronar como los timbales y los predicadores de penitencia? ¿O es que sólo creen a quien balbucea? Hay algo que les produce orgullo. ¿Cómo llaman a eso que los llena de orgullo? Lo llaman 'cultura'. Es lo que los diferencia de los cabreros. Por ese motivo no les gusta oír, cuando a ellos se refiere, la palabra 'Vesprecid'. Les hablaré entonces a su orgullo. Les hablaré de lo más despreciable: el último hombre".

Y así habló Zaratustra:

—Es tiempo de que el hombre fije su propia meta. Es tiempo de que el hombre plante la semilla de su más alta esperanza. El terreno aún conserva la fertilidad. Mas algún día ese terreno será pobre y manso, y de él no podrá brotar ningún árbol elevado. ¡Ay! ¡Se aproxima el tiempo en que el hombre dejará de lanzar la flecha de su anhelo más allá del hombre, y en que la cuerda de su arco ya no sabrá vibrar! Yo les digo: es necesario que dentro de sí exista el caos, para poder dar a luz una estrella danzarina. Y les digo: ustedes todavía tienen dentro el caos. ¡Ay! Llega el tiempo en que el hombre ya no dará a luz ninguna estrella. ¡Ay! Llega el tiempo del hombre más despreciable, incapaz de despreciarse a sí mismo. ¡Atención! Yo les muestro el último hombre: "¿Qué es amor? ¿Qué es creación? ¿Qué es anhelo? ¿Qué es estrella?". Así pregunta el último hombre, y parpadea. La tierra se ha vuelto pequeña entonces, y sobre ella da saltos el último hombre, que todo lo vuelve pequeño. Como el pulgón, su estirpe es indestructible; el último hombre es el más longevo. "Nosotros hemos inventado la felicidad", dicen los últimos hombres, y parpadean. Han abandonado las comarcas donde era duro vivir, pues la gente necesita calor. La gente ama incluso al vecino y se restriega contra él, pues necesita calor. Consideran pecado enfermar y desconfiar, y por eso la gente camina con cuidado. ¡Un tonto es quien sigue tropezando con piedras o con hombres! Un poco de veneno de vez en cuando: eso produce sueños agradables. Y mucho veneno al final, para tener una muerte agradable. La gente continúa trabajando, pues el trabajo es un entretenimiento. Mas procura que el entretenimiento no canse. La gente ya no se hace ni pobre ni rica: ambas cosas son demasiado molestas. ¿Quién quiere aún gobernar? ¿Quién aún desea obedecer? Ambas cosas son demasiado molestas. ¡Ningún pastor y un solo rebaño![4]. Todos quieren lo mismo, todos son iguales: quien tiene sentimientos distintos marcha al manicomio por propia voluntad. "En otro tiempo todo el mundo desvariaba", dicen los más sutiles, y parpadean. Hoy, la gente es inteligente y sabe todo lo que ha ocurrido; así no acaba nunca de burlarse. La gente discute, pero pronto se reconcilia; de lo contrario, estropean su estómago. La gente tiene su pequeño placer para el día y su pequeño placer para la noche, pero honra la salud. "Nosotros hemos inventado la felicidad", dicen los últimos hombres, y parpadean.

Y aquí acabó el primer discurso de Zaratustra, llamado también "el prólogo", interrumpido por el griterío y el regocijo de la multitud.

—¡Danos ese último hombre, oh Zaratustra —gritaban—. Haz de nosotros esos últimos hombres! ¡Te regalamos al superhombre!

Todo el pueblo profería jubilosos gritos y chasqueaba la lengua, pero Zaratustra se entristeció y dijo a su corazón: "No me entienden. No soy yo la boca para estos oídos. Sin dudas fue demasiado el tiempo que viví en las montañas, fue demasiado el tiempo que escuché a los arroyos y a los árboles...

---

4   En esta frase, Nietzsche modifica otra del Evangelio de Juan, 10, 16: "Habrá un solo rebaño y un solo pastor".

Ahora les hablo como a los cabreros. Mi alma es inmóvil y luminosa como las montañas al amanecer. Pero ellos piensan que soy frío y un burlón que hace espantosas bromas. Me miran y se ríen; mientras ríen, me odian. Hay hielo en su reír".

6

Entonces sucedió algo que acalló todas las voces y dejó todos los ojos fijos. El acróbata había comenzado su tarea: había salido de una pequeña puerta y caminaba sobre una soga tendida entre dos torres, colgando sobre el mercado y el pueblo. Mas cuando se encontraba justo en la mitad de su camino, la pequeña puerta volvió a abrirse y un compañero de oficio vestido de muchos colores, igual que un bufón, saltó fuera y marchó con rápidos pasos detrás del primero.

–¡Sigue adelante, cojo! –gritó su terrible voz– ¡Sigue adelante, holgazán, impostor, cara de tísico! ¡Que no te haga yo cosquillas con mi talón! ¿Qué haces aquí entre torres? Dentro de la torre está tu sitio, en ella se te debería encerrar, ¡cierras el camino a uno mejor que tú!

A cada palabra se le acercaba un poco más. Cuando estaba a un solo paso detrás de él, sucedió aquello que acalló todas las bocas y dejó todos los ojos fijos: lanzó un grito endemoniado y saltó por encima de quien se interponía en su camino. Mas éste, cuando vio que su rival lo vencía, perdió la cabeza y el equilibrio; arrojó su balancín y, más rápido que aquel, se precipitó hacia abajo como un remolino de brazos y de piernas.

El mercado y el pueblo parecían el mar durante una tormenta. Todos huyeron, apartándose y atropellándose, sobre todo allí donde el cuerpo tenía que estrellarse.

Zaratustra, en cambio, permaneció inmóvil, junto al sitio donde cayó el cuerpo, maltrecho y quebrantado, pero aún con vida. En algunos minutos, el destrozado recobró la conciencia y vio a Zaratustra arrodillarse junto a él.

—¿Qué haces aquí? —murmuró— Desde hace mucho sabía yo que el diablo me haría tropezar. Ahora me arrastra al infierno. ¿Quieres tú impedírmelo?

—Por mi honor, amigo —respondió Zaratustra—, nada de eso existe. No hay diablo, ni tampoco infierno. Tu alma morirá con más rapidez que tu cuerpo. Así que, ¡no tengas miedo!

El hombre alzó su mirada con desconfianza.

—Si tú dices la verdad —dijo— no pierdo nada si pierdo la vida. No soy mucho más que un animal al que, con golpes y poca comida, se le ha enseñado a bailar.

—No hables así —respondió Zaratustra—. Tú has hecho del peligro tu profesión. No hay nada despreciable en ello. Ahora mueres a causa de tu profesión, y por ese motivo te enterraré con mis propias manos.

Cuando Zaratustra dijo estas palabras, el moribundo ya no respondió; sin embargo, movió la mano como si buscase la mano de Zaratustra, para agradecerle.

7

Mientras tanto atardecía y el mercado se ocultaba en la oscuridad. El pueblo se dispersó, pues también la curiosidad y el horror se fatigan. Pero Zaratustra permaneció sentado en el suelo junto al muerto, reflexionando, hasta que perdió la noción del tiempo. Por fin se hizo de noche, y un viento frío sopló sobre el solitario. Entonces Zaratustra se incorporó y dijo a su corazón: "¡Por cierto, hoy Zaratustra ha cobrado una hermosa pesca! No ha pescado ni un solo hombre; en cambio, ha obtenido un cadáver. Es siniestra la existencia humana, y además carece de sentido: para ella, un bufón puede convertirse en la fatalidad. Quiero enseñar a los hombres el sentido de su ser: ese sentido es el superhombre, el rayo que brota de la oscura nube que es el hombre. Mas todavía estoy muy lejos de ellos, y mi sentido no habla a sus sentidos. Para los hombres, todavía soy algo intermedio entre un necio y un cadáver. La noche es oscura y son oscuros los caminos de Zaratustra[5]. ¡Ven, compañero frío y rígido! Te llevaré a enterrarte con mis propias manos".

8

Cuando Zaratustra hubo dicho esto a su corazón, cargó el cadáver sobre sus espaldas y emprendió la marcha. No había llegado a dar cien pasos cuando se le acercó furtivamente un hombre y comenzó a susurrarle al oído. Quien hablaba era el bufón de la torre.

–Vete fuera de esta ciudad, Zaratustra –dijo–. Aquí son demasiados los que te odian. Te odian los buenos y justos, y te llaman su enemigo y su despreciador. Te odian los creyentes de la fe ortodoxa, y éstos te llaman el peligro de la muchedumbre. Has tenido suerte en que la gente se riera de ti; en verdad, hablabas igual que un bufón. Has tenido suerte en asociarte al perro muerto; al humillarte de ese modo, te has salvado a ti mismo por hoy. Pero vete lejos de esta ciudad, o mañana saltaré por encima de ti, un vivo por encima de un muerto.

Cuando hubo dicho esto, el hombre desapareció.

Zaratustra continuó caminando por las oscuras calles. A la puerta de la ciudad encontró a los sepultureros, que iluminaron el rostro de Zaratustra con la antorcha, lo reconocieron y comenzaron a burlarse de él.

– ¡Zaratustra se lleva al perro muerto! ¡Bravo! ¡Zaratustra se ha hecho sepulturero! Nuestras manos son demasiado limpias para ese asado. ¿Acaso Zaratustra quiere robarle al diablo su bocado? ¡Suerte! ¡Y que aproveche! A menos que el diablo sea mejor ladrón que Zaratustra…

---

5   Referencia a la cita de Proverbios, 4, 19: "Oscuros son los caminos del ateo".

– ... ¡Y robe a los dos, y a los dos se los tragué!– se reían entre sí, cuchicheando.

Zaratustra permaneció en silencio y siguió su camino. Al cabo de dos horas de caminata al borde de bosques y de ciénagas, había oído tantas veces el hambriento aullido de los lobos, que el hambre también se apoderó de él. Por ese motivo, se detuvo junto a una casa solitaria en la que brillaba una luz.

–El hambre me asalta como un ladrón –dijo Zaratustra–. Me asalta en medio de bosques y de ciénagas, y en plena noche. Extraños caprichos tiene mi hambre. A menudo no me viene sino después de la comida, y hoy no me vino en todo el día. ¿Dónde estuvo, entonces?

Y mientras decía esto, Zaratustra llamó a la puerta de la casa. Un hombre viejo apareció. Traía la luz.

–¿Quién viene a mí y a mi mal dormir? –preguntó.

–Un vivo y un muerto –dijo Zaratustra–. Dame de comer y de beber; olvidé hacerlo durante el día. Quien da de comer al hambriento, reconforta su propia alma. Así habla la sabiduría.

El viejo dio media vuelta. Al poco tiempo, volvió con pan y vino.

–Éste es un mal sitio para hambrientos –dijo–. Por eso vivo aquí. Animales y hombres acuden a mí, el eremita. Pero da de comer y de beber también a tu compañero; él está más cansado que tú.

–Mi compañero está muerto –respondió Zaratustra–. Será difícil que lo persuada a que coma y beba.

–Eso a mí no me importa –dijo el viejo, con hosquedad–. Quien llama a mi casa tiene que tomar también lo que le ofrezco. ¡Coman, y que tengan buen viaje!

Zaratustra caminó durante dos horas más, confiando en el camino y en la luz de las estrellas, pues estaba habituado a andar por la noche y le gustaba mirar a la cara a todas las cosas que duermen. Mas cuando la mañana comenzó a despuntar, se encontró en lo profundo del bosque, sin ningún camino que se abriera ante él.

Entonces colocó al muerto en un árbol hueco, a la altura de su cabeza (pues quería protegerlo de los lobos), y se acostó en el musgo. Enseguida se durmió: el cuerpo cansado, pero el alma inmóvil.

9

Largo tiempo durmió Zaratustra, hasta que sobre su rostro pasó la aurora y la mañana entera. Cuando por fin sus ojos se abrieron, miró con asombro el bosque y el silencio, y con el mismo asombro miró dentro de sí. Entonces se levantó con rapidez, como un marinero que ha divisado tierra, y lanzó gritos de júbilo. Había encontrado una verdad nueva, y así habló a su corazón:

—Una luz ha aparecido en mi horizonte. Necesito compañeros de viaje; compañeros vivos, no compañeros muertos ni cadáveres, a los cuales llevo conmigo adonde quiero. Lo que yo necesito son compañeros de viaje vivos que me sigan porque quieren seguirse a sí mismos, e ir adonde yo quiero ir. Una luz ha aparecido en mi horizonte: ¡no hable al pueblo, Zaratustra, sino a compañeros de viaje! ¡Zaratustra no debe convertirse en pastor y perro de un rebaño! He venido para incitar a muchos a apartarse del rebaño. El pueblo y el rebaño se irritarán contra mí. Zaratustra será llamado "ladrón" por los pastores. Los llamo pastores, aunque ellos se llaman a sí mismos los buenos y justos. Los llamo pastores, pero ellos se llaman a sí mismos los creyentes de la fe ortodoxa. ¡Ahí están los buenos y justos! ¿A quién odian más? Al que rompe sus tablas de valores, al quebrantador, al infractor... ¡Pero ése es el creador! ¡Ahí están los creyentes de todas las creencias! ¿A quién es al que más odian? Al que rompe sus tablas de valores, al quebrantador, al infractor... ¡Pero ése es el creador! El creador busca compañeros para su camino, y no cadáveres, ni tampoco rebaños y creyentes. Busca compañeros en la creación que escriban nuevos valores en tablas nuevas. Busca colaboradores en la recolección, pues en él todo está maduro para la cosecha. Pero le faltan las cien hoces; por ello arranca las espigas y está enojado. El creador busca compañeros que sepan afilar sus hoces. Se los llamará aniquiladores y despreciadores del bien y del mal. Pero son los cosechadores y los que celebran fiestas. Zaratustra busca compañeros en la creación, en la recolección y en las fiestas. ¿Qué tiene él que ver con rebaños, los pastores y los cadáveres?

Y tú, primer compañero mío, ¡descansa en paz! Bien te he enterrado en tu árbol hueco, bien te he escondido de los lobos. Pero me separo de ti, el tiempo ha pasado. Entre aurora y aurora ha venido a mí una verdad nueva. No debo ser pastor ni sepulturero. Y ni siquiera volveré a hablar con el pueblo jamás; también será la última vez que hable con un muerto.

Quiero unirme a los creadores, a los cosechadores y a los que celebran fiestas. Les mostraré el arco iris y todas las escaleras del superhombre; cantaré mi canción para los eremitas solitarios o en pareja, y a quien todavía tenga oídos para oír cosas inauditas, a ése voy a abrumarle el corazón con mi felicidad. Quiero ir hacia mi meta y continúo mi marcha; saltaré por encima de los indecisos y de los rezagados. ¡Que mi marcha sea el ocaso de ellos!

10

Así habló Zaratustra a su corazón cuando el sol estaba en pleno mediodía. Entonces oteó las alturas, pues había oído el agudo grito de un pájaro sobre su cabeza. Y he aquí que un águila cruzaba el aire trazando amplios círculos y de ella colgaba una serpiente, no como si fuera una presa, sino una amiga, pues se mantenía enroscada a su cuello.

–¡Son mis animales! –dijo Zaratustra, y su corazón saltó de alegría–. El animal más orgulloso y más inteligente que existen debajo del sol, han salido para explorar el terreno. Quieren averiguar si Zaratustra aún vive. En verdad, ¿aún vivo? He encontrado más peligros entre los hombres que entre los animales, peligrosos son los caminos que recorre Zaratustra. ¡Que mis animales me guíen!

Cuando Zaratustra hubo dicho esto, se acordó de las palabras del santo en el bosque, suspiró y habló así a su corazón:

—¡Ojalá fuera yo más inteligente! ¡Ojalá fuera inteligente de verdad, como mi serpiente! Pero pido cosas imposibles. ¡Por ello pido a mi orgullo que camine siempre junto a mi inteligencia! Y, si alguna vez mi inteligencia me abandona (¡Ay! ¡Porque le gusta escapar volando!)... ¡Que mi orgullo continúe volando junto con mi tontería!

Así comenzó el ocaso de Zaratustra.

Los discursos de Zaratustra

De las tres transformaciones

"Menciono tres transformaciones del espíritu: cómo el espíritu se convierte en camello, cómo se transforma en león y, por último, cómo el león se transforma en niño. Hay muchas cosas pesadas para el espíritu, para el espíritu fuerte, de carga, en el que habita la veneración. Su fortaleza demanda cosas pesadas, e incluso las más pesadas de todas. '¿Qué es pesado?', así pregunta el espíritu de carga, y se arrodilla, igual que el camello, y quiere que lo carguen bien. '¿Qué es lo más pesado, héroes?', así pregunta el espíritu de carga, para que yo cargue con ello y mi fortaleza se regocije. ¿Acaso no es humillarse para hacer daño a la propia soberbia? ¿Hacer brillar la propia tontería para burlarse de la propia sabiduría? ¿O acaso es apartarnos de nuestra causa cuando ella celebra su victoria? ¿Subir a altas montañas para tentar al tentador? ¿O acaso es alimentarse de las bellotas y de la hierba del conocimiento y sufrir hambre en el alma por amor a la verdad? ¿O es estar enfermo y enviar a paseo a quienes consuelan, y hacer amistad con sordos, que nunca oyen lo que tú quieres? ¿O acaso es sumergirse en agua sucia cuando ella es el agua de la verdad, y no apartar de sí las frías ranas y los calientes sapos? ¿O es amar a quienes nos desprecian y tender la mano al fantasma cuando quiere causarnos miedo? Con todas estas cosas, las más pesadas de todas, carga el espíritu de carga; tal cual el camello que atraviesa el desierto con su carga, así corre él a su desierto.

”Pero en lo más solitario del desierto tiene lugar la segunda transformación: el espíritu se transforma en león, quiere conquistar su libertad como se conquista una presa y ser señor en su propio desierto. Aquí busca a su último señor: quiere convertirse en enemigo de él y de su último dios, quiere pelear con el gran dragón para conseguir la victoria. ¿Quién es el gran dragón, al que el espíritu no quiere seguir llamando 'señor' ni 'dios'? 'Tú debes' es el nombre del gran dragón, pero el espíritu del león dice 'Yo quiero'. 'Tú debes' le cierra el paso, brilla como el oro, es un animal escamoso, y en cada una de sus escamas brilla como el oro '¡Tú debes!'.

”En esas escamas brillan valores milenarios, y el más poderoso de todos los dragones dice esto: 'todos los valores de las cosas brillan en mí'. 'Todos los valores han sido ya creados, y yo soy todos los valores creados. ¡En verdad, no debe seguir habiendo ningún ¡Yo quiero!'. Así habla el dragón.

”Hermanos míos, ¿de qué sirve que exista un león en el espíritu? ¿Por qué no es suficiente la bestia de carga, que renuncia a todo y es respetuosa? Tampoco el león es aún capaz de crear nuevos valores, pero su poder sí puede crearse libertad para un nuevo crear. Crearse libertad y un no santo, incluso frente al deber. Para ello, hermanos míos, es preciso el león. Tomarse el derecho de nuevos valores es lo más horrible para un espíritu de carga y respetuoso. Por cierto, para él eso es robar, y es algo propio de un animal de rapiña.

”En épocas anteriores, el espíritu amó el 'Tú debes' como su cosa más santa. Ahora debe encontrar ilusión y capricho incluso en lo más santo, de modo que robe el quedar libre de su amor. Para ese robo es necesario el león.

"Sin embargo, hermanos míos, díganme: ¿qué puede hacer el niño que ni siquiera el león logró hacer? ¿Por qué el león rapaz tiene que convertirse todavía en niño? El niño es inocencia y olvido, un nuevo comienzo, un juego, una rueda que se mueve por sí misma, un primer movimiento, un santo decir 'sí'. Sí, hermanos míos, para el juego del crear se precisa un santo decir 'sí'. El espíritu quiere ahora su voluntad, el retirado del mundo conquista ahora su mundo.

"Les he mencionado tres transformaciones del espíritu: cómo se convirtió en camello, cómo el camello se convirtió en león, y cómo el león, por fin, se convirtió en niño".

Así habló Zaratustra. Por entonces vivía en la ciudad llamada La Vaca Multicolor[6].

De las cátedras de la virtud

Zaratustra había oído alabanzas sobre un sabio que sabía hablar bien del sueño y de la virtud. Se decía que era muy honrado y recompensado, y que todos los jóvenes se sentaban ante su cátedra. A él acudió Zaratustra, y se sentó ante su cátedra, junto con los jóvenes.

Así habló el sabio:

—¡Sientan respeto y pudor ante el dormir! ¡Eso es lo primero! ¡Y eviten a todos los que duermen mal y están desvelados por la noche! Incluso el ladrón siente pudor ante el dormir: siempre roba a hurtadillas y en silencio por la noche. En cambio, el vigilante nocturno carece de pudor, y sin pudor alguno vagabundea con su trompeta. Dormir no es arte pequeño. Para llevarlo a cabo, es preciso estar desvelado el día entero. Diez veces tienes que superarte a ti mismo durante el día: esto produce una fati-

---

6   Se refiere a la ciudad Kalmasadalmyra, donde estuvo Buda durante
     sus peregrinaciones.

ga buena y es adormidera del alma. Diez veces tienes que volver a reconciliarte contigo mismo, pues la superación es amargura, y duerme mal el que no se ha reconciliado. Durante el día debes encontrar diez verdades, porque de otro modo seguirás buscando la verdad durante la noche, pues tu alma ha quedado hambrienta. Durante el día debes reír y regocijarte diez veces, porque, en caso contrario, el estómago, ese padre de la tribulación, te molestará en la noche. Pocos saben esto, pero es necesario tener todas las virtudes para dormir bien. ¿Diré yo falso testimonio? ¿Cometeré yo adulterio? ¿Me dejaré llevar a desear la mujer de mi prójimo? Todo esto se avendría mal con el buen dormir. Y aunque se posean todas las virtudes, es necesario comprender algo más: mandar a dormir a tiempo a las virtudes mismas. ¡Para que no disputen entre sí esas lindas mujercitas! ¡Y sobre ti, desventurado! El buen dormir quiere paz con Dios y con el vecino, e incluso paz con el demonio del vecino. De lo contrario, rondará en tu casa por la noche. ¡Honor y obediencia a la autoridad, incluso a la autoridad torcida! ¡Así lo quiere el buen dormir! ¿Qué puedo yo hacer si al poder le gusta caminar sobre piernas torcidas? Para mí, el mejor pastor será siempre aquel que lleva sus ovejas al prado más verde. Esto se aviene con el buen dormir.

No quiero muchos honores, ni grandes tesoros; eso inflama el bazo. Pero se duerme mal sin un buen nombre y un pequeño tesoro. Una compañía escasa me agrada más que una malvada, pero debe venir e irse en el momento oportuno. Esto se aviene con el buen dormir. Me gustan también los pobres de espíritu, porque fomentan el sueño. Son bienaventurados, especialmente si se les da siempre la razón. Así transcurre el día para el virtuoso. Mas cuando llega la noche, me guardo bien de llamar al dormir. El dormir, que es el señor de las virtudes, no quiere que lo llamen. En cambio, pienso en lo que he hecho y he pensado durante el día. Me interrogo a mí mismo, rumiando con paciencia como lo hacen las vacas:

¿cuáles han sido, entonces, tus diez superaciones? ¿Y cuáles han sido las diez reconciliaciones, y las diez verdades, y las diez carcajadas con que mi corazón se hizo bien a sí mismo? Reflexionando sobre estas cosas, y mecido por cuarenta pensamientos, de repente me asalta el dormir, el no llamado, el señor de las virtudes. El dormir llama a la puerta de mis ojos, que se vuelven entonces pesados. El dormir toca mi boca, que queda abierta. Viene hacia mí con el calzado más suave, como el más encantador de los ladrones, y me roba mis pensamientos. Entonces me quedo de pie como un tonto, igual que esta cátedra. Pero no estoy así durante mucho tiempo, y me acuesto de inmediato.

Mientras Zaratustra oía hablar a aquel sabio, se reía por dentro. Había aparecido una luz en su horizonte. Y habló así a su corazón:

—Este sabio es un necio con sus cuarenta pensamientos, pero creo que entiende bien de dormir. ¡Feliz quien habite en la cercanía de este sabio! Semejante dormir se contagia, aun a través de un espeso muro. En su cátedra también mora un hechizo. Y no en vano los jóvenes se han sentado ante el predicador de la virtud. Su sabiduría dice: "velar para dormir bien". En verdad, si la vida careciese de sentido y yo tuviera que elegir un sinsentido, éste sería para mí el sinsentido más digno de que se lo eligiese. Ahora comprendo claramente lo que en otro tiempo se buscaba, ante todo, cuando se buscaban maestros de virtud. ¡Buen dormir es lo que se buscaba y, para ello, virtudes que fueran como adormideras! Para todos estos alabados sabios de las cátedras era sabiduría el dormir sin soñar. La vida no tenía un sentido mejor. Todavía hay algunos como este predicador de la virtud, y no siempre tan honestos. Pero su tiempo ha pasado. No hace mucho que están de pie y ya se tienden. Bienaventurados son estos somnolientos, pues no tardarán en quedar dormidos.

Así habló Zaratustra.

De los trasmundanos

"En otro tiempo, también Zaratustra proyectó su ilusión más allá del hombre, lo mismo que todos los trasmundanos. En ese entonces el mundo parecía obra de un dios sufriente y atormentado. El mundo se asemejaba a un sueño, a la invención poética de un dios, humo coloreado ante los ojos de un ser insatisfecho en su divinidad.

"'Bien' y 'mal', 'placer' y 'dolor', 'yo' y 'tú'. Todo eso era humo de colores ante la mirada de un creador. El creador quiso apartar la vista de sí mismo, fue por eso que creó el mundo. Para quien sufre, es ebriedad el placer de apartar la vista de su sufrimiento y perderse a sí mismo. En otro tiempo del mundo, era un placer ebrio y era perderse a sí mismo. Este mundo es eternamente imperfecto; es imagen, e imagen imperfecta de una contradicción eterna. Es un placer ebrio para su creador imperfecto. Así me pareció en otro tiempo el mundo.

"También yo proyecté de ese modo mi ilusión más allá del hombre, en otros tiempos, al igual que todos los trasmundanos. ¿Pero en verdad fue más allá del hombre? ¡Ay, hermanos, ese dios que yo creé era obra humana y demencia humana, como todos los dioses! ¡Era hombre y nada más que un pobre fragmento de hombre y de mí! ¡De mi propia ceniza y de mi propia brasa surgió ese fantasma! ¡Y no vino hacia mí desde el más allá!

"¿Qué ocurrió, hermanos míos? Yo me superé a mí mismo, al ser que sufría; llevé mi ceniza a la montaña, inventé para mí una llama más luminosa. ¡Y he aquí que el fantasma desapareció! Para mí, ahora sería sufrimiento y tormento para el curado creer en tales fantasmas. Sería sufrimiento y humillación. Así les digo a los trasmundanos. Fue sufrimiento e impotencia lo que creó todos los trasmundos; y aquella breve demencia de la felicidad que sólo experimenta el que más sufre de todos. Fue fatiga que de un solo salto quiere llegar al final, de un salto mortal; una pobre fatiga ignorante, que ya ni siquiera desea querer. Fue la que creó todos los dioses y todos los trasmundos.

"¡Créanlo, hermanos míos! Fue el cuerpo el que desesperó del cuerpo, y palpaba las últimas paredes con los dedos del espíritu trastornado. ¡Créanlo! Fue el cuerpo el que desesperó de la tierra y oyó que el vientre del ser le hablaba. Pero entonces quiso meter la cabeza a través de las últimas paredes, y no sólo la cabeza, quiso pasar a 'aquel mundo'. Pero 'aquel mundo' está bien oculto a los ojos del hombre, aquel inhumano mundo deshumanizado que es una nada celeste; y el vientre del ser no habla en modo alguno al hombre, a no ser en forma de hombre. En verdad, todo 'ser' es difícil de demostrar, y resulta difícil hacerlo hablar. Díganme, hermanos míos, ¿acaso la más extravagante de todas las cosas no es la mejor demostrada?

"Sí, este 'yo' y la contradicción y confusión del 'yo' continúan hablando acerca de su ser del modo más honesto. Este 'yo' que crea, quiere y valora, y que es la medida y el valor de las cosas. Y este ser honestísimo, el 'yo', habla del cuerpo y continúa queriendo el cuerpo, aun cuando poetice, fantasee y revolotee de un lado para otro con rotas alas. El 'yo' aprende a hablar con mayor honestidad cada vez: y cuanto más aprende, tantas más palabras y honores encuentra para el cuerpo y la tierra. Mi 'yo' me ha enseñado un nuevo orgullo, y yo se lo enseño a los hombres: ¡a dejar de esconder la cabeza en la arena de las cosas celestes, y a llevar libremente una cabeza terrena, creadora del sentido de la tierra!

"Les enseño a los hombres una nueva voluntad: ¡querer ese camino que el hombre ha recorrido a ciegas, llamarlo bueno y no volver a salirse a hurtadillas de él, como hacen los enfermos y moribundos! Enfermos y moribundos eran los que despreciaron el cuerpo y la tierra y los que inventaron las cosas celestes y las gotas de sangre redentoras. ¡Pero incluso estos dulces y sombríos venenos los tomaron del cuerpo y de la tierra! Querían escapar de su miseria y las estrellas les parecían demasiado lejanas. Entonces suspiraron: '¡Oh, si hubiese caminos celestes para deslizarse furtivamente en otro ser y en otra felicidad!'. Es así como inventaron sus caminos furtivos y sus pequeños brebajes de sangre![7].

"Entonces estos ingratos se imaginaron alejados de su cuerpo y de esta tierra. Sin embargo, ¿a quién debían las convulsiones y delicias de su éxtasis? ¡A su cuerpo y a esta tierra!

"Zaratustra es indulgente con los enfermos. En verdad, no se enoja con su consuelo e ingratitud. ¡Que se transformen en convalecientes y en superadores, y que se creen un cuerpo superior! Tampoco se enoja con el convaleciente si éste mira con delicadeza hacia su ilusión y a medianoche se desliza en torno a la tumba de su dios. Pero tanto la enfermedad como el cuerpo enfermo continúan siendo sus lágrimas para mí.

"Hubo siempre mucho pueblo enfermo entre quienes poetizan y tienen la manía de los dioses; odian con furia al hombre del conocimiento y a la más joven de todas las virtudes: la honestidad. Vuelven siempre la vista hacia tiempos oscuros, en los cuales la ilusión y la fe eran cosas distintas; el delirio de la razón era semejanza con Dios, y la duda era pecado.

"Conozco demasiado bien a estos hombres semejantes a Dios: quieren que se crea en ellos y que la duda sea pecado. Del mismo modo, sé muy bien qué es aquello en lo que más creen ellos mismos. En verdad, no creen en trasmundos ni en gotas de sangre redentora; en lo que más creen es en el cuerpo, y su propio cuerpo es para ellos su cosa en sí[8].

"Pero para ellos el cuerpo es una cosa enfermiza y con gusto escaparían de él. Por eso escuchan a los predicadores de la muerte, y ellos mismos predican el más allá. Es mejor que oigan la voz del cuerpo sano, hermanos míos. Es la voz más honesta y

---

7   Alusión a la Última Cena referida en la Biblia, donde Jesús comparte el pan (su cuerpo) y el vino (su sangre) con sus apóstoles.

8   La "cosa en sí" es un concepto de Immanuel Kant, sobre el cual Nietzsche polemiza en muchas ocasiones.

más pura. El cuerpo sano habla con más honestidad y con más pureza; el cuerpo perfecto habla del sentido de la tierra".

Así habló Zaratustra

De los despreciadores del cuerpo

"Quiero hablarles a quienes desprecian el cuerpo: No deben aprender ni enseñar otras doctrinas, sino tan sólo decir adiós a su propio cuerpo y así enmudecer. 'Soy cuerpo y alma', así habla el niño. ¿Por qué no hablar como los niños? En cambio, el despierto, el sapiente, dice: 'Soy cuerpo íntegramente y ninguna otra cosa, y alma es sólo una palabra para designar algo en el cuerpo'.

"El cuerpo es una gran razón, una pluralidad dotada de un único sentido; es una guerra y una paz, un rebaño y un pastor. Tu pequeña razón es también instrumento de tu cuerpo, hermano mío, a la que llamas 'espíritu', un pequeño instrumento y un pequeño juguete de tu gran razón. Dices 'yo' y estás orgulloso de esa palabra. Pero esa cosa aún más grande, en la que tú no quieres creer, tu cuerpo y su gran razón, ésa no dice 'yo', pero hace el 'yo'.

"Lo que el sentido siente y lo que el espíritu conoce, nunca tiene su final dentro de sí. Pero tanto el sentido como el espíritu querrían persuadirte de que ellos son el final de todas las cosas, pues son vanidosos. El sentido y el espíritu son instrumentos y juguetes detrás de los cuales todavía se encuentra el sí-mismo.

"El sí-mismo busca también con los ojos de los sentidos, escucha también con los oídos del espíritu. Escucha siempre y busca siempre: compara, subyuga, conquista y destruye; domina y también es el dominador del yo.

"Detrás de tus pensamientos y sentimientos, hermano mío, se encuentra un soberano poderoso, un sabio desconocido: el sí-mismo. Habita en tu cuerpo y es tu cuerpo.

"Hay más razón en tu cuerpo que en tu mejor sabiduría. ¿Y quién sabe para qué necesita tu cuerpo tu mejor sabiduría? Tu sí-mismo se ríe de tu 'yo' y de sus saltos orgullosos. '¿Qué son para mí esos saltos y esos vuelos del pensamiento?', se pregunta. 'Un rodeo hacia mi meta. Yo soy las andaderas del yo y el apuntador de sus conceptos'. El sí-mismo dice al 'yo': '¡Siente dolor aquí!'. Y el 'yo' sufre y reflexiona sobre cómo dejar de sufrir, y justo para ello se ve obligado a pensar.

"El sí-mismo dice al 'yo': '¡Siente placer aquí!'. Y el 'yo' se alegra y reflexiona sobre cómo seguir gozando a menudo, y justo para ello se ve obligado a pensar.

"Quiero decirles algo a los despreciadores del cuerpo: su despreciar constituye su apreciar. ¿Qué es lo que creó el apreciar y el despreciar, y el valor y la voluntad?

"El sí-mismo creador creó para sí el apreciar y el despreciar; se creó para sí el placer y el dolor. El cuerpo creador se creó para sí el espíritu, como una mano de su voluntad.

"Incluso en la tontería y el desprecio, despreciadores del cuerpo, sirven a su sí-mismo. Yo les digo: también el sí-mismo de ustedes desea morir y se aparta de la vida. Ahora es incapaz de hacer lo que más quiere: crear por encima de sí. Es eso lo que más quiere, es su más ardiente deseo.

"Para hacer esto, sin embargo, ya es demasiado tarde para él. Por ello el sí-mismo de ustedes quiere hundirse en su ocaso, despreciadores del cuerpo. ¡Hundirse en su ocaso! ¡Y es por eso que se convirtieron en despreciadores del cuerpo! Ya no son capaces de crear por encima de ustedes, y por eso ahora se enojan contra la vida y contra la tierra. Hay una inconsciente envidia en la mirada oblicua de su desprecio. ¡Yo no tomaré ese camino, despreciadores del cuerpo! ¡Ustedes no son puentes hacia el superhombre!".

Así habló Zaratustra.

De las alegrías y de las pasiones

"Hermano mío, si posees una virtud, y esa virtud es la tuya, entonces no la tienes en común con nadie. Por cierto, deseas llamarla por su nombre y acariciarla; deseas tirarle de la oreja y divertirte con ella. ¡Y he aquí que tienes su nombre en común con el pueblo y que, con tu virtud, te has convertido en pueblo y en rebaño! Harías mejor en decir: 'aquello que constituye el tormento y la dulzura de mi alma es inexpresable y sin nombre, y es también el hambre de mis entrañas'.

"Que tu virtud sea demasiado alta para la familiaridad de los nombres. Si tienes que hablar de ella, no te avergüences de balbucear al hacerlo. Habla y balbucea de este modo: 'Éste es mi bien, esto es lo que yo amo, así me gusta por completo, únicamente así quiero yo el bien. No lo quiero como ley de un dios, ni lo quiero como precepto y forzamiento de los hombres. Que no sea para mí una guía hacia tierras maravillosas o paraísos. Lo que yo amo es una virtud terrena. En ella hay poca inteligencia, y lo que menos hay es la razón de todos. Pero ese pájaro ha construido su nido en mí, por ello lo amo y lo aprieto contra mi pecho. Ahora incuba en mí sus huevos de oro'.

"Es así como debes balbucir y alabar tu virtud.

"En otro tiempo tenías pasiones y las llamabas 'malvadas'. Sin embargo, ahora no tienes más que tus virtudes: han surgido de tus pasiones. Colocaste tu meta suprema en el corazón de aquellas pasiones, de modo que se convirtieron en tus virtudes y alegrías. Y aunque fueses de la estirpe de los coléricos o de la de los lujuriosos, o de los fanáticos de su fe o de los vengativos, al final todas tus pasiones se convirtieron en virtudes, y todos tus demonios en ángeles. En otro tiempo tenías perros salvajes en tu mazmorra, pero finalmente fueron transformados en pájaros y en amables cantoras. Has extraído tu bálsamo de tus venenos; has ordeñado a tu 'vaca-tribulación'. Ahora bebes la leche dulce de sus ubres. Nada malo surgirá de ti en el futuro, excepto el mal que se origine en la batalla de tus virtudes.

"Hermano mío, si eres afortunado tienes una sola virtud y sólo una. Es así como atraviesas el puente con más facilidad. Es una distinción tener muchas virtudes, pero es una pesada suerte. Son muchos los que se alejaron al desierto para matarse por estar exhaustos de ser batalla y campo de batalla de virtudes.

"Hermano mío, ¿acaso son males la guerra y la batalla? Pero ese mal es necesario, como son necesarias la envidia, la desconfianza y la calumnia entre tus virtudes.

"Mira cómo cada una de tus virtudes codicia lo más alto de todo. Desea tu espíritu íntegro, para que éste sea su heraldo, quiere toda tu fuerza en la cólera, en el odio y en el amor. Cada virtud está celosa de la otra, y los celos son algo espantoso. También las virtudes pueden perecer de celos.

"Aquel a quien lo envuelve la llama de los celos, acaba por apuntar contra sí mismo el aguijón envenenado, como lo hace el escorpión. ¿Acaso todavía no has visto a una virtud calumniarse y acuchillarse a sí misma? El hombre es algo que tiene que ser superado, y por ello tienes que amar tus virtudes, pues perecerás a causa de ellas".

Así habló Zaratustra.

Del pálido delincuente

"Ustedes, jueces y sacrificadores, no quieren matar hasta que el animal haya inclinado la cabeza. ¡Miren!: el pálido delincuente ha inclinado la cabeza. En sus ojos habla el gran desprecio. 'Mi yo es algo que debe ser superado: mi yo es para mí el gran desprecio del hombre', así dicen esos ojos.

"Haberse juzgado a sí mismo constituyó su instante supremo. ¡No permitan que el sublime recaiga en su bajeza! No hay redención alguna para quien sufre tanto de sí mismo, excepto la muerte rápida. El matar de ustedes, jueces, debe ser compasión y no venganza. Mientras matan, cuiden que sean ustedes los que justifiquen la vida. No basta con reconciliarse con aquel a quien matan. Que la tristeza de ustedes sea amor al superhombre. ¡Así justifican su seguir viviendo!

"Deben decir 'enemigo', pero no 'despreciable'; deben decir 'enfermo', pero no 'canalla'; deben decir 'tonto', pero no 'pecador'.

"Y tú, rojo juez, si alguna vez dijeses en voz alta todo lo que has hecho con el pensamiento, todo el mundo gritaría: '¡Fuera esa inmundicia y ese gusano venenoso!'. Sin embargo una cosa es el pensamiento, otra la acción, y otra la imagen de la acción. La rueda del motivo no gira entre ellas. Una imagen puso pálido a ese pálido hombre. Cuando realizó su acción, él estaba a la altura de ella; pero no soportó la imagen de su acción, una vez que fue cometida. Entonces, desde aquel momento se vio siempre como autor de una sola acción. A eso lo llamo 'demencia': la excepción se invirtió, y para él se convirtió en la esencia.

"La raya trazada sobre el suelo hechiza a la gallina; el golpe dado por el delincuente hechizó su pobre razón. A eso lo llamo 'demencia después de la acción'.

"¡Escuchen, jueces! Todavía existe otra demencia: la de antes de la acción. ¡Ay! ¡No lograron penetrar con profundidad en el alma!

"Así habla el rojo juez: '¿Por qué este delincuente asesinó? Porque quería robar'. Pero yo les digo: su alma quería sangre, no robo; él sentía sed por la felicidad del cuchillo.

"Sin embargo, su pobre razón no comprendía esa demencia y lo persuadió. '¡Qué importa la sangre! –dijo–. ¿No quieres al menos cometer también un robo? ¿Tomarte una venganza?'. Y él escuchó a su pobre razón; el discurso de ella sobre él pesaba como plomo. Entonces robó, al asesinar. No quería avergonzarse de su demencia.

"Y ahora el plomo de su culpa vuelve a pesar sobre él, y de nuevo su pobre razón está igual de rígida, igual de paralizada, igual de pesada.

"Con sólo ser capaz de sacudir su cabeza, su peso rodaría al suelo. Pero, ¿quién sacude esa cabeza?, ¿Qué es ese hombre? Un montón de enfermedades, que a través del espíritu se extienden por el mundo. Allí quieren hacer su botín.

"¿Qué es ese hombre? Una maraña de serpientes salvajes, que rara vez tienen paz entre sí. Entonces, cada una se va por su lado, buscando botín en el mundo.

"¡Miren ese pobre cuerpo! Lo que él sufría y codiciaba, esa pobre alma lo interpretaba para sí. Lo interpretaba como placer asesino y como ansia de la felicidad del cuchillo.

"A quien ahora se pone enfermo lo asalta el mal, lo que ahora es mal. El enfermo quiere causar daño con aquello que le causa daño a él. Pero ha habido otros tiempos, y otros males y bienes.

"En otro tiempo, la duda y la voluntad de sí-mismo constituían un mal. Entonces el enfermo se convertía en hereje y en bruja. Como ambos, sufría y deseaba provocar el sufrimiento.

"Pero esto no quiere entrar en vuestros oídos, puesto que perjudica a los buenos de ustedes, según dicen. ¡Pero qué importan los buenos de ustedes! Muchas cosas de esos buenos me producen náuseas y, en verdad, no su mal. ¡Desearía que tuvieran una demencia que les provocara la muerte, como ese pálido delincuente!

"En verdad, yo quisiera que su demencia se llamase 'verdad', 'fidelidad' o 'justicia': pero ellos tienen su virtud para vivir largo tiempo y en un lamentable bienestar.

"Yo soy una baranda junto a la corriente. ¡Agárreme quien pueda hacerlo! Pero yo no soy una muleta para ustedes".

Así habló Zaratustra.

Del leer y el escribir

"De todo lo escrito, amo sólo aquello que alguien escribe con su sangre. Tú también escribe con sangre y te darás cuenta de que la sangre es espíritu. Comprender la sangre ajena no es fácil; yo odio a los ociosos que leen. Quien conoce al lector no hace nada por el lector. Un siglo más de lectores y hasta el espíritu olerá mal,

"Que todo el mundo tenga el derecho de aprender a leer, a la larga corrompe no sólo el escribir, sino también el pensar. En otro tiempo el espíritu era Dios; luego se convirtió en hombre y ahora se convierte en plebe. Quien escribe con sangre y en forma de sentencias no quiere ser leído, quiere que lo aprendan de memoria

"En las montañas, el camino más corto es el que va de cumbre a cumbre; pero para recorrerlo es necesario tener piernas largas. Las sentencias deben ser cumbres, y aquellos a quienes se habla, hombres altos y robustos.

"El aire ligero y puro, el peligro cercano y el espíritu lleno de una alegre maldad, todo esto se entiende bien entre sí. Quiero tener duendes a mi alrededor, pues soy valeroso. El valor que ahuyenta los fantasmas se crea sus propios duendes. El valor quiere reír.

"Yo ya no tengo sentimientos en común con ustedes: esa nube que veo por debajo de mí, esa negrura y pesadez que me provoca risa... Esa es precisamente la borrascosa nube de ustedes.

"Ustedes miran hacia el cielo cuando desean elevarse; en cambio yo miro hacia abajo, porque estoy elevado. ¿Quién de ustedes puede reír y estar elevado a la vez? Quien asciende a las montañas más altas se ríe de todas las tragedias, de las del teatro y de las de la vida. La sabiduría nos quiere valerosos, despreocupados, irónicos y violentos. Es una mujer y ama sólo al guerrero.

"Ustedes dicen: 'La vida es difícil de llevar'. Pero, ¿para qué tendrían su orgullo por las mañanas y su resignación por las tardes? '¡La vida es difícil de llevar!' ¡No sean tan delicados! ¡Todos nosotros somos asnos y mulas de carga!

"¿Qué tenemos nosotros en común con el capullo de la rosa, que tiembla porque tiene encima de su cuerpo una gota de rocío? Es verdad: amamos la vida no porque estemos habituados a vivir, sino porque estamos habituados a amar. Siempre hay algo de locura en el amor, pero siempre hay también algo de razón en la locura.

"Y también a mí, que soy bueno con la vida, me parece que quienes más saben de felicidad son las mariposas y las burbujas de jabón, y todo lo que es de su misma especie entre los hombres. Ver revolotear esas almitas ligeras, locas, encantadoras, volubles… ¡eso hace llorar y cantar a Zaratustra!

"Yo no creería más que en un dios que supiese bailar. Y cuando vi a mi demonio lo encontré serio, grave, profundo, solemne. Era el espíritu de la pesadez; él provoca que todas las cosas caigan.

"No se mata con la cólera, sino con la risa. ¡Adelante! ¡Matemos el espíritu de la pesadez!

"He aprendido a caminar; desde entonces me dedico a correr. He aprendido a volar: desde entonces no quiero ser empujado para moverme de un sitio.

"Ahora soy ligero, ahora vuelo; me veo a mí mismo por debajo de mí, un dios baila por medio de mí".

Así habló Zaratustra.

Del árbol de la montaña

El ojo de Zaratustra había notado que un joven lo evitaba. Una tarde, mientras camina por los montes que rodean la ciudad llamada "La Vaca Multicolor", se topó con aquel joven. Estaba sentado junto a un árbol en el que se apoyaba y miraba al valle con fatiga. Zaratustra se aferró el árbol junto al cual estaba sentado el joven y dijo:

—Si yo quisiera sacudir este árbol con mis manos, no podría. Pero el viento, que nosotros no vemos, lo maltrata y lo dobla hacia donde quiere. Manos invisibles son las que peor nos doblan y maltratan.

Entonces el joven se levantó consternado y dijo:

—Oigo a Zaratustra, y precisamente en él estaba pensando.

—¿Y por eso te has asustado? —replicó Zaratustra—. Al hombre le ocurre lo mismo que al árbol. Cuanto más quiere elevarse hacia la altura y hacia la luz, tanto más fuertemente tienden sus raíces hacia la tierra, hacia abajo, hacia lo oscuro y lo profundo; hacia el mal.

—¡Sí, hacia el mal! —exclamó el joven— ¿Cómo es posible que tú hayas descubierto mi alma?

Zaratustra sonrió y dijo:

—A ciertas almas no se las descubrirá nunca a no ser que antes se las invente.

—¡Sí! —volvió a exclamar el joven—. ¡Hacia el mal! Tú has dicho la verdad, Zaratustra. Desde que quiero elevarme hacia la altura ya no tengo confianza en mí mismo, y ya nadie tiene confianza en mí. ¿Cómo ocurrió esto? Me transformo con demasiada rapidez. Mi hoy refuta a mi ayer. A menudo salto los escalones cuando subo; esto no me lo perdona ningún escalón. Cuando estoy arriba, siempre me encuentro solo. Nadie habla conmigo, el frío de la soledad me hace estremecer. ¿Qué es lo que quiero yo en la altura? Mi desprecio y mi anhelo crecen juntos; cuanto más alto subo, tanto más desprecio al que sube. ¿Qué es lo que quiere éste en la altura? ¡Cómo me avergüenzo de mi subir y tropezar! ¡Cómo me burlo de mi violento jadear! ¡Cómo odio al que vuela! ¡Qué cansado estoy en la altura!

Aquí el joven calló. Zaratustra miró detenidamente el árbol junto al que se hallaban y dijo:

—Este árbol se encuentra solitario aquí en la montaña; ha crecido muy por encima del hombre y del animal. Si quisiera hablar, no tendría a nadie que lo comprendiese: tan alto ha crecido. Ahora él espera y espera. Pero, ¿a qué espera? Habita demasiado cerca del asiento de las nubes... ¿acaso espera el primer rayo?

Cuando Zaratustra terminó de hablar el joven exclamó con ademanes violentos:

—Sí, Zaratustra, lo que dices es cierto. Cuando quería ascender a la altura, anhelaba mi caída, ¡y tú eres el rayo que yo aguardaba! Mira, ¿qué soy yo desde que tú nos has aparecido? ¡La envidia de ti es lo que me ha destruido!

Así dijo el joven, y lloró con amargura.

Zaratustra lo rodeó con su brazo y se lo llevó consigo. Después de caminar un rato juntos, comenzó a hablarle así:

—Mi corazón está desgarrado. Aun mejor que tus palabras, es tu ojo el que me dice todo el peligro que corres. Todavía no eres libre, todavía buscas la libertad. Tu búsqueda te ha vuelto insomne y te ha desvelado demasiado. Quieres subir con libertad a la altura; tu alma tiene sed de estrellas, pero también tus malos instintos tienen sed de libertad. Tus perros salvajes quieren libertad; ladran de placer en su cueva cuando tu espíritu se propone abrir todas las prisiones. Para mí eres todavía un prisionero que se imagina la libertad: ¡ay!, el alma de tales prisioneros se torna inteligente, pero también astuta y mala. El liberado del espíritu todavía debe purificarse, porque permanecen en él muchos restos de cárcel y de moho. Su ojo todavía debe volverse puro. Sí, yo conozco tu peligro. Mas por mi amor y mi esperanza te conjuro: ¡no arrojes de ti tu amor y tu esperanza! Aún te sientes noble, y es así como te sienten los otros, que te detestan y te lanzan miradas malvadas. Para ellos, un noble es un obstáculo en su camino. También para los buenos un noble es un obstáculo en su camino; aunque lo llamen "bueno", al hacerlo buscan apartarlo a un lado. El noble quiere crear cosas nuevas y una nueva virtud; el bueno quiere conservar las cosas viejas. El peligro del noble no es volverse bueno, sino insolente, burlón, destructor. ¡Ay!, yo he conocido nobles que perdieron su más alta esperanza y calumniaron todas las esperanzas elevadas. Desde entonces han vivido con insolencia en medio de breves placeres, y apenas se trazaron metas de más de un día. "El espíritu es también voluptuosidad", así dijeron. Y entonces a su espíritu se le quebraron las alas. Ahora, se arrastra de un sitio para otro y mancha todo lo que roe. En otro tiempo pensaron convertirse en héroes; ahora son libertinos. Para ellos, el héroe es la pesadumbre y el horror Te conjuro por mi amor y mi esperanza. ¡no arrojes al héroe que hay en tu alma! ¡Conserva santa tu más alta esperanza!

Así habló Zaratustra.

De los predicadores de la muerte

"Hay predicadores de la muerte, y la tierra está colmada de seres a quienes hay que predicar que se alejen de la vida. La tierra está colmada de superfluos; la vida está por demasiados. ¡Ojalá alguien los sacara de esta vida con el atractivo de la vida eterna! 'Amarillos', así se llama a los predicadores de la muerte. O 'negros'. Pero yo todavía quiero que los vean con otros colores.

"Ahí están los seres terribles, que llevan dentro de sí el animal de presa y no pueden elegir más que placeres o autolaceración. E incluso sus placeres continúan siendo autolaceración. Esos seres terribles aún no han llegado ni siquiera a ser hombres. ¡Ojalá prediquen el abandono de la vida y ellos mismos se vayan a la otra!

"Ahí están los tuberculosos del alma: apenas han nacido y ya han comenzado a morir. Como tales, anhelan doctrinas de fatiga y de renuncia. ¡Querrían estar muertos, y nosotros deberíamos aprobar su voluntad! ¡Guardémonos de resucitar a esos muertos y de lastimar a esos ataúdes vivientes!

"Si encuentran un enfermo, un anciano o un cadáver, enseguida dicen: '¡La vida está refutada!'. Pero sólo ellos están refutados; al igual que sus ojos, que no ven más que un sólo rostro en la existencia. Aguardan con los dientes apretados, envueltos en una espesa melancolía y ávidos de los pequeños incidentes que ocasionan la muerte. O extienden la mano hacia las confituras y, al hacerlo, se burlan de su niñería. Penden de esa caña de paja que es su vida y se burlan de seguir todavía pendientes de una caña de paja[9].

"Su sabiduría dice: 'Tonto es el que continúa viviendo, pero también nosotros somos así de tontos! ¡Y ésta es la cosa más tonta en la vida!'. Otros dicen: 'La vida no es más que sufrimiento', y no mienten. ¡Entonces, procuren ustedes terminar! ¡Que acabe esa vida que no es más que sufrimiento! Y que la enseñanza de la virtud de ustedes diga así: '¡Tú debes matarte a ti mismo! ¡Tú debes quitarte de en medio a ti mismo!'. Quienes predican la muerte dicen 'La voluptuosidad es pecado'. Otros dicen 'Dar a luz es cosa ardua. ¿Para qué dar a luz? ¡No se da a luz más que seres desgraciados!'. Y también éstos son predicadores de la muerte. 'Compasión es lo que hace falta —así dicen los terceros— ¡Tomen lo que yo tengo! ¡Tomen lo que soy! ¡Así mucho menos me atará a la vida!'.

"Si fueran compasivos de verdad, quitarían a sus prójimos el gusto de la vida. Su verdadera bondad sería ser malvados. Pero ellos quieren librarse de la vida: ¡qué les importa que aten a otros con sus cadenas y sus regalos, incluso con más fuerza!

"Y también ustedes, para quienes la vida es trabajo salvaje e inquietud: ¿no se encuentran muy cansados de la vida? ¿No están muy maduros para la predicación de la muerte? Todos ustedes, que aman el trabajo salvaje y lo rápido, nuevo y extraño, soportan mal a ustedes mismos; su diligencia es huida y deseo de olvidarse a sí mismos. Si creyeran más en la vida, se lanzarían menos al instante. ¡Pero ustedes no tienen contenido suficiente para la espera, y ni siquiera para la pereza! Por todas partes resuena la voz de quienes predican la muerte, y la tierra está llena de seres a quienes hay que predicar la muerte, o la 'vida eterna'. Es lo mismo para mí, siempre y cuando pronto se marchen de ella".

Así habló Zaratustra.

---

9   Alusión a una frase de Blas Pascal: "El hombre es una caña que piensa".

De la guerra y el pueblo guerrero

"No queremos que nuestros mejores enemigos sean indulgentes con nosotros, ni tampoco aquellos a quienes amamos a fondo. Por eso, ¡déjenme decirles la verdad, hermanos míos en la guerra! Yo los amo a fondo; soy y he sido un igual para ustedes. Y soy también el mejor enemigo. Por eso, ¡déjenme decirles la verdad! Conozco el odio y la envidia que hay en sus corazones. No son ustedes suficientemente grandes para no conocer el odio y la envidia. ¡Sean entonces bastante grandes para no avergonzarse! Si no pueden ser santos del conocimiento, al menos sean guerreros de él. Son éstos los acompañantes y los precursores de tal santidad.

"Veo muchos soldados. ¡Lo que quisiera ver es muchos guerreros! Llaman 'uniforme' a su vestimenta. ¡Ojalá no sea uniformidad lo que encubren con ello! Deben ser de aquellos cuyos ojos buscan siempre un enemigo, el enemigo de ustedes. Y en algunos de ustedes hay un odio a primera vista.

"¡Deben buscar a su enemigo, hacer su guerra, y hacerla por sus pensamientos! ¡Y si su pensamiento sucumbe, su honestidad debe cantar victoria por ese motivo! Deben amar la paz como medio para nuevas guerras. Y la paz corta, más que la larga.

"A ustedes no les aconsejo el trabajo, sino la lucha. No les aconsejo la paz, sino la victoria. ¡Que el trabajo sea una lucha! ¡Que la paz sea una victoria!

"Sólo se puede estar callado y tranquilo cuando se tiene una flecha y un arco; de lo contrario, se charla y se disputa. ¡Que la paz sea una victoria! ¿Dicen que la buena causa es la que santifica incluso la guerra? Yo respondo: la buena guerra es la que santifica toda causa. La guerra y el valor han hecho más cosas grandes que el amor al prójimo. No es la compasión, sino la valentía, la que ha salvado hasta ahora a quienes se hallaban en peligro.

"'¿Qué es bueno?', preguntan. Ser valiente es bueno. Dejen que las niñas pequeñas digan: 'Ser bueno es ser bonito y a la vez conmovedor'. Se dice que no tienen corazón, pero el corazón de ustedes es auténtico, y yo amo el pudor de la cordialidad que ostentan. Ustedes se avergüenzan de la pleamar, y otros se avergüenzan de la bajamar. ¿Son feos? ¡Bien, hermanos míos! ¡Envuélvanse en lo sublime, que es el manto de lo feo! Si el alma de ustedes se hace grande, también se vuelve altanera, y en la sublimidad hay maldad. Yo los conozco.

"En la maldad, el altanero se encuentra con el débil. Sin embargo, se malentienden de modo recíproco. Yo los conozco.

"Sólo les es lícito tener enemigos que haya que odiar, pero no enemigos para despreciar. Es necesario que estén orgullosos del enemigo, porque entonces los éxitos de él son también los éxitos de ustedes.

"La nobleza en el esclavo es la rebelión. ¡Que la nobleza sea la obediencia! ¡Que el propio mandar de ustedes sea un obedecer! A un buen guerrero, 'Tú debes' le suena a más agradable que 'Yo quiero'. Por eso, a todo lo que aman deben dejarle, primero, que los mande. ¡Que el amor de ustedes a la vida sea amor a la esperanza más alta! ¡Que sea la esperanza más alta el pensamiento más alto de la vida! Pero deben permitir que yo les ordene su pensamiento más alto. Es así como dice: 'El hombre es algo que debe ser superado'. ¡Vivan, pues, su vida de obediencia y de guerra! ¡Qué importa vivir mucho tiempo! ¿Qué guerrero quiere ser tratado con indulgencia? ¡Yo no los trato con indulgencia, yo los amo a fondo, hermanos míos en la guerra!".

Así habló Zaratustra.

Del nuevo ídolo

"Todavía existen pueblos y rebaños en algún lugar, pero no entre nosotros, hermanos míos. Aquí tenemos Estados. ¿Estado? ¿Qué es eso? ¡Bien! Abran ahora los oídos, porque voy a decirles algo sobre la muerte de los pueblos. 'Estado' es el nombre del más frío de todos los monstruos fríos. Es frío incluso cuando miente; y ésta es la mentira que se desliza de su boca: 'Yo, el Estado, soy el pueblo'.

"¡Falso! Fueron creadores quienes crearon los pueblos y colocaron encima de ellos una fe y un amor. Así sirvieron a la vida. Quienes ponen trampas son aniquiladores para muchos y las llaman 'Estado'. Sobre ellos colocan una espada y cien impudicias.

"Donde todavía hay pueblo, éste no comprende al Estado y lo odia, considerándolo mal de ojo y pecado contra las costumbres y los derechos. Les doy esta señal: cada pueblo habla su lengua propia del bien y del mal; el vecino no la entiende. Cada pueblo se ha inventado su lenguaje propio en costumbres y derechos. Pero el Estado miente en todas las lenguas del bien y del mal; diga lo que diga, miente; y, posea lo que posea, lo ha robado. Todo es falso en él; el mordedor muerde con dientes robados. Incluso sus entrañas son falsas.

"Confusión de lenguas del bien y del mal: les doy esta señal como señal del Estado. ¡En verdad, lo que esa señal indica es voluntad de muerte! ¡En verdad, hace señas a los predicadores de la muerte! Nacen demasiados: ¡el Estado fue inventado para los superfluos! ¡Miren cómo atrae a los demasiados! ¡Cómo los devora y los masca y los rumia! 'En la tierra no hay ninguna cosa más grande que yo: yo soy el dedo ordenador de Dios', así ruge el monstruo. ¡Y no sólo quienes tienen orejas largas y vista corta se postran de rodillas! ¡Ay! ¡También en ustedes, los de alma grande, él susurra sus sombrías mentiras! ¡Ay! ¡Él adivina cuáles son los corazones ricos, que con gusto se prodigan! ¡Sí! ¡También se adivina a ustedes, los vencedores del viejo Dios! ¡Se han cansado en la lucha, y ahora su cansancio continúa prestando culto al nuevo ídolo! ¡Héroes y hombres de honor quisiera colocar en torno a sí el nuevo ídolo! ¡Ese frío monstruo gusta de calentarse al sol de buenas conciencias!

"El nuevo ídolo les quiere dar todo, si ustedes lo adoran[10]. Se compra así el brillo de vuestra virtud y la mirada de vuestros ojos orgullosos.

"¡Quiere que vosotros le sirváis de cebo para pescar a los demasiados! ¡Sí, un artificio infernal ha sido inventado aquí, un caballo de la muerte, que tintinea con el atavío de honores divinos! Sí, aquí ha sido inventada una muerte para muchos, la cual se precia a sí misma de ser vida. ¡Es por cierto un servicio íntimo para todos los predicadores de la muerte! 'Estado' llamo al lugar donde todos, buenos y malos, son bebedores de venenos. Estado, al lugar en que todos, buenos y malos, se pierden a sí mismos. Estado, al lugar donde el lento suicidio de todos se llama 'vida'. ¡Vean, entonces, a esos superfluos! Roban para sí las obras de los inventores y los tesoros de los sabios. Llaman 'cultura' a su latrocinio. ¡Y todo se convierte para ellos en enfermedad y molestia! ¡Vean, pues, a esos superfluos! Están siempre enfermos, vomitan su bilis y lo llaman 'periódico'. Se devoran unos a otros y ni siquiera pueden digerirse. ¡Vean, pues, a esos superfluos! Adquieren riquezas y con ello se vuelven más pobres. Quieren poder y, en primer lugar, la palanqueta del poder, mucho dinero... ¡esos insolventes! ¡Véanlos trepar, esos ágiles monos! Trepan unos por encima de otros, y así se arrastran al fango y a la profundidad. Todos quieren llegar al trono; su demencia consiste en creer que la felicidad se sienta en el trono. Con frecuencia es el fango el que se sienta en el trono, y también a menudo el trono se sienta en el fango.

"Todos ellos son dementes para mí, así como monos trepadores y fanáticos. Su ídolo, el frío monstruo, me huele mal. Todos ellos juntos me huelen mal, esos idólatras. Hermanos míos, ¿acaso desean asfixiarse con el aliento de sus hocicos y de sus inmundicias? ¡Es mejor romper las venta-

---

10   Alusión al Evangelio de Mateo, 4, 9, cuando el Tentador le dice a Jesús: 'Todo esto te daré si, postrándote ante mí, me adoras'.

nas y saltar al vacío! ¡Apártense del mal olor! ¡Aléjense de la idolatría de los superfluos! ¡Apártense del mal olor! ¡Aléjense del humo de esos sacrificios humanos! Aún la tierra está a disposición de las almas grandes. Aún muchos lugares se encuentran vacíos para eremitas solitarios o en pareja, en torno a los cuales sopla el perfume de mares silenciosos. Aún hay una vida libre a disposición de las almas grandes. En verdad, quien poco posee, tanto menos es poseído: ¡alabada sea la pequeña pobreza! Allí donde termina el Estado, comienza el hombre que no es superfluo; allí comienza la canción del necesario, la melodía única e insustituible. Allí donde termina el Estado, ¡miren allí, hermanos míos! ¿No ven el arco iris y los puentes del superhombre?".

Así habló Zaratustra.

De las moscas del mercado

"¡Escapa a tu soledad, amigo mío! Has perdido la audición por el ruido de los grandes hombres, has sido acribillado por los aguijones de los pequeños. El bosque y la roca saben callar con dignidad junto a ti. Vuelve a ser igual que el árbol al que amas, el árbol de amplias ramas. Pende silencioso y atento sobre el mar. Donde acaba la soledad, comienza el mercado; y donde comienza el mercado, comienzan también el ruido de los grandes comediantes y el zumbido de las moscas venenosas. Las mejores cosas del mundo no valen nada sin alguien que las represente. A esos actores el pueblo los llama 'grandes hombres'.

"El pueblo comprende poco lo grande, es decir, lo creador. Pero tiene sentidos para todos los actores y comediantes de grandes cosas. El mundo gira en torno a los inventores de nuevos valores; lo hace de modo invisible. Sin embargo, el pueblo y la fama giran en torno a los comediantes. Así marcha el mundo.

"El comediante tiene espíritu, pero poca conciencia de espíritu. Cree siempre en aquello que mejor le permite llevar a los otros a creer. ¡A creer en él!

"Mañana tendrá una nueva fe; pasado mañana, otra más nueva. El comediante tiene sentidos rápidos, igual que el pueblo, y presentimientos cambiantes.

"Para él, 'derribar' significa 'demostrar'. 'Convencer' significa 'volver loco a uno'. Y la sangre es para él el mejor de los argumentos. A una verdad que sólo se desliza en oídos delicados, la llama 'mentira' y 'nada'. ¡En realidad, sólo cree en dioses que hagan gran ruido en el mundo!

"El mercado está lleno de bufones solemnes, ¡y el pueblo se enorgullece de sus grandes hombres! Para el pueblo, son los señores del momento. Sin embargo, el momento los apremia; y así ellos te apremian a ti. También de ti quieren un 'sí' o un 'no'. ¡Ay!, ¿quieres colocar tu silla entre un pro y un contra? ¡No tengas celos de esos incondicionales y apremiantes, amante de la verdad! Jamás se ha colgado la verdad del brazo de un incondicional. A causa de esas gentes súbitas, vuelve a tu seguridad: sólo en el mercado le asaltan a uno con un '¿sí o no?'.

"Todos los pozos profundos viven con lentitud sus experiencias; deben esperar durante largo tiempo hasta saber qué fue lo que cayó en su profundidad. Todo lo grande se aparta del mercado y de la fama. Los inventores de nuevos valores han vivido apartados de ellos desde siempre.

"¡Escapa a tu soledad, amigo mío! Te veo acribillado por moscas venenosas. ¡Huye hacia donde sopla un viento áspero y fuerte! ¡Huye a tu soledad! Has vivido demasiado cerca de los pequeños y mezquinos. ¡Huye de su venganza invisible! Contra ti no son otra cosa que venganza. ¡Deja de levantar tu brazo contra ellos! Son innumerables, y no es tu destino el ser espantamoscas. Son innumerables esos pequeños y mezquinos; y las gotas de lluvia y la maleza han conseguido derribar a más de un imponente edificio. Tú no eres una piedra, pero ya has sido excavado por muchas gotas. Acabarás por resquebrajarte y por romperte en pedazos bajo tantas gotas. Te veo fatigado por moscas venenosas; te veo en cien sitios, lleno de sangrientos rasguños; y tu orgullo ni siquiera desea encolerizarse. Ellas quisieran sangre de ti, con total inocencia; es lo que sus almas exangües codician, y es por eso que pican con esa inocencia.

"Pero tú, profundo, sufres demasiado incluso por pequeñas heridas; y antes de que te curases, el mismo gusano venenoso ya se arrastraba por tu mano. Tienes demasiado orgullo para matar a esos golosos. ¡Pero no permitas que soportar su venenosa injusticia se convierta en tu fatalidad! Ellos zumban a tu alrededor también con su alabanza. Su alabanza es impertinencia. Quieren la cercanía de tu piel y de tu sangre.

"Te adulan como a un dios o a un demonio; sollozan delante de ti como delante de un dios o de un demonio. ¿Qué importa? Son nada más que aduladores y llorones. También suelen hacerse los amables contigo. Pero ésa fue siempre la astucia de los cobardes.

"¡Sí, los cobardes son astutos! Ellos reflexionan mucho sobre ti con su alma estrecha. ¡Para ellos eres siempre preocupante! Todo aquello sobre lo que se reflexiona mucho se vuelve preocupante. Ellos te castigan por todas tus virtudes. Sólo te perdonan de verdad tus fallos. Como tú eres suave y de sentir justo, dices: 'No tienen ellos la culpa de su mezquina existencia'. Pero su alma estrecha piensa: 'Toda gran existencia es culpable'. Aunque eres suave con ellos, se sienten, sin embargo, despreciados por ti; y te pagan tus bondades con daños encubiertos.

"Tu orgullo sin palabras repugna siempre a su gusto; se regocijan mucho cuando alguna vez eres lo bastante modesto para ser vanidoso. Lo que nosotros reconocemos en un hombre, eso lo hacemos arder también en él. Por ello, ¡guárdate de los pequeños!

"Ante ti ellos se sienten pequeños, y su bajeza arde y se pone al rojo contra ti en invisible venganza.

"¿No has notado cómo solían enmudecer cuando tú te acercabas a ellos, y cómo su fuerza los abandonaba, cual humo de fuego que se extingue? Sí, amigo mío, para tus prójimos, eres tú la conciencia malvada, pues ellos son indignos de ti. Por eso te odian y quisieran chuparte la sangre. Tus prójimos serán siempre moscas venenosas; lo que en ti es grande, eso cabalmente tiene que hacerlos más venenosos y siempre más moscas. Escapa a tu soledad, amigo mío, y allí donde sopla un viento áspero y fuerte. Tu destino no es ser espantamoscas".

Así habló Zaratustra.

De la castidad

"Yo amo el bosque. En las ciudades se vive mal; hay demasiada lascivia. ¿Acaso no es mejor caer en las manos de un asesino que en los sueños de una mujer lasciva? ¡Vean a esos hombres! Sus ojos lo dicen: no conocen nada mejor en la tierra que yacer con una mujer. En el fondo de su alma lo único que hay es fango. ¡Ay si su fango también tiene espíritu! ¡Si al menos fueran perfectos en cuanto animales! Pero la inocencia es una virtud del animal. ¿Les aconsejo matar los sentidos? Yo les aconsejo la inocencia de los sentidos. ¿Les aconsejo la castidad? En algunos la castidad es una virtud, pero en muchos es casi un vicio.

"Sin duda que ambos contienen pero la perra sensualidad mira con envidia desde todo lo que hacen. Incluso hasta las alturas de su virtud y hasta la frialdad del espíritu, los sigue esa alimaña con su insatisfacción.

"¡Y con qué buenos modales sabe mendigar la perra sensualidad un pedazo de espíritu cuando no se le brinda un pedazo de carne! ¿Ustedes aman las tragedias y todo lo que destroza el corazón? Pero yo desconfío de la perra de ustedes. Para mí, los ojos de ustedes demasiado crueles, y miran con lascivia a quienes sufren. ¿No será que enmascaran la voluptuosidad y la llaman 'compasión'?

"Les propongo esta parábola: no pocos que quisieron expulsar a su demonio, fueron a parar ellos mismos entre los cerdos[11],

Se debe desaconsejar la castidad a quien le resulta difícil, para que no se convierta en el camino hacia el infierno, es decir, hacia el fango y la lascivia del alma. ¿Hablo de cosas sucias? Para mí, esto no es lo peor.

"Al hombre de conocimiento le disgusta bajar al agua de la verdad no cuando está sucia, sino cuando no es profunda. En verdad, hay personas castas de raíz; son dulces de corazón, ríen con más gusto y más frecuencia que ustedes. Se ríen incluso de la castidad y preguntan qué es la castidad. ¿No es una tontería la castidad? Pero esa tontería ha venido a nosotros, y no nosotros a ella.

"Hemos ofrecido albergue y corazón a ese huésped; ahora habita en nosotros. ¡Que se quede todo el tiempo que quiera!".

Así habló Zaratustra.

Del amigo

"'Uno siempre a mi alrededor es demasiado', así piensa el ermitaño. 'Siempre, uno por uno, a la larga resulta en dos'. 'Yo' y 'mí' están siempre dialogando con demasiada vehemencia; ¿cómo soportarlo si no hubiese un amigo? Para el ermitaño, el amigo es siempre el tercero; es el corcho que

---

11   Cita del Evangelio de Mateo, 9, 28-32: "Llegó él a la orilla de enfrente, a la región de los gadarenos. Desde el cementerio salieron a su encuentro dos endemoniados; eran tan peligrosos que nadie se atrevía a transitar por aquel camino. De pronto empezaron a gritar: '¿Quién te mete a ti en esto, Hijo de Dios? ¿Has venido aquí a atormentarnos antes de tiempo?' Una gran piara de cerdos estaba hozando a distancia. Los demonios le dijeron: 'Si nos echas, mándanos a la piara'. Jesús les dijo: 'Id'. Salieron y se fueron a los cerdos. De pronto la piara se abalanzó al lago, acantilado abajo, y murió ahogada".

impide que el diálogo de los dos se hunda en la profundidad. ¡Ay, existen demasiadas profundidades para todos los ermitaños! Por ello desean ardientemente un amigo y su altura. Nuestra fe en otros delata lo que nosotros quisiéramos creer de nosotros mismos. Nuestro anhelo de un amigo es nuestro delator. Y a menudo con el amor, no se quiere más que saltar por encima de la envidia. Con frecuencia atacamos y nos creamos un enemigo para ocultar que somos vulnerables. '¡Sé al menos mi enemigo!', así habla el verdadero respeto, que no se atreve a solicitar amistad.

"Si hay deseo de tener un amigo, también debe desearse hacer la guerra por él: y para hacer la guerra hay que poder ser enemigo. En el propio amigo debemos honrar al enemigo. ¿Puedes tú acercarte mucho a tu amigo sin pasarte a su bando? En nuestro amigo debemos tener nuestro mejor enemigo. Con tu corazón debes estarle máximamente cercano cuando le opones resistencia. ¿No quieres llevar vestido alguno delante de tu amigo? ¿Debe ser un honor para tu amigo el que te ofrezcas a él tal como eres? ¡Pero él te mandará al diablo por esto! Quien no tiene recato provoca indignación. ¡Tienen mucha razón en temer a la desnudez! Si ustedes fueran dioses, entonces les sería lícito avergonzarse de las vestiduras. Nunca te adornarás bastante bien para tu amigo, pues para él debes ser una flecha y un anhelo hacia el superhombre.

"¿Has visto ya dormir a tu amigo para conocer cuál es su aspecto? Entonces, ¿qué es, por lo demás, el rostro de tu amigo? Es tu propio rostro, en un espejo grosero e imperfecto. ¿Has visto ya dormir a tu amigo? ¿No te horrorizaste de que tu amigo tuviese tal aspecto? ¡Oh, amigo mío, el hombre es algo que tiene que ser superado!

"El amigo debe ser un maestro en el adivinar y en el permanecer callado. Tú no tienes que querer ver todo. Tu sueño debe descubrirte lo que tu amigo hace en la vigilia.

"Que un adivinar sea tu compasión, para que sepas primero si tu amigo quiere compasión.

"Tal vez él ame en ti los ojos firmes y la mirada de la eternidad.

"La compasión por el amigo debe ocultarse bajo una dura cáscara; debes dejarte un diente en ésta. Así tendrá la delicadeza y la dulzura que le corresponden. ¿Eres tú aire puro, soledad, pan y medicina para tu amigo? Más de uno no puede librarse a sí mismo de sus propias cadenas y es, sin embargo, un redentor para el amigo.

"¿Eres un esclavo? Entonces no puedes ser amigo. ¿Eres un tirano? Entonces no puedes tener amigos. Durante demasiado tiempo se ha ocultado en la mujer un esclavo y un tirano. Por ello la mujer no es todavía capaz de amistad: sólo conoce el amor. En el amor de la mujer hay injusticia y ceguera frente a todo lo que ella no ama. Y hasta en el amor sapiente de la mujer continúa habiendo agresión inesperada y rayo y noche al lado de la luz. La mujer no es todavía capaz de amistad: las mujeres continúan siendo gatas y pájaros. O, en el mejor de los casos, vacas.

"La mujer no es todavía capaz de amistad. Pero díganme, varones, ¿quién de ustedes es capaz de amistad? ¡Cuánta pobreza y cuánta avaricia hay en sus almas! Quiero dar hasta a mi enemigo lo que ustedes le dan al amigo, y no por eso me habré vuelto más pobre. Existe la camaradería, ¡ojalá exista la amistad!".

Así habló Zaratustra.

De las mil metas y de la única meta

"Zaratustra ha visto muchos países y muchos pueblos. Es así como ha descubierto el bien y el mal de muchos pueblos. Ningún poder mayor ha encontrado Zaratustra en la tierra que las palabras 'bueno' y 'malvado'.

"Ningún pueblo podría vivir sin antes realizar valoraciones; mas si quiere conservarse, no le es lícito valorar como valora el vecino. Muchas cosas que este pueblo llamó 'buenas' son afrenta y vergüenza para otro; esto es lo que yo he encontrado. Muchas cosas que aquí eran llamadas 'malas', las encontré en otro sitio adornadas con honores de púrpura. Jamás un vecino ha entendido al otro. Su alma siempre se asombraba de la demencia y de la maldad del vecino.

"Sobre cada pueblo pende una tabla de valores. Es la tabla de sus superaciones, la voz de su voluntad de poder. Lo que le parece difícil resulta glorioso, a lo que es indispensable y a la vez difícil lo llama 'bueno'; y a lo que libera incluso de la suprema necesidad, a lo más raro, a lo extremadamente complejo, a eso lo ensalza como santo. Para horror y envidia de su vecino, lo que hace que él domine, venza y brille, eso es para él lo elevado, lo primero, la medida, el sentido de todas las cosas.

"En verdad, hermano mío, si has conocido primero la necesidad, la tierra, el cielo y el vecino de un pueblo, adivinarás sin duda la ley de sus superaciones y la razón por la cual sube por esa escalera hacia su esperanza. 'Siempre debes ser tú el primero y aventajar a los otros; a nadie, excepto al amigo, debe amar tu alma celosa'[12]. Esto provocaba estremecimientos en el alma de un griego, y con ello siguió la senda de su grandeza. 'Decir la verdad y saber manejar bien el arco y la flecha', esto le parecía precioso y a la vez difícil a aquel pueblo del que proviene mi nombre[13], el nombre que es para mí a la vez precioso y difícil. 'Honrar padre y madre y ser dóciles para con ellos hasta la raíz del alma'; ésta fue la tabla de la superación que otro pueblo suspendió por encima de sí, y con

12 Cita del verso 208 del libro VI de *La Ilíada*, de Homero: 'Siempre ser el mejor y estar por encima de los demás'. Se trata de una sentencia de la aristocracia griega.

13 Se refiere a los persas.

ello se hizo poderoso y eterno[14]. 'Guardar fidelidad y dar por ella el honor y la sangre, aun por causas malvadas y peligrosas'; con esta enseñanza se sometió a sí mismo otro pueblo[15], y sometiéndose de ese modo quedó pesadamente grávido de grandes esperanzas.

"En realidad, los hombres se han dado a sí mismos todo su bien y todo su mal. No los tomaron de otra parte, no los encontraron, éstos no cayeron sobre ellos como una voz del cielo. Para conservarse, el hombre comenzó implantando valores en las cosas. Fue el primero en crear un sentido para las cosas, un sentido humano. Por ello se llama 'hombre', es decir, el que realiza valoraciones[16].

"Valorar es crear. ¡Escuchen, creadores! El valorar mismo es el tesoro y la joya de todas las cosas valoradas. Sólo por el valorar existe el valor, y sin el valorar estaría vacía la nuez de la existencia. ¡Escuchen, creadores!

"El cambio de los valores es el cambio de los creadores. Siempre aniquila el que tiene que ser un creador. Los pueblos fueron los primeros creadores, y sólo después lo fueron los individuos; en realidad, el individuo mismo es la creación más reciente.

"En otros tiempos, los pueblos colocaron una tabla del bien por encima de ellos. El amor que quiere dominar y el amor que quiere obedecer crearon juntos para sí tales tablas.

"El placer de ser rebaño es más antiguo que el placer de ser un 'yo', y mientras la buena conciencia se llame 'rebaño', sólo la mala conciencia dice 'yo'. En verdad, el yo astuto, carente de amor, el que quiere su propia utilidad en la utilidad de muchos, no es el origen del rebaño, sino su ocaso. Quienes

---

14 Alude al pueblo judío.

15 Se refiere al pueblo alemán.

16 Esta afirmación está basada en el hecho de que, para Nietzsche, la palabra alemana *mensch* ("hombre") tiene su origen en el vocablo latín *mensuratio* ("medida").

crearon el bien y el mal fueron siempre amantes y creadores. En los nombres de todas las virtudes arde fuego de amor y fuego de cólera.

"Zaratustra ha visto muchos países y muchos pueblos, pero no ha encontrado ningún poder mayor en la tierra que las obras de los amantes. El nombre de esas obras es 'bueno' y 'malvado'. En verdad, un monstruo es el poder de ese alabar y censurar. Díganme, hermanos míos, ¿quién somete a ese monstruo? Díganme, ¿quién le coloca el collar a los mil pescuezos de ese animal? Hasta ahora han existido mil metas, pues han existido mil pueblos. Sólo falta el collar que encadene los mil pescuezos, falta la única meta. La humanidad todavía carece de cualquier meta.

"Pero, hermanos, díganme: si a la humanidad todavía le falta la meta, ¿no falta también ella misma?".

Así habló Zaratustra.

Del amor al prójimo

"Ustedes se amontonan alrededor del prójimo y tienen hermosas palabras para expresar ese amontonamiento. Pero yo les digo: el amor al prójimo es un mal amor a ustedes mismos. Cuando huyen hacia el prójimo, huyen de ustedes mismos. Quisieran hacer de eso una virtud, pero yo penetro el 'desinterés' de ustedes.

"El 'tú' es más antiguo que el 'yo'. El 'tú' ha sido santificado, pero aún no el 'yo'. Es por eso que el hombre corre hacia el prójimo. ¿Les aconsejo yo el amor al prójimo? ¡Prefiero aconsejarles la huida del prójimo y el amor al lejano! Más elevado que el amor al prójimo es el amor al lejano y al venidero; más elevado que el amor a los hombres es el amor a las cosas y a los fantasmas.

"Ese fantasma que corre delante de ti, hermano mío, es más bello que tú; ¿por qué no le das tu carne y tus huesos? Pero tú tienes miedo y corres hacia tu prójimo.

"Ustedes no consiguen soportarse a sí mismos y no se aman lo suficiente; por eso buscan seducir al prójimo para que ame y vaya a enmascararlos a ustedes con su error. Yo quisiera que no soportaran a ninguna clase de prójimo ni a sus vecinos; así tendrían que crear, sacándolo de ustedes mismos, su amigo y su corazón exuberante.

"Invitan a un testigo cuando quieren hablar bien de ustedes mismos; y una vez que lo han seducido para que piense bien respecto de ustedes, también ustedes piensan bien de sí mismos.

"No miente tan sólo aquel que habla en contra de lo que sabe, sino ante todo aquel que habla en contra de lo que no sabe. Y así es como ustedes hablan de ustedes en sociedad, y al mentirse a sí mismos le mienten al prójimo.

"Así habla el necio: 'El trato con hombres estropea el carácter, especialmente si no se tiene ninguno'. El uno va al prójimo porque se busca a sí mismo, y el otro, porque quisiera perderse. El mal amor a ustedes mismos es lo que transforma la soledad en prisión. Los más lejanos son los que pagan el amor al prójimo; y en cuanto se juntan cinco, siempre un sexto debe morir. Yo tampoco amo sus fiestas: siempre he encontrado demasiados comediantes en ellas, y también los espectadores se comportaban a menudo como comediantes.

"Yo no les enseño el prójimo, sino el amigo. Para ustedes, el amigo debe ser la fiesta de la tierra y un presentimiento del superhombre. Yo les enseño el amigo y su corazón rebosante. Pero hay que saber ser una esponja si se quiere ser amado por corazones rebosantes. Yo les enseño el amigo en el que el mundo se encuentra ya acabado, como una copa del bien; el amigo creador, que siempre tiene un mundo acabado que regalar. Y así como el mundo se desplegó para él, así volverá a plegársele en anillos, como el devenir del bien por el mal, como el devenir de las finalidades surgiendo del azar. El futuro y lo lejano sean para ti la causa de tu hoy; en tu amigo debes amar al superhombre como causa de ti.

"Hermanos míos, yo no les aconsejo el amor al prójimo; yo les aconsejo el amor al lejano".

Así habló Zaratustra.

Del camino del creador

"¿Quieres marchar a la soledad, hermano mío? ¿Quieres buscar el camino que lleva a ti mismo? Detente un poco y escúchame. Quien busca, se pierde con facilidad a sí mismo. 'Todo irse a la soledad es culpa', así habla el rebaño. Y tú has formado parte del rebaño durante mucho tiempo. La voz del rebaño continuará resonando dentro de ti. Cuando digas 'yo ya no tengo la misma conciencia que ustedes', eso será un lamento y un dolor.

"Aquella conciencia única también dio a luz ese dolor, y el último resplandor de aquella conciencia continúa brillando sobre tu tribulación. Pero, ¿tú quieres recorrer el camino de tu tribulación, que es el camino hacia ti mismo? ¡Muéstrame entonces tu derecho y tu fuerza para hacerlo! ¿Eres tú una nueva fuerza y un nuevo derecho? ¿Un primer movimiento? ¿Una rueda que se mueve por sí misma? ¿Puedes forzar incluso a las estrellas a que giren a tu alrededor? ¡Ay, existe tanta ansia de elevarse! ¡Existen tantas convulsiones de los ambiciosos! ¡Muéstrame que tú no eres un ansioso ni un ambicioso! ¡Ay, existen tantos grandes pensamientos que no hacen más que lo que el fuelle! Inflan y producen un vacío aún mayor. ¿Te llamas 'libre' a ti mismo? Quiero oír tu pensamiento dominante, y no que has escapado de un yugo. ¿Eres tú alguien al que le sea lícito escapar de un yugo? Hay más de uno que arrojó de sí su último valor al arrojar su servidumbre. ¿Libre de qué? ¡Qué le importa eso a Zaratustra! Tus ojos deben anunciarme con claridad: '¿libre para qué?'. ¿Puedes prescribirte a ti mismo tu bien y tu mal y suspender tu voluntad por encima de ti como una ley? ¿Puedes ser juez para ti mismo y vengador de tu ley? Es terrible hallarse solo con el juez y vengador de la propia ley. Así es arrojada una estrella al espacio vacío y al soplo helado de hallarse solo. Hoy sufres todavía a causa de los muchos, tú que eres uno solo; hoy conservas aún todo tu valor y todas tus esperanzas. Mas alguna vez la soledad te fatigará, alguna vez tu orgullo se curvará y tu valor rechinará los dientes. Alguna vez gritarás: '¡Estoy solo!'. Alguna vez dejarás de ver tu altura y contemplarás demasiado cerca tu bajeza; tu sublimidad misma te aterrorizará como un fantasma. Alguna vez gritarás: '¡Todo es falso!'.

"Hay sentimientos que quieren matar al solitario; si no lo consiguen, entonces ellos mismos deben morir. Pero, ¿tú eres capaz de ser asesino? ¿Conoces ya, hermano mío, la palabra 'desprecio'? ¿Y el tormento de tu justicia, de ser justo con quienes te desprecian? Tú fuerzas a muchos a cambiar de doctrina acerca de ti; esto te lo hacen pagar caro. Te aproximaste a ellos y pasaste de largo; esto jamás te lo perdonan. Tú caminas por encima de ellos; pero, cuanto más alto subes, tanto más pequeño te ven los ojos de la envidia. El más odiado de todos es, sin embargo, el que vuela. '¡Cómo podrán ser justos conmigo! –tienes que decir–. Yo elijo para mí esa injusticia como la parte que me ha sido asignada'.

"Ellos arrojan injusticia y suciedad al solitario. Pero, hermano mío, si quieres ser una estrella, no por eso debes iluminarlos menos. ¡Ten cuidado con los buenos y justos! Crucifican con gusto a quienes se inventan una virtud para sí mismos, y odian al solitario. ¡También ten cuidado de la santa simplicidad! Para ella, no es santo lo que no es simple; también le gusta jugar con el fuego de las hogueras para quemar seres humanos. ¡Y ten cuidado también de los asaltos de tu amor! El solitario tiene demasiada celeridad en tender la mano a aquél con quien se encuentra. A ciertos hombres no le es lícito darles la mano, sino sólo la pata, y yo quiero que tu pata tenga también garras. Pero el peor enemigo con que puedes encontrarte serás siempre tú mismo; a ti mismo te acechas tú en las cavernas y en los bosques. ¡Tú recorres el camino que lleva a ti mismo, solitario! ¡Y tu camino pasa al lado de ti mismo y de tus siete demonios! Serás un hereje para ti mismo, y también una bruja, un hechicero, un necio, un escéptico, un impío y un malvado. Debes desear quemarte a ti mismo en tu propia llama. ¡Cómo te renovarías si antes no te hubieses convertido en ceniza!

"Solitario, tú recorres el camino del creador; ¡con tus siete demonios quieres crear un Dios para ti! Solitario, tú recorres el camino del amante: te amas a ti mismo y por ello te desprecias como sólo los amantes saben despreciar. ¡El amante quiere crear porque desprecia! ¿Qué sabe del amor el que no tuvo que despreciar precisamente aquello que amaba? Vete a tu soledad con tu amor y con tu crear, hermano mío; sólo más tarde te seguirá la justicia, cojeando. Vete con tus lágrimas a tu soledad, hermano mío. Yo amo a quien quiere crear por encima de sí mismo y por ello perece".

Así habló Zaratustra.

De ancianitas y de jovencitas

"–¿Por qué te deslizas a escondidas y de manera esquiva en el crepúsculo, Zaratustra? ¿Qué es lo que escondes con tanto cuidado bajo tu manto? ¿Es un tesoro que te han regalado? ¿O un niño que has dado a luz? ¿O es que tú mismo sigues ahora los caminos de los ladrones, tú, amigo de los malvados?

"–En verdad, hermano mío –dijo Zaratustra–, es un tesoro que me han regalado. Lo que llevo conmigo es una pequeña verdad. Pero es revoltosa como un niño pequeño; y si no le tapo la boca, grita a voz en cuello. Cuando hoy recorría solo mi camino, a la hora en que el sol se pone, me encontré con una ancianita que así habló a mi alma:

"–Muchas cosas nos ha dicho Zaratustra también a nosotras las mujeres, pero nunca nos ha hablado sobre la mujer.

"Y yo le repliqué:

"–Sobre la mujer se debe hablar tan sólo a varones.

"–Háblame también a mí acerca de la mujer –dijo ella–. Soy bastante vieja para volver a olvidarlo enseguida.

"Y yo accedí al ruego de la ancianita y le hablé así:

"–Todo en la mujer es un enigma, y todo en la mujer tiene una única solución: se llama 'embarazo'. Para la mujer, el varón es un medio. La finalidad es siempre el hijo. ¿Pero qué es la mujer para el varón? El varón auténtico quiere dos cosas: peligro y juego. Por ello él quiere a la mujer, que es el más peligroso de los juguetes. El varón debe ser educado para la guerra, y la mujer, para la recreación del guerrero. Todo lo demás es una tontería. Al guerrero no le gustan los frutos demasiado dulces; por ello le gusta la mujer. Incluso la más dulce de todas las mujeres es amarga. La mujer entiende a los niños mejor que el varón, pero éste es más niño que aquélla. En el varón auténtico se esconde un niño que desea jugar. ¡Adelante, mujeres, descubran al niño en el varón! Que la mujer sea un juguete puro y delicado, semejante a la piedra preciosa, iluminado por las virtudes de un mundo que todavía no existe. ¡Que resplandezca el rayo de una estrella en el amor! Y que la voluntad de ustedes diga: '¡Ojalá diese yo a luz el superhombre!'. ¡Que haya valentía en el amor! ¡Con ese amor deberán lanzarse contra aquel que les infunde miedo! ¡Que el honor esté en el amor! Por lo demás, la mujer entiende poco de honor. Pero que el honor de ustedes sea amar siempre más de lo que son amadas y no ser nunca las segundas. El varón debe temer a la mujer cuando ella ama, porque entonces realiza todos los sacrificios, y todo lo demás lo considera carente de valor. El varón debe temer a la mujer cuando odia, pues en el fondo del alma el varón es tan sólo malvado, pero la mujer es allí mala. '¿A quién odia más la mujer? –así le dijo el hierro al imán–. A ti es a lo que más odio, porque atraes, pero no eres bastante fuerte para retener'.

"La felicidad del varón se llama 'Yo quiero'. La felicidad de la mujer se llama 'Él quiere'. '¡Mira, justo ahora se ha vuelto perfecto el mundo!', así piensa toda mujer cuando obedece desde la plenitud del amor. Y la mujer tiene que obedecer y tiene que encontrar una profundidad para su superficie. El ánimo de la mujer es superficie, una móvil piel tempestuosa sobre aguas poco profundas. Pero el ánimo del varón es profundo, su corriente ruge en cavernas subterráneas: la mujer presiente su fuerza, mas no la comprende.

"Entonces la ancianita me replicó:

"–Acabas de decir muchas gentilezas, Zaratustra; sobre todo para quienes son bastante jóvenes para ellas. ¡Qué extraño! Zaratustra conoce poco a las mujeres; sin embargo, tiene razón sobre ellas. ¿Acaso esto sucede porque para la mujer nada es imposible? ¡Y ahora toma una pequeña verdad como signo de agradecimiento! ¡Yo soy bastante vieja para ella! Envuélvela bien y tápale la boca; de lo contrario, grita a voz en cuello esta pequeña verdad.

"–¡Dame, mujer, tu pequeña verdad! –dije yo.

"Y así habló la viejecilla:

"–¿Vas con mujeres? ¡No olvides el látigo!".

Así habló Zaratustra.

De la mordedura de la serpiente

Cierto día, Zaratustra dormía debajo de una higuera. Hacía calor y se tapaba el rostro con sus brazos. Entonces apareció una serpiente que lo mordió en el cuello. Zaratustra se despertó gritando de dolor. Al retirar el brazo, vio a la serpiente, que reconoció los ojos de Zaratustra y dio la vuelta con brusquedad, buscando alejarse.

–¡No! –dijo Zaratustra–. ¡Todavía no has recibido mi agradecimiento! Me despertaste a tiempo. Mi camino todavía es largo.

—Ahora tu camino es corto —dijo la serpiente, con tristeza—. Mi veneno mata.

Zaratustra sonrió.

—¿Alguna vez murió un dragón por el veneno de una serpiente? —dijo—. ¡Toma de nuevo tu veneno! No tienes la riqueza suficiente para regalarlo.

Fue así como la serpiente se lanzó otra vez alrededor de su cuello y le lamió la herida.

Cuando Zaratustra contó esto a sus discípulos, éstos preguntaron:

—¿Cuál es, Zaratustra, la moraleja de tu historia?

Zaratustra respondió así:

—Los buenos y justos me llaman el aniquilador de la moral, pues mi historia es inmoral. Si tienen un enemigo, no le devuelvan bien por mal, porque eso lo avergonzaría. En cambio, demuéstrenle que les ha hecho un bien. ¡Es preferible que los invada la cólera a que avergüencen a otro! Y si son maldecidos, no me agrada que quieran bendecir. ¡Es mejor que también ustedes maldigan un poco! Y si se ha cometido una gran injusticia con ustedes, cometan ustedes cinco pequeñas! Es horrible ver a alguien a quien la injusticia sólo lo oprime a él. ¿Ya sabían esto? Injusticia dividida es justicia a medias. ¡Y sólo debe cargar con la injusticia aquel que sea capaz de llevarla! Una pequeña venganza es más humana que ninguna. Y si el castigo no es también un derecho y un honor para el prevaricador, entonces tampoco me gusta su castigo. Es más noble quitarse a sí mismo la razón que mantenerla, sobre todo si se la tiene. Sólo que hay que ser bastante rico para hacerlo. No me gusta la fría justicia de ustedes; y desde los ojos de sus jueces me miran siempre el verdugo y su fría cuchilla. Díganme, ¿dónde se encuentra la justicia que sea amor con ojos clarividentes? ¡Inventen, pues, el amor que soporta no sólo todos los castigos, sino también todas las culpas! ¡Inventen la justicia que absuelve a todos, excepto a los que juzgan! ¿Todavía quieren oír otra cosa? Incluso en quien quiere ser radicalmente justo, la mentira se convierte en afabilidad con los hombres. Pero, ¿cómo voy a querer ser radicalmente justo? ¿Cómo puedo dar a cada uno lo suyo? Me basta con esto: yo doy lo mío a cada uno. En fin, hermanos, cuiden de no ser injustos con ningún ermitaño. ¿Cómo podría olvidar un ermitaño? ¿Cómo podría él resarcirse?

Un ermitaño es como un pozo profundo. Es fácil arrojar dentro una piedra; pero, una vez que ha llegado al fondo, ¿quién quiere sacarla de nuevo? ¡Cuidado con ofender al ermitaño! Pero si lo han hecho, ¡entonces también mátenlo!

Así habló Zaratustra.

Del hijo y del matrimonio

"Quiero hacerte una pregunta para ti solo, hermano mío. Lanzo esta pregunta a tu alma, para saber cuán profunda es.

"Eres joven y deseas hijos y matrimonio. Pero yo te pregunto: ¿eres un hombre al que le sea lícito desear para sí un hijo? ¿Eres tú el victorioso, el dominador de ti mismo, el soberano de los sentidos, el señor de tus virtudes? Así te pregunto. ¿O hablan en tu deseo el animal y la necesidad? ¿O la soledad? ¿O la insatisfacción contigo mismo?

"Quiero que tu victoria y tu libertad anhelen un hijo. Debes erigir monumentos vivientes a tu victoria y a tu liberación. Debes construir por encima de ti. Pero antes tienes que estar construido tú mismo, perfecto de cuerpo y de alma.

"¡No debes propagarte sólo al mismo nivel, sino hacia arriba! ¡Que el jardín del matrimonio te ayude en la tarea!

"Debes crear un cuerpo más elevado, un primer movimiento, una rueda que gire por sí misma. Debes crear un creador.

"Llamo 'matrimonio' a la voluntad de dos de crear uno que sea más que quienes lo crearon. 'Matrimonio' es respeto recíproco entre quienes desean eso. Que sea ése el sentido y la verdad de tu matrimonio. Pero la mayoría lo llama matrimonio, esos superfluos. ¡Ay! ¿Cómo lo llamo yo? ¡Ay, esa pobreza de alma entre dos! ¡Ay, esa suciedad de alma entre dos! ¡Ay, ese lamentable bienestar entre dos!

"Ellos llaman 'matrimonio' a todo eso; y dicen que sus matrimonios han sido contraídos en el cielo. ¡No! A mí no me gusta ese cielo de los superfluos. ¡No me gustan esos animales trabados en la red celestial! ¡Que también permanezca lejos de mí el dios que se acerca cojeando a bendecir lo que él no ha unido![17]

"¡No se rían de tales matrimonios! ¿Qué hijo no tendría motivo para llorar sobre sus padres? Me parecía digno ese varón, y maduro para el sentido de la tierra: mas cuando vi a su mujer, la tierra me pareció una casa de insensatos.

"Quisiera que la tierra temblase en convulsiones cuando un santo y una gansa se aparean. Éste marchó como un héroe a buscar verdades, y acabó trayendo como botín una pequeña mentira engalanada. Su matrimonio lo llama.

"Aquél era esquivo en sus relaciones con otros, y seleccionaba al elegir. Pero de una sola vez se estropeó su compañía para siempre: su matrimonio lo llama.

"Aquél otro buscaba una criada que tuviese las virtudes de un ángel. Pero de una sola vez se convirtió él en criada de una mujer, y ahora sería necesario que, además, se transformase en ángel.

"He encontrado que ahora todos los compradores andan con cuidado y que todos tienen ojos astutos. Pero incluso el más astuto se compra su mujer a ciegas.

"Entre ustedes, 'amor' se llama a las muchas breves tonterías. Y el matrimonio pone fin a muchas breves tonterías en la forma de una sola y prolongada estupidez.

"Vuestro amor a la mujer, y el amor de la mujer al varón: ¡ay, ojalá fuera compasión por dioses sufrientes y encubiertos!

---

17 Antítesis a las palabras del Evangelio de Mateo, 19, 6: "... lo que Dios ha unido".

Pero casi siempre dos animales se adivinan recíprocamente. E incluso vuestro mejor amor no es más que un símbolo extático y un dolorido ardor; es una antorcha que debe iluminarlos hacia caminos más elevados.

"¡Alguna vez deben amar por encima de ustedes mismos! ¡Por ello, aprendan primero a amar! Y para ello deberán beber el amargo cáliz de vuestro amor. Hay amargura incluso en el cáliz del mejor amor. Por eso produce anhelo del superhombre, por eso te da sed a ti, creador. Sed para el creador, flecha y anhelo hacia el superhombre: di, hermano mío, ¿es ésta tu voluntad de matrimonio? Entonces para mí son santos tal voluntad y tal matrimonio".

Así habló Zaratustra.

De la muerte libre

"Muchos mueren demasiado tarde y algunos mueren demasiado pronto. Aún suena extraña esta doctrina: '¡Muere a tiempo!'. Morir a tiempo; eso es lo que enseña Zaratustra. En verdad, quien no vive nunca a tiempo, ¿cómo va a morir a tiempo? ¡Ojalá no hubiera nacido jamás! Esto es lo que aconsejo a los superfluos. Pero también ellos se dan importancia con su muerte, pues hasta la nuez más vacía también quiere ser cascada. Todos dan importancia al morir, pero la muerte no es todavía una fiesta. Los hombres aún no han aprendido cómo se celebran las fiestas más bellas. Yo les muestro la muerte consumadora, que para los vivos es un aguijón y una promesa. El consumador muere su muerte victoriosamente, rodeado de personas que esperan y prometen. Así se debería aprender a morir; ¡y no debería existir ninguna fiesta en la que uno de esos moribundos no santificase los juramentos de los vivos!

"Morir así es lo mejor; pero lo segundo es morir en la lucha y prodigar un alma grande.

"Tanto al combatiente como al victorioso les resulta odiosa esa gesticuladora muerte de ustedes, que se acerca furtiva como un ladrón y que, sin embargo, viene como señor.

"Yo elogio mi muerte, la muerte libre, que viene a mí porque así lo deseo. ¿Y cuándo querré? Quien tiene una meta y un heredero quiere la muerte en el momento justo para la meta y para el heredero; y, por respeto a la meta y al heredero, ya no colgará coronas marchitas en el santuario de la vida.

"En verdad, yo no quiero parecerme a los cordeleros que estiran sus cuerdas y, al hacerlo, van siempre hacia atrás. Pero uno se vuelve demasiado viejo incluso para sus verdades y sus victorias; una boca desdentada ya no tiene derecho a todas las verdades. Todo aquel que desee la fama debe despedirse del honor a tiempo y ejercer el difícil arte de irse a tiempo.

"Hay que poner fin dejándose comer en el momento en que tenemos el mejor sabor. Es algo que saben bien quienes desean ser amados durante mucho tiempo. Por cierto, hay manzanas agrias cuyo destino quiere aguardar hasta el último día del otoño. A un mismo tiempo se ponen maduras, amarillas y arrugadas.

"En algunos, primero envejece el corazón; en otros, el espíritu. Hay quienes son ancianos en su juventud, pero una juventud tardía mantiene joven durante mucho tiempo. A algunos se les vuelve difícil vivir porque un gusano venenoso les carcome el corazón. Por ello, tengan aun más cuidado de que no se les dificulte el morir.

"Algunos no llegan nunca a estar dulces y se pudren ya en el verano. La cobardía es lo que los retiene en su rama.

"Son demasiados los que viven y durante demasiado tiempo penden de sus ramas. ¡Ojalá viniera una tempestad que hiciese caer del árbol a todos esos podridos e infestados de gusanos! ¡Ojalá viniesen predicadores de la muerte rápida! ¡Éstos serían para mí las oportunas tempestades que sacudirían los árboles de la vida! Pero yo oigo predicar tan sólo la muerte lenta y la paciencia con todo lo terrenal. ¡Ay!

¿Ustedes predican la paciencia con las cosas terrenas? ¡Esas cosas terrenas son las que tienen demasiada paciencia con ustedes, hocicos blasfemos!

"En verdad, murió demasiado pronto aquel hebreo a quien honran los predicadores de la muerte lenta. Para muchos, que él muriese tan pronto se volvió una fatalidad. El hebreo Jesús no conocía aún más que lágrimas y la melancolía propia de su pueblo, junto con el odio de los buenos y justos. Fue entonces que lo acometió el anhelo de la muerte. ¡Ojalá hubiera permanecido en el desierto, lejos de los buenos y justos! ¡Tal vez habría aprendido a vivir, a amar la tierra y a reír! ¡Créanme, hermanos míos, murió demasiado pronto! ¡Él mismo se habría retractado de su doctrina si hubiera alcanzado mi edad! ¡Era bastante noble para retractarse!

"Pero todavía estaba inmaduro. El joven ama de manera inmadura y odia de la misma forma al hombre y a la tierra. Aún tiene el ánimo y las alas del espíritu atados y torpes. En el adulto, en cambio, hay más niño que en el joven, y menos melancolía. El adulto entiende mejor la vida y la muerte. Libre para la muerte y libre en la muerte, un santo que dice 'no' cuando ya no es tiempo de decir 'sí'. Así es como él entiende de vida y de muerte. Amigos míos, yo le pido a la miel de vuestra alma que vuestro morir no sea una blasfemia contra el hombre y contra la tierra. En vuestro morir deben seguir brillando vuestro espíritu y vuestra virtud, como una luz vespertina en torno a la tierra: de lo contrario, se habrá echado a perder el morir. Así quiero morir yo también, para que ustedes, amigos, amen más la tierra, por amor a mí. Y quiero volver a ser tierra para reposar en aquélla que me dio a luz. En verdad, Zaratustra tenía una meta y lanzó su pelota: ahora, amigos, ustedes son los herederos de mi meta, a ustedes les lanzo la pelota de oro. ¡Lo que más quiero, amigos míos, es verlos lanzar la pelota de oro! Y es por eso que me demoro un poco en la tierra. ¡Sepan disculpar!".

Así habló Zaratustra.

De la virtud que hace regalos

Una vez que Zaratustra se despidió de la ciudad que su corazón amaba y cuyo nombre es "La Vaca Multicolor", lo siguieron muchos que se hacían llamar sus discípulos y lo acompañaban. Llegaron a una encrucijada donde Zaratustra les dijo que desde aquel momento quería marchar solo, pues era amigo de caminar en soledad. Como despedida, sus discípulos le entregaron un bastón en cuyo puño de oro se enroscaba una serpiente en torno al sol. Zaratustra se alegró del bastón y se apoyó en él; luego habló así a sus discípulos.

"Díganme, ¿cómo llegó el oro a ser el valor supremo? Porque es raro, inútil, resplandeciente y suave en su brillo. Siempre hace don de sí mismo. Sólo en cuanto efigie de la virtud más alta llegó el oro a ser el valor supremo. La mirada de quien hace regalos resplandece como el oro. Un brillo de oro sella la paz entre la luna y el sol. Es rara la virtud más alta, inútil, resplandeciente y suave en su brillo. Y una virtud que hace regalos es la virtud más alta.

"Por cierto, mis queridos discípulos, lo adivino: como yo, ustedes aspiran a la virtud que hace regalos. ¿Qué tendrán ustedes en común con gatos y lobos? Ésta es su sed, el llegar ustedes mismos a ser ofrendas y regalos; y por ello tienen sed de acumular todas las riquezas en su alma. El alma de ustedes anhela tesoros y joyas de modo insaciable, porque así es su virtud en su voluntad de hacer regalos. Fuerzan a todas las cosas a acudir hacia ustedes y a entrar en ustedes, para que vuelvan a fluir de su manantial como los dones de vuestro amor. En verdad, semejante amor que hace regalos tiene que convertirse en ladrón de todos los valores; pero yo llamo sano y sagrado a ese egoísmo. Existe otro egoísmo, demasiado pobre, un egoísmo hambriento que siempre quiere hurtar, el egoísmo de los enfermos, el egoísmo enfermo. Ese egoísmo observa con ojos de ladrón todo lo que brilla; mira con la avidez del hambre hacia quien tiene de comer en abundancia; y siempre se desliza a hurtadillas en torno a la mesa de quienes hacen regalos.

"La enfermedad habla en tal codicia, y degeneración invisible; desde el cuerpo enfermo habla la ladrona codicia de ese egoísmo. Díganme, hermanos míos: ¿qué es para nosotros lo malo y lo peor? ¿No es la degeneración? Y siempre adivinamos degeneración allí donde falta el alma que hace regalos.

"Nuestro camino va hacia arriba, desde la especie asciende a la superespecie. Pero un horror es para nosotros el sentido degenerante que dice: "Todo para mí". Nuestro sentido vuela hacia arriba. De este modo es un símbolo de nuestro cuerpo, símbolo de una elevación. Los nombres de las virtudes son símbolos de tales elevaciones.

"Así el cuerpo atraviesa la historia, como algo que deviene y lucha. Y el espíritu, ¿qué es el espíritu para el cuerpo? Heraldo de sus luchas y victorias, compañero y eco.

"Todos los nombres son símbolos del bien y del mal. No declaran, sólo hacen señas.

"¡Es tonto quien quiere sacar saber de ellos!

"Presten atención, hermanos míos, a todas las horas en que vuestro espíritu quiere hablar por símbolos. Allí está el origen de la virtud.

"Entonces vuestro cuerpo será elevado y resucitado; con sus delicias cautiva al espíritu, para que éste se convierta en creador, en apreciador, en amante y en benefactor de todas las cosas.

"Cuando vuestro corazón hierve, ancho y lleno, igual que el río, siendo una bendición y un peligro para quienes habitan a su orilla; allí está el origen de vuestra virtud.

"Cuando se ubican por encima de la alabanza y de la censura, y vuestra voluntad quiere dar órdenes a todas las cosas, como voluntad que es de un amante; allí está el origen de vuestra virtud.

"Cuando desprecian lo agradable y la cama blanda, y no pueden acostarse a suficiente distancia de los comodones; allí está el origen de vuestra virtud.

"Cuando no tienen más que una sola voluntad, y ese viraje de toda necesidad se llama para ustedes 'necesidad'; allí está el origen de vuestra virtud.

"¡En verdad, ella es un nuevo bien y un nuevo mal! ¡En verdad, es un nuevo y profundo murmullo, y la voz de un nuevo manantial! Esa nueva virtud es poder; es un pensamiento dominante y, en torno a él, un alma inteligente; un sol de oro y, en torno a él, la serpiente del conocimiento".

Aquí Zaratustra calló un rato y contempló con amor a sus discípulos. Después continuó hablando así (su voz había cambiado):

"¡Deben permanecer fieles a la tierra, hermanos míos, con el poder de vuestra virtud! ¡Vuestro amor que hace regalos y vuestro conocimiento sirvan al sentido de la tierra! Esto les ruego y a ello los conjuro. ¡No dejen que vuestra virtud huya de las cosas terrenas y bata las alas hacia paredes eternas! ¡Ay! ¡Hubo siempre tanta virtud que se ha perdido volando!

"Conduzcan de nuevo a la tierra, como hago yo, a la virtud que se ha perdido volando. Sí, condúzcanla de nuevo al cuerpo y a la vida, para que dé a la tierra su sentido, un sentido humano. Tanto el espíritu como la virtud se han perdido volando y se han extraviado de cien maneras hasta ahora. ¡Ay! ¡En nuestro cuerpo habita ahora todo ese delirio y error; se han convertido en cuerpo y voluntad! Tanto el espíritu como la virtud han hecho ensayos y se han extraviado de cien maneras hasta ahora. Sí, el hombre ha sido un ensayo. ¡Ay! ¡Mucha ignorancia y mucho error se han vuelto cuerpo en nosotros! No sólo la razón de milenios, también su demencia hace erupción en nosotros. Peligroso es ser heredero.

"Todavía combatimos paso a paso con el gigantesco azar, y sobre la humanidad entera ha dominado hasta ahora el absurdo, el sinsentido.

"Que vuestro espíritu y vuestra virtud sirvan al sentido de la tierra, hermanos míos; que el valor de todas las cosas sea establecido de nuevo por ustedes. ¡Por eso deben ser luchadores! ¡Por eso deben ser creadores! El cuerpo se purifica por el saber, se eleva haciendo ensayos con el saber. Al hombre del conocimiento, todos los instintos se le santifican; al hombre elevado su alma se le vuelve alegre.

"'Médico, ayúdate a ti mismo'[18], así ayudas también a tu enfermo. Sea tu mejor ayuda que él vea con sus ojos a quien se sana a sí mismo. Existen mil senderos que aún no han sido nunca recorridos; mil formas de salud y mil ocultas islas de la vida. El hombre y la tierra del hombre continúan siendo inagotados y no descubiertos para mí.

"¡Vigilen y escuchen, solitarios! Del futuro llegan vientos con secretos aleteos; y a oídos delicados se dirige la buena nueva. Ustedes, los solitarios de hoy, los apartados, deben ser un pueblo un día. Ustedes, elegidos por ustedes mismos, debe surgir un día un pueblo elegido. De él surgirá el superhombre.

"¡En verdad, la tierra todavía debe transformarse en un lugar de curación! ¡Y ya la envuelve un nuevo aroma, que trae salud, y una nueva esperanza!".

Cuando Zaratustra hubo dicho estas palabras calló como quien no ha dicho aún su última palabra. Durante largo tiempo sopesó, dudando, el bastón en su mano. Por fin habló así (su voz había cambiado otra vez):

"¡Ahora parto solo, discípulos míos! ¡También ustedes lo harán en soledad! Así lo quiero yo. En verdad, éste es mi consejo: ¡Manténganse lejos de mí y guárdense de Zaratustra! Y aun mejor: ¡sientan vergüenza de él! Tal vez los ha engañado.

"El hombre de conocimiento no sólo tiene que poder amar a sus enemigos, tiene también que poder odiar a sus amigos. Se recompensa mal a un maestro si se permanece siempre discípulo. ¿Y por qué no corren a deshojar mi corona? Ustedes me veneran, pero ¿qué ocurrirá si un día esa ve-

---

18   Cita del Evangelio de Lucas, 4, 23, cuando Jesús habla en la sinagoga de Cafarnaum.

neración se derrumba? ¡Tengan cuidado de que no los aplaste una estatua! ¿Dicen creer en Zaratustra? ¡Qué importa Zaratustra! Ustedes son mis creyentes, ¡pero qué importan todos los creyentes!

"Aún no se habían buscado a ustedes y por eso me encontraron. Es así como nacen todos los creyentes. Por eso vale tan poco toda fe.

"Ahora les ordeno que me pierdan y que se encuentren a ustedes. Sólo cuando todos hayan renegado de mí, volveré entre ustedes.

"En verdad, hermanos míos, con otros ojos buscaré entonces a mis perdidos; y con un amor distinto los amaré. Y todavía una vez deben llegar a ser para mí amigos e hijos de una sola esperanza. Entonces quiero estar con ustedes por tercera vez, para celebrar juntos el gran mediodía. Este gran mediodía es la hora en que el hombre se encuentra a mitad de su camino entre el animal y el superhombre, y celebra su camino hacia el atardecer como su más alta esperanza, pues es el camino hacia una nueva mañana.

Entonces, quien se hunde en su ocaso se bendecirá a sí mismo por ser uno que pasa al otro lado; y el sol de su conocimiento se encontrará para él en el mediodía. Muertos están todos los dioses; ahora queremos que viva el superhombre. ¡Sea ésta alguna vez, en el gran mediodía, nuestra última voluntad!".

Así habló Zaratustra.

Segunda parte

El niño del espejo

Zaratustra regresó a las montañas y a la soledad de su cueva, y se alejó de los hombres para esperar como un sembrador que ha diseminado su semilla. Pero su alma se llenó de impaciencia y de deseos de aquéllos a quienes amaba, pues aún tenía mucho para brindarles. En efecto, esto es lo más difícil: cerrar por amor la mano abierta y conservar el pudor al hacer regalos. Así transcurrieron los meses y los años para el solitario, mientras su sabiduría crecía y le causaba dolores por su abundancia.

Una mañana se despertó antes de la aurora, estuvo meditando largo tiempo en su lecho y dijo por fin a su corazón:

"¿De qué me he asustado tanto en mis sueños, que me he despertado? ¿No se acercó a mí un niño que llevaba un espejo? 'Oh, Zaratustra, me dijo el niño, ¡mírate en el espejo!'. Y al mirar yo al espejo lancé un grito, y mi corazón quedó aterrado, pues no era a mí a quien veía en él, sino la mueca y la risa burlona de un demonio. En verdad, demasiado bien comprendo el signo y la advertencia del sueño:

¡mi doctrina está en peligro, la cizaña quiere llamarse trigo! Mis enemigos se han vuelto poderosos y han deformado la imagen de mi doctrina, de modo que los más queridos por mí tuvieron que avergonzarse de los dones que yo les había entregado. ¡He perdido a mis amigos; ha llegado la hora de buscar a los que he perdido!".

Al decir estas palabras Zaratustra se levantó de un salto, pero no como un angustiado que busca aire, sino más bien como un vidente y cantor de quien se apodera el espíritu. Su águila y su serpiente lo observaron extrañadas, pues como la aurora, yacía una felicidad cercana sobre su rostro.

"¿Qué me ha sucedido, pues, animales míos? –dijo Zaratustra–. ¿No estoy transformado? ¿No vino a mí la bienaventuranza como un viento tempestuoso? Loca es mi felicidad, y cosas locas dirá: 'es demasiado joven todavía'. ¡Entonces sean pacientes con ella. Estoy herido por mi felicidad. ¡Todos los que sufren deben ser médicos para mí! ¡De nuevo me es permitido bajar a mis amigos y también a mis enemigos! ¡De nuevo le es permitido a Zaratustra hablar y hacer regalos y dar lo mejor a los amados! Mi impaciente amor se desborda en ríos que bajan hacia levante y hacia poniente. ¡Desde silenciosas montañas y tempestades de dolor desciende mi alma con estruendo a los valles! Permanecí demasiado tiempo anhelando y mirando a lo lejos. Pertenecí demasiado tiempo a la soledad; así he olvidado el callar. Me he convertido todo yo en una boca, y en estruendo de arroyo que cae de elevados peñascos. ¡Quiero despeñar mis palabras a los valles! ¡Y lo haré aunque el río de mi amor se precipite en lo infranqueable! ¿Cómo no va a acabar encontrando tal río el camino hacia el mar?

"Sin duda hay en mí un lago, un lago eremítico, que se basta a sí mismo; mas el río de mi amor lo arrastra hacia abajo consigo, ¡hacia el mar! Recorro nuevos caminos, un nuevo modo de hablar llega a mí; como todos los creadores, me he cansado de las viejas lenguas. Mi espíritu ya no desea caminar sobre sandalias usadas. Todo hablar corre para mí con excesiva lentitud. ¡Salto a tu carro, tempestad! ¡E incluso a ti quiero arrearte con el látigo de mi maldad! Quiero correr sobre anchos mares como un grito y una exclamación jubilosa, hasta encontrar las islas venturosas donde moran mis amigos. ¡Y mis enemigos entre ellos! ¡Cómo amo ahora a todo aquel a quien me sea lícito hablarle! También mis enemigos forman parte de mi bienaventuranza. Si quiero montar en mi caballo salvaje, lo que mejor me ayuda siempre a subir es mi lanza; ella es el servidor siempre dispuesto de mi pie. ¡La lanza que arrojo contra mis enemigos! ¡Cómo les agradezco a mis enemigos el que por fin se me permita arrojarla! La tensión de mi nube era demasiado grande. Quiero lanzar granizadas a la profundidad entre carcajadas de rayos. Entonces mi pecho se hinchará poderoso y exhalará su tempestad por encima de los montes. Así quedará aliviado.

”¡En verdad, mi felicidad y mi libertad llegan semejantes a una tempestad! Pero mis enemigos deben creer que es el Maligno el que se enfurece sobre sus cabezas. Sí, también ustedes se asustarán, amigos míos, a causa de mi sabiduría salvaje; y tal vez huyan de ella juntamente con mis enemigos. ¡Ay, si yo supiese atraerlos a volver atrás con flautas pastoriles! ¡Ay, si mi leona sabiduría aprendiese a rugir con dulzura! ¡Y muchas cosas ya hemos aprendido juntos!

”Mi sabiduría salvaje quedó preñada en montañas solitarias; parió su nueva y última cría sobre ásperos peñascos. Ahora corre enloquecida por el duro desierto, buscando blando césped. ¡Mi vieja sabiduría salvaje! ¡Sobre el blando césped de sus corazones, amigos míos! ¡Sobre vuestro amor le gustaría acostar lo más querido para ella!”.

Así habló Zaratustra.

En las islas afortunadas

”Los higos caen de los árboles, son buenos y dulces; y, mientras caen, se abre su roja piel. Soy un viento del norte para higos maduros. Así, como higos, estas enseñanzas caen hasta ustedes, amigos míos. ¡Beban su jugo y su dulce carne! Nos rodean el otoño, el cielo puro y la tarde. ¡Observen la plenitud en torno a nosotros! Es bello mirar, desde la sobreabundancia, hacia mares lejanos.

"En otro tiempo se decía 'Dios' cuando se miraba hacia mares lejanos; pero ahora les enseñé a decir: 'Superhombre'. Dios es una suposición, pero yo quiero que vuestro suponer no vaya más lejos que vuestra voluntad creadora.

";Podrían ustedes crear un Dios? ¡Entonces no me hablen de dioses! Pero el superhombre sí sería capaz de crearlo. ¡Es cierto que no ustedes mismos, hermanos míos! Pero podrían transformarse en padres y antepasados del superhombre, y que sea ésa la mejor de vuestras creaciones. Dios es una suposición, mas yo quiero que vuestro suponer se mantenga dentro de los límites de lo pensable.

";Podrían ustedes pensar un Dios? Mas la voluntad de verdad signifique para ustedes que todo sea transformado en algo pensable para el hombre, visible para el hombre, sensible para el hombre. Incluso vuestros propios sentidos deben pensarlos hasta el final. Y eso a lo que bautizaron 'mundo' debe ser creado primero por ustedes: ¡vuestra razón, vuestra imagen, vuestra voluntad, vuestro amor deben devenir ese mundo! ¡Y será para vuestra bienaventuranza, hombres del conocimiento! ¿Cómo soportarían la vida sin esta esperanza, ustedes, los que conocen? No les ha sido lícito establecerse por nacimiento en lo incomprensible, ni tampoco en lo irracional. Pero, para revelar por completo mi corazón a ustedes, amigos: si hubiera dioses, ¡cómo soportaría yo el no ser Dios! Por lo tanto, no hay dioses.

"Es cierto que yo he sacado esa conclusión; pero ahora ella me saca a mí. Dios es una suposición, pero ¿quién bebería todo el tormento de esa suposición sin morir? ¿Su fe le debe ser quitada al creador, y al águila su cernerse en lejanías aquilinas? Dios es un pensamiento que vuelve torcido todo lo derecho y que hace voltearse a todo lo que está de pie. ¿Cómo? ¿Estaría abolido el tiempo, y todo lo perecedero sería únicamente mentira? Pensar esto es remolino y vértigo para omnimentas humanas, y hasta un vínculo para el estómago; en verdad, yo llamo 'enfermedad mareante' a suponer tal cosa. ¡Llamo malvadas y enemigas del hombre, a todas esas doctrinas de lo Uno, lo Lleno, lo Inmóvil, lo Saciado y lo Imperecedero! ¡Todo lo imperecedero no es más que un símbolo! Y los poetas mienten demasiado. Los mejores símbolos deben hablar de tiempo y de devenir, deben ser una alabanza y una justificación de todo lo perecedero.

"La gran redención del sufrimiento es crear, así es como la vida se vuelve ligera. Mas para que el creador exista son necesarios sufrimiento y muchas transformaciones.

"¡Sí, tienen que producirse muchas amargas muertes en nuestra vida, creadores! De ese modo son defensores y justificadores de todo lo perecedero. Para ser el hijo que vuelve a nacer, para ser eso el creador mismo, tiene que desear ser también la parturienta y los dolores de la parturienta.

"En verdad, a través de cien almas he recorrido mi camino, y a través de cien cunas y dolores de parto. Muchas son las veces que me he despedido; conozco las horas finales que desgarran el corazón. Pero así lo quiere mi voluntad creadora, mi destino. O, para decirlo con mayor honestidad: es ese destino el que quiere mi voluntad.

"Todo lo sensible en mí sufre y se encuentra en prisiones, pero mi querer viene siempre a mí como mi liberador y portador de alegría. El querer hace libres; ésta es la verdadera doctrina acerca de la voluntad y la libertad. Así lo enseña Zaratustra.

"¡No querer ya, no estimar ya y no crear ya! ¡Ay! ¡Que ese gran cansancio permanezca siempre alejado de mí! También en el conocer yo siento únicamente el placer de mi voluntad de engendrar y devenir; y si hay inocencia en mi conocimiento, esto ocurre porque en él hay voluntad de engendrar. Esa voluntad me ha llevado lejos de Dios y de los dioses. ¡Entonces qué habría que crear si los dioses existiesen! Mi voluntad de crear vuelve siempre a empujarme hacia el hombre, así como el martillo se siente impulsado hacia la piedra. ¡Ay, hombres! ¡En la piedra dormita para mí una imagen, la imagen de mis imágenes! ¡Que ella tenga que dormir en la piedra más dura, más fea!

"Ahora mi martillo se enfurece cruelmente contra su prisión. De la piedra saltan pedazos. ¿Qué me importa? Quiero acabarlo, pues una sombra ha llegado hasta mí. ¡La más silenciosa y más ligera de todas las cosas vino una vez a mí! La belleza del superhombre llegó hasta mí como una sombra. ¡Ay, hermanos míos! ¡Qué me importan ya los dioses!".

Así habló Zaratustra.

De los compasivos

"Amigos míos, unas palabras de burla llegaron hasta vuestro amigo: '¡Vean a Zaratustra! ¿No camina entre nosotros como si fuésemos animales?'. Pero está mejor dicho así: '¡Quien conoce, camina entre los hombres como entre animales que son!'. Mas, para el que conoce, el hombre mismo se llama 'el animal que tiene mejillas rojas'. ¿Cómo le sucedió tal cosa? ¿No es porque tuvo que avergonzarse con demasiada frecuencia? ¡Oh, amigos míos! Así habla el que conoce: 'Vergüenza, vergüenza, vergüenza… ¡ésa es la historia del hombre!'. Es por eso que el noble se ordena a sí mismo no causar vergüenza; se exige a sí mismo tener pudor ante todo lo que sufre. En verdad, yo no soporto a ésos, a los misericordiosos que son bienaventurados en su compasión. Les falta demasiado el pudor.

"Si tengo que ser compasivo, no quiero, sin embargo, ser llamado así; y, si lo soy, entonces prefiero serlo desde lejos. Con gusto escondo también la cabeza y me marcho de allí antes de ser reconocido: ¡y así los exhorto a obrar a ustedes, amigos míos! ¡Quiera mi destino poner siempre en mi senda a personas sin sufrimiento, como ustedes, y a personas con quienes me sea lícito tener en común la esperanza, la comida y la miel! En verdad, yo he hecho sin duda esto y aquello en favor de los que sufren; pero siempre me parecía que yo obraba mejor cuando aprendía a alegrarme mejor. Desde que hay hombres el hombre se ha alegrado demasiado poco. ¡Tan sólo esto, hermanos míos, es nuestro pecado original! Aprendiendo a alegrarnos mejor es como mejor nos olvidamos de hacer daño a otros y de imaginar daños. Por eso yo me lavo la mano que ha ayudado al que sufre, por eso me limpio incluso el alma; pues me he avergonzado de haber visto sufrir al que sufre, a causa de la vergüenza de él; y cuando lo ayudé, ofendí su orgullo con dureza.

"Los grandes favores no vuelven agradecidos a los hombres, sino vengativos; y si el pequeño beneficio no es olvidado, acaba convirtiéndose en un gusano roedor. ¡Sean reacios en el aceptar! ¡Honren por el hecho de aceptar! Esto aconsejo a quienes nada tienen que regalar. Pero yo soy uno que regala: me gusta regalar, como amigo a los amigos. Los extraños y los pobres, en cambio, que ellos mismos recojan el fruto de mi árbol. Eso avergüenza menos. ¡Pero a los mendigos se los debería suprimir totalmente! En verdad, molesta el darles y molesta el no darles. ¡Lo mismo con los pecadores, y a las conciencias malvadas! Créanme, amigos míos: los remordimientos de conciencia enseñan a morder.

"Lo peor, sin embargo, son los pensamientos mezquinos. ¡En verdad, es mejor haber obrado con maldad que haber pensado con mezquindad! Es cierto que ustedes dicen: 'El placer obtenido en maldades pequeñas nos ahorra más de una acción malvada grande'. Pero aquí no se debería querer ahorrar. La acción malvada es como una llaga: escuece, irrita y revienta; habla con sinceridad. 'Mira, yo soy enfermedad': así habla la acción malvada; ésa es su sinceridad. Mas el pensamiento mezquino es igual que el hongo: se arrastra, se agacha y no quiere estar en ninguna parte, hasta que el cuerpo entero queda podrido y mustio por los pequeños hongos. A quien, sin embargo, está poseído por el diablo, yo le digo al oído esta frase: '¡Es mejor que cebes a tu diablo! ¡También para ti sigue habiendo un camino de grandeza!'. ¡Ay, hermanos míos! ¡Se sabe de cada uno algo de más! Y muchos se nos vuelven transparentes, mas aun así estamos muy lejos todavía de poder penetrar a través de ellos. Es difícil vivir con hombres, porque callar es muy difícil.

"Y con quien más injustos somos no es con aquel que nos repugna, sino con quien no nos importa en absoluto. Si tú tienes, sin embargo, un amigo que sufre, sé para su sufrimiento un lugar de descanso. Pero sé un lecho duro, un lecho de campaña. Así es como le serás más útil. Y si un amigo te hace mal, di: 'Te perdono lo que me has hecho a mí; pero el que te hayas hecho eso a ti... ¡cómo podría yo perdonarlo!'. Así habla todo amor grande, superando incluso el perdón y la compasión.

"Debemos sujetar nuestro corazón, pues si lo dejamos ir, ¡qué pronto se nos va entonces la cabeza! ¡Ay! ¿En qué lugar del mundo se han cometido tonterías mayores que entre los compasivos? ¿Qué cosa en el mundo ha provocado más sufrimiento que las tonterías de los compasivos? ¡Ay de todos aquellos que aman y que no tienen todavía una altura que esté por encima de su compasión!

"Así me dijo el demonio una vez: 'También Dios tiene su infierno: es su amor a los hombres'. Y hace poco le oí decir esta frase: 'Dios ha muerto. A causa de su compasión por los hombres, ha muerto Dios'[19]. Por ese motivo, estén a salvo de la compasión, pues de ella continúa viniendo a los hombres una nube. ¡En verdad, yo entiendo de señales del tiempo! Recuerden también esta frase: 'todo gran amor está por encima incluso de toda su compasión: pues él quiere, además, crear lo amado'. 'De mí mismo hago ofrecimiento a mi amor, y de mi prójimo igual que de mí'. Éste es el lenguaje de todos los creadores. Mas todos los creadores son duros".

Así habló Zaratustra.

---

19   La muerte de Dios es una de las ideas pilares de la obra de Nietzsche.

De los sacerdotes

Zaratustra hizo una señal a sus discípulos y les dijo estas palabras:

"¡Ahí hay sacerdotes! Aunque son mis enemigos, ¡pasen a su lado en silencio y con la espada dormida! También hay héroes entre ellos; muchos han sufrido demasiado; por ese motivo desean hacer sufrir a otros. Son enemigos malvados. Nada es más vengativo que su humildad. Y fácilmente se ensucia quien los ataca. Pero mi sangre está emparentada con la suya; y yo quiero que mi sangre sea honrada incluso en la de ellos".

Y, cuando pasaron a su lado, el dolor le acometió. No había luchado mucho tiempo con el dolor cuando empezó a hablar así:

"Me da pena de estos sacerdotes. También repugnan a mi gusto, pero esto es lo de menos desde que estoy entre hombres. Sufro y he sufrido con ellos. Son prisioneros para mí, y marcados. Aquel a quien ellos llaman redentor los arrojó en cadenas. ¡En cadenas de falsos valores y de palabras ilusas! ¡Ay! ¡Si alguien los redimiese de su redentor! En una isla creyeron desembarcar en otro tiempo, cuando el mar los arrastró lejos; pero, ¡era un monstruo dormido![20]

"Falsos valores y palabras ilusas, ésos son los peores monstruos para los mortales, largo tiempo duerme y aguarda en ellos la fatalidad. Mas al fin la fatalidad llega, vigila, devora y se traga aquello que construyó tiendas para sí encima de ella.

"¡Oh, contemplen esas tiendas que esos sacerdotes se han construido! Llaman 'iglesias' a sus cavernas de dulzona fragancia. ¡Oh, esa luz falsa, ese aire que huele a

---

20 Alusión a *Las mil y una noches*, cuando Simbad el marino desembarca sobre un enorme pez, creyendo que se encontraba en una isla.

moho! ¡Aquí donde al alma no le es lícito elevarse, volando hacia su altura!

"Su fe, por el contrario, ordena esto: '¡Suban la escalera de rodillas, pecadores!'. ¡En verdad, prefiero ver incluso al hombre carente de pudor que los torcidos ojos de su pudor y devoción! ¿Quién creó para sí tales cavernas y escaleras de penitencia? ¿No fueron aquellos que querían esconderse y se avergonzaban del cielo puro? Y sólo cuando el cielo puro vuelva a mirar a través de techos derruidos y llegue hasta la hierba y la roja amapola crecidas junto a muros derruidos, sólo entonces quiero yo volver a dirigir mi corazón hacia los lugares de ese Dios. Ellos llamaron Dios a lo que les contradecía y causaba dolor: y en verdad, ¡mucho heroísmo había en su adoración! ¡Y no supieron amar a su Dios de otro modo que clavando al hombre en la cruz!

"Como cadáveres pensaron vivir, de negro vistieron su cadáver; también en sus discursos huelo yo todavía el desagradable aroma de cámaras mortuorias. Y quien vive cerca de ellos, cerca de negros estanques vive, desde los cuales canta el sapo su canción con dulce melancolía. Mejores canciones tendrían que cantarme para que yo aprendiese a creer en su redentor: ¡más redimidos tendrían que parecerme los discípulos de ese redentor! Desnudos quisiera verlos: pues únicamente la belleza debiera predicar penitencia. ¡Mas a quién persuade esa tribulación encubierta!

"¡Ciertamente, sus redentores no provienen de la libertad y del séptimo cielo de la libertad! ¡Ciertamente, ellos mismos no caminaron jamás sobre las alfombras del conocimiento!

"De huecos estaba hecho el espíritu de esos redentores; pero en cada hueco habían colocado su ilusión, su tapaagujeros, al que ellos denominaban Dios.

"En su compasión se había ahogado su espíritu, y cuando se inflaban y desbordaban de compasión, siempre nadaba en la superficie una enorme estupidez.

"Celosamente y a los gritos llevaban su rebaño por su camino: ¡como si hacia el futuro no hubiera más que un solo camino...! ¡Ciertamente, también estos pastores continuaban formando parte del rebaño! Espíritus pequeños y almas voluminosas poseían estos pastores: mas, mis hermanos, ¡qué parajes tan pequeños han sido inclusive las almas más voluminosas, hasta este momento mismo!

"Signos de sangre trazaron en el camino que recorrieron, y su estupidez enseñaba que con sangre es demostrada la verdad.

"Pero la sangre es el peor testigo de la verdad; la sangre emponzoña inclusive la doctrina más pura, transformándola en ilusión y odio de los corazones.

"Y si alguien cruza una hoguera en defensa de su doctrina, ¡qué es lo que demuestra con ello!

"¡Mayor cosa es, ciertamente, que del propio incendio surja la propia doctrina!

"Corazón caliente y cabeza fría: cuando estas cosas se unen, surge el viento impetuoso, el "redentor".

"¡Ha habido, ciertamente, hombres más grandes y de cuna más elevada que esos a quienes el pueblo llama redentores, esos formidables vientos impetuosos!

"¡Y ustedes, mis hermanos, tienen que ser redimidos por hombres todavía mejores que todos los redentores, si quieren dar con el camino que conduce a la libertad!

"No ha habido todavía un superhombre. Desnudos los he visto yo a ambos, al hombre más grande y al más pequeño: Demasiado semejantes son aún. Ciertamente, también al más grande lo he encontrado todavía... ¡excesivamente humano!".

Así habló Zaratustra.

De los virtuosos

"Con truenos y con celestes fuegos artificiales debe de hablarse a los sentidos flojos y adormecidos.

"Pero la voz de la belleza habla quedamente: sólo se desliza en las almas que están más despiertas.

"Suavemente hoy vibró y rió mi escudo; ése es el sagrado reír y vibrar de la belleza.

"De ustedes, virtuosos, se rió hoy mi belleza. Y así llegó la voz de ella hasta mí: '¡Ellos quieren además ser pagados!'.

"¡Ustedes quieren además recibir paga, virtuosos! ¿Quieren una recompensa a cambio de la virtud, el cielo a cambio de la tierra, y la eternidad a cambio del hoy?

"¿Y se irritan ustedes conmigo porque enseño que no existe un remunerador ni un pagador? Ciertamente, yo ni siquiera enseño que la virtud sea su propia recompensa.

"Ay, esto es lo que me apena, que falsamente se haya instalado en el fondo de las cosas la recompensa y el castigo, ¡y ahora también en el fondo de sus almas, virtuosos!

"Pero como el morro del jabalí, mi palabra tiene que desgarrar el fondo de sus almas; como la reja de arado[21] quiero ser para ustedes.

"Todos los secretos de vuestro fondo deben salir a la luz; y cuando ustedes yazgan al sol, hozados y despedazados, entonces del mismo modo vuestra mentira estará separada de vuestra verdad.

"Pues ésta es la verdad de ustedes: son demasiado limpios para la suciedad de estas palabras: revancha, castigo, recompensa, retribución.

"Ustedes aman vuestra virtud como la madre ama a su hijo; pero ¿cuándo se oyó decir que una madre quisiera ser pagada por su amor?

"Vuestro sí-mismo más querido es vuestra virtud. Sed de anillo hay en ustedes: para volver a alcanzarse a sí mismo lucha y gira todo anillo.

---

21 "La reja del arado" era el título que Nietzsche pensó dar –inicialmente– a su obra *Aurora*.

"Y como la estrella que se apaga es toda obra de la virtud de ustedes: su luz sigue estando siempre en su rumbo y en marcha, ¿y cuándo dejará de estar en su rumbo?

"Así la luz de la virtud de ustedes sigue su rumbo aunque la obra ya esté terminada.

"Ésta puede ser olvidada y estar muerta: su rayo de luz vivirá todavía y caminará.

"Que vuestra virtud sea vuestro sí-mismo, y no una cubierta extraña, como una piel, un manto: ¡ésa es la verdad que surge de lo más profundo de vuestra alma, virtuosos!

"Pero más recientemente para algunos la virtud significa temblar bajo un látigo: ¡y, para mí, ustedes escucharon demasiado sus alaridos!

"Hay otros que llaman virtud a que sus vicios se tornen perezosos; y cuando su odio y sus celos estiran en algún momento sus miembros, entonces su "justicia" se despierta y se restriega los ojos.

"Y hay otros que son llevados hacia más abajo: sus demonios los llevan. Pero cuanto más se hunden, más ardientes relucen sus ojos y el deseo de su Dios.

"También los gritos de ésos llegaron hasta los oídos de ustedes, virtuosos: lo que yo no soy... ¡eso son para mí Dios y virtud!

"Y hay otros que portan mucho peso y por ello rechinan, igual que los carromatos que transportan piedras cuesta abajo: se llenan la boca de dignidad y virtud, ¡a su freno lo llaman virtud!

"Y hay otros que son parecidos a relojes a los que se les dio ya cuerda; producen su tic-tac, y quieren que a su tic-tac se lo llame virtud. Ciertamente, yo con ellos me divierto: cuando encuentre esos relojes les daré cuerda con mis burlas; ¡y ellos deberán, para colmo, ronronear![22].

---

22 En "De los doctos", también de esta segunda parte, el autor repetirá esta burlona imagen de los relojes.

"Otros se sienten muy orgullosos de su puñado de justicia y por ella cometen crímenes contra todo: de tal modo que el universo se ahoga en su injusticia.

"¡De qué manera tan desagradable sale de sus bocas esa palabra, 'virtud'!... Cuando dicen: 'Yo soy justo', suena siempre igual que: '¡Estoy vengado!'.

"Con su virtud quieren sacarles los ojos a sus antagonistas y si se elevan, lo hacen solamente para humillar a otros[23].

"También están aquellos que se sientan en su charca y hablan así desde donde crecen las cañas: 'Virtuoso es sentarse silenciosamente en la charca. Nosotros a ninguno mordemos y nos quitamos del camino del que quiere morder; y respecto de todo sostenemos la opinión que se nos brinda'.

"Asimismo hay quienes aman los gestos y piensan: 'la virtud es una suerte de gesto'.

"Sus rodillas adoran siempre, y sus manos son alabanzas de la virtud, pero su corazón sobre eso nada sabe.

"También hay quienes consideran virtuoso decir: "Es necesaria la virtud"; pero en lo hondo de sí mismos creen que la policía es lo único necesario.

"Y muchos que no pueden ver lo elevado en los hombres, llaman virtud a ver ellos bien de cerca su bajeza: así denominan como virtud a su maligna mirada.

"Algunos quieren ser elevados y llaman a eso virtud y otros quieren ser derribados y también llaman a eso virtud.

"De esta manera, casi todos creen formar parte de lo virtuoso; y como mínimo, cada uno se cree un experto en el bien y en el mal.

"Mas Zaratustra no vino para decir a todos estos mentirosos y tontos: '¡Qué saben ustedes de virtud! ¡Qué podrían saber ustedes respecto de lo virtuoso!', sino para que ustedes,

---

23   Alusión al Evangelio de San Mateo, 23, 12: "Aquel que se ensalce será humillado; y el que se humille será ensalzado".

amigos míos, se cansen de las viejas palabras que aprendieron de los mentirosos y de los tontos: las palabras 'recompensa, retribución y castigo, venganza justiciera'.

"Para que se cansen de decir: 'Una acción es buena cuando es desinteresada'.

"¡Ay, mis amigos! Que vuestro sí-mismo se encuentre en la acción como la madre se encuentra en el hijo: ¡sea ésa vuestra palabra respecto de la virtud!

"En verdad, le quité sin lugar a dudas cien palabras y los juguetes más queridos a vuestra virtud; y ahora ustedes se enojan conmigo como se enojan los niños.

"Estaban ellos jugando al borde del mar, entonces vino una ola y arrastró su juguete a la hondura: ahora ellos lloran.

"¡Pero la misma ola debe traerles juguetes nuevos y arrojar ante ellos nuevos caracoles de colores!

"De ese modo serán consolados; igual que ellos, también ustedes, amigos míos, tendrán consuelos —¡y nuevos caracoles de colores!—".

Así habló Zaratustra.

De la chusma

La vida es un manantial de placeres; pero donde la chusma concurre a beber con los demás, allí todos los pozos quedan emponzoñados.

Por todo lo que es limpio siento inclinación; pero no soporto ver los hocicos de burla y la sed de aquellos que no son puros.

Han lanzado sus ojos al fondo del pozo: ahora sube del pozo el reflejo de su repulsiva sonrisa.

Envenenaron el agua santa con su lujuria; y como llamaron placer a sus sucios ensueños, también envenenaron las palabras.

Se enoja la llama cuando ellos acercan al fuego sus húmedos corazones; también el espíritu suelta borbotones y humo si la chusma se acerca al fuego.

En sus manos la fruta se pone dulzona y demasiado blanda: al árbol frutal la mirada de la chusma lo torna fácil de arrasar por el viento y también seca sus ramas.

Más de uno que se apartó de la vida, en realidad se apartó exclusivamente de la chusma: no quería compartir manantial, llama y fruta con la chusma.

Más de uno que se fue al desierto y sufrió sed con las fieras, solamente quería evitar sentarse junto a camelleros sucios alrededor de un manantial.

Más de uno que llegó como arrasador y como granizo para todos los campos productores de fruta, sólo quería meter su pie en la boca de la chusma y así tapar sus gargantas.

El bocado que más me ha atragantado no es saber que la vida misma precisa de enemistad, muerte y cruces de tormento. Una vez pregunté, y casi me asfixié con mi pregunta: ¿Cómo es posible? ¿Es que la vida tiene necesidad asimismo de la chusma? ¿Se precisa de pozos envenenados, fuegos hediondos, sueños mugrientos y gusanos en el pan de la vida?

¡No fue mi odio, fue mi náusea la que se cebó sin saciarse en mi vida! ¡Ay, tan a menudo me harté del espíritu cuando comprendí que la chusma también es rica de espíritu!

A los dominadores les di la espalda cuando observé lo que ellos llaman ahora dominar: negociar y regatear por causa del poder ¡con la chusma!

Entre pueblos de lenguas extrañas viví con los oídos cerrados: para que la lengua de su negociar permaneciese extraña a mí, y también su regateo por el poder.

Cubriéndome la nariz pasé disgustado a través de todo ayer y todo hoy: ¡ciertamente, todo ayer y todo hoy apesta a chusma que escribe!

Como un lisiado que se hubiese vuelto asimismo sordo, ciego y mudo: así viví yo mucho tiempo, para no convivir con la chusma del poder, la pluma y el placer.

Cansadamente mi espíritu subía escaleras con cautela; las limosnas de placer fueron su consuelo; para el ciego, la vida se arrastraba apoyándose en un bastón.

¿Qué me sucedió, empero? ¿De qué manera yo me redimí de la náusea? ¿Quién rejuveneció mi mirada? ¿Cómo fue que me elevé hasta la altura donde ya ninguna chusma se sienta en torno al manantial?

¿Fue mi propia náusea la que me dio alas y fuerzas que presienten las fuentes?

¡Ciertamente, hasta lo más elevado debí volar para reencontrar el manantial del placer!

¡Oh, lo hallé, hermanos míos! ¡Aquí, en lo más elevado, brota para mí el manantial de los placeres! ¡Hay una vida de la cual no bebe la chusma junto con los otros!

¡Casi excesivamente violento resulta tu caudal para mí, fuente del placer! ¡Y muy seguidamente vaciaste nuevamente la copa al querer llenarla!

Aún debo aprender a acercarme a ti con una humildad que sea mayor: con excesiva violencia corre todavía mi corazón a tu encuentro. Mi corazón, sobre el que arde mi verano, el corto, ardoroso, melancólico, más que bienaventurado: ¡cómo apetece mi corazón veraniego tu frescor!

¡Disipada se encuentra mi vacilante aflicción primaveral! ¡La maldad de mis copos de nieve de junio, ya ha pasado! ¡Me convertí por completo en verano, en mediodía de verano!

Un verano en lo más elevado, con manantiales fríos y silencio bienaventurado: ¡oh, vengan, amigos míos, para que así el silencio sea todavía más bienaventurado!

Esta es nuestra altura y nuestra patria: para los impuros y su sed, nosotros vivimos en un lugar demasiado elevado y escarpado.

¡Lancen sus ojos puros en el manantial de mis placeres, amigos míos! ¡Cómo podría ensuciarse por eso! ¡Como respuesta, él va a reírse ante ustedes con su pureza!

En el árbol del Futuro construimos nosotros nuestro nido; ¡águilas deben traer en sus picos alimento para nosotros, los solitarios![24].

¡Ciertamente, no será ese un alimento del que también los impuros puedan comer!

¡Fuego creerían ingerir y se quemarían los hocicos!

¡Ciertamente, aquí no tenemos casas listas para los impuros! ¡Una congelada caverna sería para sus cuerpos y sus espíritus nuestra felicidad!

Como los vientos poderosos, nosotros deseamos vivir por encima de ellos, como vecinos de las águilas, la nieve y el sol: de ese modo es que viven los vientos poderosos.

Igual que el viento quiero yo soplar en alguna ocasión sobre ellos, y con el aliento de mi espíritu cortar la respiración de su espíritu: de tal modo lo quiere mi futuro.

Ciertamente, un viento poderoso es Zaratustra para el conjunto de los valles y este consejo da a sus enemigos y a todo lo que escupe: '¡Cuídense de escupir contra el viento!'"

De las tarántulas

"Mira, ¡ésa es la cueva de la tarántula! ¿Quieres verla a ella misma? Aquí es donde cuelga su telaraña; agítala, para que tiemble. Ahí viene obedientemente: ¡bienvenida, tarántula! Negro se ve sobre tu espalda tu triángulo y emblema y yo sé también qué es lo que se asienta en tu alma.

"Es la venganza lo que se asienta en tu alma: allí donde picas, se forma una costra negra; ¡como la venganza hace nacer tu veneno vértigos para el alma!

---

24 Alusión a 1 Reyes, 17, 6: "Los cuervos le llevaban a Elías pan por la mañana y carne por la tarde".

"Así les hablo, en parábolas, a ustedes, los que originan vértigos a las almas, ¡ustedes los predicadores de la igualdad! ¡Tarántulas son ustedes para mí, y vengativos ocultos!

"Pero yo voy a sacar a la luz sus madrigueras: por eso me río en sus caras con mi reír de la altura.

"Por eso desgarro su tela, para que su rabia los arrastre a salir de sus cavernas de embustes, y la venganza se destaque detrás de esa palabra que emplean: 'justicia'.

"Pues que el hombre alcance la redención de la venganza: éste es para mí el sendero hacia la suprema esperanza y un arco iris que surge después de una larga borrasca.

"Pero una cosa distinta es, sin dudarlo, aquello que las tarántulas quieren. 'Se llama para nosotras justicia exactamente esto, que el mundo se llene de las borrascas de nuestra venganza'—así dicen ellas cuando hablan entre sí.

"'Venganza queremos ejecutar, y burlarnos de todos los que no son iguales a nosotros' —esto los corazones de tarántulas se juran a sí mismos.

"'Voluntad de igualdad, éste debe llegar a ser de aquí en adelante el nombre de la virtud; ¡y contra todo lo que posee poder queremos nosotros elevar nuestros alaridos!'.

"Ustedes, predicadores de la igualdad, la locura despótica de la impotencia es lo que en ustedes reclama bramando 'igualdad': ¡sus más ocultas ansias de tiranizar se enmascaran, entonces, con expresiones de virtud!

"Vanagloria y amargura, envidia escondida, tal vez presunción y envidia de sus padres: de ustedes brota eso en forma de llama y de locura vengativa.

"Lo que el padre calló es lo que habla a través del hijo y repetidamente encontré que el hijo era el secreto revelado del padre.

"Se parecen a los entusiastas, pero no es el corazón aquello que los entusiasma, sino la venganza. Y cuando se tornen sutiles y fríos, no es el espíritu, sino lo envidia lo que los vuelve sutiles y fríos.

"Sus celos los llevan también al camino de los pensadores; y ésta es la señal más propia de sus celos. Ellos van siempre excesivamente lejos, hasta que su cansancio debe finalmente arrojarse a dormir inclusive sobre nieve.

"En sus quejas retumba la venganza, en cada una de sus alabanzas hay un insulto; ser jueces les resulta la mayor ventura.

"Yo les aconsejo a ustedes, amigos míos: ¡desconfíen de esos en quienes la inclinación a castigar es tan potente!

"Ése es un pueblo de mala índole y de mal origen; desde sus caras miran el verdugo y el sabueso.

"¡Desconfíen de todos esos que hablan mucho de justicia! Ciertamente, a sus almas no solamente les falta miel. Y si se nombran a sí mismos como 'los buenos y justos', no olviden que a ellos, para convertirse en fariseos, solamente les falta: ¡poder!

"Amigos míos, no deseo ser mezclado y confundido con otros.

"Hay quienes predican mi doctrina respecto de la vida: y al mismo tiempo son predicadores de la igualdad y son tarántulas.

"Hablan a favor de la vida, aunque ellos están sentados en su madriguera, esos son arañas venenosas, y están apartados de la vida: eso se debe a que ellos quieren así hacer daño.

"Quieren así dañar a quienes ahora son poderosos: pues entre éstos es donde mejor recibida sigue siendo la predicación respecto de la muerte.

"Si fuera de otra manera, las tarántulas enseñarían algo diferente: y justamente ellos fueron en otras épocas los que más calumniaron al mundo y quemaron herejes.

"No quiero verme yo mezclado ni confundido con estos predicadores de la igualdad. Porque a mí la justicia me dice esto: 'los hombres no son iguales'.

"¡Tampoco deben llegar a serlo! ¿Qué sería de mi amor al superhombre si yo hablara de otra manera?

"Por mil puentes y caminos deben los hombres apurarse para ir hacia el futuro, y cada vez se debe implantar entre ellos más guerra y desigualdad: ¡así me lleva a hablar mi gran amor!

"¡Inventores de imágenes y de anp r tuy dch   aloanzar a ser tr tun hrw tlldadcs, y con sus imágenes y espectros deben luchar todavía, los unos contra los otros, en el combate mayor de todos!

"Bueno y malo, rico y pobre, elevado y minúsculo, y todos los nombres de los valores: ¡armas deben de ser, y ruidosas señales de que la vida tiene que superarse continuamente a sí misma!

"Hacia lo elevado quiere edificarse, con columnas y escalones, la vida misma: hacia amplias lejanías desea mirar, y hacia la bienaventurada belleza, ¡por eso necesita de la altura! ¡Y como precisa de la altura, por ello siente como necesarios los escalones, y hay contradicción entre los escalones y aquellos que suben! La vida quiere subir, y subiendo, así superarse a sí misma.

"¡Y vean, amigos míos! Aquí, donde está la guarida de la tarántula, se levantan hacia arriba las ruinas de un templo antiguo, ¡mírenlo con ojos iluminados!

"¡Ciertamente, quien en otra época construyó aquí en piedra sus pensamientos como una torre, sabía del misterio de la vida tanto como conoce el más sabio!

"Claramente, que existen combate y desigualdad incluso en la belleza, y guerra por el poder y por el sobrepoder, es lo que él nos enseña aquí.

"Igual que en este sitio, bóvedas y arcos divinamente caen, en lucha sin cuartel: igual que con luz y sombra ellos, los repletos de divinas aspiraciones, se oponen simultáneamente. ¡Así, con similar seguridad y belleza, seamos asimismo nosotros enemigos, mis amigos!

"¡Divinamente queremos oponernos los unos a los otros en nuestras aspiraciones!

"¡Ay! ¡Me ha picado la tarántula, mi antigua enemiga! ¡Divinamente segura y hermosa, me ha picado el dedo! 'Castigo tiene que haber y justicia, así piensa ella: ¡no debe cantar él aquí el elogio de la enemistad!'.

"¡Se ha vengado! Y... ¡ahora, con la venganza, le producirá vértigo también a mi alma!

"Pero para que yo no sufra ese vértigo, amigos míos, ¡átenme fuertemente aquí a esta columna![25]. ¡Prefiero ser un santo estilita antes que un remolino de la venganza!

"Ciertamente, no es Zaratustra un viento que gire, ni un remolino; y si es un bailarín, ¡nunca será un bailarín picado por la tarántula![26].

Así habló Zaratustra.

De los sabios famosos

"¡Al pueblo ustedes sirvieron, y a la superstición del pueblo, todos ustedes, sabios célebres, y no a la verdad! Exactamente por ello se los veneraba y también por ello se soportaba vuestra incredulidad, dado que ella era una estratagema y un camino indirecto para llegar al pueblo. Así deja el amo en plena libertad a sus esclavos y se divierte además con la petulancia de ellos.

"Pero aquel que al pueblo le resulta odioso, como lo es un lobo para los perros, ése es el de espíritu libre, el enemigo de las cadenas, el que no adora, el que vive en los bosques. Arrojarlo de su refugio, es lo que ha significado siempre para el pueblo el "sentido de lo justo", contra él continúa lanzando sus perros de afilados dientes.

---

25 Como en el canto XII de la *Odisea,* Ulises ordena a sus compañeros que lo amarren al mástil del navío para no acudir al llamado de las sirenas.

26 La picadura de la tarántula (cuyo nombre proviene de la ciudad de Tarento, Italia, donde abundaban) no produce en el hombre más que una dolorosa molestia; sin embargo, en la Antigüedad se le atribuía un efecto mucho más grave, y era muy temida por los trastornos nerviosos que se suponía que originaba. Popularmente, se creía que la única manera de librarse de las consecuencias de la picadura de la tarántula era danzar de manera frenética y prolongada y que tal era el origen del baile llamado tarantella.

"'Porque la verdad está aquí: ¡dado que aquí está el pueblo! ¡Ay de los que buscan!' —así se dice desde siempre.

"Ustedes al pueblo querían darle una razón para su veneración: ¡a eso lo llamaban 'voluntad de verdad', ustedes, sabios célebres! Y vuestro corazón repetía siempre para sí: 'del pueblo vine: de allí me ha venido también la voz de Dios'[27].

"Duros de cabeza y prudentes como un burro, ustedes fueron siempre los abogados del pueblo y más de un poderoso, uno que quería andar bien con el pueblo, enganchó delante de sus corceles un burrito, un sabio célebre.

"¡Ahora yo quisiera, sabios célebres, que por fin arrojaran ustedes por completo la piel de león! ¡La piel de la fiera, de manchas coloridas, y las melenas del que investiga, busca y conquista. Para que yo aprendiera a creer en vuestra 'veracidad', ustedes tendrían primero que destrozar vuestra voluntad de adoración!

"Veraz: así llamo al que se va a desiertos que carecen de dioses, a ése que destrozó su corazón venerador.

"En medio de la arena amarilla, y calcinado por el sol, en verdad observa a hurtadillas, sediento, los oasis repletos de fuentes, donde seres vivientes descansan bajo árboles oscuros.

"Pero su sed no lo convence de hacerse semejante a esos que son tan cómodos, porque allí donde hay oasis, también hay imágenes de ídolos.

"Famélica, violenta, solitaria, sin un dios: así es como se quiere a sí misma la voluntad leonina. Liberada de la felicidad de los siervos, así como de dioses y adoraciones, impávida y pavorosa, grande y solitaria: así es la voluntad de aquel que es veraz.

"En el desierto vivieron desde siempre los veraces, los espíritus libres, como amos del desierto; en las ciudades viven los bien alimentados y célebres sabios, las bestias de tiro.

---

27 Es una clara referencia a la frase latina *"vox populi, vox Dei"*: voz popular, voz de Dios.

Siempre, efectivamente, tiran ellos del carromato del pueblo, como lo hacen los burros.

"Yo no me enojo con ellos por esta causa, sino que para mí siguen ellos siendo sirvientes y se encuentran bajo un yugo aunque fulguren sus arreos dorados. Y muy repetidamente fueron buenos sirvientes, en todo dignos de las mayores alabanzas, porque así habla la virtud: 'Si debes ser un sirviente, debes buscar aquel a quien mejor aproveche tu servicio. El espíritu y la virtud de tu amo deben acrecentarse al ser tú su sirviente: ¡así creces tú mismo, a la par del espíritu y la virtud de él!'.

"Ciertamente ustedes, sabios célebres, sirvientes del pueblo, crecieron a la par del espíritu y la virtud del pueblo, así como el pueblo creció a través de ustedes ¡lo digo en honor de ustedes!

"Pero pueblo siguen siendo ustedes para mí, inclusive en sus virtudes, pueblo de ojos miopes, ¡pueblo que no sabe qué cosa es el espíritu!

"Espíritu es la vida que se tajea a sí misma en vivo: con su propia tortura incrementa su propio saber ¿sabían ya esto ustedes? Y la felicidad del espíritu es ésta: ser consagrado con lágrimas como víctima para el sacrificio; ¿sabían ya esto ustedes? Y la ceguera del ciego y su buscar y tantear deben seguir siendo testigos del poder del sol al que miró, ¿sabían ya esto ustedes?

"¡Y el hombre que sabe debe aprender a edificar con montañas! Es poco que el espíritu mueva montañas[28], ¿sabían ya esto ustedes?

"Lo que ustedes conocen del espíritu son apenas algunas de sus chispas, pero ustedes no ven que él es un yunque ni conocen la crueldad de su martillo. No conocen ustedes el orgullo del espíritu, pero todavía menos soportan uste-

---

28 Alusión al Evangelio de San Mateo, 17,20, cuando dice: "Tienen ustedes poca fe. Les aseguro que si tuvieran una fe del tamaño de un grano de mostaza apenas, ustedes le dirían a esa montaña que está allí que se acercara y esa montaña se acercaría".

des su modestia, si es que alguna vez ella quiere pronunciarse. Nunca resultó adecuado para ustedes arrojar vuestro espíritu a una parte de nieve: ¡ustedes no son lo bastante ardientes como para hacerlo! Y por ello es que ustedes no conocen el éxtasis de su frialdad. En mi opinión, ustedes no toman excesiva confianza con el espíritu y construyen frecuentemente un refugio y un hospital para los peores poetas. Ustedes no son águilas, y por esa causa es que no experimentaron jamás la felicidad que procura el terror del espíritu y quien no es un pájaro no debe construir su nido sobre abismos. Ustedes me resultan tibios[29], cuando frío es el caudal de cualquier hondo conocimiento. Heladas son las profundidades más hondas del espíritu y un alivio para las manos de los trabajadores más ardientes. Allí se encuentran, respetables para mí, y están erguidos, con las espaldas derechas, ¡ustedes, sabios célebres! Ustedes, a quienes no los empuja un viento y una voluntad potentes, ¿no vieron nunca una vela atravesando el mar, hinchada al máximo y temblando bajo el poder del viento? Al igual que esa vela, temblorosa bajo el poder del viento, avanza sobre el mar mi saber, ¡mi salvaje sabiduría!

"Pero, ¿Cómo podrían ustedes, sabios célebres, sirvientes del pueblo, marchar junto a mí?".

Así habló Zaratustra.

La canción de la noche

"Es de noche y ahora hablan más fuerte todas las fuentes; también mi alma es una fuente.

"Es de noche: solamente en este momento despiertan las canciones de los amantes. Y también mi alma es una de ellas.

---

29 Referencia al Apocalipsis, 3, 15-16: "Ojalá fueras tú caliente o bien frío. Pero como eres tibio, o sea ni frío ni caliente, te vomitaré de mi boca".

"En mí hay algo sin saciar, algo insaciable y que quiere expresarse. En mí hay un deseo de amor, que del mismo modo habla en la lengua del amor.

"Yo soy luz, ¡si yo fuese noche! Pero en esto consiste mi soledad, mi aislamiento: estar rodeado de luz. ¡Si yo fuera oscuro y nocturno, cómo iba a mamar de los pechos de la luz! Y aun a ustedes iba a bendecirlas, estrellitas brillantes y gusanos que relucen allá arriba, y sería feliz con sus luminosos regalos.

"Pero yo moro dentro de mi propia luz, y absorbo todas las llamas que brotan de mí.

"No conozco la felicidad del que puede apoderarse de algo; y muy seguido soñé que robar tiene que ser mucho más maravilloso que tomar algo.

"Ésta es mi pobreza: que mi mano no descanse jamás de su eterna tarea de dar; ésta mi envidia, ver los ojos que esperan y las despejadas noches del deseo.

"¡Desdicha de todos aquellos que regalan! ¡Eclipse de mi sol! ¡Deseo de desear!

"¡Apetito ardiente en la más plena saciedad!

"Ellos toman de mí: ¿pero toco yo apenas su alma? Un abismo se extiende entre el tomar y el dar; el abismo más pequeño es el más difícil de cruzar.

"Un apetito se origina de mi belleza: daño quisiera hacerles a esos que ilumino, robar a los que lleno de obsequios, tan crecido es mi apetito de maldad.

"Retirar la mano cuando otra mano se extiende hacia ella; parecido a las cataratas, que siguen vacilando cuando están ya cayendo, así tan grande es mi apetito de maldad.

"Esa revancha imagina mi plenitud, tanta perfidia brota de mi aislamiento. Mi felicidad de obsequiar murió a costa de tanto regalar, por sobreabundar, mi virtud se ha hastiado de sí misma.

"Corre el riesgo de perder la vergüenza aquel que regala siempre; a fuerza de tanto dar, le surgen callos en las manos y el corazón.

"Mis ojos no se colman más de lágrimas frente a la vergüenza de aquellos que piden; mi mano se ha vuelto excesivamente dura para el temblor de las manos llenas.

"¿Adónde fueron las lágrimas de mis ojos y el blando plumón de mi corazón? ¡Oh soledad de los que obsequian, taciturnidad de los que relucen!

"Numerosos soles orbitan en el espacio desierto: a todo lo que es oscuro le hablan con su luz, mas para mí están callados. Esta es la enemistad de la luz contra lo que reluce: recorrer despiadadamente su órbita. Injusto en lo más profundo de su corazón contra lo que reluce; frío para los soles, de tal modo se mueven cada uno de los soles. Parecidos a una tempestad recorren sus órbitas, así ellos van. Siguen su voluntad inquebrantable, así es su frialdad.

"Ustedes solamente, los oscuros, los nocturnos, obtienen calor de lo que brilla. ¡Solamente ustedes beben la leche y el consuelo de los senos de la luz!

"¡Hay hielo a mi alrededor, mi mano se quema al tocar lo gélido y en mí hay una sed que desfallece a causa de la sed de ustedes!

"Es de noche y yo tengo que ser luz y sed de la nocturnidad y tengo que ser soledad.

"Es de noche y ahora, como de una fuente, brota de mí el deseo: hablar es aquello que yo deseo.

"Es de noche y ahora hablan más fuerte todas las fuentes; también mi alma es una fuente.

"Es de noche y ahora se despiertan las canciones de los amantes. También mi alma es la canción de un amante".

Así cantó Zaratustra.

La canción del baile

Cierta tarde caminaba Zaratustra acompañado por sus discípulos por el bosque; y buscando una fuente llegó a una pradera rodeada por árboles y malezas silenciosos: en él bailaban unas muchachas. En cuanto las jóvenes reconocieron a Zaratustra dejaron de danzar. Zaratustra se acercó a esas muchachas amistosamente y les dijo: "¡No dejen de bailar, encantadoras jóvenes! No llegó hasta ustedes, con mirada torva, un aguafiestas, ni un enemigo de las muchachas. El abogado de Dios soy yo frente al demonio: pero éste es el espíritu de la pesadez. ¿Cómo habría yo de ser, ligeras jóvenes, hostil a sus bailes divinos? ¿O a los pies de muchacha, de tan bellos tobillos? Sin duda soy yo un bosque y también una noche de árboles oscuros. Sin embargo, quien no tema mi oscuridad encontrará también arreglos de rosas debajo de mis cipreses. Y también, en verdad, hallará al pequeño dios más querido por las muchachas: junto al manantial está acostado, inmóvil, con sus ojos cerrados. ¡Ciertamente se quedó dormido en pleno día, el muy perezoso! ¿Acaso corrió excesivamente detrás de las mariposas? ¡No se enojen conmigo, hermosas danzarinas, si castigo un poco al pequeño dios! Gritará y llorará, ¡pero él, hasta cuando llora provoca la risa! Con lágrimas en los ojos debe pedirles que dancen. Yo mismo quiero cantar una canción que acompañe su baile, una canción de baile y burla contra el espíritu de la pesadez, el mayor y más potente demonio, ese que, ellos dicen, es "el señor de este mundo"[30].

Y ésta es la canción que Zaratustra cantó mientras el pequeño Cupido y las jóvenes bailaban en concierto: "En tus ojos he mirado hace un instante, ¡oh vida! Y en lo inabarcable me pareció sumergirme. Pero tú me sacaste fuera de ello con un anzuelo de oro; burlonamente te reíste cuando te llamé inabarcable. 'Ése es el lenguaje que emplean los peces', me dijiste; 'lo que ellos no pueden recorrer, es inabarcable. Pero yo soy tan sólo cambiante, y salvaje, una mujer en todo, y no mujer virtuosa, pese a que ustedes, varones, me llamen

---

30   Alusión al Evangelio según San Juan, 12,31: "Ahora tiene su comienzo un juicio contra el orden presente y el señor de este mundo será arrojado de él".

'la profunda', 'la fiel', 'la eterna', 'la plena de misterio'. Ustedes los varones, empero, me otorgan sus virtudes como regalo siempre. ¡ay de ustedes, los virtuosos!. Así ría la increíble; pero yo nunca le creo, ni a ella ni a su risa, cuando habla así de sí misma. Y cuando hablé a solas con mi saber salvaje, me dijo furioso: 'Tú quieres, tú deseas, tú amas, ¡sólo por esa razón es que tú alabas la vida!'. Casi le contesto mal y le digo la verdad a la sabiduría furiosa; y no se puede responder de peor manera que 'diciendo la verdad' a nuestra propia sabiduría.

"Así están, entonces, las cosas entre nosotros: A fondo yo no amo más que a la vida ¡y, ciertamente, en particular cuando la odio!

"Que yo sea bueno con la sabiduría, y seguidamente, demasiado bueno: ¡eso se debe a que ella me recuerda completamente a la vida! Tiene los ojos de ella, su risa, e incluso su dorada caña de pesca: ¿qué puedo yo hacer si ambas se parecen tanto?

"Cierta vez, cuando la vida me preguntó: '¿Quién es, pues, ésa, la sabiduría?', yo me apresuré a responder: '¡Ah sí, sí!, ¡la sabiduría! Tenemos sed de ella y no nos saciamos, la observamos a través de velos, la intentamos apresar con mallas de red... ¿Ella es bella? ¡Qué sé yo! Pero hasta las carpas más duchas continúan tomando su carnada. Voluble y obcecada es; repetidamente la vi morderse los labios y peinarse al revés. Tal vez es perversa y falsa, y una mujer en todo; pero definitivamente cuando habla mal de sí misma es cuando más seduce'.

"Cuando le dije esto a la vida ella se rió malvadamente y cerró sus ojos, diciéndome luego: '¿De quién tú estás hablando?, ¿Es sin duda de mí? Y aunque tuvieras razón, ¡decirme eso en la cara! Ahora habla de tu sabiduría'.

"¡Ay, y entonces volviste a abrir los ojos, vida adorada! Y en lo inabarcable me pareció hundirme nuevamente".

Así cantó Zaratustra. Pero cuando el baile acabó y las muchachas se fueron se sintió muy triste.

"Hace mucho que se ocultó el sol", dijo por fin; "la pradera está húmeda, de los bosques viene el frío. Algo desconocido está en torno de mí y me mira pensativo. ¡Cómo! ¿Tú vives aún, Zaratustra?; ¿Por qué y para qué?; ¿Con qué?; ¿Hacia dónde? ¿Dónde? ¿Cómo? ¿No es una estupidez que vivas todavía?".

"Ay, amigos, el atardecer es quien pregunta desde mí. ¡Perdonen mi abatimiento!

"El atardecer llegó: ¡perdónenme que él haya llegado!".

Así habló Zaratustra.

La canción de los sepulcros

"Allí está la ínsula de los sepulcros, la silenciosa; allí también están los sepulcros de mi juventud. A ella quiero llevarle una corona permanentemente verde de vida.

"Con este anhelo en mi corazón yo crucé el mar.

"¡Oh ustedes, visiones y apariciones de mi juventud! ¡Oh miradas del amor, ustedes, momentos divinos! ¡Qué rápido murieron para mí! Me acuerdo de ustedes, hoy, como me acuerdo de mis muertos. De ustedes, muertos tan amados, llega hasta mí un dulce perfume que desata el corazón y abre las puertas de las lágrimas. Ciertamente, ese perfume conmueve y alivia el corazón del solitario navegante. Todavía sigo siendo el más rico y el más digno de envidia, ¡yo, que soy el más solitario! Pues yo los tuve a ustedes, y ustedes a mí: digan, entonces, ¿A quién le cayeron del árbol, manzanas de rosa, como me cayeron a mí?

"Sigo siendo heredero del amor de ustedes, y soy tierra que en recuerdo de ustedes florece con coloridas virtudes ferales, ¡oh ustedes, mis amadísimos!

"Estábamos hechos para permanecer cercanos los unos a los otros, oh propicios y raros milagros; y vinieron hasta mí y mi deseo no como tímidos pajarillos, ¡no, sino como los confiados llegan hasta el que es confiado!

"Hechos para ser fieles, como yo lo soy, y para delicadas eternidades: y ahora tengo que llamarlos por la infidelidad de ustedes, oh miradas y momentos divinos: ningún otro nombre aprendí todavía.

"Ciertamente, muy rápidamente se han muerto para mí, ustedes, fugitivos. Pero no huyeron de mí, tampoco yo de ustedes: inocentes somos los unos y los otros en nuestra común infidelidad. ¡Para matarme a mí los estrangularon a ustedes, pajarillos cantores de mis esperanzas! Sí, contra ustedes, tan queridos, disparó la malignidad siempre sus flechas ¡para clavarse en mi corazón y allí acertó el blanco!

"Porque ustedes eran lo más querido para mi corazón, mi posesión y mi ser poseído: ¡por ello tuvieron que morir jóvenes y tan pronto!

"Contra lo más vulnerable que yo tenía dispararon ellos su dardo: ¡eran ustedes, cuya piel es semejante a una tierna pelusa, y, más aún, semejante a la sonrisa que muere a causa de una sola mirada!

"Estas palabras quiero decir a mis enemigos: ¡qué son todos los asesinatos juntos, comparados con lo que me hicieron!

"Algo peor me hicieron que todos los asesinatos; algo irrecuperable me quitaron: ¡así les hablo a ustedes, mis enemigos!

"¡Porque han asesinado las visiones y los tan amados milagros de mi juventud! ¡Me apartaron de mis compañeros de juego, aquellos espíritus bienaventurados! En su recuerdo entrego esta corona y esta maldición.

"¡Esta maldición contra ustedes, enemigos míos! ¡Porque redujeron mi eternidad, así como un sonido se rompe en noche fría! Tan sólo como un relampaguear de ojos divinos llegó hasta mí, ¡como un breve momento!

"Así dijo una vez, en hora favorable, mi pureza: "Divinos deben ser, para mí, todos los seres".

"Entonces cayeron sobre mí como sucios fantasmas, ¡ay, adónde escapó esa hora tan favorable!

"'Todos los días deben ser santos para mí', así habló en otra época mi sabiduría juvenil: ¡ciertamente, son palabras de una sabiduría gaya!

"Pero entonces ustedes los enemigos me robaron mis noches y las vendieron a una tortura insomne: ay, ¿adónde escapó esa sabiduría gaya?

"En otra época yo estaba ansioso de auspicios felices: entonces hicieron que cruzara mi sendero un búho monstruoso y repulsivo. Ay, ¿adónde escapó entonces mi tierna ansiedad?

"A toda náusea prometí renunciar, en otra época: entonces transformaron a mis allegados y prójimos en llagas repletas de pus. Ay, ¿hacia dónde escapó entonces mi más noble promesa?

"Del mismo modo que un ciego recorrí en otra época caminos bienaventurados: entonces arrojaron cosas inmundas al sendero del ciego y éste sintió náuseas del antiguo sendero de los ciegos.

"Y cuando realicé mi empresa más ardua y festejaba la victoria de mis logros, ustedes hicieron gritar a aquellos que me amaban que yo era quien mayor daño les producía.

"En verdad, eso fue siempre lo que ustedes hicieron: convertir en hiel mi mejor miel y la laboriosidad de mis mejores abejas. A mi bondad enviaron siempre los mendigos más insolentes; alrededor de mi compasión convocaron siempre a ésos cuya falta de vergüenza no tenía cura. Así hirieron mi virtud en su fe, y si yo llevaba al sacrificio lo más santo de mí, al instante su "piedad" añadía sus obsequios más grasientos, hasta que en el humear de su grasa quedaba sofocado hasta lo que había de más santo en mí.

"En otra época quise bailar como jamás había bailado hasta entonces: más allá de todos los cielos quería yo bailar. Entonces convencieron a mi cantor más querido y él entonó una espantosa y pesada melodía; ¡la tocó a mis oídos como un tétrico cuerno!

"¡Cantor asesino, instrumento tan inocente de la malignidad! Estaba yo listo para el mejor baile: ¡entonces asesinaste con tu canto mi éxtasis!

"Sólo en el baile sé expresar el símbolo de las cosas supremas, ¡y ahora mi símbolo supremo se me ha quedado sin expresarse en mis miembros!

"¡Sin manifestarse y sin liberar se quedó en mí la máxima esperanza y se murieron todas las visiones y todos los consuelos de mi juventud!

"¿Cómo pude soportar eso? ¿Cómo vencí y superé esas heridas? ¿Cómo resurgió mi espíritu de tales sepulcros?

"Sí, algo invulnerable, que no puede ser enterrado hay en mí, algo que hace saltar las lápidas: es mi voluntad. Silenciosa e inmutable avanza atravesando los años. Mi antigua voluntad desea recorrer con mis pies su sendero e imposible de dañar y duro de corazón es para ella el sentido.

"Invulnerable soy únicamente en mi talón[31]. ¡Todavía sigues viviendo allí y eres idéntica a ti misma, repleta de paciencia! ¡Siempre conseguiste cruzar todos los sepulcros!

"En ti perdura aún lo irredento de mi juventud; y como vida y juventud estás tú ahí sentada, plena de esperanzas, sobre amarillentas ruinas de sepulcros.

"Sí, aún eres tú, para mí, aquella que transforma en ruinas todos los sepulcros: ¡salud a ti, voluntad mía!... Sólo donde hay sepulcros hay resurrecciones".

Así cantó Zaratustra.

De la superación de sí mismo

"¿'Voluntad de verdad' denominan ustedes, hombres tan sabios, a eso que los impulsa y los llena de ardores? Voluntad de tornar todo lo que existe en algo en lo que se pueda meditar: ¡así llamo yo a su voluntad!

---

31 Al contrario que Aquiles, que sólo podía ser herido en el talón y así fue muerto por la flecha de Paris, en la toma de Troya.

"Ante todo quieren hacer materia del pensamiento todo lo que existe, ya que dudan, con comprensible desconfianza, de que sobre tal materia se pueda cavilar.

"¡Pero debe adaptarse a vosotros! Así lo quiere la voluntad de ustedes. Debe volverse llano y someterse al espíritu, como si fuese su espejo y el reflejo de su imagen.

"Ésa es plenamente la voluntad de ustedes, hombres sabios, una voluntad de poder, aunque hablen del bien y del mal y de las valoraciones.

"Quieren crear un mundo ante el que puedan prosternarse: ésa es la última esperanza y también la última ebriedad de ustedes.

"Los no sabios, ciertamente, el pueblo, son como aquel río por el que va flotando un barco y en ese barco se sientan solemnes y escondidas las valoraciones.

"Sobre el río del futuro colocaron ustedes su voluntad y sus valores y aquello que el pueblo estima como lo bueno y lo malo me muestra la presencia de una antigua voluntad de poder. Fueron ustedes, hombres sabios, colocaron en ese barco a esos pasajeros y les dieron homenaje y nombres orgullosos. Ustedes y su voluntad de dominar.

"Ahora el río se lleva ese barco, debe hacerlo. Nada importa que la ola, al romperse, arroje espuma y se oponga furiosa a la quilla. El río no representa un riesgo para ustedes, ni es tampoco el fin del bien y el mal según lo entienden ustedes, hombres sabios. El peligro es esa voluntad de poder, la incansable y fecunda voluntad de vida. Pero para que ustedes comprendan mi decir sobre el bien y el mal voy a referirles ahora mi pensamiento sobre la vida y la índole de cuanto está vivo. Yo seguí las pisadas de lo viviente, seguí las grandes y las pequeñas sendas, para conocer cuál era su índole.

"En cien espejos capté su mirar, cuando estaba cerrada su boca, para que, de tal modo, fueran sus ojos los que me hablaran. Y sus ojos me hablaron. Allí donde encontré seres vivientes, escuché hablar de obediencia. Todo lo que vive, obedece.

Lo segundo es esto: recibe órdenes aquel que no sabe obedecerse a sí mismo. Lo tercero es que más difícil que obedecer es mandar. Ello, no exclusivamente porque aquel que manda carga con el peso de cuantos obedecen y con facilidad sucumbe bajo tal peso. Ensayo y peligro observé en todo mandar y permanentemente se arriesga aquel ser viviente que manda. Inclusive algo más: cuando se manda a sí mismo tiene que expiar su mandar. Debe ser juez y vengador y también la víctima de su ley propia. ¿Cómo es que esto sucede?, me interrogaba yo. ¿Qué es lo que convence a lo viviente para obedecer y para mandar y para ejercer obediencia hasta cuando él es quien manda?

”¡Escuchen entonces mi palabra, hombres sabios! ¡Examinen con seriedad si yo llegué al corazón de la vida y las raíces de su corazón!

”En todos los sitios donde hallé seres vivientes encontré voluntad de poder, inclusive en la voluntad del sirviente encontré la voluntad de ser el señor.

”A servir al que es más fuerte, al más débil lo convence su voluntad, la que quiere adueñarse de aquello que aún es más débil; a ese exclusivo placer no desea renunciar.

”Del mismo modo que se entrega a lo más grande aquello que es más pequeño, para disfrutar de placer y poder sobre lo mínimo, de igual manera lo máximo se entrega y por amor al poder arriesga su vida. En esto consiste la entrega de lo máximo, el ser riesgo y peligro y jugar a los dados con la muerte.

”Allí donde existen inmolación y servicios y miradas amorosas, allí hay también voluntad de dominio. Por caminos sinuosos se desliza lo más débil hasta la fortaleza y el corazón del que es más poderoso y le arrebata poder.

”Este misterio me ha confiado la vida misma. ‘Mira’, me dijo, ‘yo soy lo que siempre debe superarse a sí mismo’.

”Ciertamente ustedes llaman a esto voluntad de engendrar o instinto de finalidad, de alcanzar algo más elevado, más lejano y más variado, pero eso es una cosa única y consiste en un único misterio.

"Elijo hundirme en mi ocaso antes que renunciar a esa cosa que es única; y ciertamente, allí donde hay ocaso y caen las hojas, observa: ¡allí la vida se sacrifica a sí misma por el poder!

"Yo debo ser lucha y devenir y finalidad y contradicción de las finalidades: ¡quien adivina mi voluntad, adivina también por qué caminos sinuosos debe él transitar!

"Sea lo que sea aquello que yo crea, y la manera en que lo ame, pronto deberé ser adversario de ello y de mi amor: así lo desea mi voluntad.

"Asimismo tú, hombre de conocimiento, eras apenas un sendero y una huella dejada por mi voluntad: ¡ciertamente, mi voluntad de poder camina con los pies de tu voluntad de verdad!

"No acertó ciertamente en el blanco de la verdad quien disparó hacia ella la frase de la 'voluntad de existir'[32]: ¡tal voluntad no existe!

"Pues: lo que no es no puede querer; pero lo que existe, ¡cómo podría continuar queriendo la existencia!

"Solamente donde hay vida existe asimismo la voluntad: pero no es una voluntad de vida, sino, como yo lo enseño, ¡esa es voluntad de poder!

"Muchas son las cosas que aprecia el viviente más que la vida misma; pero en ese mismo aprecio lo que habla es la voluntad de poder.

"Esto fue lo que en otra época me fue enseñado por la vida: y con esto yo les resuelvo a ustedes el enigma de su mismo corazón, hombres sabios.

---

32   *"Wille zum Leben";* se trata de una de las expresiones más conocidas del filósofo alemán Arthur Schopenhauer, nacido en Danzig el 22 de febrero de 1788 y fallecido en Fráncfort del Meno, Prusia, el 21 de septiembre de 1860. Este pensador sostuvo que, a través de la introspección, era factible acceder a un conocimiento esencial del yo, al que identificó con el principio metafísico del *"Wille zum Leben".* Para Schopenhauer el concepto de voluntad no implica la simple facultad de querer, sino que se refiere a la esencia —*"Wesen"*— de índole metafísica, cuya correlación es el universo de la fenomenología.

"Ciertamente, les digo que un mal y un bien inmortales son cosas que no existen y que por sí mismos deben superarse a sí mismos una vez y otra más.

"Con sus valores y sus palabras sobre el bien y el mal ejercen ustedes la violencia, ustedes, los que valoran y ése es su oculto amor, el brillo, el temblor y el desborde de sus propias almas. Pero existe una violencia todavía más fuerte que brota de sus valores, y una nueva superación: chocando con ella es que se rompen tanto el huevo como la cáscara.

"Aquel que debe ser un creador en el bien y en el mal, ciertamente tiene que ser primeramente un aniquilador y un quebrantador de valores.

"Por eso el mal mayor es parte de la bondad mayor, pero ésta es la bondad creadora.

"Hablemos sobre esto, hombres sabios, aunque resulte desagradable. Callarse es mucho peor; todas las verdades silenciadas se vuelven ponzoñosas.

"¡Y que sea destrozado todo lo que en nuestras verdades pueda ser destrozado!

"¡Aún hay muchas casas que edificar!".

Así habló Zaratustra.

De los sublimes

"El fondo de mi mar está en silencio: ¡quién podría adivinar que esconde monstruos tan juguetones!

"Mi profundidad nunca es perturbada, pero resplandece de enigmas y risas que flotan.

"Hoy vi a un hombre sublime y solemne, un penitente del espíritu: ¡Cómo se rió mi alma de su horrible apariencia!

"Con el pecho levantado, como uno que está aspirando aire, así se encontraba aquél, el sublime, y callaba: Provisto de feas verdades, el botín de su cacería, y con mucha ropa hecha jirones; también colgaban de él muchas espinas, pero no le vi ninguna rosa.

"Todavía no había aprendido ni la risa ni la belleza. Taciturno retornaba este cazador del bosque del conocimiento, venía de combatir contra fieras salvajes; en su solemnidad él seguía contemplando a una bestia salvaje, aquella a la que no había vencido todavía. Aún sigue allí, como un tigre a punto de saltar; pero a mí no me agradan esos espíritus en tensión, siento asco de las almas contraídas.

"¿Y ustedes me dicen, amigos míos, que no se debe discutir sobre el gusto y el sabor? ¡Pero si toda existencia es una discusión sobre el gusto y el sabor!

"El gusto es el peso y a la vez la balanza y aquel que pesa; ¡y pobre de aquel ser vivo que quiera vivir sin luchar por el peso y por la balanza y por los que pesan!

"Si este sublime se cansara de su sublimidad, allí tendría comienzo su belleza; solamente en ese momento quiero yo probar su gusto y hallarlo sabroso.

"Solamente cuando se separe de sí mismo brincará por encima de su propia sombra y, ciertamente, ingresará en su sol. Demasiado estuvo sentado en la sombra, pálidas se volvieron las mejillas del penitente del espíritu y estuvo a punto de morir de inanición, debido a su larga espera. Sus ojos todavía están repletos de desprecio y su boca está llena de náuseas. Ahora descansa, es verdad, pero no lo hace todavía bajo el sol.

"Debería hacer como hace el toro: su felicidad debería tener olor a tierra y no a desprecio por la tierra.

"Como un toro blanco me gustaría verlo, resoplando y mugiendo mientras camina delante del arado: ¡su mugir debería ser una alabanza de todo lo terreno!

"Su cara todavía es oscura y la sombra de la mano juega sobre ella. En sombras está, aún, su capacidad de ver. Su acción es todavía la sombra sobre él, la mano oscurece al que actúa. Todavía no superó su acción.

"Es verdad que yo amo en él el cuello del toro: pero ahora quiero ver además los ojos de ángel.

"También su voluntad heroica tiene todavía que ser olvidada: un hombre elevado tiene que ser él para mí, no solamente uno sublime: ¡el éter mismo debería elevarlo, a él, uno tan careciente de voluntad!

"Él ha sojuzgado monstruos, ha encontrado la solución de enigmas: pero aún debería redimir a sus propios monstruos y resolver sus propios enigmas, en hijos celestes debería todavía tornarlos.

"Su conocimiento no ha aprendido aún a sonreír y a carecer de celos; el caudal de su pasión no se ha vuelto todavía tranquilo en la belleza. Ciertamente sus ansias no deberían callarse y hundirse en la saciedad, sino en la belleza.

"El encanto forma parte de la grandeza de ánimo de los que son magnánimos.

"Con el brazo apoyado sobre su cabeza, de tal modo debería descansar el héroe, así debería superar inclusive su descanso; pero ciertamente al héroe lo bello le resulta el asunto más difícil de todos, porque lo bello es invencible para toda voluntad que sea violenta. Un poco más o un poco menos, eso aquí es mucho, es aquí lo mayor.

"Estar erguido, con los músculos relajados y la voluntad sin ataduras: ¡eso es lo más difícil para todos ustedes, los hombres sublimes!

"Cuando el poder se torna clemente y baja hasta lo que es visible, yo denomino belleza a su descender.

"Y de nadie reclamo yo tanto la belleza como exactamente de ti, que eres violento: consista tu bondad en tu postrera superación de ti mismo.

"Te creo capaz de todo mal y es por eso que de ti yo quiero el bien. ¡Ciertamente me he reído de los débiles que se estiman buenos innumerables veces, porque tiene las garras paralíticas!

"A la virtud que la columna posee debes aspirar: más bella y más delicada se va volviendo, pero interiormente se torna más dura y más robusta, cuanto más asciende.

"Sí, hombre sublime, alguna vez también tú tienes que ser bello y presentar el espejo a tu propia belleza. Entonces tu alma temblará de ardientes y divinos deseos; ¡y habrá adoración inclusive en tu vanidad!

"Éste es, efectivamente, el misterio del alma: sólo cuando el héroe la ha abandonado es que se acerca a ella, en sueños, el superhéroe".

Así habló Zaratustra.

Del país de la cultura

"Demasiado me había adelantado yo volando en el futuro: un temblor de espanto se apoderó de mí.

"Y cuando miré en torno a mí, comprendí que el tiempo era mi único contemporáneo.

"Entonces huí hacia atrás, rumbo al hogar, cada vez más apurado, y así llegué hasta ustedes, hombres del presente, y al país de la cultura.

"Por primera vez yo llevaba conmigo unos ojos para verlos, y también buenos deseos. Ciertamente con anhelo en el corazón llegué hasta ustedes.

"Pero… ¿qué me sucedió? A pesar de mi angustia… ¡debí echarme a reír! ¡Nunca habían visto mis ojos algo así!

"Yo reía sin cesar mientras aún me temblaban el pie y el corazón: '¡Ésta es sin duda la patria de todos los frascos de colores!', me dije.

"Con cincuenta manchas tenían ustedes pintados el rostro y los miembros: ¡así estaban ustedes sentados, para mi mayúsculo asombro, hombres del presente!

"¡Y con cincuenta espejos a su alrededor, que halagaban el juego de sus colores y lo reproducían, reflejándolo! Ciertamente, no podían llevar mejor máscara, hombres del presente, que sus propias caras! ¡Quién podría lograr reconocerlos!

"Manchados con las señales del pasado, las que además estaban embadurnadas con otras: ¡así se escondieron ustedes de todos los que saben interpretar las señales!

"Y aun cuando se sea un escrutador de riñones[33], quién va a creer que ustedes los tienen. ¡De colores parecen estar amasados, y de papeles engomados!

"Todas las épocas y todos los pueblos miran con mil colores desde sus velos; todas las costumbres y las creencias hablan con mil colores desde sus gestos.

"Quien les quitara a ustedes velos y adornos y colores y gestos, todavía tendría bastante a su disposición como para asustar pájaros con lo que quedaría.

"En verdad, yo mismo soy el pájaro asustado que una vez los vio desnudos y carecientes de colores; y huí volando cuando el esqueleto me hizo gestos amorosos.

"¡Preferiría ser un peón en el submundo, entre la oscuridad del pasado![34] ¡más gruesos y rellenos que ustedes son en verdad los habitantes del submundo!

"¡Esto es amargura para mis intestinos, no soportarlos desnudos ni vestidos a vosotros, hombres del presente!

"Todas las cosas siniestras del futuro, y todas las que alguna vez asustaron a los pájaros perdidos, ciertamente son más cómodas y más familiares que lo que ustedes llaman 'realidad'.

"Porque hablan de este modo: 'Nosotros somos totalmente reales, y ajenos a la fe y a la superstición'; de este modo ustedes hinchan el pecho ¡Aunque ni siquiera tienen pechos! ¡Cómo van a poder creer ustedes, gente manchada por tantos colores! ¡Si son figuras impresas de todo lo que alguna vez fue creído como cierto!

33 Referencia al Salmo 7, 10, cuando dice: "Dios, el justo, que escruta el corazón y los riñones".

34 Referencia a Aquiles, en la *Odisea*, Canto XI, cuando le dice a Ulises: "No trates de consolarme de la muerte, ilustre Odiseo, que yo preferiría ser campesino y servir a otro, a un pobre que apenas tuviera con qué mantenerse, antes que reinar sobre los muertos, que ya son nada".

"Son la refutación que camina de la fe misma, y el disloque de todos los pensamientos.

"Yo a ustedes, reales, los llamo indignos de toda fe. Todos los tiempos, en sus almas, han cuchicheado los unos contra los otros y los sueños y los cuchicheos de todos los tiempos eran más reales, inclusive, que su vigilia. Ustedes son estériles, por eso les falta la fe. Mas aquel que debió ser creador, siempre tuvo sueños proféticos y vio signos en las estrellas y creía en su fe. Ustedes son puertas entreabiertas donde esperan los sepultureros. La realidad de ustedes es ésta: "todo merece perecer".

"¡Cómo aparecen ante mí, tan estériles, con qué costillas tan flacas! Y algunos de ustedes se han dado sin duda cuenta de eso. Y dijeron: '¿Es que un dios nos ha quitado algo en secreto, mientras dormíamos? ¡Ciertamente, fue bastante para hacer con ello una mujercita![35] ¡Causa asombro la flacura de nuestras costillas!', así hablaron ya varios de los hombres del presente.

"¡Risa me causan, hombres del presente, particularmente cuando se asombran de ustedes mismos! ¡Pobre de mí si no pudiera reírme de su asombro y tuviera que tragarme todas las repugnantes viandas de sus platos!

"Pero quiero tomarlos a la ligera, porque yo tengo que cargar cosas pesadas; ¡y qué me importa que escarabajos y gusanos alados se posen sobre mi carga! ¡Ciertamente, no por eso me va a pesar más! Y no de ustedes, hombres del presente, debe venirme un gran cansancio.

"¡Adónde debo subir aún con mi anhelo! Desde las altas montañas busco a lo lejos el país de mis padres y mis madres.

"Pero no encontré hogar en ninguna parte; voy errante por las ciudades y en todas las puertas me despiden. Los hombres del presente me son algo ajeno y también una burla, ellos,

---

35   Referencia al Génesis, 2,21, cuando dice: "Y entonces Jehová hizo dormir profundamente al hombre y tomó una de sus costillas y de ella formó a la mujer".

hacia quienes no hace tanto tiempo que conducía mi corazón. Soy un desterrado en la tierra de mis padres y mis madres.

"Por eso es que ya solamente amo el país de mis hijos, el todavía no descubierto, en el mar lejano: que sin pausa lo busquen les ordeno a mis velas.

"En mis hijos quiero reparar el ser hijo de mis padres: ¡y en todo futuro este presente!".

Así habló Zaratustra.

Del inmaculado conocimiento

"Ayer, cuando apareció la luna, creí que iba a parir un sol, de tan grávida y abultada como se ofrecía sobre el horizonte. Pero la luna me engañó con su estado de gravidez y primero creería yo en el hombre de la luna que en la mujer.

"Pero me mintió con su preñez; y antes creería yo en el hombre de la luna que en la mujer. Definitivamente muy poco hombre es ese apocado noctámbulo que, con la conciencia sucia, vagabundea por los techos, porque es lujurioso y celoso el monje lunar, deseoso de la tierra y de las alegrías que comparten los amantes.

"¡No me gusta ese gato que anda sobre los techos! ¡Me repugnan todos los que merodean, furtivos, cerca de las ventanas entornadas! Piadosa y silenciosa camina la luna sobre alfombras de estrellas, pero no me gustan, en el varón, esos pies sigilosos, en los que ni siquiera una espuela hace el menor ruido.

"El paso de todo hombre honesto habla; pero el gato se escurre furtivamente por el piso. Mira cómo, gatunamente, va la luna.

"¡Esta parábola se las ofrezco a ustedes, los sensibles hipócritas, a ustedes los hombres del 'conocimiento puro', a los que llamo lujuriosos!

"También ustedes desean la tierra y las cosas terrenas: ¡Muy bien adiviné lo que quieren! Mas vergüenza hay en su amor, y mala conciencia ¡Por ello son parecidos a la luna!

"Alguien convenció a su espíritu de despreciar a la tierra, pero no así a sus entrañas... ¡sus entrañas son lo más fuerte que ustedes tienen! Ahora su espíritu se avergüenza de estar a merced de sus entrañas, y por causa de su propia vergüenza recorre caminos sinuosos y mentirosos.

"Para mí sería lo más elevado —así se dice a sí mismo el embustero espíritu de ustedes— mirar a la tierra sin codicia y sin tener la lengua colgando, como la de el perro. ¡Ser feliz contemplando, con la voluntad ya muerta, ajeno a la rapacidad y a la avaricia del egoísta, con el cuerpo frío y gris pero con los borrachos ojos de la luna!'.

"'Para mí aquello más querido sería —se seduce a sí mismo así, el seducido— amar la tierra como la ama la luna, y sólo con los ojos tocar su hermosura. Que el conocimiento inmaculado de todas las cosas sea para mí equivalente a no desear nada de las cosas, con la salvedad de que me sea lícito acostarme ante ellas como un espejo de cien ojos'.

"¡Sensibles hipócritas, lujuriosos! A ustedes les falta la inocencia en el deseo ¡y por eso ahora injurian el desear! ¡Ciertamente no como creadores, engendradores, gozosos de devenir aman vosotros la tierra! ¿Dónde existe inocencia? Donde hay voluntad de engendrar. Para mí el que quiere crear por encima de sí mismo, es el que tiene la voluntad más pura.

"¿Dónde existe belleza? Donde yo tengo que querer con toda mi voluntad; donde yo quiero amar y hundirme en mi crepúsculo, para que la imagen no se quede solamente en una imagen. Amar y hundirse en su crepúsculo: estas cosas van unidas desde la eternidad. Voluntad de amor: esto es aceptar alegremente inclusive a la muerte. ¡Esto es lo que les digo, cobardes!

"¡Pero ahora su castrado bizqueo quiere llamarse 'contemplación'! ¡Y aquello que se deja recorrer con ojos cobardes debe ser conocido como 'lo bello'! ¡Ustedes son los mancilladores de los nombres nobles!

"Esta debe ser su maldición, inmaculados, hombres del conocimiento puro, aquel que jamás darán a luz... ¡aunque yazgan abultados y grávidos en el horizonte!

"Ustedes se llenan la boca con palabras nobles: ¿Debemos nosotros creer que el corazón les rebalsa, mentirosos?[36]

"Pero mis palabras son palabras diminutas, despreciadas, retorcidas, y me gusta tomar aquello que en sus festines cae debajo de la mesa[37].

"¡Con mis palabras puedo siempre todavía decirles la verdad a los hipócritas! ¡Sí, mis espinas de pescado, mis cáscaras y mis cardos deben hacer cosquillas en las narices a los hipócritas![38].

"Aire viciado hay siempre alrededor de ustedes y sus festines: ¡sus lujuriosos pensamientos, mentiras y disimulos están ciertamente en el aire!

"¡Atrévanse primeramente a creerse a ustedes mismos y a sus entrañas! Aquel que no se cree a sí mismo siempre miente.

"La máscara de un dios colgaron delante de ustedes mismos, ustedes, los 'puros': en la máscara de un dios se metió arrastrándose su inmundo gusano.

"¡Ciertamente ustedes embaucan, 'contemplativos'! También Zaratustra fue, en otra época, el demente de sus pieles divinas; no adivinó que esas pieles estaban repletas de enrolladas serpientes. ¡En otra época me imaginé ver el juego del alma

---

36 Alusión al Evangelio de San Mateo, 12, 34, cuando dice: "De aquello que rebalsa del corazón, la boca habla".

37 Referencia al Evangelio de San Lucas, 16, 21, cuando dice: "Lázaro quería hartarse de aquello que caía de la mesa del rico".

38 Referencia al filósofo griego Diógenes de Sinope, también llamado El Cínico, nacido en la ciudad de Sinope, hoy en territorio turco, hacia el 400 a.C. y fallecido en Corinto, Grecia, en el 323 a.C. Vivía como un vagabundo, alimentándose de desperdicios —entre ellos, decía, de espinas de pescado— y era célebre por negar las convenciones y las costumbres generalmente aceptadas.

de un dios en sus juegos, hombres del conocimiento puro! ¡En otra época me imaginé que no había mejor arte que el de ustedes! La lejanía no me permitía ver las serpientes inmundas y su asqueroso hedor, cuando merodeaba lujuriosa la astucia de un lagarto. Pero me acerqué a ustedes; en aquel momento el día llegó para mí y ahora se acerca a ustedes: ¡se terminaron los amoríos lunares! ¡Miren cómo ante el amanecer se encuentra la luna atrapada y cómo empalidece! Porque ya arriba ella, la incandescente y con ella arriba a la tierra el amor... ¡La inocencia y el deseo propios del creador son el amor solar! ¡Miren, miren cómo se levanta con impaciencia sobre el mar! ¿No sienten ustedes la sed y la abrasada respiración de su amor?

"Del mar quiere beber, y llevarse su profundidad hasta las alturas: entonces el deseo del mar se levanta con mil pechos.

"Besado y absorbido quiere ser por la sed del sol; ¡en luz desea convertirse, y en altura y en huella de luz, y en la luz misma!

"Ciertamente, al igual que el sol, amo la vida y los mares profundos.

"Y esto significa para mí el conocimiento: ¡todo lo profundo debe ser elevado hasta mi altura!".

Así habló Zaratustra.

De los doctos

"Mientras yo yacía dormido en el suelo, se acercó una oveja a comer de la corona de hiedra de mi cabeza[39] y así dijo: 'Zaratustra ha dejado de ser docto' y se fue, hinchada y soberbia. Esto me lo ha contado un niño.

"Me gusta estar tendido donde los niños juegan, junto al muro agrietado, entre cardos y coloradas amapolas.

---

39 Dionisos y sus seguidores lucían coronas de hiedra, en contraposición a los "doctos", que las llevaban de laurel.

"Aún soy un docto para los niños, y también para los cardos y las coloradas amapolas.

"Son inocentes, inclusive en su maldad.

"Pero para las ovejas dejé de ser un docto: así lo quiere mi destino y por ello... ¡bendito sea!

"Porque ésta es la verdad, yo salí de la casa de los doctos dando un portazo.

"Durante excesivo tiempo mi alma estuvo sentada famélica a su mesa; yo no estoy adiestrado al saber como ellos, que lo consideran como cascar nueces.

"Amo la libertad, y el aire sobre la tierra fresca; me gusta más dormir sobre ásperas pieles de toro que sobre sus dignidades y respetabilidades.

"Soy demasiado ardiente y estoy demasiado calcinado por mis propios pensamientos: muy seguido me quedo sin aliento y entonces debo salir al aire libre y alejarme de las habitaciones repletas de polvo.

"Pero ellos están sentados, fríos, en la helada sombra, y de todo quieren ser apenas los espectadores, y se cuidan de tomar asiento donde el sol quema los escalones.

"Son parecidos a esos que se paran en la calle y miran a los paseantes con la boca abierta: así esperan también ellos y miran a los pensamientos que otros han tenido. Si se los toca con la mano levantan sin quererlo mucho polvo a su alrededor, como si fueran bolsas de harina. ¿Quién adivinaría que su polvo viene del grano y del amarillo deleite de los campos veraniegos?

"Cuando gastan aires de sabios, sus pequeñas sentencias y verdades me hacen tiritar de frío: en su sabiduría hay muy seguido un hedor que viene de pantanos y ciertamente... ¡yo escuché croar en ella a las ranas!

"Son hábiles, poseen dedos expertos: ¡qué podría desear mi sencillez en medio de su complicación!

"De hilar y de anudar y de tejer saben sus dedos: ¡así fabrican las medias del espíritu!

"Son buenos relojes: ¡con tal de tener el cuidado, siempre, de darles cuerda a tiempo! Entonces dan la hora sin error y haciéndolo, se escucha que hacen un ruido discreto.

"Trabajan como lo hacen los molinos y morteros: ¡alcanza con arrojarles dentro los cereales! Ellos saben moler bien el grano y transformarlos en un polvo blanco.

"Se miran unos a otros los dedos y no confían en el mejor. Son hábiles en inventar astucias minúsculas y esperan siempre a esos cuya ciencia tiene los pies paralizados; ellos esperan igual que las arañas.

"Siempre los vi preparar veneno con cautela; y al hacerlo, se cubrían los dedos con guantes de cristal, invariablemente.

"También saben jugar con dados falsos; y los he encontrado jugando con tanta aplicación, que haciéndolo traspiraban.

"Somos recíprocamente extraños, y sus virtudes me dan más asco todavía que sus embustes y sus dados falsos.

"Cuando yo vivía con ellos, estaba por encima de ellos y por esa razón ser encolerizaron conmigo. No desean siquiera escuchar que alguno anda por encima de ellos y por esa razón colocaron maderas, tierra y porquerías entre sus cabezas y yo. De esa manera asordinaron el sonido de mis pisadas y hasta el día de hoy, los más doctos de todos fueron los que peor me oyeron.

"Entre ellos y yo han colocado las faltas y debilidades de todos los hombres: 'techo falso' le dicen en sus casas.

"Pero a pesar de todo esto, yo con mis pensamientos camino sobre sus cabezas y aunque yo quisiera caminar sobre mis propios yerros, continuaría haciéndolo sobre ellos y sus cabezas. La razón es que los hombres no son iguales

"Pues los hombres no son iguales: así habla la justicia… y lo que yo deseo, a ellos no les está permitido desearlo".

Así habló Zaratustra.

De los poetas

—Desde que conozco mejor el cuerpo —le dijo Zaratustra a uno de sus discípulos— el espíritu no es para mí otra cosa que una manera de expresión y todo aquello que denominamos lo "inmortal" es asimismo apenas un símbolo.

—Eso lo has dicho ya otras veces —le contestó su discípulo— y entonces tú agregaste que los poetas mienten en exceso… ¿Por qué dijiste esto último?

Respondió entonces Zaratustra:

—¿Me preguntas por qué dije eso? No está permitido preguntarme algo así. ¿Acaso mi experiencia data del día de ayer? Hace mucho ya que experimente las razones que fundan mis opiniones. Tendría yo que ser un barril de recuerdos si deseara tener conmigo mis razones. Ya me resulta inclusive excesivo retenerlas y más de un pájaro huye volando. En mi palomar en ocasiones hallo un animal que ha venido volando, uno que me resulta extraño y que tiembla cuando lo tomo en mis manos. Empero, ¿no te dijo antes Zaratustra que los poetas mienten en exceso?

—Pero Zaratustra también es un poeta—, repuso el discípulo.

—¿Crees entonces que dijo la verdad? ¿Por qué lo crees?[40]—, dijo Zaratustra.

El discípulo le contestó: "Yo creo en Zaratustra", pero entonces Zaratustra movió su cabeza y le sonrió.

—La fe no me vuelve un bienaventurado[41] —le dijo al discípulo— y todavía muchísimo menos, la fe en mí.

"Pero si alguien dijera con toda seriedad que los poetas mienten en exceso, tendría razón: nosotros mentimos en exceso.

---

40 Alusión a la paradoja lógica de Epiménides: Zaratustra dice que los poetas mienten; pero como asimismo Zaratustra es un poeta, Zaratustra está mintiendo al señalar que los poetas mienten, etcétera.

41 Alusión con sentido inverso, al Evangelio de San Mateo, 16, 16, cuando dice: "Aquel que crea será bienaventurado".

"Nosotros sabemos demasiado poco y aprendemos mal: por eso debemos mentir.

"¿Quién de nosotros los poetas no ha adulterado su propio vino? Más de una venenosa mezcla fue fabricada en nuestras bodegas, y más de una cosa que no puede ser descrita se ha hecho en ellas.

"Y como nosotros sabemos tan poco, nos gustan mucho los pobres de espíritu, ¡particularmente si se trata de mujeres jóvenes! Incluso codiciamos aquello que las viejitas se cuentan en la noche. A eso lo llamamos lo eterno-femenino que hay en nosotros.

"Como si hubiese un especial acceso secreto al saber, que queda obstaculizado para los que alcanzan a aprender algo. De ese modo creemos en el pueblo y su 'sabiduría'.

"Y todos los poetas creen esto: aquel que acostado sobre la hierba o sobre lomas solitarias, presta la debida atención a sus oídos, llega a conocer algo de aquello que está entre los cielos y la tierra.

"Y si hasta ellos se acercan delicadísimos movimientos, los poetas concluyen que es la misma Naturaleza la que se ha enamorado de ellos y que ella se acerca a sus oídos para musitarles asuntos secretos y amorosos requiebros... ¡de eso los poetas presumen y se envanecen ante los demás hombres!

"¡Hay tantas cosas entre el cielo y la tierra con las cuales exclusivamente los poetas se han permitido soñar![42]. Y, sobre todo, por encima del cielo: ¡pues todos los dioses son un símbolo de poetas, un simulacro de poetas!

"Ciertamente somos siempre arrastrados hacia lo más elevado, o sea, allí donde las nubes reinan, y sobre ellas colocamos monigotes de colores y los denominamos dioses y superhombres, justamente porque son adecuadamente livianos para tales bases, el conjunto completo de tales dioses y super-

---

42　Alusión a William Shakespeare, Hamlet, acto I, escena 5: "Ciertamente existe algo más en el cielo y en la tierra, Horacio, que lo que ha soñado toda tu filosofía".

hombres. Qué harto estoy yo de todo lo que no es suficiente, aquello que, de todas formas, debe ser un acontecimiento… ¡Qué harto estoy de los poetas!".

Al decir aquello Zaratustra, se encolerizó con él su discípulo, pero se calló. También lo hizo Zaratustra; sus ojos se habían vuelto hacia su interior, tal como si su mirada estuviese fija en las mayores lejanías.

Luego dejó escapar un suspiro y tomó aliento.

—Yo soy del presente y de antes[43]—, dijo después—; pero existe algo en mí que es del mañana y del futuro. Estoy harto de los poetas, de los antiguos y de los actuales: ellos me resultan superficiales mares, de escasa profundidad. Ninguno ha pensado con adecuada profundidad: por esa razón su sentimiento no llegó hasta los sentidos profundos.

"Algo de voluptuosidad y algo de aburrimiento ha sido la mejor de sus reflexiones.

"Un soplo y una carrera de fantasmas me parecen sus arpegios; ¡qué conocer pudieron ellos del ardor de los sonidos! Tampoco resultan para mí bastante limpios, pues ellos ensucian sus aguas para hacer que parezcan profundas.

"Con gusto hacen de conciliadores, aunque para mí no pasan de ser mediadores y embaucadores y gente sucia.

"Yo lancé en verdad mis redes en sus aguas deseando una buena pesca, pero siempre saqué apenas la cabeza de un antiguo dios.

"El mar le dio así una piedra al hambriento[44]. Y ellos mismos provienen indudablemente del mar.

"Ciertamente en ellos se encuentran perlas, pero se parecen ellos a crustáceos duros. Y en vez de alma muchas veces hallé en ellos barro salado.

---

43 Alusión a Job, 8, 9, en sentido inverso: "Nosotros somos del ayer, nada conocemos, porque nuestros días son una sombra sobre el suelo".

44 Alusión al Evangelio de San Mateo, 7, 9: "¿Acaso alguno de ustedes le da una piedra al hijo que le pide pan?".

"También de mar les ha enseñado su vanidad: ¿no es acaso el mar, el pavo real entre los pavos reales? Hasta frente al más feo de los búfalos despliega él su cola, y nunca se aburre de mostrar su abanico de plata y seda. Con el ceño fruncido contempla esto el búfalo, pues su alma prefiere la arena, y más aun los arbustos, y más que cualquier otra cosa, el pantano.

"¡Qué importancia tienen para él la belleza y el mar y todos los adornos del pavo real! Ésta parábola yo le dedico a los poetas.

"¡Ciertamente su alma es el pavo real entre todos los pavos reales y un mar de vanidades!

"Espectadores desea el alma del poeta: ¡aunque se trate de búfalos!

"Mas yo me he cansado de esa alma y veo llegar el día en que también ella se cansará de sí misma.

"Metamorfoseados ya vi a los poetas, con la mirada dirigida contra ellos mismos.

"Penitentes del espíritu he visto llegar: han brotado de los poetas".

Así habló Zaratustra.

De grandes acontecimientos

Hay una isla marina, no lejana de las islas venturosas de Zaratustra, en la que humea permanentemente una montaña de fuego. De esa isla dice el pueblo, y particularmente las ancianas lo hacen, que está frente a la puerta del inframundo y que a través de la montaña de fuego baja el angosto camino que lleva hasta esa entrada al inframundo.

Cuando Zaratustra vivía en las islas venturosas sucedió que un barco ancló junto a la isla de la montaña de fuego; y su marinería descendió a tierra para atrapar conejos. Cerca del mediodía, cuando el capitán y la tripulación se reunieron nuevamente, observaron que hacia ellos un hombre venía volando y oyeron una voz que decía: "¡Ya es la hora!"

Y cuando más cerca de ellos estaba aquella figura, que pasó volando semejante a una sombra, rumbo a la montaña de fuego, reconocieron asombrados, que era Zaratustra; todos lo habían visto ya, salvo el capitán, y lo amaban como el pueblo ama, es decir: con amor y temor mezclados por partes iguales.

"¡Miren!", dijo el anciano timonel, "¡allí va Zaratustra rumbo al infierno!".

Por el tiempo en que los marinos habían desembarcado en la isla corrió el rumor de que Zaratustra había desaparecido. Cuando se interrogaba a sus amigos, ellos decían que se había embarcado de noche sin decir adónde se dirigía.

Se originó por ello algún desasosiego; pasados tres días se sumó a ello el relato de los marinos y entonces el pueblo comenzó a decir que el diablo se había llevado consigo a Zaratustra. Sus discípulos reían al escuchar esos rumores y uno de ellos alcanzó a decir: "Yo creo que fue Zaratustra quien se llevó al demonio". Pero en su interior todos estaban repletos de preocupación. Muy grande fue su alborozo cuando llegado el quinto día Zaratustra apareció nuevamente. Lo que sigue es la narración de la charla de Zaratustra con el perro de fuego[45]:

"La tierra", dijo él, "tiene una piel y esa piel sufre de enfermedades. Como ejemplo, una de esas enfermedades es el hombre. Y otra se llama 'perro de fuego'. Sobre él los hombres dijeron muchas mentiras y han permitido que les cuenten otras tantas.

"Para revelar ese enigma crucé el mar y vi desnuda la verdad, ¡créanme!, desnuda desde los pies hasta la cabeza.

"Respecto al perro de fuego, ahora sé qué es y qué son esos demonios de las erupciones y los terremotos, de los que no solamente las ancianas tienen miedo.

---

45 Alusión al perro Cerbero, guardián de los Infiernos en la mitología grecolatina.

"¡Sal de allí, perro de fuego, de tus profundidades!, exclamé, ¡y confiesa cuán honda es tu hondura! ¿De dónde tomas lo que expeles luego por la nariz?

"¡Tú bebes abundantemente del mar: eso es lo que tu salada elocuencia deja ver! ¡Ciertamente, para ser un perro de las profundidades, tomas tu alimento excesivamente de la superficie!

"Como mucho, te considero un ventrílocuo de la tierra: y siempre que oí hablar a los demonios de las erupciones y los terremotos los hallé semejantes a ti: salados, mentirosos y muy poco profundos.

"¡Ustedes saben bramar y oscurecer todo con ceniza! Son los mejores charlatanes que hay y aprendieron hasta el hartazgo el arte de hacer hervir el barro.

"Donde ustedes están tiene que haber siempre barro cerca, y muchas cosas permeables, cavernosas, comprimidas, quieren salir en libertad.

"'Libertad' es de ustedes el grito favorito: pero yo he dejado de creer en 'grandes acontecimientos' cuando aparecen acompañados de tanto humo y alaridos.

"¡Créeme, amistoso ruido del infierno! Los acontecimientos mayores no conforman nuestras horas más ruidosas, sino aquellas que resultan ser las más silenciosas.

"El mundo no gira alrededor de los creadores de un ruido novedoso, sino que orbita en torno de los creadores de valores nuevos. Orbita de tal manera que no se lo puede oír.

"¡Confiésalo ya! Pocas eran las cosas sucedidas cuando tu ruido y tu humo ya se iban. ¡Qué importa que una ciudad se transforme en una momia y que una estatua quede tirada en el barro!

"Y ésta es la palabra que le dirijo a los derribadores de estatuas. Indudablemente la estupidez mayor es tirar sal al mar y estatuas al barro.

"En el barro de su desprecio descansaba la estatua: ¡pero su ley es, exactamente, que el desprecio haga renacer en ella vida y la viva belleza!

"Con rasgos divinos se levanta ahora, y con la seducción característica de aquellos que sufren. ¡Inclusive les dará a ustedes las gracias por haberla tumbado, derribadores!

"Éste es el consejo que yo les doy a los reyes y las iglesias, y a todo lo que es débil debido a la edad y la virtud: ¡déjense derribar, para que ustedes vuelvan a la vida, y para que retorne a ustedes la virtud!

"Así hablé yo frente al perro de fuego. Entonces él me interrumpió gruñendo y preguntó: '¿Iglesia? ¿Qué cosa es eso?'.

"¿Iglesia?, le respondí yo, es una suerte de Estado, y, por cierto, la variedad más mentirosa de todas. ¡Pero cállate, hipócrita can! ¡Tú conoces a la perfección, sin dudarlo, cuál es tu especie!

"Igual que tú es el Estado un perro hipócrita; lo mismo que a ti, le agrada hablar con humo y alaridos para hacer creer, como tú lo haces, que habla desde el vientre de las cosas. Porque él, el Estado, quiere ser cueste lo que cueste el animal más importante de la tierra; y también esto se lo cree la gente.

"Cuando terminé de decir esto, el perro de fuego hizo unos ademanes como si se hubiera perdido la razón a causa de la envidia. '¿Cómo?', aulló, '¿el animal más importante de la tierra? ¿También esto se lo cree la gente?'. Y tanto fue el humo y las horrendas voces que surgieron de su garganta, que pensé que iba a asfixiarse de tanta rabia y envidia como él sentía.

"Finalmente se apaciguó, y su jadear fue decreciendo; pero en cuanto estuvo callado, le dije yo riendo: 'Tú te enfadas, perro de fuego: ¡entonces tengo razón en todo lo que dije sobre ti! Y para seguir teniendo razón, escucha algo respecto de otro perro de fuego: éste habla ciertamente desde el corazón de la tierra.

"Cuando respira surge oro de sus fauces y también lluvia de oro, porque así lo quiere su corazón. ¡Qué le importan a él la ceniza, el humo y el barro caliente!

"La risa sale de él como una nube multicolor; ¡desprecia las escupidas y los retortijones de tus vísceras! Pero el oro y la risa los toma del corazón de la tierra: porque para que tú lo sepas, el corazón de la tierra es de oro'.

"Cuando el perro de fuego escuchó esto, no aguantó seguir escuchándome. Avergonzado ocultó su cola entre las patas, ladró abatido y se arrastró hasta hundirse en su cueva".

Esto es lo que Zaratustra narró. Pero sus discípulos apenas lo escuchaban, pues tan grande era su deseo de contarle, a su vez, la historia de los marineros, los conejos y el hombre que volaba.

"¡Qué debo pensar de todo esto!", dijo Zaratustra. "¿Soy yo un fantasma? Habrá sido mi sombra. ¿Oyeron ustedes ya algo respecto del caminante y su sombra?

"Un asunto es seguro: tengo que atar mi sombra de modo que esté siempre cerca, porque de otro modo va a perjudicar mi reputación".

Y de nuevo movió Zaratustra la cabeza y se maravilló: "¡Qué tengo que pensar de todo esto!", repitió. "¿Por qué gritó el fantasma que ya es la hora? ¿De qué ha llegado la hora?".

Así habló Zaratustra.

El adivino

Vi llegar una gran tristeza y cernirse ésta sobre los hombres. Los mejores se fatigaron de sus obras.

Una doctrina se difundió, y con ella corría una creencia: "¡Todo está vacío, todo es semejante, todo ya fue!".

Y desde todas las colinas el eco repetía: "¡Todo está vacío, todo es semejante, todo ya fue!".

"Nosotros hemos hecho nuestra cosecha, pero ¿por qué se pudieron todas las frutas y se ennegrecieron? ¿Qué cayó de la maligna luna la última noche?".

Inútil fue el trabajo, en veneno se ha metamorfoseado nuestro vino, el mal de ojo quemó nuestros campos y nuestros corazones, volviéndolos amarillos.

Todos nosotros nos volvimos infértiles; y si cae fuego sobre nosotros, nos volveremos polvo, como la ceniza; inclusive hemos cansado al mismísimo fuego.

Todos los manantiales se nos han secado y hasta el mar se ha retirado. ¡Todos los suelos quieren abrirse, pero la profundidad no desea engullirnos!

"¿Dónde habrá todavía un mar donde poder ahogarse?": así resuena nuestra queja, alejándose a través de los pantanos. "Estamos demasiado cansados hasta para morir; seguimos en vela y sobrevivimos, pero... ¡en cámaras sepulcrales!".

Así oyó Zaratustra decir a un adivino y su profecía le llegó al corazón y lo transformó. Triste y cansado se movía de un lugar al otro y terminó pareciéndose a esos a los que el adivino había mencionado.

"Ciertamente", le dijo a sus discípulos, "pronto llegará ese prolongado ocaso. ¡Cómo salvaré mi luz llevándola a otro sitio! ¡Que no se apague en medio de esta desdicha! ¡Debe ser luz para mundos lejanos e, inclusive, para noches lejanísimas!".

Así de entristecido iba Zaratustra de un lado al otro y por tres días no bebió ni comió, no habló ni se tranquilizó. Finalmente sucedió que lo acometió un profundo sueño. Sus discípulos, sentados alrededor de él, velaban su sueño y esperaban consternados que despertara y hablara y estuviese curado de su desolación.

Este es el discurso que Zaratustra dijo cuando despertó, con una voz extraña, una que llegaba a sus discípulos como viniendo de un lugar lejanísimo.

"Oigan lo que soñé, mis amigos, y ayuden a revelar su sentido", dijo el sabio, y continuó así:

"Un misterio sigue siendo para mí este sueño. Su sentido está escondido dentro de él, cautivo en su interior y todavía no vuela sobre él con alas libres.

"Yo había renunciado a toda la vida, así soñaba. En un vigilante nocturno y un guardián de tumbas allá arriba, en el solitario castillo edificado sobre la montaña de la muerte.

"Allá arriba custodiaba yo sus ataúdes: las lúgubres bóvedas estaban repletas de esos trofeos de victoria. Desde ataúdes de cristal la vida vencida me observaba.

"Yo respiraba el olor de eternidades convertidas en polvo: sofocada y cubierta de polvo reposaba mi alma en el suelo. ¡Quién podía airear allí su alma!

"Una claridad de medianoche me rodeaba todo el tiempo, la soledad se había agazapado junto a ella; y, como tercer elemento, un silencio mortal repleto de resuellos, el peor de los amigos.

"Yo tenía llaves, las más oxidadas llaves; y comprendía cómo abrir con ellas la más ruidosa las puertas.

"Semejante a un enojado graznido de cuervos se oía el ruido atravesando los prolongados pasillos cuando aquellos portales se abrían; con hostilidad chillaba aquella ave, pues no le agradaba que la hubiesen despertado.

"Pero más horrendo era aun y más opresivo para el corazón cuando de nuevo se hacía el silencio y en torno todo enmudecía y yo estaba sentado, solitario, en medio de aquel infame callar.

"Así el tiempo huía de mí, si es que algún tiempo había aún: ¡qué sé yo sobre algo así! Pero finalmente sucedió algo que me despertó: tres veces resonaron en la puerta golpes parecidos a truenos, y por tres veces las bóvedas repitieron el eco aullando y yo avancé entonces hacia la puerta.

"'¡Alpa!' [46], dije, '¿quién trae su ceniza a la montaña? ¡Alpa! ¡Alpa! ¿Quién trae su ceniza a la montaña?'.

"Introduje la llave en la cerradura y empujé la puerta y luché por abrirla, pero no se movió la puerta ni un dedo siquiera.

"Entonces un viento rugiente abrió violentamente sus hojas: y entre agudos silbidos y chirridos arrojó hacia mí un

---

46   Palabra cuyo sentido sigue siendo desconocido.

negro sarcófago y en medio del rugir, el silbar y el chirriar, el sarcófago se hizo pedazos y arrojo miles de carcajadas.

"Desde mil grotescas figuras de niños, ángeles, búhos, tontos y mariposas grandes como niños algo se rió y se burló de mí y aulló contra mí.

"Un espanto horrendo se adueñó de mí, arrojándome al suelo. Y yo grité de espanto como nunca antes había gritado.

"Mi propio grito me despertó y volví en mí".

Así contó Zaratustra su sueño y luego se calló, porque todavía no conocía el sentido de su extraño sueño. Entonces el discípulo al que él más amaba[47] se levantó decidido, tomó la mano de Zaratustra y le dijo: "¡Tu vida misma nos brinda la comprensión de este sueño, Zaratustra! ¿No eres tú el viento de chirriantes silbidos que destroza las puertas de los castillos de la muerte? ¿No eres tú el sarcófago repleto de malignidades de colores y de grotescas figuras angélicas de la vida?

"Ciertamente parecido a mil infantiles carcajadas ingresa Zaratustra en las cámaras fúnebres, riéndose de esos guardas nocturnos y vigilantes de sepulturas y de todos los que hacen bulla con sombrías llaves. Tú los espantarás y los derribarás con tus carcajadas. Al perder el conocimiento y despertar ellos demostrarán así tu poder.

"Aunque llegue el largo ocaso y la fatiga mortífera, en nuestro cielo tú no te hundirás en el ocaso, ¡oh, abogado de la vida!

"Nuevas estrellas nos has permitido observar, y novedosas magnificencias de la noche; ciertamente la misma risa fue extendida por ti como una tienda multicolor sobre nosotros. Desde ahora brotarán siempre risas infantiles de los sarcófagos; desde ahora un viento poderoso vencerá permanentemente a cualquier mortífero cansancio: ¡de esto eres tú mismo para nosotros la garantía y el adivino! Ciertamente con ellos mismos soñaste, con tus enemigos: ¡éste fue tu sueño más

---

47 Alusión a San Juan, el favorito de Jesucristo.

difícil! Así como despertaste y volviste en ti, así también ellos despertarán de sí mismos, ¡y volverán a ti!".

Así dijo el discípulo y los otros se acercaron entonces a Zaratustra, tomaron sus manos y querían convencerlo de que dejara el lecho y la tristeza y volviera a ellos. Pero Zaratustra siguió sentado en su lecho, inmóvil y con la mirada enrarecida. Como aquel que vuelve al hogar a casa desde un lejano país, así miraba a sus discípulos y examinaba sus caras, todavía sin reconocerlos. Pero cuando ellos lo ayudaron a ponerse de pie, repentinamente la expresión de su mirada cambió, comprendió cuanto había ocurrido, acarició su barba y dijo con potente voz:

"Eso llegará cuando sea su momento; por ahora intenten, mis discípulos, que gocemos de una buena comida y que sea enseguida: de esa manera voy a hacer penitencia por mis sueños malignos, pero el adivino debe comer y beber junto a mí. Ciertamente, yo quiero mostrarle un mar donde podrá ahogarse".

Así habló Zaratustra. Después estuvo mirando largamente la cara del discípulo que había interpretado su sueño, y mientras lo hacía, movía su cabeza.

De la redención

Cierta vez en que Zaratustra estaba cruzando un gran puente, fue rodeado por tullidos y mendigos, y un jorobado le dijo:

"¡Mira, Zaratustra! El pueblo aprende de ti y empieza a tener fe en tu doctrina, pero para convencerse de ella por completo... debes tú convencernos a nosotros, los lisiados. Aquí hallarás una bella colección y ciertamente, esta es una oportunidad que puedes atrapar por más de un pelo. Puedes, por ejemplo, hacer ver a los ciegos y correr a los paralíticos; aquel que carga excesivamente sobre su espalda podría ser aliviado un tanto. ¡Así, pienso que será la mejor manera de que creamos en ti, Zaratustra!".

Zaratustra le respondió de este modo al que le había hablado: "Si al jorobado se lo despoja de su joroba, se le quita su espíritu, así enseña el pueblo. Si al ciego se le devuelve la vista, verá entonces cuántas cosas malas hay en la tierra. Quien haga que el paralítico vuelva a poder correr, lo perjudicará grandemente, porque en cuanto pueda hacerlo sus vicios sin freno lo llevarán con ellos; así dice el pueblo en relación a los lisiados. ¿Por qué Zaratustra no podría aprender asimismo las enseñanzas del pueblo, si el pueblo aprende de Zaratustra? Desde que ando entre los hombres, para mí lo de menor importancia es ver que a éste le falta un ojo, a ese una oreja, y a aquel otro una pierna, mientras que otros hay que han perdido la lengua, la nariz o la cabeza. Yo veo y he visto antes cosas peores, algunas tan horribles que no quisiera hablar de ellas, y respecto de otras ni siquiera callar quisiera, como es el caso de seres humanos que carecen de todo, salvo de algo que poseen en exceso: personas que no son otra cosa que un gran ojo, un gran hocico, un gran estómago, o alguna otra cosa grande. Por ello es que yo los denomino lisiados al revés. Cuando yo venía de mi aislamiento y por primera vez cruzaba este puente, no quería darle la razón a mis ojos, miraba y miraba una y más veces y terminé diciéndome: '¡Esto es una oreja!, ¡una única oreja, grande como un hombre!'. Miré más detenidamente y por cierto, debajo de aquella oreja se movía algo que era pequeño y miserable y débil hasta el extremo de inspirar piedad y lástima.

"Ciertamente aquella monstruosa oreja se apoyaba sobre una varita delgada y esa varita era un hombre. Mirando con una lente de aumento podría haber reconocido todavía una diminuta carita envidiosa y asimismo observar que en aquella varita flacucha se agitaba todavía una hinchada almita. El pueblo decía que la gran oreja era no solamente un hombre, sino además un gran hombre, un auténtico genio. Pero yo jamás le he creído al pueblo cuando habla de grandes hombres, y mantuve mi certeza de que aquel era un lisiado al revés, que de todo tenía poco, y demasiado de una cosa sola".

Cuando Zaratustra terminó de decir todo esto al jorobado y a aquellos de quienes éste era el heraldo, se volvió con honda irritación hacia donde estaban sus discípulos y les dijo: "¡Ciertamente, amigos míos, yo ando entre los hombres como entre pedazos y extremidades de hombres! Ante mis ojos lo más tremendo es hallar al hombre despedazado y desparramado como en un campo de combate, después de una masacre. Mis ojos escapan del presente y se dirigen hacia el pasado, donde siempre hallan lo mismo: pedazos, extremidades sueltas, horrendos azares, pero no encuentran hombres. El presente y el pasado sobre la tierra, mis amigos, son lo más terrible para mí. No sabría cómo hacer para vivir si no fuera yo un vidente del porvenir. Un vidente, un hombre dotado de fuerte voluntad, un creador y soy el futuro y un punte hacia él también. Asimismo, yo soy también un lisiado junto al puente; todo eso soy yo, Zaratustra. También ustedes se preguntaron muy seguidamente quién soy yo para vosotros, cómo llamarme. De igual modo que yo, ustedes se dieron preguntas por respuestas: '¿Zaratustra es uno que promete? ¿Es uno que cumple lo que promete? ¿Es un conquistador? ¿Un heredero? ¿El otoño, la reja de un arado, un médico, uno que está convaleciendo? ¿Es Zaratustra un poeta, un hombre veraz, un libertador, un dominador, alguien bueno? ¿Es Zaratustra un malvado?[48]. Yo ando entre los hombres como entre los pedazos del futuro, de ese futuro que yo puedo ver. Todos mis pensamientos y todos mis deseos se inclinan por pensar y resumir en unidad aquello que es un pedazo, un misterio y un horrendo azar. ¡De qué manera aguantaría yo ser un

---

48   Alusión al Evangelio de San Mateo, 16, 13, 15, cuando Jesucristo le pregunta a sus seguidores respecto de quién dice el pueblo que es "El Hijo del hombre".

hombre si el hombre no fuera asimismo poeta y adivinador de misterios y redentor de lo azaroso! Redimir a los que han pasado, y convertir todo 'lo que fue' en un 'de esa manera yo lo quise': tal sería en mi criterio la redención. Voluntad: ese es el nombre del libertador y el que lleva consigo la alegría, eso es lo que yo les enseñé. Aprendan ahora algo más: que la voluntad misma es aún un cautivo. El querer nos hace libres: pero ¿cómo se llama eso que mantiene todavía cautivo al libertador? 'Lo que fue', tal es el nombre del rechinar de los dientes y la más desolada pena de la voluntad. Sin poder sobre lo que ya fue hecho, la voluntad es un maligno espectador de lo que ha pasado. La voluntad no puede querer hacia atrás, hacia el pasado; no poder quebrar el tiempo ni la voracidad del tiempo, tal es la más solitaria pena de la voluntad. El querer nos hace libres: ¿qué imagina el querer mismo, para liberarse de su pena y burlar su prisión? ¡Todo cautivo se transforma en un tonto! Estúpidamente se redime a sí misma la voluntad que es cautiva. Que el tiempo no marche hacia atrás es su escondido encono. 'Aquello que fue, fue', así se llama la roca que la voluntad no puede mover. Y así ella mueve las rocas por encono e irritación, y cobra venganza sobre aquello que no siente, igual que ella, encono e irritación. De tal modo la voluntad, el libertador, se ha transformado en causa de dolor: y en todo lo que puede sufrir cobra venganza de no poder la voluntad querer hacia atrás. Esto solamente es la venganza en sí misma: el encono de la voluntad contra el tiempo y su 'fue'. Ciertamente una gran tontería vive en nuestra voluntad; ¡y el que esa tontería haya aprendido a tener espíritu se ha vuelto una maldición para la humanidad! El espíritu de la venganza, mis amigos; esto es aquello sobre lo que de mejor modo reflexionaron los hombres hasta el presente, y allí donde existía sufrimiento, allí debía hacerse presente, siempre, el castigo".

Prosiguió diciendo Zaratustra: "Castigo se llama a sí misma, ciertamente, la venganza: con una palabra mentirosa se finge hipócritamente una conciencia buena. Y como en aquel que posee voluntad existe el sufrimiento de no poder querer hacia atrás, por esa razón el querer mismo y toda la vida debían ser 'castigo'.

"Ahora se acumuló nube tras nube sobre el espíritu, hasta que por fin la demencia predicó: '¡Todo perece, por eso todo es digno de perecer!'; 'Y la justicia misma estriba en aquella ley del tiempo que sostiene que tiene éste que devorar a sus propios hijos[49]': así dijo la demencia. 'Las cosas están regidas éticamente sobre la base del derecho y el castigo. ¿Dónde está la redención del río de las cosas y del castigo llamado existencia?' Así dijo la demencia. '¿Puede haber redención si hay un derecho que es eterno? ¡La piedra llamada 'lo que fue': eternos tienen que ser asimismo todos los castigos!'. Así dijo la demencia. Ninguna acción puede ser destruida: ¡de qué modo podría ser anulada mediante el castigo! Lo eterno en el castigo llamado 'existencia' es esto, ¡que también la existencia deba volver a ser acción y culpa, eternamente! A menos que la voluntad se redima final-mente a sí misma y el querer se convierta en no-querer.

"¡Ustedes conocen, amigos míos, esta canción fabulosa que entona la demencia!

"Yo los aparté de todas esas fábulas cuando les enseñé que la voluntad es un creador.

"Todo 'lo que fue' es un pedazo, un misterio, un ho-rrendo azar, hasta que la voluntad creadora agrega: '¡mas yo lo quise de tal modo!'. Hasta que la voluntad creadora agrega: '¡Pero yo lo quiero de este modo! ¡Yo lo voy a querer así!'.

"¿Habló ya la voluntad creadora de esa manera? ¿Cuándo va a hacerlo? ¿Se ha arrancado ya la voluntad el yugo de su propia estupidez?

"¿Se ha convertido ya en un libertador para sí misma y en uno que lleva consigo la alegría? ¿Olvidó el espíritu de venganza y todo aquel rechinar de los dientes?

---

49 Referencia al tiempo —el antiguo dios Cronos de los griegos— que devora a sus hijos.

"¿Quién le ha enseñado a reconciliarse con el tiempo, y con aquello que supera a toda reconciliación? Algo superior a toda reconciliación tiene que querer aquella voluntad que es voluntad de poder. Empero ¿cómo le sucede esto? ¿Quién le ha enseñado inclusive, el querer hacia atrás?".

En esa instancia de su discurso sucedió que Zaratustra se detuvo repentinamente y parecía entonces uno que estuviera asustado al extremo. Con mirada de espanto observó a sus discípulos y sus ojos atravesaban como dardos los pensamientos de ellos y hasta aquello que estaba más allá de sus pensamientos.

Pero cuando transcurrió algo más de tiempo Zaratustra tornó a reír y dijo con acento de bondad: "Es difícil vivir entre hombres, porque callar resulta muy difícil, particularmente para un charlatán".

Así habló Zaratustra. El jorobado había escuchado aquella conversación y había cubierto su cara al hacerlo; pero cuando oyó reír a Zaratustra, alzó los ojos con curiosidad y dijo muy despacio: "¿Por qué razón Zaratustra nos habla a nosotros de distinta manera que a estos que son sus discípulos?".

Zaratustra le contestó: "¡Qué tiene ello de extraño! ¡Con jorobados está permitido hablar de modo jorobado!".

Respondió entonces el jorobado: "Entonces con discípulos está permitido hablar de modo discipular. Pero, ¿por qué Zaratustra le habla a sus discípulos de modo diferente que a sí mismo?".

De la cordura respecto de los hombres

"No, la altura no: ¡la pendiente es lo horrendo!

"La pendiente, donde la mirada se arroja hacia abajo y la mano se agarra hacia arriba.

"Aquí se hace dueño del corazón el vértigo de ésa, su doble voluntad.

"Amigos, ¿adivinan ustedes, asimismo, cuál es la doble voluntad de mi corazón?

"Esto es mi pendiente y mi riesgo: que mi mirada se arroje hacia la altura y mi mano desee sostenerse y apoyarse en la hondura.

"Al hombre mi voluntad se ciñe, con cadenas me sujeto a mí mismo al hombre, porque me siento llevado hacia arriba, hacia el superhombre: en esa dirección tiende mi otra voluntad.

"Para ello vivo ciego entre los hombres, tal como si no los conociera, para que así mi mano no pierda completamente su fe en lo que es estable.

"Yo no los conozco a ustedes, hombres: ésta es la oscuridad y éste es el consuelo que rodearon muy seguidamente.

"Estoy sentado junto a la puerta de la ciudad, accesible a todos los pícaros, y me pregunto: ¿quién desea engañarme?

"Es esta mi primera razón respecto de los hombres, permitir que sea engañado, para no verme obligado a permanecer en guardia ante los engañadores.

"Si yo pudiera mantenerme alerta frente al hombre: ¡cómo podría ser el hombre un ancla para mi globo! ¡Con excesiva facilidad me vería llevado a lo alto y lejano!

"Es ésta la providencia que rige mi destino: que yo no deba observar cautela. Quien no desee desfallecer de sed entre los hombres debe aprender a beber de todas las copas, y aquel que desee seguir siendo puro entre los hombres debe aprender a lavarse en el agua sucia.

"Así me dije repetidamente, para poder hallar consuelo: ¡Adelante, viejo corazón! Una infelicidad te ha malogrado: ¡disfruta eso como tu felicidad!.

"Y ésta es mi segunda razón respecto a los hombres: trato con mayor indulgencia a aquellos que son vanidosos que a los que son orgullosos.

"¿No es la vanidad ofendida madre de todas las tragedias? Mas cuando el orgullo es el ofendido, surge en verdad algo que es todavía mejor que el orgullo.

"Para que la vida sea algo bueno de contemplar, su espectáculo debe ser adecuadamente representado y eso hace imprescindible contar con comediantes que sean buenos en su oficio.

"Adecuados comediantes resultaron ser, en mi opinión, todos los vanidosos, pues representan la comedia y aspiran a que a la gente le agrade verlos; todo su espíritu está depositado en tal voluntad.

"Ellos suben a escena y se crean a sí mismos; en su cercanía amo yo contemplar la existencia y tiene cura de tal modo mi melancolía.

"Por esa razón trato indulgentemente a los vanidosos, dado que para mí ellos son los médicos de mi melancolía y me ciñen al hombre como si me ataran a un espectáculo.

"Asimismo, ¡quién puede medir en el vanidoso toda la hondura de su humildad! Yo soy bueno y compasivo con él debido a su humildad.

"De ustedes desea él aprender cómo creer en sí mismo. El se alimenta de sus miradas, come de los elogios que le llegan de sus manos.

"Cree inclusive sus mentiras, si ustedes mienten adecuadamente respecto de él, que en lo más profundo de su corazón suspira: '¡qué soy yo!'.

"Si la auténtica virtud es aquella que permanece ignorante de sí misma, ¡es que el vanidoso ignora su humildad!

"Y ésta es mi tercera razón respecto de los hombres: no permitir que el temor de ustedes me arrebate el placer de observar a los malignos.

"Soy feliz al contemplar los prodigios que un sol ardiente empolla: tigres, palmeras y serpientes de cascabel.

"También entre los hombres hay bellas crías del sol ardiente, y muchas cosas son dignas de admiración entre los malignos.

"Es cierto que así como sus tan sapientes sujetos no me parecen tan sabios, también encontré que la malignidad de los hombres no se encuentra a la altura de su fama.

"Muy seguidamente me pregunté yo, moviendo la cabeza: ¿por qué continuar cascabeleando, serpientes de cascabel?

"Ciertamente para el mal hay aún futuro. Y el sur más ardiente no ha fue todavía descubierto para el hombre.

"¡Cuántas cosas se llaman ya, ahora, la peor de las malignidades, que, empero, apenas tienen tres metros de ancho y tres meses de duración! Alguna vez vendrán al mundo dragones que serán mayores.

"Porque para que no le falte al superhombre su dragón, el superdragón, uno que sea digno de él, numerosos soles ardientes tienen todavía que quemar la húmeda jungla virginal.

"Los gatos salvajes de ustedes deben primeramente transformase en tigres, y sus sapos venenosos volverse cocodrilos: ¡el buen cazador debe obtener una buena caza!

"Ciertamente, buenos y justos hombres, muchas cosas hay en ustedes que mueven a risa... ¡fundamentalmente el miedo que tienen de lo que hasta ahora se ha denominado 'el demonio'! ¡Tan extraños resultan ser ustedes a lo que es grande en sus almas, que el superhombre les resultará temible en su bondad!

"Ustedes, hombres sabios, huirían de la quemadura solar que origina la sabiduría, esa quemadura en la que el superhombre se baña desnudo y con deleite.

"¡Ustedes, los hombres superiores con los que he tropezado! Éste es mi dudar sobre ustedes y el origen de mi oculto reír: ¡seguramente a mi superhombre lo llamarían demonio!

"Estoy cansado de estos hombres, los más elevados y los mejores entre todos: desde su 'altura' sentía yo ansias de dirigirme hacia arriba, lejos, afuera, ¡en dirección al superhombre!

"El horror se adueñó de mí cuando a estos hombres los vi desnudos, a ellos, los mejores entre todos lo hombres y entonces me brotaron alas que me permitieron escapar en vuelo hacia porvenires lejanos, rumbo a meridianos más sureños que aquellos con los que los artistas han soñado. Yo he volado hasta allí, donde los mismos dioses sienten vergüenza de los vestidos. Pero a ustedes, mis semejantes, los quiero ver disfrazados y adecuadamente engalanados, vanidosos y dignos como 'los buenos y los justos'. Bien disfrazado me quiero sentar yo mismo entre ustedes, para conocerlos mal a ustedes y a mí. Esta es, efectivamente, mi postrera razón respecto de los hombres".

Así habló Zaratustra.

La más silenciosa de las horas

"¿Qué me sucedió, mis amigos? Me ven trastornado, alborotado, manso a mi pesar, listo ya para marcharme, para alejarme de ustedes.

"Sí, otra vez Zaratustra debe retornar a su aislamiento: ¡pero esta vez el oso torna de mala gana a su cueva! ¿Qué me sucedió? ¿Qué me lo manda? Mi enojada dueña lo desea, ella me habló: ¿Les dije a ustedes alguna vez cuál es su nombre?

"Ayer al crepúsculo me habló mi hora más silenciosa, tal es el nombre de mi tremenda dueña. Esto sucedió y debo decirles todo, para que sus corazones no se endurezcan[50] contra el que se va súbitamente!

"¿Conocen ustedes el terror de aquel que se adormece?

"Hasta las puntas de los pies le asaltan los temblores, dado que el suelo le falla y los sueños tienen su comienzo. Es esta la parábola que les cuento. Ayer, durante la hora más silenciosa, el suelo me falló y empezaron mis sueños.

"La aguja adelantaba su camino, el reloj de mi vida tomaba aliento. Nunca antes yo había oído en torno de mí un silencio tan profundo, de manera que mi corazón se llenó de miedo.

"Fue entonces que algo se dirigió a mí si usar una voz, diciéndome: '¿Ya lo sabes, Zaratustra?'.

"Yo aullé de terror ante ese murmullo, y el color huyó de mi cara: pero me callé.

---

50   Alusión al Deuteronomio, 15, 7: "No endurecerás el corazón ni cerrarás tu mano al hermano pobre".

Entonces algo volvió a hablarme sin usar una voz: '¡Lo sabes, Zaratustra, pero no quieres tú decirlo!'.

Yo respondí finalmente, como un obcecado: '¡Sí, lo sé, pero no voy a decirlo!'.

Entonces algo me habló nuevamente, sin usar una voz: '¿No lo quieres decir, Zaratustra? ¿Eso es cierto? ¡No huyas en tu obcecación!'.

Y yo lloré y temblé como un niño pequeño, y dije: '¡Lo haría, pero como podría hacerlo! ¡Líbrame de hacerlo, pues supera mis fuerzas!'.

Entonces algo me habló de nuevo sin emplear una voz: '¡Qué importancia tienes tú, Zaratustra! ¡Di tu palabra y luego rómpete en pedazos!'.

Respondí en aquel momento: '¿Es mi palabra? ¿Quién soy yo? Yo estoy esperando a uno que resulte ser más digno; no soy ni siquiera digno de hacerme pedazos contra él'.

Entonces algo me habló de nuevo sin emplear una voz: '¿Qué importancia tienes tú? Para mí no eres todavía suficientemente humilde. La humildad tiene la piel más dura entre todas las pieles'.

Yo contesté: '¡Qué cosas no aguantó ya la piel de parte de mi humildad! Yo habito al pie de mi altura: ¿cuál es ésa, la altura que tienen mis cimas? Nadie me lo dijo aún, pero sí conozco muy bien mis valles'.

Entonces algo me habló de nuevo sin emplear una voz: 'Zaratustra, quien debe mover montañas mueve también los valles'

Yo respondí: 'Mi voz no ha mudado todavía montaña alguna de su lugar, y lo que dije no ha llegado a los hombres. Yo fui sin dudarlo ante los hombres, pero todavía no llegué hasta ellos'.

Entonces algo me habló de nuevo sin usar una voz: '¡Qué conoces tú de eso! El rocío se derrama sobre la hierba cuando la noche está más callada'.

Yo respondí: 'Ellos se burlaron de mí cuando encontré mi propio sendero y anduve por él'; ciertamente mis pies temblaban en ese momento, y ellos me dijeron: 'olvidaste el sendero y ahora te olvidas asimismo de andar'.

Entonces algo me habló nuevamente, sin emplear una voz: '¡Qué importancia tienen sus burlas! Eres uno que se olvidó de obedecer: ¡ahora tú debes mandar! ¿Ignoras acaso quién es el más necesario entre todos? Aquel que manda grandes cosas. Realizar grandes cosas es arduo: pero más arduo es mandarlas. Esto es lo más imperdonable en ti: posees poder, pero no deseas dominar'.

Yo respondí: 'Me falta la voz del león para hacerlo'.

Entonces algo me habló de nuevo como si fuera un murmullo: 'Las palabras más silenciosas son aquellas que acarrean la tormenta. Los pensamientos que caminan con pies de paloma son los que dirigen el mundo. Zaratustra, debes caminar como una sombra del porvenir: así mandarás y haciéndolo, anticiparás a otros'.

Yo respondí: 'Me da vergüenza'.

Entonces algo me habló de nuevo sin emplear una voz: 'Debes volverte niño todavía y así carecer de vergüenza. La soberbia juvenil se encuentra aún en ti, que tan tardíamente te hiciste joven; pero aquel que desea volverse niño debe superar hasta su propia juventud'.

Yo reflexioné mucho tiempo, y temblaba mientras así lo hacía. Pero terminé por repetir lo que había dicho al comienzo: 'No quiero'.

Entonces oí risas en torno de mí. ¡Cómo me rasgaron por dentro aquellas risas y de qué manera esas rosas me cortaron el corazón!

Por última vez aquello me dirigió la palabra: '¡Zaratustra, tu fruta está madura ya, pero tú no lo estás para tu fruta! Por ello es que debes tú volver otra vez a tu aislamiento, ya que debes volverte tierno todavía'.

De nuevo escuché risas que escapaban y en ese momento aquello que me rodeaba se tornó silencioso, como si hubiese allí un silencio doble. Yo estaba tendido en el suelo, y el sudor corría por mis miembros.

Ahora ustedes ya han oído todo, y también por qué razón debo regresar a mi aislamiento. Nada he dejado de contarles a ustedes, mis amigos. Pero también me escucharon decir quién continúa siendo el hombre más silencioso entre los hombres y desea seguir siéndolo.

¡Amigos míos! ¡Yo tendría todavía algo más que decirles; yo tendría todavía algo más que darles[51]. ¿Por qué razón no se los doy, es que acaso soy avariento?".

Cuando Zaratustra terminó de decir estas palabras sufrió el dolor violento ante la inminente separación de sus amigos, por lo que lloró muy fuertemente; y nadie sabía de qué manera darle algún consuelo. Durante la noche él se marchó solo y dejó la amable compañía de sus amigos.

---

51 Alusión al Evangelio de San Juan, 16, 12, cuando dice: "Todavía muchas cosas tengo que decirles, pero ahora ustedes no podrían con ellas".

Tercera parte

Ustedes miran hacia arriba cuando desean elevarse y yo miro hacia abajo, porque yo estoy elevado. ¿Quién de ustedes puede a la vez reírse y estar elevado? El que sube a las montañas más altas se ríe del conjunto de las tragedias, tanto de las del teatro como de las de la vida.

Zaratustra, Del leer y el escribir, I.

El caminante

Fue cerca de la medianoche que Zaratustra emprendió su marcha sobre la cresta de la isla, para así llegar de madrugada a la otra orilla, dado que en aquel lugar deseaba embarcarse.

Había allí ciertamente una buena rada, en cuyas calmas aguas solían anclar inclusive las naves extranjeras, que recogían a algunos pasajeros que deseaban dejar las islas venturosas y cruzar el mar.

Mientras Zaratustra ascendía por la montaña meditaba en las tantas caminatas solitarias que había hecho desde su juventud y en las tantas montañas y crestas y cimas a las que había subido.

"Soy un caminante y un escalador de montañas", le decía a su corazón, "no me agradan los prados, y tal parece que no puedo permanecer sentado y en calma por demasiado tiempo.

"Sea el que sea mi destino, sean cuales sean las experiencias que todavía deba yo experimentar, siempre estará entre ellas el andar y el escalar montañas: en definitiva no se tiene experiencias más que de uno mismo.

"Ardido se encuentra el tiempo en que era lícito que me sucedieran hechos casuales: ¡qué podría sucederme aún, que no fuera ya algo mío!

"Lo único que hace es retornar, por fin torna a casa, a mi propio sí-mismo y cuanto de él permaneció largo tiempo en tierra extranjera y perdido entre las cosas y los hechos casuales.

"Sé una cosa más y es que me hallo ahora ante mi última cumbre y ante aquello que por mayor tiempo me fue evitado. ¡Mi más duro camino es el que debo subir! ¡Comencé mi caminata más solitaria! Pero aquel que pertenece a mi especie no se libera de una hora como ésta, aquella que le dice: '¡Solamente en este momento recorres tu sendero de grandeza! ¡Cima y abismo: ahora eso está reunido en una única cosa!'.

"Recorres tu sendero de grandeza: ¡ahora se transformó en tu último refugio lo que hasta recién era tu último peligro! Recorres tu sendero de grandeza: ¡ahora resulta necesario que tu mayor acto de coraje sea que no quede ningún sendero a tus espaldas! Recorres tu sendero de grandeza: ¡nadie debe seguirte hasta aquí, ocultándose! Tu propio pie borró detrás de ti el sendero, y sobre él quedó escrito: Imposible.

"Y si de aquí en adelante careces de toda escalera, debes saber ascender inclusive por encima de tu propia cabeza: ¿cómo querrías, de alguna otra manera, andar hacia arriba?

"¡Por encima de tu propia cabeza y más allá de tu propio corazón! Lo que es más suave en ti debe todavía convertirse en aquello que es lo más duro.

"Aquel que permanentemente se trató a sí mismo con excesiva indulgencia termina por enfermar por esa causa. ¡Sea ensalzado aquello que endurece! Yo no ensalzo el país donde corren la manteca y la miel.

"Es necesario aprender a quitar la mirada de sí mismo para ver muchas otras cosas: para todo aquel que asciende las montañas tamaña dureza es necesaria.

"Pero aquel que tiene ojos inoportunos como hombre de conocimiento, ¡cómo va a ver aquel, en todas las cosas, algo más que las razones superficiales de éstas!

"Zaratustra: en cambio tú quisiste ver el fondo y el trasfondo de todas las cosas: por eso tienes que ascender por encima de ti mismo. ¡Arriba, cada vez más elevado, hasta que inclusive tus estrellas las veas por debajo de ti!

"¡Sí! Bajar la vista hacia mí mismo, inclusive hacia mis estrellas: ¡sólo esto significaría mi cima, esto es lo que me ha quedado todavía como mi última cima!".

Así iba diciéndose Zaratustra mientras subía, consolando su corazón con arduas sentencias, porque tenía el corazón herido como jamás antes lo había tenido herido. Y cuando llegó a la cima de la montaña, se hizo evidente que el otro mar yacía allí extendido ante él. Entonces se detuvo Zaratustra y calló por largo rato. La noche era fría, clara y llena de estrellas en aquella cima.

"Conozco mi suerte", se dijo finalmente con pesar. "Estoy ya listo. Acaba de comenzar mi última soledad. ¡Ese mar triste y negro a mis pies! ¡Esta pesada desazón nocturna! ¡Destino y mar, hacia ustedes debo ahora descender!

"Estoy ante mi montaña más elevada y mi más prolongado caminar; por ello debo primero descender más abajo de lo que jamás bajé.

"¡Bajar hasta el dolor más allá de lo que jamás descendí, hasta su más oscuro oleaje! Así lo demanda mi sino: ¡De acuerdo! Estoy listo para ello.

"¿De dónde provienen las montañas más elevadas?, me preguntaba en otra época. Entonces entendí que las montañas provienen del mar.

Ello está escrito en sus rocas y sus cimas. Lo más elevado debe llegar a su altura desde lo más hondo". Así dijo Zaratustra en la cima de la montaña, donde hacía más frío, pero cuando se aproximó al mar y se encontró finalmente entre los escollos, andar por el sendero lo había fatigado y se encontraba más deseoso que antes.

"Todo sigue durmiendo", se dijo; "también el mar está dormido. Borrachos de sueño y con extrañeza me miran sus ojos, pero percibo su aliento y éste es cálido. Percibo también que el mar sueña y que soñando se retuerce sobre sus tan duras almohadas.

"¡Oye cómo gime el mar debido a recuerdos malvados! ¿O tal vez debido a expectativas malignas? Muy triste estoy contigo, monstruo oscuro, e irritado conmigo por tu causa. ¡Por qué causa no tendrá mi mano la fuerza suficiente! ¡Ciertamente me gustaría redimirte de los sueños malignos!".

En tanto que Zaratustra hablaba de tal modo, reía de sí mismo, amargado y melancólico.

"¡Cómo, Zaratustra, quieres consolar al mar cantando?", se dijo. "Zaratustra, tonto rico en amor, más que bienaventurado de confianza! Pero de tal modo fuiste siempre: en toda ocasión te acercaste con confianza a todo aquello que es horrendo. Inclusive quisiste acariciar al conjunto de los monstruos. Un hálito de aliento caliente, un poco de pelambre suave en las zarpas, y enseguida te encontrabas listo para amar y atraer. Es el amor el más solitario de los peligros, ese amor a todas las cosas, ¡mientras estén vivas! ¡Producen risa ciertamente mi tontería y mi humildad en el amor!".

De tal modo habló Zaratustra, y rió nuevamente; luego su pensamiento volvió a sus amigos que había abandonado y tal como si los hubiese ofendido con su pensar, se irritó contra sí mismo a causa de ellos.

Pronto sucedió que aquel que reía comenzó a llorar de cólera y de anhelo y así fue que lloró Zaratustra con amargura.

De la visión y el enigma

1

Cuando circuló entre los marineros el rumor de que Zaratustra estaba en el barco —porque cuando él había subido a bordo simultáneamente había un hombre proveniente de las islas venturosas— se propagó una gran curiosidad y expectativa. Pero Zaratustra permaneció en silencio por dos jornadas completas, frío y sordo a causa de su tristeza, de manera que no contestaba ni las miradas ni las preguntas que le dirigían. Al ocaso del segundo día, aunque todavía seguía en silencio, sus oídos tornaron a abrirse; había muchas cosas extrañas y riesgosas que escuchar en esa nave que venía de lejos y que deseaba llegar todavía más lejos. Zaratustra era amigo, efectivamente, de todos aquellos que hacían viajes prolongados y a quienes no les agrada vivir sin sufrir riesgos. Finalmente, a fuerza de escuchar, su propia lengua se soltó y el hielo de su corazón se derritió; fue en ese momento que comenzó a hablar de este modo: "A ustedes los intrépidos buscadores e investigadores, y a quien sea que en alguna oportunidad se haya arrojado con hábiles velas a mares tremendos; a ustedes los borrachos de misterio, que gozan con la luz del ocaso y cuyas almas son llamadas con flautas a todas las simas laberínticas, porque no quieren, con mano asustada, seguir a tientas un hilo y allí donde pueden adivinar, odian deducir. A ustedes solamente les narro el enigma que vi, esa visión de aquel que es el más solitario.

"Sombrío andaba yo hace poco tiempo, a través del ocaso de color de muerto, sombrío y endurecido, con los labios bien apretados. Porque más de un sol se había hundido en el crepúsculo para mí.

"Un camino que subía empecinadamente, sorteando los pedregales, un camino malvado y solitario, al que ya no le brindaban su aliento hierbas ni matorrales de arbustos; un camino montañés crujía bajo mis obcecados pies.

"Adelantando mudos sobre el burlón crujir de los pedruscos, aplastando las piedras sobre las que resbalaban, de tal modo avanzaban mis pies hacia la altura. Hacia la altura, pese al espíritu que de él tiraba hacia abajo, hacia la cima, el espíritu de la pesadez, mi demonio y mi enemigo principal. Hacia la altura, pese a que sobre mí iba sentado aquel espíritu, mitad enano, mitad topo, paralítico y paralizante, dejando caer sus plomos en mis oídos y pensamientos como gotas de plomo en mi mente.

"Así susurraba con burla: 'Zaratustra, ¡tú piedra de la sabiduría! Te lanzaste hacia arriba... ¡pero toda piedra que es lanzada debe caer! ¡Zaratustra, tú, piedra de la sabiduría, tú piedra de una honda, tú, destructor de las estrellas! A ti mismo te lanzaste muy alto, pero toda piedra que es lanzada muy alto ¡debe luego caer! Condenado a ti mismo, y a tu propia lapidación: oh Zaratustra, ciertamente, lejos lanzaste la piedra ¡pero sobre ti caerá nuevamente!'.

"Se llamó a silencio entonces el enano y esto se extendió largamente. Pero su silencio me resultaba opresivo; ¡Cuando se permanece así estando entre dos, se está ciertamente más en soledad que cuando se está solo!

"Yo subía y subía y soñaba y pensaba, pero todo aquello me resultaba opresivo. Me parecía a un enfermo al que un tremendo padecer deja rendido y a quien un sueño, aun más tremendo, vuelve a despertarlo cuando apenas termina de dormirse.

"Existe algo en mí que yo denomino valor: hasta el presente ha matado en mí cualquier tipo de desaliento.

"Ese valor me llevó finalmente a detenerme y decir: '¡Enano, somos tú o yo!'.

"El valor es, efectivamente, el mejor verdugo, me refiero al valor que ataca: porque todo ataque se realiza a tambor batiente.

"Es el hombre, entre todos los animales, aquel más valeroso: por esa razón es que el hombre ha vencido a todos y a cada uno de los animales. A tambor batiente ha vencido inclusive a todos los dolores; pero el dolor cuya causa es el hombre es el dolor más hondo.

"El valor mata inclusive el vértigo junto a los abismos: ¡y en qué sitio no podría encontrarse el hombre vecino a un abismo! ¿El mero mirar no es, acaso, mirar abismos?

"El valor es el mejor verdugo: el valor liquida incluso la compasión. Pero la compasión es el abismo más hondo. Cuando el hombre hunde su mirada en la existencia, otro tanto la hunde en el sufrimiento.

"Pero el valor es el mejor verdugo, el valor que ataca: éste puede matar a la misma muerte, pues dice: '¿Era esto la vida? ¡Bien! ¡Entonces, otra vez!'.

"Estas palabras, contienen, sin embargo, mucho ruido de tambor batiente. Quien tenga oídos, que oiga".

2

"'¡Alto ahí, enano!', dije. '¡Yo o tú! Pero de los dos, yo soy el más fuerte... ¡tú nada sabes de mi pensamiento abismal, ese que no podrías tú soportar!'.

"Entonces ocurrió algo que me volvió más ligero, porque el enano saltó de mi hombro, ¡el muy curioso! Y se puso en cuclillas sobre una roca, frente a mí. Ciertamente allí donde nos habíamos detenido había un portón.

"'¡Mira el portón, enano!', proseguí diciendo: 'posee dos caras. Dos caminos se encuentran aquí: nadie los ha recorrido todavía por completo. Esa prolongada calle hacia atrás abarca una eternidad; esa extendida calle hacia adelante es otra eternidad. Se contrapesan esos senderos y chocan directamente de cabeza y aquí, en el portón, convergen. El nombre del portón está escrito en su parte superior: 'Instante'. Mas si alguien recorre uno de esos senderos, más y más lejos cada vez, ¿tú crees, enano, que esos caminos se van a contradecir por una entera eternidad?

"'Todas las cosas derechas mienten', susurró despectivamente el enano. 'Toda verdad es curva, el tiempo es un círculo'.

"'Tú, espíritu de la pesadez', dije furioso, '¡no tomes las cosas ligeramente. O te dejo en cuclillas ahí donde estás, rengo, ¡y yo te elevé hasta aquí! ¡Mira este instante! Desde este portón llamado 'Instante' corre hacia atrás una calle larguísima y eterna, mientras que a nuestras espaldas yace una eternidad. Cada una de las cosas capaces de correr, ¿no tendrá que haber recorrido ya otra vez esa calle? Cada una de las cosas que pueden suceder, ¿no tendrá que haber sucedido ya, haber sido un hecho, haber transcurrido ya en cierta ocasión? Y si todo ya existió: ¿qué supones tú, enano, respecto de este instante? ¿No tendrá forzosamente, también este portón, que haber existido ya? ¿Acaso no están todas las cosas atadas con energía, de manera que este instante arrastra tras de sí todas aquellas cosas que son las venideras? ¿Por lo tanto, inclusive a sí mismo? Cada una de las cosas que poseen la capacidad de correr: ¡también por esa extensa calle, hacia adelante, tiene que volver a correr otra vez más! Esa araña que se arrastra lentamente a la luz de la luna, y esa misma luz lunar, y yo y tú, murmurando los dos junto a este portón, chismorreando sobre cosas que son eternas; ¿no tenemos todos que haber existido anteriormente y venir de nuevo y correr por esa, la otra calle, hacia adelante, hacia delante de nosotros, a través de esa extensa, horrible calle? ¿No tenemos que retornar eternamente?'.

"Así yo le dije al enano, con voz cada vez más queda, porque tenía miedo de mis propios pensamientos y su sentido. Entonces, repentinamente, oí aullar a un perro cercano.

"¿Había oído yo alguna vez aullar de modo tal a un perro? Mi pensamiento corrió rápidamente hacia atrás. ¡Sí, lo había oído!

"Cuando era un niño, en mi lejana infancia, oí aullar de esa manera a un perro y lo vi con el pelo erizado, el hocico levantado, temblando en la silenciosa noche, cuando hasta los perros creen en aparecidos y espectros. Aquel perro me inspiró piedad. Entonces, recuerdo, la luna llena surgió por encima de la casa, en medio de un mortal silencio. Aquel disco incandescente parecía detenido sobre el plano tejado, como sobre una propiedad que no era suya y aquello pareció enfurecer al perro, porque los perros creen en ladrones y espectros. De nuevo el perro tornó a aullar y de nuevo me dio lástima de él.

"¿Adónde se había ido entonces el enano? ¿Y aquel portón? ¿Y qué había sido de la araña? ¿Y todo el murmullo...? ¿Había entonces yo soñado? ¿Había despertado? Repentinamente me encontré entre riscos salvajes, solitario y abandonado en el más desierto claro de luna. ¡Allí un hombre yacía en tierra! ¡Y también allí! El perro brincaba, con el pelo erizado, gimiendo mientras me veía acercarme y entonces aulló de nuevo; él gritó... ¿había yo oído alguna vez a un perro gritar así, pidiendo auxilio?

"Ciertamente lo que vi entonces no lo había visto nunca antes: un joven pastor se retorcía ahogándose, entre convulsiones, con el rostro desencajado, y de su boca pendía una gruesa serpiente negra.

"¿Había visto yo alguna otra vez tanto asco y tanto pálido horror en un solo rostro? Sin dudarlo aquel hombre se hallaba dormido y entonces aquella serpiente se deslizó a través de su garganta y se aferró a ella mordiéndolo.

"Mi mano jaló de la serpiente una y otra vez, inútilmente, pues no logré quitarla. Entonces un grito surgió de mi boca: '¡Muerde, arráncale la cabeza!'; ese fue el alarido que surgió de mi boca, todo mi espanto, mi asco, mis náuseas, mi piedad, todas mis cosas buenas y también las malas aullaban en mí bajo un solo grito.

"¡Ustedes, hombres valientes que me rodean! ¡Ustedes, que buscan e investigan, y cualquiera de ustedes que se haya arrojado con velas sagaces a mares desconocidos!

"¡Ustedes, que aprecian los misterios!

"¡Resuelvan para mí el enigma que yo vi entonces, interpreten la visión del más solitario entre todos los solitarios!

"Fue aquella una visión y también una previsión: ¿qué vi yo entonces como un símbolo? ¿Y quién es el que todavía, algún día habrá de llegar?[52].

"¿Quién es el pastor en cuya garganta entró la serpiente? ¿Quién es el hombre en cuya garganta entrarán las cosas que son más pesadas y negras?

"Pero el pastor mordió a la serpiente, tal como se lo pedí; ¡le dio un buen mordisco! Lejos de sí escupió la cabeza de la serpiente y se irguió de un brinco.

"Ya no era un pastor ni era un hombre, ¡era alguien transformado, iluminado, que se reía! ¡Nunca antes sobre la tierra había reído un hombre rió como él lo hizo!

"Mis hermanos, yo oí una risa que no era humana y ahora me devora una sed, un deseo que jamás se extingue.

"Mi deseo de esa risa me devora: ¡Cómo aguanto vivir yo, todavía! ¡Cómo soportaría morir ahora!".

Así habló Zaratustra.

De la bienaventuranza no querida

Con esos misterios y amarguras en su corazón, así Zaratustra atravesó el mar. Pero cuando se encontraba a cuatro días de travesía de las islas bienaventuradas y de aquellos que eran sus amigos, había superado todo su pesar y así victorioso y con las plantas firmes, estaba otra vez de pie sobre su destino.

Entonces Zaratustra habló de este modo a su alegre conciencia: "Estoy otra vez solo y deseo estar así, a solas con la

---

52   Alusión al Evangelio según San Mateo, 3,11: "Aquel que viene detrás de mí es más robusto que yo, que no soy digno siquiera de quitarle las sandalias".

pureza solar y la libertad marina; nuevamente la tarde me rodea. Una tarde hallé por primera vez a mis amigos, en otra época; en otra tarde también fue la segunda vez que los encontré y era en esa hora cuando se torna más silenciosa la luz. Para que sea el refugio de un alma luminosa se busca aquello que de dicha alberga el camino entre la tierra y el cielo. Gracias a la dicha se volvió más silenciosa la luz ahora. ¡Oh atardecer de mi vida! En otra época también mi felicidad bajó al valle buscando su refugio: ¡allí dio con esas almas abiertas y hospitalarias!

"¡Oh atardecer de mi vida! ¡Qué no entregué por tener una cosa sola: este viviente conjunto de mis pensamientos y esta luz matinal de mi mayor esperanza!

"Compañeros de viaje buscó en otra época el creador, que fueran hijos de su esperanza: y sucedió que no pudo dar con ellos; sólo podía crearlos él mismo. De tal modo me hallo en medio de mi obra, en dirección a donde están mis hijos y tornando de ellos: por amor a sus hijos debe Zaratustra consumarse a sí mismo.

"Definitivamente, solamente se ama a aquel que es el propio hijo y a aquello que es la propia obra. Lo que encontré fue esto: que donde existe un gran amor a sí mismo, allí hay signos de embarazo.

"Aún verdean mis hijos en su inicial primavera, los unos junto a los otros y sacudidos por vientos comunes, árboles de mi jardín y de mi tierra mejor.

"Ciertamente, allí donde se agrupan árboles como ésos, allí están las islas venturosas! Alguna vez quiero trasplantarlos y ubicarlos separados los unos de los otros para que cada uno aprenda soledad y persistencia y prudencia.

"Nudoso, sinuoso y flexible en su dureza deberá estar entonces para mí: junto al mar, como viviente faro de vida una vida que resulta invencible.

"Allí donde las tormentas se arrojan sobre el mar y la trompa montañesa bebe agua, es donde debe cada uno, alguna vez, concretar sus guardias diurnas y nocturnas, para su prueba y conocimiento. Debe ser conocido y examinado para saber si es de mi linaje y mi origen; si realmente es el amo de una voluntad extensa, callado incluso cuando habla, y así, estando decidido a dar, que al dar también él tome lo suyo, para que alguna vez alcance a ser mi compañero de travesía y conmigo cree y celebre las fiestas; alguien que escriba mi voluntad en mis tablas, para alcanzar la más completa consumación de las cosas.

"Por amor a él y a su semejante tengo yo que consumarme a mí. Por eso me separo ahora de mi dicha y me ofrezco a cualquier desdicha, para mi último examen y mi postrer conocimiento.

"Ciertamente ha llegado el momento de partir y la sombra del caminante y el instante más prolongado y aquella hora que resulta más silenciosa. Todos me decían: '¡Ya llegó la hora!'.

"El viento que soplaba por el hueco de la cerradura me decía: '¡Ven!' y la puerta se abría arteramente y me decía: '¡Ve!'.

"Yo yacía sujeto con cadenas al amor de mis hijos y el deseo me tendía esos lazos, el deseo de amor, de alcanzar a ser la presa de mis hijos y extraviarme entre ellos.

"Desear para mí significa haberme perdido.

"¡Yo los tengo, hijos míos! En este tener, todo debe ser seguridad y nada tiene que ser desear. Mas empollándome el sol de mi amor yacía sobre mí; en su propio jugo se cocía Zaratustra, y entonces las sombras y las dudas se escaparon volando sobre mí.

"Ya deseaba yo el frío y el invierno: '¡Que el frío y el invierno tornen a hacerme crujir!', murmuraba yo y entonces se elevaron de mí humaredas glaciales.

"Mi pasado rompió sus tumbas, más de un dolor enterrado cuando aún vivía despertó, porque estaba hasta entonces apenas adormecido, escondido entre sudarios.

"Así me gritaron todas las cosas como señales: '¡Ya es la hora!'. Pero yo no oía: hasta que finalmente mi abismo se agitó y mi pensamiento me mordió. ¡Pensamiento de lo abismal, tú que eres mi pensamiento! ¿Cuándo encontraré la energía para oírte cavar sin que yo tiemble en ese mismo instante? ¡Hasta mi garganta suben los latidos del corazón cuando te oigo hacerlo! ¡Tu silencio desea estrangularme, tú eres abismalmente mudo!

"Todavía no me he atrevido a llamarte 'arriba' y ya es más que suficiente que conmigo te haya yo traído! Todavía no era yo adecuadamente fuerte para la postrera soberbia y petulancia del león.

"Suficientemente tremenda fue siempre para mí tu pesadez, ¡pero cierta vez deberé hallar la fuerza y el rugido del león, para que te llame 'arriba'!

"Cuando haya superado eso, entonces querré superar algo aún más grande y un triunfo rubricará mi consumación. Mientras tanto vagabundeo aún por mares inciertos y el azar me adula, el azar de lengua plana; hacia adelante y atrás yo observo, pero aún así no contemplo ningún final.

"Aún no ha llegado la hora de mi último combate, ¿o acaso está cercana en este instante?

"¡Ciertamente con pérfida hermosura me observan el mar y la vida que me rodean!

"¡Oh, atardecer de mi vida! ¡Oh, felicidad previa al anochecer! ¡Oh, mi puerto en alta mar! ¡Oh, mi paz en medio de la falta de certezas! ¡Cómo desconfío de todos ustedes!

"¡Ciertamente yo no confío en la pérfida hermosura de ustedes! Similar yo soy a aquel que ama y que desconfía de la sonrisa cuando ésta es excesivamente aterciopelada.

"Así como el celoso rechaza de sí a la más amada, siendo tierno inclusive en su dureza, de modo igual yo rechazo de mí esta hora venturosa. ¡Aléjate de mí, hora venturosa, pues contigo se acercó a mí una bienaventuranza no deseada! Aquí estoy, decidido a sufrir el dolor más hondo: ¡Tú llegaste a destiempo! ¡Aléjate de mí, hora venturosa, y es mejor que busques un refugio entre los que son mis hijos! ¡Date prisa y bendícelos con mi dicha antes de que anochezca! Ya viene la noche y el sol se oculta. ¡Huye, dicha mía!".

Así habló Zaratustra y esperó a su desdicha toda la noche; pero aguardó inútilmente. La noche siguió siendo clara y silenciosa, y la misma dicha se fue acercando cada vez un poco más. Llegada la mañana, Zaratustra rió, dirigiéndose a su corazón y dijo con sorna: "La dicha viene corriendo detrás de mí; ello a causa de que yo no corro detrás de las mujeres. Mas la felicidad es una mujer".

Antes de la salida del sol

"¡Oh, puro cielo que estás encima de mí! ¡Hondo abismo de la luz! Al mirarte yo me estremezco de ansias divinas.

"Lanzarme a tu altura: ¡ésa es mi profundidad! Abrigarme en tu pureza es mi inocencia!

"Al dios su hermosura lo cubre y del mismo modo tú me ocultas tus estrellas No me hablas y así me anuncias tu saber. Mudo sobre el mar que brama saliste hoy para mí, tu amor y tu pudibundez le hablan de revelaciones a mi alma que ruge. Tu llegada es hermosa para mí, y que me hables mudamente expresa tu sabiduría; ¡De qué modo no iba yo a adivinar todo el pudor de tu espíritu! ¡Previamente al sol viniste hasta mí, que soy el más solitario de todos los solitarios!

"Desde el mismo inicio tú y yo somos amigos y compartimos la tristeza y el miedo y la profundidad; incluso el sol es de ambos.

"No hablamos entre nosotros porque conocemos un excesivo número de asuntos y así juntos callamos y juntos le sonreímos a nuestra sabiduría.

"¿No eres tú la luz de mi fuego, acaso? ¿No tienes un alma que es gemela de mi saber?

"Juntos todo lo aprendimos y juntos aprendimos a subir más allá de nosotros, hacia nosotros mismos, y a sonreír sin nubes. A sonreír sin nubes hacia abajo, desde unos ojos luminosos y desde una prolongada lejanía, en tanto que debajo de nosotros la coacción y el fin y la culpa emanan vapores como si fueran lluvia.

"Cuando yo caminaba solitario: ¿de quién tenía apetito mi alma durante la noche y a través de los caminos equivocados? Cuando yo subía montañas, ¿a quién buscaba encontrar siempre, sino a ti?

"Todo mi andar y subir a las montañas una necesidad eran apenas y un recurso del desvalido, pues... ¡volar es lo único que mi completa voluntad desea, y hacerlo dentro de ti! ¿A quién odiaba yo más que a las efímeras nubes y todas las cosas que te ensucian? ¡Hasta a mi propio odio yo odiaba, porque te maculaba!

"Estoy encolerizado con las nubes momentáneas, con esos felinos de presa que arteramente se desplazan, pues nos privan a ambos de aquello que es común entre nosotros, ese inconmensurable decir "sí y amén".

"Estamos ambos furiosos contra esas entrometidas, las efímeras nubes: mitad de esto y mitad de aquello, que no han comprendido cómo bendecir ni cómo maldecir en profundidad. ¡Me agrada más estar sentado sobre un barril bajo un cielo nublado, elijo estar sentado sin cielo en el abismo, que verte a ti, cielo luminoso, maculado por nubes momentáneas!

"Repetidamente sentí deseos de ceñirlas con los alambres áureos del rayo y golpear los tambores, como hace el trueno, sobre su panza de caldera: ser un furioso tamborilero porque me hurtan tu "sí y amén", ¡puro cielo que estás por encima de mí! ¡Luminoso abismo de luz!, porque te roban mi "sí y amén".

"Prefiero el ruido y el trueno y las maldiciones del mal tiempo a esta dudosa tranquilidad de gato y asimismo entre los hombres; a los que más odio es a los que andan sin hacer ruido y a todos los que viven medianamente y a aquellos que son como dubitativas nubes momentáneas.

"'¡El que no pueda bendecir, deberá aprender a maldecir!': esta luminosa lección cayó sobre mí desde un cielo luminoso; esta estrella fulgura en mi cielo inclusive en las noches más oscuras.

"Pero yo soy uno que bendice y que dice que sí, con tal de que tú estés presente cerca de mí, ¡tú, que eres puro y luminoso, tú que eres un abismo luminoso!

"A todos los abismos transporto yo entonces, como si fuera una bendición, mi decir "sí".

"Me transformé en aquel que bendice y que dice "sí", y luché largamente, y fui un combatiente, para tener algún día las manos libres para bendecir. Esta es mi bendición: estarme sobre cada cosa como su propio cielo, como su techo redondo, su campana de azur y su permanente seguridad: ¡venturoso sea aquel que bendice de este modo!

"Todas las cosas son bautizadas en el manantial de la eternidad y más allá del bien y del mal; el bien y el mal no son otra cosa que sombras medias y húmedas aflicciones y nubes pasajeras.

"Ciertamente es una bendición, no una blasfemia, que yo enseñe que sobre todas las cosas está el cielo del azar, el cielo de la inocencia, el cielo de la casualidad y el cielo de la arrogancia.

"'Casualmente': ésta es la más antigua aristocracia del mundo, yo se la devolví a todas las cosas, yo la redimí de la esclavitud que la unía a la finalidad.

"Esta libertad y esta celeste serenidad yo las coloqué como campana de azur sobre todas las cosas, enseñando que por encima de ellas y a su través no existe 'voluntad eterna' alguna que así lo quiera.

"Esta arrogancia y esta tontería las puse en el lugar de esa voluntad cuando yo enseñé que entre todas las cosas hay una sola que es imposible: la racionalidad.

"Un poco de razón, en verdad, una semilla de saber, derramada entre estrella y estrella, es una levadura que se encuentra entremezclada en todas las cosas[53]: ¡por amor a la tontería es que hay entremezclada sabiduría en todas las cosas!

"Un poco de sabiduría es posible; pero ésta fue la venturosa seguridad que hallé en todas las cosas: que prefieren danzar sobre los pies del azar. Oh, tú, cielo que te encuentras por encima de mí, ¡tú puro y elevado! En mi opinión, ésta es tu pureza: ¡que no existe eterna araña alguna y ninguna eterna telaraña de la razón; que eres para mí una pista de baile destinada a los azares divinos, que eres para mí la mesa que los dioses destinan al juego de los dados, para que a ella jueguen jugadores divinos!

"¡Qué...! ¿Acaso enrojeces, te sonrojas? ¿Dije cosas que no deben ser dichas? ¿He blasfemado al querer bendecirte? ¿Es el pudor compartido aquello que te hizo enrojecer? ¿Acaso tú me ordenas irme y callar porque ahora se acerca el día?

"El mundo es hondo y más profundo de lo que jamás ha creído el día. No a todas las cosas les son permitidas las palabras antes de la llegada del día. Pero el día viene: ¡por esa razón es que ahora nosotros nos separamos!

"Cielo que estás por encima de mí, ¡tú pudoroso y ardiente! ¡Oh tú, dicha mía antes de la aparición del sol! El día llega: ¡por eso es que ahora nosotros nos separamos!".

Así habló Zaratustra.

De la virtud empequeñecedora

Cuando Zaratustra estuvo nuevamente en tierra firme, no fue directamente a su montaña y su cueva, sino que anduvo muchos caminos e hizo muchas preguntas y se informó de esto y aquello, de manera que, jocosamente, decía sobre

---

53 Alusión al Evangelio de San Mateo, 13, 33, cuando dice: "Parecido es el reino del Señor a esa levadura que una mujer introdujo en medio quintal de harina y que entero lo hizo fermentar".

sí mismo: "¡He aquí un río que con innumerables sinuosidades torna a su fuente!". Dado que él quería enterarse de lo que mientras tanto había sucedido con el hombre, si se había vuelto más grande o más pequeño. Y en una oportunidad vio una línea de casas nuevas y se maravilló y dijo: "¿Qué significan esas casas? ¡Ciertamente ninguna alma grande las ha puesto allí como símbolo de sí misma! ¿Quizá las sacó un niño imbécil de su caja de juguetes? ¡Ojalá otro niño vuelva a guardarlas en su caja!

"De esas habitaciones: ¿pueden salir y entrar varones? Parecen hechas para muñecos de seda o para gatos golosos, los que también permiten sin duda que se los engolosine".

Entonces Zaratustra se detuvo y meditó, para luego, al fin, decir con turbación: "¡Todo se ha convertido en más pequeño! Por todos lados veo puertas que son más bajas: quien es de mi linaje puede pasar todavía por ellas, sin dudarlo... ¡pero debe agacharse! Cuándo voy a regresar a mi patria, donde no tengo que agacharme... ¡Allí, donde ya no tengo que agacharme ante los pequeños!".

Entonces Zaratustra suspiró y miró a lo lejos y aquel mismo día pronunció su discurso sobre la virtud que hace empequeñecer.

Así dijo él: "Yo camino a través de este pueblo y mantengo mis ojos bien abiertos: no me perdonan que no envidie sus virtudes. Tratan de morderme porque les digo que para gentes pequeñas virtudes pequeñas son necesarias... ¡y porque me resulta duro que gentes pequeñas sean necesarias!

"Aún me parezco al gallo que cae en corral ajeno, al que picotean hasta las gallinas; pero no por esa razón me encolerizo con ellas, con las que, por el contrario, soy amable, como con toda molestia pequeña. Ser espinoso con lo pequeño es para mí una sabiduría propia de erizos.

"Ellos hablan de mí cuando por las noches se encuentran reunidos junto al fuego; hablan de mí, pero nadie se detiene a pensar en mí.

"Éste es el nuevo silencio que aprendí: su sonido en torno de mí extiende un manto sobre mi pensamiento.

"Hacen ruido entre ellos '¿Qué quiere de nosotros esta nube oscura? ¡Cuidemos de que no traiga consigo la peste!'.

"Hace poco una mujer trajo con violencia hacia sí a su hijo, que quería venir a mí: '¡Llévense los niños!', ella gritó, y seguidamente dijo: 'esos ojos queman las almas de los niños'[54].

"Tosen cuando yo les dirijo la palabra y así, tosiendo, creen estar brindando una argumentación contra los vientos potentes, ¡nada ellos conocen de mi rugiente dicha!

"'Nosotros aún no tenemos tiempo para Zaratustra', dicen como un reparo; pero ¿qué le importa a Zaratustra un tiempo que 'no tiene tiempo' para dedicarlo a Zaratustra?

"Incluso cuando me alaban: ¿cómo podría dormirme sobre su alabanza? Un cinto de agudas espinas, eso es para mí su alabanza y me araña aún después de habérmelo quitado.

"También aprendí lo que sigue a fuerza de andar entre ellos: aquel que alaba se imagina que está devolviendo algo, ¡pero ciertamente aquello que desea es recibir más obsequios!

"¡Pregunten a mi pie si le gusta la manera de alabar y de atraer que poseen ellos! ciertamente bajo ese ritmo y ese tictac no le agrada a mi pie bailar ni estarse inmóvil.

"Hacia la virtud pequeña les gustaría atraerme, para después elogiármela; hacia el tictac de la dicha pequeña les gustaría llevar a mi pie.

"Atravieso este pueblo con los ojos abiertos: se han vuelto más pequeños y se volverán todavía cada vez más diminutos; esto es debido a su doctrina respecto de la dicha y la virtud.

---

54 Alusión al Evangelio de San Mateo, 19, 13, cuando las madres presentan sus hijos a Jesucristo a fin de que les imponga las manos; en el texto de Nietzsche, por el contrario, ellas apartan de Zaratustra a los niños porque creen que éste puede hacerles daño.

"Ciertamente, asimismo tratándose de la virtud son modestos, porque ansían la comodidad. Mas con la comodidad no se llega a otra cosa que a una virtud modesta.

"Indudablemente ellos aprenden también, a su modo, a caminar y andar hacia adelante: a esto lo llamo yo su renguear. Con ello se vuelven obstáculos para todo aquel que tiene prisa. Algunos de ellos van hacia adelante y, al hacerlo, miran hacia atrás, con el cuello rígido y a ellos yo gusto de atropellarlos. Los pies y los ojos no deben mentirse ni desmentirse los unos a los otros. Pero hay excesiva mentira entre las gentes que son pequeñas. Algunos de ellos requieren, pero en su mayor parte ellos únicamente son requeridos. Algunos son auténticos, pero la mayoría de ellos son muy malos comediantes.

"Hay entre ellos comediantes que son tales sin saberlo y comediantes que lo son sin quererlo; los auténticos son siempre raros, y particularmente los comediantes auténticos.

"Hay aquí escasos varones: por esa razón se vuelven masculinas sus mujeres. Solamente quien es suficientemente varón redimirá, en la mujer, a la mujer.

"La mayor hipocresía que encontré entre ellos fue que también los que mandan fingen tener las virtudes de aquellos que sirven.

"'Yo sirvo, tú sirves, nosotros servimos', dice aquí también la hipocresía de los que mandan ¡y cuidado cuando el primer amo es solamente el primer servidor!

"También en sus hipocresías se perdió la curiosidad de mis ojos y adiviné toda su felicidad de moscas y su zumbar alrededor de las soleadas ventanas.

"Tanta bondad observo, esa misma cantidad de debilidad veo. Cuanto de justicia y compasión observo, igual debilidad veo.

"Redondos, justos y bondadosos son los unos con los otros, así como son redondos, justos y bondadosos los granos de arena respecto de los otros granos de arena.

"Abrazar con modestia una diminuta felicidad: ¡a eso llaman ellos 'resignación'!

"Y, al hacerlo, ya modestamente miran con ojos bizcos hacia una nueva y pequeña felicidad.

"En definitiva, lo que más quieren es simplemente una cosa y ella es que nadie les haga daño. Así son amables con todo el mundo y le hacen bien.

"Pero esto es cobardía, aunque se la llame 'virtud'.

"Cuando raramente estas diminutas gentes hablan ásperamente, yo escucho solamente su ronquera... porque definitivamente cualquier corriente de aire las vuelve roncas.

"Son astutos, sus virtudes tienen siempre los dedos listos. Pero carecen de puños, sus dedos no saben cerrarse en un puño.

"Para ellos la virtud es aquello que convierte a alguien en modesto y manso; así convirtieron al lobo en perro, y al propio hombre en el mejor animal doméstico que pueda tener el hombre.

"'Nosotros colocamos nuestra silla en el medio —me dicen sus sonrisas complacidas— y a la misma distancia de los gladiadores agonizantes que de las cerdas satisfechas'.

"Esto es mediocridad, aunque se lo llame moderación.

"Yo camino a través de este pueblo y expreso algunas palabras, pero ellos no saben cómo se debe tomar ni cómo se debe conservar.

"Se asombran de que no haya venido a censurar ni sus placeres ni sus vicios; ¡ciertamente no vine a poner en guardia contra los ladrones!

"Se asombran de que no esté predispuesto a acrecentar su astucia: ¡Tal como si no tuvieran ya un adecuando número de astutos, cuya voz rechina en mis oídos semejante a los pizarrones!

"Y cuando yo bramo, diciendo: 'Maldigan a todos los demonios asustados que hay en ustedes, a los que les gustaría gemir y juntar sus manos y adorar', entonces ellos dicen: '¡Zaratustra es ateo!'.

"Particularmente claman así quienes son sus maestros en la resignación y a éstos me gusta gritarles en los oídos: ¡Sí! ¡Yo soy Zaratustra, el ateo! ¡Estos maestros de la resignación! En todos los sitios donde hay algo que es pequeño y enfermo y tiñoso se encuentran ellos, igual que podemos encontrar piojos; y sólo mi aversión evita que los aplastaste.

"Éste es mi sermón para sus oídos: yo soy Zaratustra el ateo, el que dice '¿quién resulta ser más ateo que yo, para que pueda yo gozar de su enseñanza?'.

"Yo soy Zaratustra, el ateo: ¿dónde puedo dar con aquellos que son mis iguales? Mis iguales son todos aquellos que se brindan a sí mismos su propia voluntad y quitan de sí cualquier resignación.

"Yo soy Zaratustra, el ateo: cocino en mi olla cualquier azar. Y sólo cuando está allí completamente cocinado, le doy la bienvenida como alimento mío.

"Ciertamente más de un azar llegó hasta mí con aire de señor: pero más señorialmente todavía le habló mi voluntad —y entonces se puso de rodillas implorando, implorando para hallar en mí un refugio y un corazón que les fueran favorables, y diciendo como halago: '¡Mira, oh Zaratustra, cuán cierto es que solamente el amigo viene al amigo!'.

"Empero ¡para qué hablar si nadie posee mis oídos! Por eso quiero reclamar a los cuatro vientos: ¡Ustedes se vuelven cada vez más y más pequeños, personas pequeñas; ustedes se tornan migajas, cómodas gentes! ¡Ustedes se dirigen directamente a la ruina, por causa de sus tantas y tantas pequeñas virtudes, por sus tantas y tantas pequeñas omisiones, por sus tantas y tantas pequeñas resignaciones!

"Excesivamente condescendiente: ¡de tal índole es su terreno! ¡Para volverse grande, un árbol tiene que echar duras raíces alrededor de piedras duras!

"También lo que ustedes evitan teje en el tejido de todo el futuro de la humanidad; también la nada de ustedes es una telaraña y una araña que se alimenta de la sangre del porvenir. Cuando ustedes toman algo es como un hurto; ustedes, los pequeños virtuosos; pero inclusive entre pícaros dice el honor: 'Se debe hurtar solamente cuando no se puede robar'. 'Así se da': ésta es asimismo una doctrina de la resignación. Pero yo les digo a los cómodos: '¡se toma, y se tomará cada vez más y más de ustedes!'.

"¡Ojalá ni jaran todo que quiere a medias y se volvieran decididos, tanto en lo referente a la pereza como a la acción!

"¡Ojalá entendieran mi decir: '¡Hagan siempre lo que quieran, pero sean primeramente parte de ésos, los que pueden querer!'. '¡Amen siempre a sus semejantes, de modo igual que a ustedes, pero sean primeramente parte de aquellos que a sí mismos se aman[55], aquellos que aman con un gran amor, que aman un gran desprecio!'. Así habla Zaratustra, el ateo.

"¡Para qué hablar si nadie tiene mis oídos! Aquí es todavía demasiado temprano para mí.

"Yo soy mi propio precursor en medio de esta gente, mi propio canto del gallo a través de tenebrosas callecitas.

"¡Pero la hora de ellos está llegando y llega también la que es mía! De hora en hora se tornan más pequeños, más pobres, más infértiles ¡pobre vegetación, pobre tierra! Pronto los veré como hierba seca y rastrojo; ciertamente fatigados de ellos mismos... ¡sedientos más que de agua, sedientos de fuego! ¡Hora bendita la del rayo! ¡Oh, misterio anterior al mediodía! En fuegos que se extienden voy a transformarlos alguna vez, y a volverlos mensajeros con lenguas de fuego[56].

"Ellos deben anunciar algún día, con lenguas de fuego: '¡Llega, está próximo el gran mediodía!' ".

Así habló Zaratustra.

---

55 Alusión al Evangelio según San Mateo, 22, 39, cuando dice: "Amarás a tu semejante como te amas a ti mismo".

56 Alusión a Isaías, 5, 24: "Por ello, así como el fuego devora el rastrojo y la hierba que está seca en llamas cae envuelta...".

En el monte de los olivos[57]

"El invierno, que es tan mal huésped, se ha aposentado en mi casa; mis dedos se tornaron azulados debido al apretón de manos de su amistad.

"Yo honro a este pésimo huésped, pero me gusta dejarlo a solas. Me gusta alejarme de él; ¡y si se corre bien, se consigue huir de él!

"Con los pies calientes y los pensamientos calientes corro hacia donde el viento está en calma, el rincón asoleado de mi monte de olivos.

"Allí me río de la severidad de mi huésped, y hasta le agradezco que eche de mi casa las moscas y haga callar muchos pequeños sonidos.

"Él no soporta, ciertamente, que un solo mosquito comience su canción, y mucho menos que eso lo hagan dos; inclusive a la callecita la torna tan solitaria que la luna tiene pavura de entrar en ella de noche.

"Es un huésped muy duro pero yo lo honro, y no rezo, como los delicados, al panzón ídolo del fuego. ¡Prefiero yo chocar un poco diente con diente antes que adorar ídolos! Así lo manda mi manera de ser. Y soy particularmente hostil a todos los ardientes y mohosos ídolos del fuego.

"A quien yo amo, lo amo mejor durante el invierno que en el curso del verano y ahora me burlo de mis enemigos, y lo hago con mayor cordialidad desde que el invierno se ha presentado en mi casa.

"Cordialmente —es cierto— hasta cuando me arrastro hasta la cama. Ya en ella se sigue riendo y fanfarronea mi encogida dicha. Hasta mis sueños mentirosos ríen.

"¿Yo, uno de ésos que se arrastran? Jamás me arrastré en toda mi vida ante los poderosos y si mentí alguna vez, lo hice

---

57 Alusión al Evangelio según San Mateo, 26,30, referencia al sitio donde Jesucristo vivió la víspera de su Pasión.

exclusivamente por amor. Por eso es que estoy contento inclusive en la cama invernal.

"Una cama sencilla me brinda más y algo que una cama lujosa, porque estoy celoso de mi pobreza y es en invierno cuando ella me es más fiel.

"Con malignidad empiezo cada día; con un baño frío me río del invierno y eso hace que gruña mi severo amigo de la casa. Asimismo me agrada hacerle cosquillas con una pequeña vela de cera, para que así permita finalmente que el cielo salga de un ocaso ceniciento. Particularmente maligno yo soy, en verdad, durante la mañana; a temprana hora, cuando el balde rechina en el pozo y los caballos relinchan por las callecitas grises, espero con impaciencia que termine de elevarse el cielo luminoso, el cielo de invierno con barbas de nieve, el viejo de cabeza blanca; ¡el firmamento de invierno, callado, que muy seguidamente guarda en secreto inclusive su sol!

"¿Acaso de él aprendí el callar extenso y lleno de luz? ¿O lo aprendió él de mí? ¿Acaso cada uno de nosotros lo ha inventado por sí mismo?

"El origen de todas las cosas buenas tiene mil formas diversas y todas las cosas buenas y petulantes saltan de placer a la existencia. ¡Cómo iban a hacerlo apenas una sola vez!

"Una cosa buena y petulante es también el silencio extenso y el mirar, del mismo modo que el cielo invernal, desde un rostro luminoso y de ojos redondos: como él, guardar secretamente el propio sol y la propia indomable voluntad del sol: ¡ciertamente, ese arte y esa petulancia de invierno los he aprendido muy bien!

"La malignidad y el arte que me son más queridos están en que mi silencio haya aprendido a no delatarse a causa de callar.

"Haciendo ruido con palabras y dados, logro embaucar a mis solemnes guardias: a todos esos severos espiones deben pasárseles por alto mi voluntad y mi meta. Para que nadie hunda su mirada en mi hondura y en mi voluntad última: para ello me inventé un extenso y luminoso callar.

"Así encontré a más de una persona que era inteligente; se cubría el rostro con velos y manchaba su agua para que nadie pudiera verla a través de esos velos ni mirar por debajo del agua. Ciertamente a él se acercaban hombres desconfiados y cascanueces todavía más inteligentes: ¡particularmente a él le pescaban su pez más oculto!

"Pero los luminosos, los corajudos, los que son transparentes, ésos son a mi criterio los más inteligentes de todos aquellos que se callan; su fondo es tan hondo que ni siquiera el agua más clara logra traicionarlo.

"¡Silencioso cielo invernal, el de barbas de nieve, tu cabeza blanca de redondos ojos y que está por encima de mí! ¡Tú, símbolo celestial de mi alma y su petulancia!

"¿No tengo yo que ocultarme, como alguien que se ha tragado oro, para que no me abran el alma con un cuchillo?

"¿No tengo yo que usar zancos, para que no vean la largura de mis piernas, todos esos envidiosos y apenados que me rodean?

"Esas almas ahumadas, caldeadas, carcomidas, verdosas, amargas... ¡cómo podrían, envidiosas, aguantar mi dicha!

"Por esa razón les enseño solamente el hielo y el invierno sobre mis cimas... ¡y no que mi montaña se aprieta todos los cinturones del sol!

"Ellos oyen solamente el silbido de mis borrascas de invierno y no que yo navego asimismo por mares cálidos, como navegan los deseosos, los graves, los calientes vientos del sur. Ellos continúan sintiendo piedad de mis reveses y mis lances azarosos, pero mi palabra dice: "¡Dejen venir hacia mí el azar, que es inocente como un niño pequeño!"[58].

"¡De qué modo podrían ellos soportar mi dicha si yo no pusiera alrededor de ella traspiés y miserias invernales, y gorras de piel de oso blanco, y velos de cielo nival!; ¡si yo

---

58 Alusión al Evangelio según San Mateo, 19, 14: "Dejen que los niños vengan a mí".

no sintiera lástima inclusive de su compasión, de la compasión de esos envidiosos y entristecidos! ¡Si yo mismo no suspirara y temblara de frío siente a ellos, y no me dejara cubrir pacientemente por su misericordia! Ésta es la sapiente petulancia y la sapiente benevolencia de mi alma: no esconde su invierno ni sus frías borrascas, así como tampoco esconde sus sabañones.

"La soledad de uno es la huida característica del enfermo; la soledad de otro, la huida de los que están enfermos.

"¡Que me escuchen crujir y llorar por el frío invernal, todos esos míseros y bizcos pícaros que así me rodean! Con unos suspiros y crujidos es que huyo hasta de sus habitaciones bien calentadas. Que ellos me compadezcan y lloren conmigo debido a mis sabañones: "¡En el hielo del conocimiento él nos helará también a nosotros!", de tal manera ellos se lamentan, mientras yo corro con los pies calientes de un sitio al otro en mi monte de los olivos; en el rincón asoleado de mi monte de olivos yo canto y me burlo de cualquier compasión".

Así cantó Zaratustra.

Del pasar de largo

Así, atravesando despacio muchos pueblos y numerosas ciudades retornaba Zaratustra, haciendo largos rodeos, hacia sus montañas y su cueva. También llegó, sin darse cuenta, a la puerta de la gran ciudad, donde un imbécil cubierto de espuma se abalanzó sobre él con las manos extendidas y le impidió el paso. Aquel era el mismo imbécil al que el pueblo llamaba "el mono de Zaratustra", porque había copiado algo de la forma y el tono de sus decires y le gustaba también tomar prestadas diversas partes del tesoro de su saber. Y el imbécil dijo así a Zaratustra: "Oh, Zaratustra, aquí se encuentra la gran ciudad: aquí no tienes nada que buscar y tienes todo que perder.

"¿Por qué ibas a cruzar este barro? ¡Ten compasión de tu piel! Es preferible que escupas a la puerta de la ciudad ¡y te marches de aquí![59].

"Aquí se encuentra el infierno para los pensamientos de los ermitaños: aquí a los grandes pensamientos se los cocina vivos y se los reduce a una pasta. Aquí se pudren los grandes sentimientos: ¡aquí exclusivamente a los minúsculos sentimientos muy delgados, a ésos se les permite crujir! ¿No hueles ya el hedor de los mataderos y de los cafetines del espíritu? ¿No emana esta ciudad el miasma del espíritu muerto en el matadero? ¿No ves colgar las almas como restos revueltos y sucios? ¡Hasta se hacen periódicos con esos restos!

"¿No escuchas cómo en este lugar el espíritu se ha vuelto un juego de palabras? ¡Un inmundo enjuague de palabras vomita aquí el espíritu... y hacen hasta periódicos con ese enjuague de palabras!

"Se provocan los unos a los otros, y no saben para qué. Se hostilizan los unos a los otros, y no saben para qué. Hacen ruido con su lata, con su oro. Son fríos y buscan el calor en el aguardiente; tienen calor y buscan el frescor en los espíritus congelados; todos ellos están enfermos y calenturientos de tantas opiniones públicas.

"Todos los placeres y los vicios tienen aquí su hogar, pero también hay virtuosos en este lugar, hay una abundante virtud, obsequiosa y que cobra un salario: Mucha virtud obsequiosa, con manos de notario y un trasero endurecido a fuerza de esperar, bendecida con minúsculas estrellas para el pecho y con hijitas rellenas de paja y que no tienen trasero. Asimismo hay aquí mucha piedad, y mucho crédulo servi-

---

59   Alusión al Evangelio según San Mateo, 10, 14: "Si alguno no quiere recibirlos o escucharlos, al salir de su vivienda o del pueblo sacudan el polvo de sus pies. Les aseguro que el Día del Juicio le será más fácil de llevar a Sodoma y Gomorra que a ese pueblo".

lismo, y mucho adulador que contemporiza interesadamente frente al dios de los ejércitos[60].

"'De arriba' es de donde gotean ciertamente la estrella y lo ocupida benigna; hacia arriba se eleva deseoso todo pecho sin estrellas.

"La luna posee su corte, y la corte sus idiotas: pero todo lo que proviene de la corte lo imploran el pueblo de mendigos y toda la obsequiosa virtuosidad de los pordioseros.

"'Yo sirvo, tú sirves, nosotros servimos' y así eleva sus plegarias al príncipe toda virtud obsequiosa: ¡para que la merecida estrella sea prendida finalmente al angosto pecho!

"Mas la luna sigue girando alrededor de todo aquello que es terrenal y de tal modo sigue girando asimismo el príncipe alrededor de lo que es más terrenal entre todo y eso es el oro de los comerciantes. El dios de los ejércitos no es el dios de los lingotes de oro; el príncipe propone ¡pero el comerciante es el que dispone!

"¡Por todo lo que en ti hay de luminoso, fuerte, y bueno, oh Zaratustra, escupe a esta ciudad de comerciantes y date ya la media vuelta!

"En este sitio toda la sangre corre flojamente, holgazana y espumosa por las venas: ¡escupe a la gran ciudad, que es el magno vertedero donde bulle reunida toda la inmundicia! Escupe a la ciudad de las almas aplastadas y de los pechos angostos, la de los ojos afilados, la de los dedos pegajosos; la ciudad de los inoportunos, los sinvergüenzas, los escritorzuelos y los gritones, de los ambiciosos sobrerrecalentados; aquí donde todo lo que está putrefacto, careciente de todo posible crédito, es lúbrico, sombrío, está ulcerado, en común conjura supura reunido. ¡Escupe a la gran ciudad y date ya la media vuelta!".

Entonces Zaratustra interrumpió al imbécil cubierto de espuma y le tapó la boca.

---

60   Alusión al Salmo 103, 21: "Bendigan al Señor, ejércitos que son los suyos y que cumplen sus órdenes".

"¡Termina ya con eso, de una buena vez!", le gritó Zaratustra, "¡hace ya mucho que tus palabras y tus modales me generan náuseas! ¿Por qué viviste durante tanto tiempo en el pantano, hasta que tú mismo tuviste que transformarte en rana y sapo? ¿No corre también por tus venas una perezosa y espumosa sangre de pantano, de manera que asimismo aprendiste a croar y a blasfemar de tal modo? ¿Por qué no te fuiste al bosque? ¿O araste la tierra? ¿No está acaso el mar repleto de islas verdes? Yo desprecio tu desprecio y dado que me advertiste a mí, ¿por qué no te advertiste a ti mismo? Sólo del amor deben salir volando mi desprecio y mi pájaro castigador: ¡pero no del pantano! Te llaman mi mono, imbécil cubierto de espuma, pero yo te llamo mi cerdo gruñón, pues con tu gruñido estropeas hasta mi elogio de la imbecilidad.

"¿Qué fue, pues, lo que te empujó a gruñir?: Que nadie te aduló lo suficiente es la razón y por ella te ubicaste junto a esta porquería, para de tal modo tener motivos para gruñir enormemente, ¡para tener un motivo para vengarte mucho! ¡Venganza, ciertamente, idiota vanidoso, es todo ése tu echar espuma, yo lo adiviné muy bien! ¡Pero tu palabra de tonto me daña incluso allí donde tú tienes la razón! Inclusive si la palabra de Zaratustra tuviera cien veces la razón... ¡con mi palabra tú siempre alzarías la sinrazón!".

Así habló Zaratustra; y contempló la gran ciudad; suspiró y calló durante mucho tiempo. Finalmente, dijo: "Me produce náuseas también esta gran ciudad, no solamente este imbécil. Ni en él ni en la ciudad hay nada que se pueda mejorar, tampoco nada que se pueda empeorar. ¡Ay de esta gran ciudad![61]. ¡Yo quisiera ver alumbrando ya la columna de fuego que va a destruirla! Esas columnas de fuego deben anteceder

---

61   Referencia al Apocalipsis, 18, 16: "¡Ay de la gran ciudad!".

al gran mediodía[62]. Pero éste posee su propio tiempo y su propio destino. Esta enseñanza te doy a ti, imbécil, a modo de despedida: donde no se puede continuar amando, se debe seguir de largo".

Así habló Zaratustra y siguió de largo frente al imbécil y la gran ciudad.

De los apóstatas

"¿Ya está marchito y gris todo lo que hace tan poco estaba todavía verde y llenaba de colores esta pradera? ¡Qué cantidad de miel de esperanza extraje de allí para llevarla hasta mis colmenas!

"Estos juveniles corazones ya se han tornado en viejos... ni siquiera viejos, solamente fatigados, vulgares y cómodos; dicen 'volvimos a ser piadosos'.

"Hace apenas un instante los veía yo salir temprano con pies intrépidos, mas sus pies de conocimiento se han cansado, ¡y ahora injurian hasta a su coraje matinal!

"Ciertamente algunos de ellos levantaron en otra época, ya pasada, las piernas como bailarines y a ellos les hizo señas la risa que está presente en mi sabiduría: entonces comenzaron a meditar y acabo de verlos encorvados y arrastrándose hacia la cruz.

"Alrededor de la luz y la libertad revoloteaban otrora como mosquitos y jóvenes poetas. Ahora están algo más viejos y más fríos; ya son hombres oscuros, y quejosos.

"¿Se acobardaron tal vez sus corazones porque la soledad, como una ballena, me tragó?[63]. ¿Quizá sus oídos, deseantes,

---

62 Alusión a Éxodo, 13, 21: "Delante de ellos marchaba Jehová en una columna de nubes durante el día, para guiarlos; en una columna de fuego iba de noche, para alumbrarlos".

63 Alusión al conocido episodio bíblico de Jonás y la ballena: ver Jonás 2,1.

estuvieron aguardando por mí en vano, durante largo tiempo, a mí y a mis llamados de trompeta y mis alaridos de heraldo?

"Son escasos, invariablemente, aquellos cuyos corazones tienen un persistente coraje y una prolongada arrogancia y en ellos el espíritu no deja de ser paciente. Mas los demás son cobardes: son siempre los más abundantes, triviales, sobran, son demasiados... ¡son todos ellos unos cobardes!

"A quien es de mi linaje le saldrán también al encuentro las experiencias de mi linaje: de manera que sus compañeros iniciales tienen que ser cadáveres y bufones.

"Pero sus segundos compañeros se llamarán sus creyentes y serán un enjambre animado, mucho amor, mucha bobería, abundante veneración imberbe.

"¡A estos creyentes no debe atar su corazón aquel que sea de mi linaje; en estas primaveras y en estas abigarradas praderas no debe creer aquel que conoce a la huidiza y asustadiza especie humana!

"Si pudieran de otra manera, querrían también de otra manera. La gente de medias tintas corrompe a todo el conjunto. Que las hojas se marchiten... ¡para qué hay que lamentarse de ello!

"¡Déjalas irse y caer, Zaratustra, y no te lamentes por ello! Es mejor que soples entre ellas con rápidos vientos veloces, que soples entre las hojas, Zaratustra, para que todo lo marchito se aleje de ti todavía más rápidamente.

"'Volvimos a ser piadosos', confiesan estos apóstatas, y algunos de ellos son inclusive excesivamente cobardes como para confesarlo. A ellos los miro a los ojos, a éstos les digo a la cara y frente al rubor de sus mejillas: ¡ustedes son los que tornan a rezar!

"¡Mas rezar constituye una vergüenza! No para todos, pero sí para ti y para mí y para aquel que tiene su conciencia también en el cráneo. ¡Para ti constituye una vergüenza rezar!

"Lo sabes muy bien: el diablo cobarde que hay dentro de ti, a quien le gustaría juntar las manos, cruzar los brazos y sentirse más cómodo, ese demonio cobarde te dice: '¡Dios existe!'.

"Pero así formas parte de la oscurantista variedad de aquellos a quienes la luz no les da jamás reposo; ¡ahora debes esconder cada día más profundamente tu tumba en la noche y en la niebla!

"Ciertamente tú elegiste bien la hora más adecuada, porque en este instante salen a volar nuevamente las aves de la noche. Llegó la hora de todo pueblo que sea enemigo de la luz; llegó la hora vespertina y de fiesta en que no 'se hace una fiesta'.

"Lo oigo y también yo lo huelo: llegó la hora de su cacería y su procesión: no, definitivamente, la hora de una cacería salvaje, sino de una cacería mansa, tullida y propia de personas que andan y rezan sin hacer ruido, de una cacería para cazar personas mojigatas y que tengan abundante el alma: ¡todas las trampas para corazones están listas de nuevo! Y si muevo yo una cortina, enseguida sale fuera de ella una mariposilla nocturna.

"¿Es que tal vez estaba agazapada allí, en compañía de otra mariposilla nocturna? Porque por todos lados percibo el olor de pequeñas comunidades agazapadas y donde existen pequeños conventos hay nuevos rezadores y miasma de rezadores.

"Durante noches prolongadas se sientan unos junto a otros y así dicen: '¡Hagámonos nuevamente como niños pequeños[64] y digamos 'Dios mío'!' —con la cabeza y el vientre arruinados por los píos confiteros. O contemplan durante prolongadas noches una astuta y acechante araña con la cruz[65], que predica también con astucia a las arañas y enseña de este modo: '¡Bajo las cruces es bueno tejer la tela!'.

---

64   Referencia al Evangelio según San Mateo, 18, 3: "Si no hacen como los niños no ingresarán en el Reino de los Cielos".

65   Nietzsche se refiere a la araña de jardín europea *(Araneus diadematus)*, caracterizada por un dibujo sobre su abdomen semejante a una cruz. Su nombre en alemán es *Kreuzspinne* y el autor lo utiliza para referirse irónicamente a los sacerdotes.

"O se sientan durante la jornada, con cañas de pescar, junto a los pantanos sin vida, y así se suponen profundos; ¡pero a quien se sienta a pescar allí donde no hay peces, yo ni siquiera lo llamo superficial! O aprenden a tocar el arpa, con pía alegría, de un cantor de coplas que con mucho gusto emplearía su arte para encantar a las jovencitas, pues se ha hartado ya de las alabanzas de las viejitas. O aprenden a estremecerse de espanto con un casi demente docto, que espera en tenebrosas habitaciones a que los espíritus aparezcan... ¡mientras que el espíritu huye de allí por completo![66]. O escuchan atentamente a un gruñón y viejo músico, que ronronea y apenas es un vagabundo que aprendió de los vientos más tenebrosos el tono sombrío de sus sonidos; uno que ahora silba como lo hace el viento y predica la tribulación con aires atribulados.

"Algunos de ellos se han convertido inclusive en vigiladores nocturnos y aprendieron a soplar cuernos y rondar por la noche y revelar antiguos asuntos, hace muchísimo tiempo adormecidos.

"Cinco frases sobre cosas antiguas oí yo ayer, durante la noche, junto a la pared del jardín y que provienen de esos viejos, atribulados y resecos secos vigiladores nocturnos:

—Para ser un padre, no se preocupa lo suficiente de sus hijos: ¡los padres-hombres lo hacen mejor!

—¡Es demasiado viejo! Ya no se preocupa para nada de sus hijos— respondió el otro vigilador nocturno.

—Pero ¿es que tiene hijos? ¡Nadie puede demostrarlo si él mismo no lo demuestra! Hace ya mucho tiempo que yo quisiera que lo demostrase de una vez por todas y de verdad.

—¿Demostrar? ¡Como si él hubiera demostrado alguna vez alguna cosa! Demostrar algo le resulta muy difícil; él le da mucha importancia a que se le crea.

---

66 Alusión sarcástica al espiritismo, que hacía furor en el Viejo Mundo cuando Nietzsche redactaba estos textos.

—¡Sí! ¡Sí! La fe lo hace venturoso, la fe en él. ¡Ese es el modo de ser de los viejos! ¡Así nos va también a nosotros!

"De tal manera hablaron entre sí los dos viejos vigiladores nocturnos y los dos temerosos de la luz, y después se dedicaron, abrumados, a soplar sus cuernos: esto sucedió ayer por la noche, junto a la pared del jardín.

"A mí se me retorcía de risa el corazón, y quería estallar; no sabía hacia dónde, y así fue que se hundió en el diafragma.

"En verdad, ésta va a ser algún día la causa segura de mi muerte: asfixiarme de risa al ver burros ebrios y oír a los vigiladores nocturnos mientras dudan de Dios.

"¿No fue hace ya mucho que pasó el tiempo para dudas como éstas? ¡...A quién le está permitido seguir revelando cosas tan antiguas y adormecidas como éstas, que sienten miedo de la luz!

"Los antiguos dioses hace ya mucho que desaparecieron... ¡y ciertamente ellos tuvieron un buen y alegre final divino!

"No encontraron la muerte en un 'ocaso'[67] ¡ésa es la patraña que se dice! ¡Más bien fallecieron riéndose!

"Esto sucedió cuando la más atea de las frases fue dicha por un dios: '¡Existe un solo dios! ¡No tendrás otros dioses junto a mí!'[68]. Un antiguo dios, huraño y celoso se excedió de esta manera, y todos los dioses se rieron en aquel momento, agitándose en sus sillas y gritaron: '¿No estriba la divinidad, justamente, en que existan dioses pero no un dios?'. Aquel que pueda oír, que oiga".

---

67   El autor hace una irónica referencia a la obra de Wilhelm Richard Wagner titulada *Götterdämmerung (El Ocaso de los Dioses)*, la cuarta y última de las óperas que conforman el ciclo *Der Ring des Nibelungen (El Anillo de los Nibelungos)*.

68   Referencia a lo expresado por Jehová en Éxodo, 20, 3-4: "Otro Dios no tendrás más que yo. No harás para ti escultura ni imagen que represente lo que hay en los cielos, ni lo que hay debajo de la tierra ni de lo que hay en las aguas que están debajo de la tierra".

Así dijo Zaratustra en la ciudad que amaba y que se llama "La Vaca Multicolor".

Desde allí, efectivamente, necesitaba solamente marchar dos días más para volver a su cueva y sus animales; y su alma se regocijaba sin pausa por la cercanía de su vuelta al hogar.

El retorno a casa

«¡Oh, soledad! ¡Tú eres mi patria, soledad! ¡Viví demasiado tiempo de una manera salvaje en países salvajes y extraños, como para no volver a ti llorando!

»Pero ahora debes amenazarme solamente con un dedo, como lo hacen las madres, ahora debes sonreírme como lo hacen las madres, ahora dime solamente: "¿Quién fue el que, hace tiempo, se alejó de mí como un viento poderoso?; aquel que al despedirse expresó: ¡excesivamente permanecí sentado junto a la soledad, allí desaprendí a callar! ¿Esto lo aprendiste ahora, quizá?

"Oh Zaratustra, yo lo sé todo: ¡también que estuviste más abandonado entre los muchos, tú que eras apenas uno solo, como jamás lo estuviste antes junto a mí!

"Una cosa es abandono, y otra cosa muy diferente es la soledad: ¡Esto lo aprendiste ahora! Y también que entre los hombres serás siempre considerado como un salvaje y un extraño; un salvaje y también un extraño inclusive cuando ellos te amen, ¡porque lo que ellos desean más que todo es que se los trate con indulgencia!

"Pero aquí, en ésta que es tu casa, aquí te encuentras en tu patria y en tu hogar; aquí puedes decirlo todo y expresar francamente y sin rodeos todas tus razones, nadie se avergüenza aquí de sentimientos ocultos e insistentes. Aquí todas las cosas acuden amables a escuchar tu discurso y te lisonjean, porque quieren montar sobre tu espalda. Sobre el conjunto de los símbolos cabalgas tú aquí hacia todas las verdades.

"Con franqueza y sinceramente aquí te es permitido hablarles a todas las cosas. ¡Ciertamente, tal como un elogio suena en sus oídos que alguien hable con todas las cosas directamente!

"Pero un asunto bien diferente es la condición de encontrarse abandonado. Porque... ¿lo sabes todavía, Zaratustra? Cuando otrora, estando tú en el bosque, tu pájaro lanzó un grito por encima de ti, y tú te encontrabas sin saber hacia dónde ir, sin experiencia, cercano a un cadáver, y dijiste: ¡que mis animales me sirvan como guías! Encontré más riesgos entre los hombres que entre los animales!'. ¡Aquello sí que era abandono!

"¿Y lo sabes todavía, Zaratustra? Cuando estabas sentado allá en tu isla, siendo una fontana de vino entre jarras vacías, dando y repartiendo, regalando y sirviéndoles a los sedientos, hasta que finalmente fuiste el único que allí se encontraba sediento entre los borrachos, y por las noches te lamentabas diciendo: '¿tomar no es algo más feliz que dar? ¿Y robar, una cosa más dichosa que devolver?'... ¡aquello sí que era abandono!

"¿Y lo sabes todavía, Zaratustra? Cuando llegó tu hora más silenciosa y te arrastró lejos de ti mismo, cuando ella te dijo con un murmullo maligno: '¡Habla y rómpete en pedazos!'; cuando ella volvió tan penosa tu espera y tu silencio, y desalentó tu humilde coraje: ¡aquello sí que era abandono!".

»¡Oh, soledad! ¡Tú, mi patria, soledad! ¡De qué manera tan venturosa y delicada me hablas! No nos hacemos preguntas el uno al otro, no nos recriminamos mutuamente, nosotros cruzamos, abiertos el uno para el otro, puertas que están ya abiertas.

»Porque en ti todo es abierto y resulta claro y también las horas corren aquí con pies más raudos. En la oscuridad, ciertamente, se torna pesado el tiempo que bajo la luz.

»Aquí se abren repentinamente para mí las palabras y los armarios de las palabras propias de todo ser: todo ser quiere volverse aquí palabra, todo porvenir quiere aquí aprender a hablar de mí. Pero allá, abajo, ¡allá resulta vano todo hablar!

Allá, olvidar y pasar de largo es la mayor sabiduría: ¡esto es lo que aprendí ahora!

»Aquel que quiera comprender todo entre los hombres, tendrá que atacarlo todo, pero yo tengo las manos demasiado limpias para eso. No me gusta respirar su aliento; ¡ay, que yo haya pasado tanto tiempo en medio de su ruido y su mal aliento! ¡Venturoso silencio a mi alrededor! ¡Puros aromas a mi alrededor! ¡Cómo estos silencios respiran un aire puro desde un pecho hondo! ¡Cómo escucha este venturoso silencio!

»Mas allá abajo todo habla y nada es escuchado, aunque alguien anuncie su sabiduría con el sonar de campanas: ¡los comerciantes del mercado ahogarán su sonido con centavos! Entre ellos todo habla y nadie conoce ya cómo entender. Todo cae al agua, pero nada cae ya en los pozos profundos.

»Todo habla entre ellos, nada se logra ya, ni llega a su final. Todo cacarea, pero: ¿quién hay todavía que desee sentarse callado en el nido y empollar huevos?

»Todo habla entre ellos, todo queda triturado a fuerza de palabras. Y lo que todavía ayer resultaba excesivamente arduo para el tiempo mismo y para su diente, hoy cuelga, carcomido y roído, de los hocicos de los hombres del presente.

»Todo habla entre ellos, todo resulta divulgado. Aquello que en otro tiempo se denominó misterio y secreto de almas hondas, hoy pertenece a los heraldos de los callejones y a otras mariposas.

»¡Ser del hombre, tan extraño ser! ¡Tú eres un ruido en callejones oscuros! Ahora vuelves a yacer debajo de mí: ¡mi mayor riesgo yace a mis espaldas! En ser indulgente y compasivo estuvo siempre mi mayor riesgo y todo hombre quiere que sean indulgentes con él y lo soporten. Reteniendo las verdades, garabateando asuntos con mano de tonto, con un corazón desquiciado y soltando numerosas mentiritas compasivas, así viví siempre entre los hombres.

»Me disfrazaba para sentarme entre ellos, dispuesto a conocerme mal a mí mismo para aguantarlos a ellos, y diciéndome con agrado: "¡tú, gran tonto, no conoces a los hombres!".

»Se desaprende a conocer a los hombres cuando se anda entre ellos: hay un exceso de primer plano en todos los hombres: ¡qué tienen que hacer entre ellos los ojos que ven lejos, que buscan lo remoto!

»Cuando ellos me conocían mal, yo, el gran tonto, los trataba por ello con más permisividad que a mí mismo: acostumbrado a la dureza conmigo y muy repetidamente vengando en mí mismo esa indulgencia.

»Mordido por moscas venenosas y excavado, como la piedra, por la malignidad de numerosas gotas, así me hallaba yo sentado entre ellos y me decía a mí mismo: "¡inocente de su propia pequeñez es todo aquello que es pequeño!".

»Particularmente ésos que se llaman "los buenos", yo encontré que eran las moscas más venenosas de todas: clavan su aguijón con la mayor inocencia, mienten con la máxima inocencia; ¡cómo serían capaces de ser justos conmigo!

»Quien vive entre los buenos aprende de la compasión a mentir. La compasión vicia el aire para todas las almas que son libres. La imbecilidad de los buenos es, ciertamente insondable.

»A ocultarme y ocultar mi riqueza, eso fue lo que aprendí allá abajo, porque a todos los hallé aún pobres de espíritu. Ése fue el embuste de mi compasión, ¡saber acerca de todos, ver y oler, en todos ellos, qué cantidad de espíritu les alcanzaba y qué cantidad de espíritu les resultaba excesiva!

»A sus tiesos sabios yo los llamaba sabios, no tiesos, y de ese modo aprendí a tragarme palabras. A sus sepultureros yo los llamaba investigadores... así como aprendí a cambiar unas palabras por otras.

»Los sepultureros se enferman a fuerza de cavar, pues bajo los viejos escombros se acumulan vapores dañinos. No se debe remover el barro. Se debe vivir en las montañas.

»¡Con venturosas narices vuelvo a respirar la libertad montañesa! ¡Mi nariz está salvada, finalmente, del hedor de todo lo que es humano!

A mi alma agudos vientos le hacen cosquillas, como si fueran vinos espumeantes, y mi alma estornuda y grita alegremente: "¡Me he sanado!"».

Así habló Zaratustra.

De los tres males

"En el sueño, en el último sueño de la mañana, hoy yo estaba sobre un risco, más allá del mundo, y allí sostenía una balanza y pesaba el mundo.

"¡Qué pronto llegó el amanecer y me despertó con su celoso ardor! Celoso como siempre de los ardores propios de mi sueño matinal.

"Quien tiene tiempo puede mensurarlo, un buen pesador pesarlo, las alas fuertes pueden volar por encima, los divinos cascanueces adivinarlo: así halló mi sueño el mundo.

"Mi sueño, un navegante intrépido, mitad buque, mitad tormenta, silencioso como las mariposas, impaciente como los halcones de cetrería: ¡cómo era que tenía hoy, empero, paciencia y tiempo para pesar el mundo!

"¿Era que me alentaba en secreto a hacerlo mi sabiduría, mi riente y despierta sabiduría diurna, que se burla de todos los 'mundos infinitos'? Porque ella afirma: 'donde hay fuerza, ahí también el número se transforma en dueño: porque tiene más fuerza'.

"Con qué seguridad mi sueño observaba este mundo finito, lo contemplaba no como un curioso, no como un indiscreto, no como uno que tiene miedo, no como un suplicante: como si una enorme manzana se le ofreciera a mi mano, una ya madura manzana de oro, de piel como terciopelo, fresca y suave, así se me ofrecía el mundo, como si un árbol me hiciera señales, un árbol de vasta copa, de poderosa voluntad, torcido como para ofrecer apoyo a aquel que está fatigado por el camino; de tal modo erguía el mundo sobre mi risco, tal como si agraciadas manos me tendiesen un cofre abierto, para el éxtasis de los ojos que son pudorosos y guardan reverencia. Así se me tendía hoy el mundo. No constituía un misterio suficiente para espantar de él el amor de los hombres, no constituye una solución suficiente como para adormecer la sabiduría de los hombres: ¡algo humanamente bueno era hoy para mí el mundo, al que tantas cosas malas le son atribuidas!

”¡Cuánto agradecí a mi sueño matinal que yo sopesara así hoy, mientras amanecía, el mundo! ¡Como algo humanamente bueno llegó hasta mí ese sueño y fue el consolador del corazón!

”Para proceder durante el día como él, y seguirlo e imitar lo mejor de él quiero yo ahora colocar sobre la balanza las tres cosas más malignas que existen y sopesarlas de un modo que sea humanamente bueno.

”Quien aprendió aquí a bendecir, asimismo aprendió a maldecir: ¿cuáles son, en el mundo, las tres cosas más malditas? Ésas son las que yo voy a poner sobre mi balanza.

”Voluptuosidad, anhelo de dominio, egoísmo: estas tres cosas han sido hasta este mismo momento las más maldecidas y contra ellas se han levantado las calumnias peores y las peores mentiras; a estas tres voy a pesarlas de un modo que resulte humanamente bueno.

”¡Adelante! Aquí está mi peñasco y allá el mar: éste se me acerca arrollándose peludo, adulón, antiguo y fiel monstruo canino, provisto de cien cabezas, el que yo amo.

”¡Adelante! Aquí quiero sostener la balanza sobre el enrollado mar y asimismo elijo un testigo para que te observe a ti, árbol solitario, de fuerte perfume, de ancha copa, árbol que yo amo!

”¿Por qué puente pasa el presente rumbo al futuro? ¿Cuál es la coacción que obliga a lo elevado a descender hasta lo bajo? ¿Qué es lo que domina también a lo más alto, ordenándole que siga subiendo?

”Ahora la balanza se encuentra equilibrada y está quieta y tres complejas preguntas arrojé sobre ella; tres difíciles respuestas hay en el otro platillo de mi balanza.

"Voluptuosidad: para todos los que desprecian el cuerpo y van vestidos con cilicios, es ella su aguijón y su estaca; entre todos los trasmundanos, algo maldecido como 'mundo': pues ella se mofa de todos los que son expertos de la confusión y del error.

"Voluptuosidad: para la muchedumbre, es el fuego lento en que se quema; para toda la madera apolillada, para todos los restos pestilentes, el preparado horno ardiente y repleto de llamas.

"Voluptuosidad: para los corazones libres ella es algo inocente y libre, la felicidad del jardín terreno, el desborde de gratitud de todo lo porvenir hasta ahora.

"Voluptuosidad: solamente para el que está marchito es un veneno de sabor dulzón, para los de voluntad de león, en vez, es el gran estimulante del corazón y el vino de los vinos respetuosamente tratado.

"Voluptuosidad: la felicidad que sirve como símbolo para toda dicha más alta y la suprema esperanza. A muchas cosas, ciertamente, les está prometido el matrimonio y más que el matrimonio. Muchas cosas que resultan, entre sí, más extrañas que el hombre y la mujer ¡y quién ha comprendido plenamente cuán extraños resultan ser, entre sí, el hombre y la mujer!

"Voluptuosidad: pero basta, deseo tener muros en torno de mis pensamientos, así como de mis palabras: ¡para que no penetren en mis jardines los cerdos y los energúmenos!

"Ambición de dominar: el látigo de fuego para aquellos que son los más duros entre los que son duros de corazón; el horrendo martirio reservado para el más cruel, la sombría llama de hogueras encendidas.

"Ambición de dominar: el malvado obstáculo colocado a los pueblos más arrogantes; algo que se mofa de cualquier virtud que sea incierta; algo que va montado sobre todos los caballos y todos los orgullos.

"Ambición de dominar: el terremoto que rompe y destruye todo lo podrido y carcomido; aquello que, avanzando como una avalancha sonora y punitiva, destroza los sepulcros blanqueados[69]; la pregunta demoledora colocada junto a respuestas inmaduras.

"Ambición de dominar: frente a su mirada el hombre se arrastra y se abate y se torna un siervo y desciende aún más bajo que la víbora y el cerdo, hasta que al fin el mayor desprecio aúlla en su boca.

"Ambición de dominar: la tremenda maestra del mayor desprecio, que predica ante los rostros de las ciudades y los imperios '¡tú, vete!', hasta que de ellos surge este grito '¡fuera yo!'.

"Ambición de dominar: la que empero asimismo asciende, con sus atracciones, hasta aquellos que son puros y solitarios y hasta las alturas que se bastan a sí mismas, ardiente como aquel amor que pinta, seductor, purpúreas venturas en el cielo terrestre.

"Ambición de dominar: ¡quién llamaría ambición a que lo alto se rebaje hasta desear el poder! ¡Ciertamente, nada hay de malsano ni de codicioso en deseos y descensos como ésos!

"Que la solitaria altura no quiera seguir estando solitaria y autosuficiente por toda la eternidad; que la montaña baje hasta el valle y los vientos elevados bajen hasta las hondonadas: ¡Quién pudiera hallar el nombre adecuado de una virtud, para nombrar este deseo!

"'Virtud que hace obsequios', tal el nombre que en otra época le dio Zaratustra a lo que no puede ser nombrado. Y entonces sucedió también, ciertamente por primera vez, que su palabra nombró bienaventurado al egoísmo, al saludable egoísmo, el egoísmo que es sano y brota de un alma potente, la que corresponde a un cuerpo elevado, un cuerpo hermoso, vencedor, reconfortante, alrededor del cual toda otra cosa se

---

69 Referencia al Evangelio según San Mateo, 232, 27, cuando dice: "Ay de ustedes, escribas y fariseos hipócritas, que semejan sepulcros blanqueados; por fuera guardan buen aspecto, mas por dentro están repletos de huesos muertos y podredumbre. Igualmente ustedes por fuera parecen honestos y por dentro están repletos de hipocresía y crímenes".

convierte en un espejo; un cuerpo flexible, convencedor, el bailarín, del cual es símbolo y resumen el alma que goza de sí misma. El goce de esos cuerpos y esas almas en sí mismos se brinda a sí mismo este solo nombre: 'virtud'.

"Con sus palabras 'bueno' y 'malo' se guarda ese egoísmo como con selvas sagradas; con los nombres de su dicha arranca de sí todo lo que es despreciable.

"Lejos de sí arranca el egoísmo todo lo que es cobarde. Dice: 'lo malo... ¡es cobarde!'. El hombre que está siempre preocupado, gimiendo, quejándose, y quien levanta del suelo hasta las más mínimas ventajas, le resultan despreciables.

"Desprecia asimismo toda sabiduría lagrimeante, porque ciertamente existe también una sabiduría que da flor en lo oscuro, una sabiduría de las tinieblas de la noche, la que suspira siempre: '¡Todo es vanidad!'.

"Desdeña la asustada desconfianza y a todo aquel que requiere juramentos en vez de miradas y manos y también desprecia toda sabiduría excesivamente desconfiada, porque es característica de las almas cobardes. Pero todavía desprecia más al que se apura a complacer a otros, al que es perruno, al que en seguida se pone panza arriba, al humilde; y existe también una sabiduría que es humilde y perruna y piadosa y que se apura a complacer.

"Odioso es para el egoísmo, y le resulta a éste nauseabundo, aquel que no quiere defenderse, aquel que se traga escupidas venenosas y miradas malignas, aquel excesivamente paciente, que todo lo soporta y con cualquier cosa se conforma: éste es, ciertamente, el linaje servil.

"Sobre aquel que es servil ante los dioses y las patadas divinas, o ante los hombres y las idiotas opiniones humanas: ¡sobre todo ese linaje servil él escupe, el venturoso egoísmo!

"Malo: así denomina él a todo lo que dobla las rodillas y es servil y avariento, a los ojos que parpadean sin libertad, los corazones oprimidos, y también a esa falsa progenie indulgente, la que besa con labios amplios y cobardes.

"Y cuasisabiduría: así denomina él a las fanfarronadas de ingenio de los serviles y los ancianos y los fatigados; ¡particularmente, a la perversa, perverti del sentido, excesivamente ingeniosa tonterías de los sacerdotes!

"Mas la cuasisabiduría, así como los sacerdotes, y los fatigados del mundo, y aquellos cuyas almas son del linaje de las mujeres y los siervos... ¡cuantas malas jugadas le han hecho, desde siempre, al egoísmo!

"¡Fundamentalmente debería ser virtud y llamarse virtud esto, que se le hagan malas jugadas al egoísmo! ¡'No egoístas', así deseaban ser ellos, con buenas razones, todos estos cobardes, estas arañas cruceras, estos fatigados del mundo!

"Pero para todos ellos arriba ahora el día, el cambio, la espada del juicio, el gran mediodía: ¡entonces se pondrán en evidencia muchas cosas!

"Quien denomina sano y santo al yo, y venturoso al egoísmo, ciertamente ése dice asimismo aquello que sabe, es un profeta: '¡He aquí que ya llega, que está cercano el gran mediodía!'".

Así habló Zaratustra.

Del espíritu de la pesadez

"Mi boca es la del pueblo; yo hablo de un modo excesivamente grosero y directo para los conejos sedosos. Todavía más rara les resulta mi palabra a los calamares y plumíferos escritorzuelos[70]. Mi mano es la mano de un tonto: ¡ay de las mesas y las paredes y de todo lo que le brinde espacio a las galas de un tonto, a los borrones de un tonto!

---

70 El autor juega con los sentidos y sonidos y relaciona a los calamares (productores de tinta) en alemán Tinten-Fische (literalmente: "peces de tinta"), lo que evoca también el término vulgar en castellano de "cagatintas", con los escritores de baja estofa (en alemán: *Federfuchser*).

"Mi pie es un pie de caballo; con él pataleo y troto a campo abierto de aquí para allá, y todo rápido galopar me genera un placer de los mil demonios.

"¿Es acaso mi estómago el de un águila? Porque lo que más le agrada es la carne de cordero. Con toda seguridad es el estómago de un pájaro rapaz. Un ser que se nutre de cosas inocentes, y siempre está dispuesto a volar, impaciente por hacerlo, por irse volando, ésa es mi manera de ser: ¡cómo no iba a haber en mi estómago algo de la manera de ser que tienen los pájaros!

"Particularmente, que yo sea enemigo del espíritu de pesadez, es algo característico de los pájaros: ¡ciertamente soy de ese espíritu un enemigo mortal, el antagonista por excelencia, el primer enemigo! ¡Adónde no voló ya y se extravió en vuelo mi enemistad!

"Sobre este tema podría yo entonar una canción y quiero cantarla aunque esté solo en la casa vacía y deba cantar para mis propios oídos.

"Otros cantores existen, por cierto, a los que solamente la casa llena les pone suave la garganta, decidora la mano, expresivos los ojos, despierto el corazón, pero yo no me parezco a ellos.

"Quien algún día le enseñe a los hombres a volar, habrá cambiado de sitio todos los límites; para él los propios límites volarán por los aires y él bautizará nuevamente a la tierra, llamándola 'La que es ligera'.

"El avestruz corre más veloz que el más veloz caballo, pero también oculta pesadamente la cabeza en la tierra pesada; así hace también el hombre que todavía no puede volar.

"Pesadas la tierra y la vida resultan para él; ¡de ese modo lo desea el espíritu de la pesadez! Pero aquel que desee volverse ligero y convertirse en pájaro debe amarse a sí mismo: tal es la enseñanza que yo imparto.

"No, definitivamente, con el amor de los enfermos y los afiebrados: ¡porque en ellos hasta el amor propio despide mal olor!

"Hay que aprender a amarse a sí mismo, tal es la enseñanza que yo imparto, con un amor que sea saludable y sano; a soportar el estar consigo mismo y a no andar vagando de un lugar al otro.

"Semejante vagabundeo se llama 'el mismo amor al prójimo' y con esta expresión se han dicho hasta ahora los mayores embustes y llevado adelante las mayores hipocresías, y particularmente lo han hecho aquellos que resultaban pesados para todo el mundo. En verdad no es un mandamiento para hoy y para mañana aquel de aprender a amarse a sí mismo. Del conjunto de todas las artes ésta es la más delicada, la más astuta, la postrera y la más paciente.

"Para quien posee algo, efectivamente, todo lo que posee suele estarle bien oculto y entre todos los tesoros el propio es el último que desenterramos; así lo quiere el espíritu de la pesadez. Ya prácticamente desde la misma cuna se nos brindan palabras y valores pesados, y 'bueno' y 'malo' se denominan dichos regalos. En razón de ellos es que se tolera que estemos vivos.

"Permitimos que los niños pequeños vengan a nosotros[71] para evitar que se amen a sí mismos; así lo quiere el espíritu de la pesadez.

"Nosotros llevamos fielmente cargadas los regalos que nos dan, sobre endurecidos hombros y a través de ásperas montañas, y cuando sudamos nos dicen: '¡La vida es una carga muy pesada!'.

"¡Solamente el hombre es una carga pesada para sí mismo! Porque carga sobre sus hombros demasiadas cosas que son ajenas. Parecido al camello, se arrodilla y se deja cargar bien. Particularmente el hombre fuerte, el de carga, en el que mora la veneración: demasiadas pesadas y ajenas palabras, demasiados ajenos y pesados valores carga sobre sí, ¡y entonces la existencia es para él un desierto!

"¡En verdad! ¡También ciertas cosas que son propias constituyen una pesada carga! ¡Y muchas de las cosas que se encuen-

---

71   Alusión al Evangelio de San Mateo, 19, 14: "Dejen que los niños vengan a mí".

tran en el interior del hombre son parecidas a las ostras, es decir, inmundas, viscosas y difíciles de tomar, de manera que debe intervenir a favor suyo una noble concha, con nobles galas.

"También se debe aprender este arte: ¡el de poseer una concha, una bella apariencia y una inteligente ceguera!

"En una y otra ocasión nos engañamos respecto de ciertas cuestiones humanas porque más de una concha resulta ser mezquina y triste, 'excesivamente concha'. Habiendo como hay mucha bondad y fuerza ocultas, nunca adivinaremos su existencia; ¡los mejores bocados no encuentran alguien que los sepa degustar!

"Las mujeres conocen esto, las mujeres más exquisitas: algo más gruesas, un poco más flacas; ¡cuánto del destino depende de cosa que es tan poca!

"El hombre es difícil de descubrir, y descubrirse a sí mismo es lo más difícil entre todas las cosas; muy seguidamente el espíritu miente respecto del alma. Así lo quiere el espíritu de la pesadez.

"Pero a sí mismo se descubrió aquel que dice: 'éste es mi bien y éste mi mal: con ello hice callar al topo y al enano que dice: bueno para todos, malvado para todos'.

"Ciertamente tampoco me gustan esos para quienes cualquier cosa resulta ser buena y para quienes inclusive este mundo es el mejor. A éstos los denomino los omnicontentos. Omnicontentamiento del que sabe sacarle gusto a todo: ¡no es ése el mejor gusto! Yo honro aquellas lenguas y estómagos que son rebeldes y selectivos, que aprendieron a decir 'yo' y 'sí' y también 'no'.

"Pero masticar y digerirlo todo es realmente cosa de cerdos. A decir siempre que sí aprendió exclusivamente el asno y aprende aquel que posee su mismo espíritu.

"El amarillo intenso y el rojo ardiente: esos son los colores que mi gusto prefiere; él mezcla sangre con la totalidad de los colores. Pero quien blanquea su casa delata ante mí un alma que fue blanqueada.

"Algunos se enamoran de momias y otros de fantasmas; ambos son igualmente enemigos de toda carne y toda sangre. ¡Cómo a mi gusto ambos lo repugnan! Porque yo amo la sangre.

"No deseo habitar allí donde todo el mundo escupe: éste es mi gusto, y optaría por residir entre ladrones y perjuros. Nadie lleva oro en la boca.

"Pero aún más repugnantes son para mí los que lamen servilmente las escupidas; y al más repugnante bicho humano que encontré lo bauticé con el nombre de parásito: éste no ha querido amar, pero sí ha querido vivir del amor. Desdichados denomino yo a aquellos que sólo pueden hacer una exclusiva elección: la de transformarse en animales malignos o en malvados domadores de animales y ciertamente junto a la de ellos no levantaría yo mi tienda.

"Desdichados llamo yo a ésos que siempre tienen que esperar; para mi gusto resultan repugnantes todos los aduaneros y mercaderes y reyes y otros guardianes de países y comercios.

"Ciertamente, también yo aprendí cómo aguardar y hondamente, pero solamente a aguardarme a mí. Y aprendí a mantenerme en pie, caminar, correr, saltar, trepar y bailar por encima de todas las cosas.

"Esta es mi doctrina: quien desee aprender alguna vez a volar, tiene que aprender inicialmente a mantenerse en pie, caminar, correr, trepar y a bailar: ¡el volar no se toma al vuelo!

"Con escaleras de cuerda aprendí a escalar más de una ventana, con ágiles piernas trepé a los más altos mástiles: permanecer sentado sobre los altos mástiles del conocimiento no me parecía una ventura pequeña, flamear como llamitas sobre altos mástiles. Siendo verdaderamente, una lucecita, ¡pero un gran consuelo, empero, para los navegantes y los náufragos extraviados!

"Por numerosos senderos y de múltiples modos llegué a mi verdad; no por una sola escalera subí hasta la altura desde donde mi mirada recorren el mundo.

"Y nunca me ha gustado preguntar por senderos: ¡eso siempre me resultó repugnante! Prefería preguntar y poner a prueba a los mismos caminos.

"Ensayar y preguntar, en eso consistió todo mi andar: ¡ciertamente, también hay que aprender cómo responder a esas preguntas! Éste es mi gusto: no un buen gusto, no un mal gusto, sí mi propio gusto, y ya no me avergüenzo de él ni lo escondo.

"'Éste es mi camino, ¿dónde está el de ustedes?', así yo les contestaba a los que me preguntaban 'por el camino'. ¡El camino, efectivamente, no existe!".

Así habló Zaratustra.

De tablas viejas y nuevas[72]

"Aquí estoy sentado y espero, rodeado de antiguas tablas rotas y también tablas nuevas que están a medio escribir. ¿Cuándo llegará mi hora?, la hora de mi descenso, de mi crepúsculo: una vez más todavía quiero ir al encuentro de los hombres.

"Esto es lo que ahora espero: antes tienen que llegar hasta mí, efectivamente, las señales de que es mi hora, o sea: el león que ríe y la bandada de palomas.

"Mientras tanto, como todo aquel que tiene tiempo, me dirijo a mí mismo. Nadie me cuenta novedades y por esa razón yo me hablo a mí mismo.

"Cuando fui al encuentro de los hombres los hallé sentados sobre una antigua presunción: todos presumían de saber, desde antaño, qué cosa es lo bueno y qué cosa es lo malo para el hombre.

---

72 El texto completo de esta sección se refiere de manera antitética a las "Tablas de la Ley" referidas en el Antiguo Testamento. Ver al respecto Éxodo, 24.

"Una cosa antigua y fatigada les parecía hacer cualquier referencia acerca de la virtud; y aquel que deseaba dormir tranquilo hablaba todavía, antes de irse a la cama, respecto del 'bien' y del 'mal'.

"Este adormecimiento lo alteré yo cuando enseñé que aquello que es bueno y aquello que es malo no lo sabe nadie todavía ¡salvo el creador! Pero éste es el que crea el objetivo del hombre y el que le da a la tierra su sentido y su porvenir; solamente el creador es el que crea el hecho de que algo sea bueno y malo.

"Yo les mandé dar por tierra con sus antiguas cátedras y todos los sitios en que esa antigua presunción había estado asentada y mandé que se rieran de sus grandes maestros virtuosos, sus santos y poetas y redentores del mundo.

"De sus sombríos sabios mandé que se rieran, y de todo aquel que alguna vez se hubiera sentado, para lanzar advertencias, sobre el árbol de la vida como un negro espectro.

"Me coloqué al lado de su gran calle de los sepulcros y hasta junto a la carroña y los buitres[73] y reí de su pasado y del marchito y arruinado esplendor de su pasado.

"Ciertamente, parecido a los predicadores penitentes y a los tontos grité solicitando que la furia y la justicia cayeran sobre todas sus cosas, las grandes y las pequeñas, ¡hasta lo mejor que hay en ellos es tan minúsculo, es tan pequeño hasta lo peor que hay en ellos!, de tal modo me burlaba yo.

"Así gritaba y reía en mí mi sapiente anhelo, el nacido en las montañas y que es, por cierto, una sabiduría salvaje, mi gran anhelo de volar ruidoso.

"Reiteradamente en medio de mis carcajadas ese anhelo me llevaba lejos y hacia arriba y hacia fuera: yo volaba, temblando de horror, como si fuese una flecha, atravesando un éxtasis borracho de sol, hacia futuros lejanísimos, que ningún

---

73   Alusión al Evangelio de San Mateo, 24, 28, cuando dice: "Donde sea que se encuentre el cadáver, allí se asentarán los buitres".

sueño había entrevisto aún, hacia los meridiones más ardientes, aquellos que jamás todavía los artistas alcanzaron a soñar; allí donde los dioses, al bailar, se avergüenzan de sus vestidos.

"Yo hablo, ciertamente, empleando parábolas, y semejante a los poetas, rengueo y hablo balbuceando; ¡ciertamente me da vergüenza tener que ser todavía un poeta!

"Hacia allí donde todo porvenir me pareció que era una danza divina y una petulancia divina, y el mundo se asemejó para mí a algo a algo que estaba suelto y era travieso y que huía a resguardarse en sí mismo, como un eterno huir-de-sí-mismos y volver-a-buscarse-a-sí-mismos de numerosos dioses, como el venturoso contradecirse, oírse nuevamente, relacionarse otra vez de muchos dioses; rumbo a ese lugar donde todo tiempo me pareció una venturosa mofa de los instantes, donde la necesidad era la mismísima libertad, que jugaba venturosamente con el aguijón de la libertad, donde también volví a encontrarme con mi añejo demonio y mayor enemigo, el espíritu de la pesadez y con todo lo que él ha creado: la coacción, la ley, la necesidad, la consecuencia, la finalidad, la voluntad y el bien y el mal... ¿pues, en definitiva, no tiene que haber cosas sobre las cuales y más allá de las cuales se pueda danzar?

"¿No tiene que haber, para que existan los ligeros, los más ligeros de todos, también topos y pesados enanos?

"Allí fue también donde yo tomé del camino la palabra 'superhombre', y aquello de que el hombre es algo que debe ser superado, que el hombre es un puente y no una meta, llamándose venturoso a sí mismo con motivo de su mediodía y de su ocaso, como sendero hacia nuevos amaneceres; la palabra de Zaratustra respecto del gran mediodía, y todo lo demás que yo hice pender sobre los hombres, como nuevas auroras purpúreas.

"Ciertamente, también les hice contemplar nuevas estrellas junto con noches nuevas; y por encima de las nubes y el día y la noche extendí yo también la risa como una tienda de muchos colores.

"Les enseñé todos mis pensamientos y deseos: pensar y reunir unido todo lo que en el hombre es fragmento y misterio y espantoso azar. Como poeta, revelador de misterios y redentor del azar les enseñé a trabajar creativamente en el porvenir y a redimir creativamente todo aquello que ya fue.

"A redimir lo pasado en el hombre y a metamorfosear a través de su creación todo 'fue', hasta que la voluntad manifieste: '¡Pero así lo quise yo! Así lo voy a querer'; eso es lo que yo denominé redención para ellos, únicamente a esto les enseñé a denominar redención.

"Ahora aguardo mi propia redención: el ir a ellos por última vez.

"Pues todavía una vez más deseo encontrarme entre los hombres; ¡entre ellos deseo hundirme en mi crepúsculo, al fenecer deseo darles el más rico de mis regalos!

"Del sol aprendí esto, cuando él se hunde; él, el que es inmensamente rico: entonces es cuando derrama su oro sobre el mar, restándolo de riquezas sin fin, ¡de tal modo que hasta el más pobre de los pescadores rema con remos de oro! Esto fue, efectivamente, lo que yo vi en otra época, y no me harté de llorar contemplándolo.

"Semejante al sol desea también Zaratustra hundirse en su crepúsculo, pero ahora se encuentra sentado aquí y espera, rodeado de antiguas tablas rotas, y también de nuevas tablas a medio escribir.

"Mira, aquí tenemos una tabla nueva: pero ¿dónde están mis hermanos, que la lleven conmigo hasta el valle y la graben en corazones de carne?[74].

"Esto es aquello que mi gran amor le exige a los lejanos: ¡no seas indulgente con tu prójimo! El hombre es algo que debe ser superado.

---

74   Referencia a Ezequiel, 11, 19-20, cuando dice: "Les arrancaré el pétreo corazón y les daré uno de carne, para que sigan mis leyes y realicen lo que mando".

"Hay muchos senderos y modos diversos de superación: ¡mira ahí! Pero solamente un bufón piensa: 'el hombre es algo sobre lo que también se puede brincar'. Debes superarte a ti mismo inclusive en tu semejante: ¡y un derecho que puedas robar no debes permitir que te lo brinden! Eso que tú haces, nadie puede hacértelo nuevamente a ti. Observa, no hay retribución. El que no puede mandarse a sí mismo tiene que obedecer. ¡Y más de uno puede mandarse a sí mismo, pero falta todavía mucho tiempo para que también se obedezca a sí mismo!

"Así lo quiere el linaje de las almas nobles: no quieren tener nada de balde, y mucho menos, la vida. Quien es del populacho quiere vivir de balde; pero nosotros somos distintos de ellos; a quienes la vida se nos entregó a sí misma, ¡nosotros reflexionamos siempre acerca de qué es lo mejor que daremos a cambio!

"Ciertamente, es un lenguaje aristocrático el que dice: 'lo que la vida nos promete a nosotros, eso es lo queremos ¡cumplírselo a la vida!'.

"No debemos desear gozar allí donde no entregamos a gozar. ¡No debemos desear gozar!

"Goce e inocencia son, ciertamente, las cosas más púdicas que hay: ninguna de éstas quiere ser buscada. Debemos tenerlas, ¡pero debemos buscar, mejor, culpa y dolores!

"Hermanos míos, quien es una primicia es siempre sacrificado. Ahora bien, nosotros somos esas primicias.

"Todos nosotros derramamos nuestra sangre en altares secretos, nos quemamos y asamos en honor de antiguos ídolos.

"Lo mejor de nosotros es joven aún y ello excita los añejos paladares. Nuestra carne es tierna, nuestra piel es de cordero: ¡cómo no íbamos a excitar a los añejos sacerdotes de esos ídolos!

"Dentro de nosotros mismos habita todavía aquél, el viejo sacerdote de ídolos, que cocina, para prepararse un banquete, aquello que constituye lo mejor de nosotros. ¡Mis hermanos, cómo no iban las primicias a ser las víctimas!

"Pero así lo desea nuestro linaje y yo amo a los que no quieren conservarse a sí mismos, a quienes se hunden en su crepúsculo los amo con la plenitud de mil amor: pues pasan al otro lado.

"Ser verdaderos: ¡pocos son capaces de esto! Y quien es capaz ¡aún no quiere! Y los menos capaces de todos son aquellos que son buenos.

"¡Esos buenos! Los hombres buenos no dicen nunca la verdad; para el espíritu, ser bueno de esa manera constituye una enfermedad.

"Aflojan estos buenos, ellos se resignan, su corazón repite lo que dicen otros, el fondo de ellos obedece: ¡mas quien obedece no se oye a sí mismo!

"Todo lo que los buenos denominan maligno tiene que reunirse para que surja una verdad: hermanos míos, ¿son asimismo ustedes lo bastante malignos para dicha verdad?

"La valentía temeraria, la prolongada desconfianza, el cruento no, el fastidio, el tajar lo vivo ¡qué pocas veces anda junto todo esto! Pero es de esa simiente que se engendra la verdad.

"¡Junto a la conciencia maligna es que ha crecido, hasta hoy, todo saber! ¡Rompan, rómpanme, hombres sabios, las antiguas tablas!

"Cuando el agua posee maderos que permiten atravesarla, cuando puentecitos y pretiles saltan sobre el cauce: ciertamente, allí no se le cree a nadie que diga: 'Todo fluye'[75].

"Hasta los mismos idiotas lo contradicen. "¿Cómo que todo fluye...?", se preguntan los idiotas. '¡Pero si hay puentecitos y pretiles sobre el cauce! Sobre el cauce todo es sólido, todos los valores de las cosas, los puentes, los conceptos, el 'bien' y el 'mal': ¡todo eso es sólido!'.

"Pero cuando arriba el arduo invierno, el dominador de los ríos, entonces hasta los mayores bromistas aprenden a ser

---

75 Alusión al conocido dicho de Heráclito.

desconfiados y, ciertamente, no sólo los idiotas dicen entonces: '¿No será que todo permanece quieto?'.

"'En el fondo todo permanece quieto'; ésta es una genuina doctrina invernal, una buena cosa para un tiempo infértil, un adecuado consuelo para aquellos que se adormecen durante el invierno y para los perezosos.

"'En el fondo todo permanece quieto'; precisamente en contra de esto es que predica el viento del deshielo, un toro que no es un toro de arado, sino un toro furioso, un destructor, que con cuernos furiosos destroza el hielo! ¡Y el hielo rompe los puentecitos!

"Mis hermanos, ¿acaso no fluye todo en este momento? ¿No se han caído a la corriente todos los pretiles y los puentecitos? ¿Quién se aferraría todavía al 'bien' y al 'mal'?

"'¡Pobres de nosotros! ¡Afortunados de nosotros! ¡Es el viento del deshielo el sopla!' ¡Predíquenme esto, mis hermanos, por todas las callecitas!

"Existe una añeja ilusión que se denomina el bien y el mal. Alrededor de adivinos y astrólogos giró hasta este momento la rueda de tal ilusión.

"Otrora la gente les creía a los adivinos y los astrólogos: y por eso era que también creía que: 'Todo es destino: ¡debes, ya que te ves forzado!'.

"Mas después la gente desconfió de todos los adivinos y astrólogos: y por ello creyó que: 'Todo es libertad: ¡puedes, ya que tú quieres!'.

"Mis hermanos, respecto de aquello que las estrellas y el futuro son, hubo hasta este momento solamente ilusiones, pero no hubo saber: y por ello es que, respecto de lo que son el bien y el mal, hubo hasta ahora solamente ilusiones, ¡pero no hubo saber!

"'¡No robarás! ¡No matarás!' Estas palabras fueron consideradas como santas en todo tiempo y frente a ellas las personas doblaban las rodillas y las cabezas y se descalzaban.

"Mas, les pregunto: ¿ha habido en el mundo peores ladrones y asesinos que esas santas palabras? ¿No existe, en toda vida misma, el robo y el asesinato? Y por el hecho de llamar santas a tales palabras, ¿no fue asesinada la mismísima verdad?

"¿O fue una predicación mortal la que denomino santo a lo que hablaba en oposición a toda vida y la desaconsejaba? ¡Hermanos míos, rompan, rómpanme las viejas tablas!

"Ésta es mi compasión por todo lo pretérito, el ver que ha sido abandonado, ¡abandonado a la gracia, al espíritu, a la locura de cada generación que llega y vuelve a interpretar como puente hacia ella todo aquello que antes fue!

"Un gran déspota podría arribar, un demonio astuto que, con su benevolencia y su malevolencia forzara y violentara todo lo pretérito, hasta que se convirtiera en puente para él, en presagio, heraldo y canto del gallo.

"Y éste es el otro riesgo y es mi otra compasión: la memoria de quien es del populacho no llega más que hasta el abuelo y con el abuelo acaba el tiempo.

"Así está abandonado todo lo pretérito, pues alguna vez podría ocurrir que el populacho se hiciera amo y ahogase todo tiempo en aguas carecientes de profundidad.

"Por ello, mis hermanos, es necesaria una nueva aristocracia, una que sea el antagonista de todo el populacho y de todo despotismo y escriba nuevamente en tablas nuevas la palabra 'noble'.

"¡Se necesitan, ciertamente, muchos nobles y muchas clases de nobles para que la nobleza exista! Como dije yo en otro tiempo, empleando una parábola: '¡Ésta es precisamente la divinidad, que existan dioses, pero no Dios!'.

"Hermanos míos, yo los consagro a una nueva aristocracia y la señalo: ustedes deben ser, para mí, progenitores, criadores y sembradores del futuro; ciertamente, no una aristocracia que ustedes puedan comprar como la compran los comerciantes, y con oro de comerciantes, ya que poco valor posee lo que tiene un precio.

"¡Constituya de ahora en adelante el honor de ustedes no el lugar de donde vienen, sino el lugar adonde van! Su voluntad y su pie, que quieren ir más allá de ustedes mismos, ¡que eso constituya el nuevo honor de ustedes!

"Ciertamente, no que hayan servido a un príncipe –¡qué importan ya los príncipes!– o que se hayan convertido en fortaleza de lo que existe ¡para que se encuentre todavía más sólido! No que el linaje de ustedes se haya hecho cortesano en las cortes, y ustedes hayan aprendido a permanecer de pie, vistiendo ropajes multicolores, como un flamenco, durante prolongado tiempo, en estanques de escasa profundidad.

"Porque poder permanecer de pie es un mérito entre los cortesanos: y todos los cortesanos suponen que de la ventura posterior a la muerte forma parte ¡que les permitan estar sentados!

"Tampoco que un espíritu, que ellos estiman como santo, haya llevado a sus ancestros a tierras que les estaban prometidas[76], que yo no ensalzo, porque nada hay que ensalzar allí donde surgió el más funesto de los árboles: ¡la cruz!

"Ciertamente a todos los lugares a los que ese 'espíritu santo' guió a sus caballeros, siempre esos emprendimientos iban acompañados ¡por cabras, gansos y tontos cruzados!

"¡Hermanos míos, no hacia atrás debe dirigir la mirada su nobleza, sino hacia adelante! ¡Ustedes deben ser expulsados de todos los países de los padres y los ancestros!

"El país de sus hijos es el que ustedes deben amar: sea ese amor su nueva aristocracia, ¡el país no descubierto, ubicado en el mar más lejano! ¡A sus velas les mando que partan una y otra vez detrás de su hallazgo!

"En sus hijos deben reparar el ser ustedes los hijos de sus padres: ¡así deben redimir todo lo pretérito! ¡Esta nueva tabla coloco yo sobre ustedes!

"¿Para qué vivir? ¡Todo cuanto existe es vanidad! Vivir es como estar siempre trillando paja, una y otra vez;

---

76   Clara alusión al pueblo hebreo.

vivir es quemarse a sí mismo y, pese a ello, no alcanzar nunca a calentarse'.

"Estos obsoletos chismorreos siguen siendo entendidos como la auténtica 'sabiduría' y por ser añejos y tener hedor a rancios, es que se los respeta todavía más. También el moho brinda nobleza.

"Así les era permitido hablar a los niños: ¡ellos huyen del fuego porque los ha abrasado!

"Existe mucho infantilismo en los antiguos libros de sabiduría. Y a todos aquellos que siempre 'trillan la paja', ¡cómo iba a serles permitido blasfemar del trillar! ¡A imbéciles como ellos habría que ponerles un bozal!

"Ellos se sientan a la mesa y no traen nada con ellos, ni siquiera el buen apetito: ¡y ahora blasfeman repitiendo '¡todo es vanidad!'.

"¡Mas el buen comer y el bien beber, mis hermanos, no son ciertamente un arte inútil! ¡Rompan, rómpanme las tablas de los eternos descontentos!

"'Para el puro todo es puro', así dice el pueblo. Pero yo les digo: ¡para los cerdos todo se transforma en cerdo!

"Por esa razón los fanáticos y los beatos de cabeza bamboleante, que también llevan pendiendo hacia abajo el corazón, predican: 'el mismo mundo es un monstruo excremencial'. Pues todos ellos son gentes de espíritu sucio; y en especial esos que no tienen reposo si no ven el mundo por atrás, ¡los trasmundanos!

"A ellos les digo a la cara, aunque no suene agradable: el mundo se parece al hombre en que tiene un trasero, ¡eso es verdad!

"Hay en el mundo mucho excremento: ¡eso es verdad! ¡Mas no por eso es el mundo un monstruo excremencial!

"Hay saber en el hecho de que numerosas cosas en el mundo tengan mal olor: ¡la náusea misma hace brotar alas y energías que presienten manantiales!

"Hasta en el mejor hombre hay algo que genera náusea; ¡y el mejor es todavía algo que debe ser superado! ¡Hermanos míos, hay mucha sabiduría en el hecho de que exista mucho excremento en el mundo!

"A los píos trasmundanos les oí decir a su propia conciencia estas sentencias, ciertamente sin malicia ni falsedad, aunque no existe en el mundo algo más falso ni más maligno.

"'¡Permite que el mundo sea el mundo! ¡No muevas un dedo en contra de ello!'.

"'Deja que el que quiera hacerlo estrangule y apuñale y tajee y degüelle a la gente: ¡no muevas ni un dedo en contra de eso! Así aprenden ellos hasta a renunciar al mundo'.

"A tu propia razón debes tomarla del cuello y estrangularla; porque es una razón de este mundo, y así aprendes tú mismo a renunciar al mundo.

"¡Rompan, rómpanme, mis hermanos, estas antiguas tablas de los piadosos! ¡Destruyan con sus sentencias las de los que injurian al mundo!

"'Quien aprende muchas cosas olvida los deseos violentos' —esto es algo que hoy la gente susurra en todas las callecitas oscuras.

"'¡La sabiduría fatiga, no vale la pena nada; no debes tener deseos!' esta nueva tabla la encontré colgada hasta en los mercados.

"¡Rómpanme, mis hermanos, rómpanme también esta nueva tabla! Los fatigados del mundo la han colgado del muro, y los predicadores de la muerte y también los carceleros: ¡miren, ella también es una predicación favorable a la esclavitud!

"Ellos aprendieron mal, y no aquellas que son las mejores cosas, y todo de una manera excesivamente prematura y rápida y han comido mal, y por eso se han indigestado. Un estómago indigestado es ciertamente su espíritu: ¡él es el que aconseja la muerte!

"¡Porque, hermanos míos, el espíritu ciertamente es un estómago!

"La vida es un manantial de placer[77]: pero para aquel en el que un estómago indigestado es el que se expresa, padre de tribulaciones, para ése todos los manantiales se encuentran emponzoñadas.

"Conocer: ¡eso es placer para el hombre con voluntad de león! Pero quien se ha fatigado, ése solamente es 'querido' y es juguete de todas las olas.

"Esto es lo que siempre les pasa a los hombres débiles: se pierden a sí mismos en sus senderos. En el final, todavía su cansancio pregunta: '¡para qué recorrimos los caminos, si todo resulta ser igual!'.

"A los oídos de éstos les suena de manera agradable que se predique: '¡Nada merece la pena! ¡Ustedes no deben querer'. Pero ésta es una predicación favorable a la esclavitud. Mis hermanos, semejante a un viento fresco y bramador se acerca Zaratustra a todos los fatigados de este mundo: ¡va a hacer estornudar a muchas narices todavía! Mi aliento libre sopla asimismo a través de las paredes y entra en las cárceles y penetra hasta en los espíritus que están encarcelados!

"El querer los hace libres, porque querer es crear: eso es lo que yo enseño. ¡Y solamente para crear deben ustedes aprender!

"¡También deben aprender de mí el aprender bien! ¡Quien tenga oídos, que oiga!

"Ahí está la barca, tal vez navegando hacia la otra ribera se llegue hasta la gran nada. ¿Quién quiere embarcarse en ese 'tal vez'? ¡Ninguno de ustedes quiere embarcarse en la barca de la muerte![78]. ¡Cómo es que pretenden ser hombres cansados del mundo, entonces! ¡Cansados del mundo! ¡Y ni siquiera llegaron a encontrarse desprendidos de la tierra!

---

77 Referencia a Tito, 1, 15, cuando dice: "Para aquel que es puro, todo es puro; por el contrario, para aquel que es sucio y careciente de fe no existe nada que sea puro; hasta su mente y su conciencia están sucias".

78 Referencia a la barca que, para los mitos antiguos grecorromanos, guiaba Caronte para que los muertos cruzaran el río infernal.

¡Siempre los hallé ávidos todavía de la tierra, enamorados aún del propio estar cansados de la tierra! No inútilmente tienen el labio colgante: ¡un pequeño deseo de tierra sigue asentado en él! Y en el ojo... ¿no flota en una nubecita de inolvidable placer terrenal?

"Están presentes en la tierra muchas buenas invenciones y unas son útiles, las otras gratas; debido a ellas es que la tierra es amable.

"Y muchas y diversas cosas están tan bien creadas que, como el pecho femenino, resultan ser útiles y agradables al mismo tiempo.

"¡Pero, ustedes, los cansados del mundo! ¡Ustedes los perezosos de la tierra! ¡A ustedes hay que darles azotes! Al azotarlos se les deben despertar nuevamente las piernas, porque si ustedes no son enfermos y bribones estropeados, aquellos de los que la tierra está harta, son entonces ustedes astutos vagos o golosos y emboscados gatos de placer. Y si no quieren volver a correr con alegría... ¡entonces ustedes deben cruzar al otro mundo!

"No se debe querer ser médico de enfermos que son incurables: así lo enseña Zaratustra: ¡por eso deben cruzar ustedes al otro mundo!

"Pero se necesita más coraje para ponerle fin a un verso que para escribir uno nuevo: esto lo conocen todos los médicos y poetas.

"Hermanos míos, hay tablas creadas por la fatiga, y tablas creadas por la pereza, tablas perezosas: aunque hablan de igual manera, quieren ser escuchadas de modo diferente.

"¡Miren a ese hombre que está desfalleciente! Está apenas a un palmo de su meta, pero debido a la fatiga se acostó ahí, obcecado, en el polvo: ¡ese valiente!

"Debido a la fatiga bosteza del sendero, la tierra y la meta y también de sí mismo: no quiere dar ni un solo paso más, ¡ese valiente!

"Ahora el sol arde sobre él, y los perros lamen su sudor[79]: pero él yace allí en su obcecación y elige desfallecer, cuando se encuentra apenas a un palmo de su objetivo; ciertamente, habrá que conducirlo tomado de los cabellos hasta a su cielo.

"¡Desfallecer a un palmo de su meta! En verdad, tendréis que llevarlo agarrado por los cabellos incluso a su cielo[80], así, ¡a tal héroe!

"Es mejor que lo dejen tendido ahí donde él se acostó, para que llegue hasta él el sueño, el que da consuelo, como una llovizna refrescante: déjenlo yacer hasta que se despierte por las suyas, ¡hasta que se retracte él mismo de todo cansancio y de lo que en él enseñaba el cansancio!

"Exclusivamente, mis hermanos, espanten los perros de él, también a los hipócritas holgazanes y a todo el rebaño de alimañas; esto último es e la manada de los "cultos", que con el sudor de los héroes se regalan.

"Yo trazo en torno de mí círculos y límites sagrados; cada vez son menos aquellos que quieren subir en mi compañía a las montañas más elevadas; yo construyo una cordillera con montañas cada vez más santas.

"Pero donde sea que ustedes suban en mi compañía, mis hermanos, ¡cuídense de que no suba con ustedes un parásito. El parásito es un gusano que se arrastra, que se doblega, que quiere engordar a costa de las partes enfermas y heridas de ustedes.

"Y su arte consiste en adivinar qué es, en las almas ascendentes, aquello que está cansado: en el disgusto y el mal humor de ustedes, en su delicado pudor construye el parásito su inmundo nido.

---

79   Referencia a Lázaro, en el Evangelio según San Lucas, 16, 21, cuando dice: "Hasta los perros acudían y lamían sus llagas".

80   Referencia a Ezequiel, 8, 3, cuando dice: "Entonces Jehová alargó su mano y me tomó de los cabellos y el espíritu me elevó entre el cielo y la tierra y en éxtasis me llevó hasta Jerusalén".

"En el sitio en que el fuerte es débil, y el noble excesivamente benigno, allí él construyó su asqueroso nido: el parásito habita allí donde el grande tiene pequeñas áreas heridas.

";Cuál es la especie más elevada de todo ser, y cuál es la más baja? El parásito constituye la especie más baja; pero quien forma parte de la especie más elevada, ése alimenta el mayor número de los parásitos.

"El alma que posee la escalera más larga y la que más profundo puede descender: ¿cómo no iba a asentarse en ella el mayor número de los parásitos? El alma más amplia, la que más lejos puede correr y vagar dentro de sí; la más necesaria, la que por placer se arroja al azar; el alma que es, y se sumerge en el porvenir; la que posee, y quiere sumergirse en el querer y el desear; la que escapa de sí misma, aquella que a sí misma se alcanza en los círculos más grandes; el alma más sapiente, a quien más dulcemente le habla la imbecilidad; aquella que más se ama a sí misma, en la que todas las cosas tienen su corriente y su contracorriente, su flujo y su reflujo:¿cómo no iba el alma más elevada a tener los peores parásitos?

"Hermanos míos, ¿acaso soy yo cruel? Pero les digo: ¡a lo que está cayendo se le debe ayudar con un buen empujón!

"Todas estas cosas de hoy se están cayendo,¡quién quiere acaso sostenerlas! Pero... ¡yo quiero darles además un empujón!

";Conocen ustedes la voluptuosidad que hace rodar las piedras en abismos cortados a pico? Estos hombres de hoy: ¡miren cómo ruedan a mis abismos!

";Un preludio de jugadores mejores soy yo, mis hermanos! ¡Un ejemplo! ¡Obren según mi ejemplo![81].

"Y aquel a quien ustedes no le enseñen a volar, enséñenle a caer más rápido.

---

81 Referencia al Evangelio según San Juan, 13, 14, cuando dice: "Si yo les lavé los pies, siendo quien soy, su Señor y su Maestro, deben ustedes lavarse los pies los unos a los otros. Porque yo les di este ejemplo ustedes deben obrar según mi ejemplo".

"Yo amo a los intrépidos, pero no alcanza con ser un golpe de espada; además se debe saber a quién se le dan los golpes de espada.

"Muy seguidamente hay más coraje en contenerse y seguir de largo, para así reservarse para un rival que sea más digno.

"Deben ustedes tener sólo enemigos que haya que odiar, pero no enemigos que haya que despreciar: es necesario que estén orgullosos de su enemigo: así lo he enseñado ya una vez.

"Para un enemigo más digno, mis amigos, deben reservarse, por eso deben pasar de largo ante muchas cosas, especialmente frente a la chusma, que les mete a ustedes en las orejas el ruido del pueblo. Conserven puros sus de su pro y de su contra. En ellos hay mucha justicia y mucha injusticia; quien se para a mirar se pone furioso.

"Ver, golpear, es aquí una sola cosa: ¡por ello, marchen a los bosques y dejen dormir a su espada!

"¡Sigan sus caminos y dejen que el pueblo y los pueblos sigan los suyos! ¡Caminos oscuros, ciertamente, en los que no relampaguea ya ni una sola esperanza!

"¡Que domine el mercader allí donde todo lo que brilla es oro de mercaderes! Ya no es tiempo de reyes: lo que hoy se llama a sí mismo "pueblo" no se merece reyes.

"Vean cómo estos pueblos actúan ahora, también ellos, igual que los mercaderes: ¡rebuscan las más insignificantes ventajas hasta en los desperdicios!

"Se acechan y se espían los unos a los otros y a ello lo llaman "buena vecindad".

"Venturoso tiempo lejano en que un pueblo se decía a sí mismo: "¡yo quiero ser señor de otros pueblos!".

"Hermanos míos: ¡lo mejor debe dominar, lo mejor quiere también dominar! Y donde se enseña otra cosa, allí falta lo mejor.

"Si ésos tuviesen de balde el pan, ¿Detrás de qué andarían ésos aullando? Su sustento es su auténtica diversión; ¡y las cosas deben serles difíciles!

"Bestias de presa son: ¡en su 'trabajar' también hay robo, y en su 'merecer' también hay engaño! ¡Por esa razón las cosas deben serles difíciles!

"Deben convertirse en mejores bestias de presa, más sagaces, más inteligentes, más parecidas al hombre: el hombre es, efectivamente, la mejor bestia de presa.

"A todos los animales les robó ya el hombre sus virtudes: por ello de todos los animales es el hombre el que ha encontrado más difíciles las cosas.

"Ya sólo los pájaros están por encima de él... y cuando el hombre aprenda a volar, entonces, ¡hasta qué altura se remontará su rapacidad!

"De este modo quiero yo que sean el hombre y la mujer: el uno, apto para la guerra, la otra, apta para el parto, pero ambos idóneos para bailar con la cabeza y con las piernas.

"¡Y demos por perdido el día en que no hayamos bailado al menos en una oportunidad! ¡Y sea falsa para nosotros toda verdad en la que no haya habido una carcajada!

"Su enlace matrimonial: ¡Tengan cuidado de que no sea una mala conclusión!

"Han soldado con demasiada rapidez: ¡por eso de ahí se produce la ruptura del matrimonio y es mejor romper el matrimonio que torcerlo, que fingir el matrimonio!

"Así me dijo una mujer: 'Es cierto que yo he quebrantado el matrimonio, ¡pero antes el matrimonio me había quebrantado a mí!'.

"Siempre hallé que los mal apareados eran los peores vengativos: hacen pagar a todo el mundo que ellos no puedan ya correr por separado.

"Por eso quiero yo que los honestos se digan los unos a los otros: 'Nosotros nos amamos: ¡veamos si es que podemos seguir amándonos! ¿O tiene que ser una equivocación nuestra promesa?'.

"'¡Danos un plazo y un pequeño matrimonio, para que veamos si somos capaces del gran matrimonio! ¡Es algo grande que dos puedan estar siempre juntos!'.

"Así aconsejo yo a todos los honrados; ¡y qué sería mi amor al superhombre y a todo lo que está por venir si yo aconsejara y hablara de una manera

"Mis hermanos: ¡que el jardín matrimonial los ayude no solamente a propagarse a igual nivel, sino también a hacerlo hacia arriba!

"El que alcanzó a conocer los antiguos orígenes terminará por buscar manantiales del porvenir y orígenes nuevos.

"Hermanos míos, dentro de poco van a surgir nuevos pueblos y manantiales nuevos que se van a precipitar estruendosamente en nuevas honduras. Efectivamente, el terremoto cubre muchos estanques y genera mucho desfallecer, pero también saca a la luz secretos y energías que estaban ocultos. Es el terremoto lo que deja ver nuevos manantiales. En los terremotos que sufren los antiguos pueblos está el origen de los manantiales nuevos.

"Alrededor de uno que grita, en ese momento: 'Acá hay agua para los muchos que tienen sed, un corazón para los muchos que están deseosos, hay una voluntad para muchos instrumentos', alrededor de ése se reúne un pueblo, o sea, se reúnen muchos que desean experimentar.

"Quién debe mandar, quién debe obedecer, ¡eso es lo que aquí se experimenta, con qué búsquedas y adivinaciones y fallos y aprendizajes y nuevos experimentos tan extendidos!

"La sociedad humana es un experimento, así lo enseño, es una prolongada búsqueda: ¡y busca al hombre con capacidad de mando! Es un experimento, ¡hermanos míos, y no un 'contrato'![82]. ¡Rompan, rómpanme esas tablas, que son palabras de los corazones debiluchos y los amigos de hacer siempre componendas!

"¡Hermanos míos! ¿En quiénes reside el mayor riesgo para todo el futuro de los hombres? ¿No es acaso en los bue-

---

82 Clara alusión al Contrato Social de Jean-Jacques Rousseau.

nos y justos? Son ellos los que dicen y sienten en su corazón: 'nosotros sabemos ya lo que es bueno y justo, y hasta lo poseemos, ¡pobres de aquellos que siguen buscando aquí!'.

"Y sean los que sean aquellos daños que los malignos produzcan: ¡el daño que producen los buenos es el peor daño de todos!

"Y sean los que sean los daños que los que injurian al mundo produzcan: ¡el daño que producen los buenos es el peor daño de todos!

"Hermanos míos, cierta vez uno miró dentro del corazón de los buenos y justos, y dijo: 'Son fariseos', pero no entendieron lo que él decía[83].

"A los buenos y justos no les fue dado entender lo que él decía: su espíritu está cautivo de su buena conciencia. La imbecilidad de los buenos resulta ser insondablemente inteligente, pero ésta es la verdad: los buenos tienen que ser fariseos, ¡no tienen ninguna otra posibilidad! ¡Los buenos deben crucificar a aquel que se inventa su propia virtud! ¡Ésta resulta ser la verdad!

"Mas el segundo[84] que descubrió su país, el país, el corazón y la tierra de los buenos y justos, fue el que preguntó: '¿A quién es al que más éstos detestan?'.

"Al creador es al que más detestan: a ése que rompe las tablas y los antiguos valores, al quebrantador lo llaman delincuente.

"Los buenos, ciertamente, no pueden crear: son siempre el comienzo del fin: crucifican a quien escribe nuevos valores sobre nuevas tablas, sacrifican el futuro ante el altar de sí mismos, ¡crucifican todo el porvenir de los hombres!

"Los buenos han sido siempre el comienzo del fin.

"Hermanos míos, ¿han entendido también estas palabras y aquello que en otro tiempo yo dije acerca del 'último hom-

---

83   Referencia a las palabras de Jesucristo en la cruz.

84   Esto es, Zaratustra mismo.

bre'? ¿En quiénes reside el mayor riesgo para el porvenir de los hombres? ¿No es acaso en los buenos y justos?

"¡Rompan, destrócenme a los buenos y justos! Hermanos míos, ¿han entendido también esta palabra?

"¿Huyen de mí? ¿Están horrorizados? ¿Tiemblan ante esta palabra? Hermanos míos, cuando los mandé a despedazar a los buenos y las tablas de los buenos: sólo entonces fue cuando yo embarqué al hombre en su alta mar.

"Y ahora es cuando lo alcanzan el gran horror, el gran observar a su alrededor, la gran enfermedad, la gran náusea, el gran mareo. Falsas costas y falsas seguridades les enseñaron los buenos; en embustes de los buenos han nacido y en mentiras han estado cobijados. Todo está falseado, corrompido y deformado hasta la misma por obra de los buenos. Pero quien descubrió el país llamado 'hombre' encontró también el país llamado 'porvenir de los hombres'. ¡Ahora ustedes deben ser mis marineros, marineros corajudos y a la vez dotados de paciencia!

"¡Caminen erguidos a tiempo, hermanos míos, aprendan a caminar erguidos! El mar está borrascoso y muchos quieren servirse de ustedes para volver a levantarse.

"El mar está borrascoso y todo está en el mar. ¡Bravo y adelante, antiguos corazones de marineros!

"¡Qué importancia posee el país de los padres! ¡Nuestro timón quiere llevarnos hacia donde está el país de nuestros hijos! ¡Hacia allá arremete borrascoso, más borrascoso que el propio mar, nuestro gran anhelo!

"'¡Por qué tan duro! —le dijo en otro tiempo el carbón de la cocina al diamante— ¿no somos acaso parientes tan cercanos?'.

"¿Por qué tan blandos? Hermanos míos, así les pregunto yo a ustedes: ¿no son ustedes acaso mis hermanos? ¿Por qué tan blandos, dotados de tan poca resistencia y tan inclinados a ceder? ¿Por qué hay tanta negación, tanta renegación hay en el corazón de ustedes y tan poco destino tienen ustedes en la mirada? Y si no quieren ser destinados ni inexorables:

¿cómo podrían vencer conmigo? Y si la dureza de ustedes no quiere soltar chispas y cortar y tajar: ¿cómo podrían algún día crear conmigo?

"Los creadores son duros, ciertamente. Y buena ventura tiene que parecerles a ustedes imprimir su mano sobre milenios como si fuesen de cera, buena ventura escribir sobre la voluntad de miles de años como sobre bronce, más duros que el bronce, más nobles que el bronce. Sólo lo totalmente duro es lo más noble de todo.

"Esta nueva tabla, hermanos míos, coloco yo sobre ustedes: ¡endurézcanse!

"¡Tú, voluntad mía! ¡Tú que eres el viraje de toda necesidad, tú necesidad mía, cuídame de todas las victorias que son pequeñas!

"¡Tú, providencia de mi alma, que yo denomino destino, tú que estás dentro de mí! ¡Tú que estás por encima de mí, cuídame y resérvame para un gran destino!

"Y tu final grandeza, voluntad mía, resérvatela para tu último momento... ¡para ser inexorable en tu victoria! ¡Acaso quién no ha perecido ante su victoria!

"¡A quién no se le oscurecieron los ojos en ese ocaso ebrio, quién no le vaciló el pie y desaprendió, en la victoria, cómo permanecer de pie!

"Que yo esté listo y maduro alguna vez en el gran mediodía: listo y maduro como el bronce ardiente, como la nube repleta de rayos y como la ubre hinchada de leche: preparado para mí mismo y para mi voluntad más escondida: un arco ansioso de que tensen en él la cuerda de su flecha, una flecha ansiosa de su estrella: una estrella lista y madura en su mediodía, ardiente, perforada, venturosa gracias a las aniquiladoras flechas del sol: un sol y una inexorable voluntad solar, ¡dispuesto a exterminar en la victoria!

"¡Voluntad, viraje de toda necesidad, tú, mi necesidad, resérvame para una gran victoria!".

Así habló Zaratustra.

El convaleciente

Una mañana, no mucho después de su retorno a la cueva, Zaratustra saltó de su cama como un demente, gritó con voz tremenda e hizo gestos como si en el lecho yaciera todavía alguien que no quisiera levantarse de él; tanto sonó la voz de Zaratustra, que sus animales se asustaron, y de todas las cuevas y madrigueras cercanos a la cueva de Zaratustra huyeron volando, revoloteando, arrastrándose y saltando los animales, según que tuviesen patas o alas. Y Zaratustra dijo así: ¡Sube, pensamiento del abismo, de mi hondura! Yo soy tu gallo y tu crepúsculo matutino, gusano adormecido: ¡arriba, arriba! ¡Mi voz debe despabilarte ya con su canto de gallo! ¡Suéltate las ataduras de tus oídos: oye, porque yo quiero oírte! ¡Arriba, arriba! ¡Aquí hay truenos suficientes para que también las tumbas aprendan a escuchar y borra de tus ojos el sueño y toda idiotez, toda ceguera! Óyeme también con tus ojos: mi voz es una medicina hasta para aquellos que son ciegos desde el nacimiento. Y una vez que hayas despertado deberás permanecer eternamente despierto. No es mi costumbre despertar del sueño a tatarabuelas para decirles ¡que sigan durmiendo![85]

¿Te mueves, te estás desperezando, acaso ronroneas? ¡Arriba, arriba! ¡No debes roncar; hablarme es lo que debes hacer! ¡Te llama Zaratustra, el que es ateo! ¡Yo, Zaratustra, el abogado de la vida, el abogado del sufrimiento, el abogado del círculo, te llamo a ti, que eres el más abismal de todos mis pensamientos!

¡Dichoso de mí! Vienes, ¡ya te oigo! ¡Mi abismo habla, hice yo girar a mi última profundidad para que mire hacia la luz!

---

85   Referencia sarcástica al tercer acto de *Sigfrido*, ópera de Richard Wagner en la que el dios Wotan saca de su sueño a la madre de todas las cosas, Erda, quien vuelve a dormirse apenas concluye una breve conversación.

¡Dichoso de mí! ¡Ven! Dame la mano ¡Ay! ¡Deja!, ¡Ay, ay! Náuseas, náuseas, náuseas... ¡ay de mí!

Y apenas había dicho Zaratustra estas palabras cayó al suelo como un finado y permaneció mucho tiempo en ese estado y cuando recuperó la conciencia estaba pálido y temblaba. Siguió allí tendido y durante mucho tiempo no quiso comer ni beber. Esto duró siete días, pero sus animales no se apartaron de su lado ni de día ni de noche, salvo porque el águila volaba en busca de alimentos. Y lo que recogía y robaba lo colocaba en el lecho de Zaratustra, de manera que éste acabó por yacer entre amarillas y coloradas bayas, racimos de uvas, manzanas de rosa, hierbas aromáticas y piñones. Y a sus pies estaban extendidos dos corderos que el águila les había quitado esforzadamente a sus pastores.

Finalmente, después de siete días, Zaratustra se levantó de su lecho, tomó una manzana de rosa, la olió y encontró grato su aroma. Entonces supusieron sus animales que había llegado el momento de hablar con él. "Zaratustra", le dijeron, "hace ya siete días que estás así acostado, con pesadez en los ojos: ¿no quieres ponerte nuevamente de pie? Debes salir de tu cueva, pues afuera el mundo te espera como un jardín. El viento juega con intensos aromas que quieren llegar hasta ti, y todos los arroyos desean correr detrás de ti. Todas las cosas te anhelan, porque has permanecido solo durante siete días, ¡debes salir fuera de tu cueva, todas las cosas quieren ser tus médicos! ¿Es que llegaste a poseer un nuevo conocimiento, uno ácido y pesado? Como masa agriada yacías allí, tu alma se hinchaba y rebosaba por todos sus costados".

–¡Animales míos –respondió Zaratustra–, sigan comadreando así y dejen que los escuche! Me reconforta que parloteen: allí donde se parlotea, el mundo se extiende ante mí como un jardín. Qué agradable es que haya palabras y sonidos: ¿palabras y sonidos no son, efectivamente, arcos iris y puentes de ilusión tendidos entre lo que se encuentra definitivamente separado? A cada alma le corresponde un mundo diferente; para cada alma es toda otra alma un trasmundo. Entre las cosas que son más parecidas es precisamente donde la ilusión miente con mayor belleza, porque el abismo más pequeño es el más difícil de cruzar.

Para mí, ¿cómo podría existir algo fuera-de-mí? ¡No existe ningún afuera! Pero esto lo olvidamos tan rápidamente como vibran los sonidos; ¡qué grato resulta olvidarse de esto!

¿No se les han obsequiado a las cosas nombres y sonidos para que el hombre se reconforte en las cosas? Una bella tontería es hablar: al hacerlo el hombre danza sobre todas las cosas. ¡Qué gratos son el hablar y las mentiras de los sonidos! Con sonidos danza nuestro amor sobre los abigarrados arcos iris.

–Oh Zaratustra –dijeron ante esto los animales– todas las cosas danzan para aquellos que piensan como lo hacemos nosotros: vienen y se tienden las manos, ríen y huyen y tornan a volver. Todo se va, todo regresa; eternamente gira la rueda del ser. Todo muere, todo torna a florecer, perpetuamente corre el año del ser. Todo se rompe, todo se compone luego; perpetuamente se construye a sí misma la morada del ser. Todo se despide, todo torna a saludarse; perpetuamente sigue fiel a sí mismo el anillo del ser. En cada momento empieza el ser; en torno a todo "aquí" gira la esfera "allá". El centro se encuentra en todas partes. El camino de la eternidad es curvado.

–¡Oh, bribones y organitos a manija –respondió Zaratustra y de nuevo sonrió–, qué acabadamente bien conocen lo que tuvo que cumplirse durante siete días y cómo aquel monstruo se introdujo en mi garganta y me estranguló! Pero yo lo mordí en la cabeza y la escupí lejos de mí. Y ustedes, ¿han hecho ya de esto una canción de organito? Pero ahora yo estoy aquí acostado, cansado todavía de aquel morder y escupir lejos, enfermo todavía por causa de mi propia redención. ¿Ustedes fueron espectadores de todo esto? Animales míos, ¿también ustedes son crueles? ¿Han querido observar mi gran dolor, como lo hacen los hombres?

El hombre es, en efecto, el más cruel de todos los animales. Como más a gusto se sintió hasta ahora el hombre en la tierra fue presenciando tragedias, corridas de toros y crucifixiones; y cuando inventó el infierno, éste fue su cielo en la tierra.

Cuando el gran hombre grita, el hombre que es pequeño acude apresuradamente y ávidamente le cuelga la lengua fuera de la boca. El a esto lo llama su "compasión". El hombre pequeño, sobre todo el poeta, ¡con qué pasión acusa a la vida con palabras! ¡Escúchenlo, pero no dejen de oír el placer contenido en todo acusar! A esos que acusan a la vida, ésta los supera con un mero parpadear. "¿Me amas?, dice la muy sinvergüenza; entonces aguarda un poco, que todavía no tengo tiempo para ti".

El hombre es consigo mismo el más cruel de los animales; y cuantas veces a sí mismo se llama "pecador", insiste en que "lleva una cruz" y que es un "penitente", ¡no dejen de escuchar la voluptuosidad que está presente en esas quejas y esas acusaciones!

Yo mismo, ¿acaso quiero constituirme con esto que digo en el fiscal acusador del hombre? Animales míos, esto es lo único que aprendí hasta ahora: que el hombre precisa de lo peor que hay en él para acceder a sus mejores cosas; que lo peor es su mejor energía y la roca más dura para el supremo creador; y que el hombre tiene que hacerse más bueno y más malvado.

El madero de suplicio al que yo estaba sujeto no consistía en que yo conociera eso, que el hombre efectivamente es malvado, sino el que yo gritara como nadie gritó todavía: "¡Ay, qué diminutas son hasta sus peores cosas! ¡Qué pequeñas resultan ser hasta sus mejores cosas!".

El gran aburrimiento del hombre —él era quien me estrangulaba y el que se había introducido en mi garganta— y lo que el adivino había anticipado: "Todo es igual, nada vale la pena, el conocimiento estrangula".

Un gran ocaso iba rengueando delante de mí, una tristeza mortalmente fatigada, borracha de muerte, que hablaba bostezando, "Eternamente vuelve ése, el hombre del que tú estás cansado, el hombre que es pequeño", así bostezaba mi tristeza y arrastraba los pies y era incapaz de adormilarse.

En un hueco se convirtió para mí la tierra de los hombres, su pecho se hundió, todo lo vivo se transformó para mí en putrefacción humana, en huesos y en marchito pasado.

Mi suspirar estaba sentado sobre las tumbas de los hombres y no podía erguirse; mi suspirar y mi interrogar arrojaban anuncios siniestros y estrangulaban y roían y se quejaban de día y de noche: "¡El hombre retorna eternamente! ¡El hombre pequeño vuelve eternamente!".

Desnudos había visto yo en otra época a los dos, al hombre más grande y al hombre más pequeño: excesivamente semejantes entre sí... ¡excesivamente humano hasta el más grande! ¡Demasiado pequeño era el más grande! ¡Tal era mi aburrimiento del hombre! ¡Y el eterno retorno, asimismo, del más pequeño! ¡Tal era mi aburrimiento de toda existencia! ¡Náusea, náusea, náusea!

Así habló Zaratustra, y luego suspiró y tembló, porque recordaba su enfermedad. Pero en aquel instante sus animales no le permitieron continuar hablando.

—¡Deja ya de hablar, tú que aún estás convaleciente! —así le contestaron sus animales— en vez de hacerlo sal afuera, donde el mundo te espera como un jardín. ¡Sal afuera, ante las rosas, las abejas y las bandadas de palomas! Particularmente, sal fuera y preséntate ante los pájaros cantores: ¡para que así de ellos aprendas a cantar! Cantar es, efectivamente, asunto de convalecientes, pues al sano le gusta hablar. Y aunque también el sano quiere canciones, quiere, empero, diferentes canciones que el convaleciente.

—¡Ah, bribones y organitos a manija, callen ya! —respondió Zaratustra y sonrió de sus animales—. ¡Qué bien saben el consuelo que inventé para mí durante siete días! Tener que cantar nuevamente, ése fue el consuelo que inventé para mí, y ésa fue mi sanación: ¿quieren ustedes, tal vez, hacer enseguida de eso una canción de organito?

—No prosigas hablando —volvieron a responderle sus animales— es mejor que tú, convaleciente, te prepares primeramente una lira, ¡una lira nueva! Pues mira, ¡Zaratustra! Para estas nuevas canciones se precisan liras nuevas. Canta y cubre los ruidos con tus bramidos, Zaratustra, cura tu alma con canciones nuevas: ¡para que puedas cargar con tu gran destino, que no ha sido todavía el de hombre alguno!

Pues tus animales conocen bien, Zaratustra, quién eres tú y quién debes tú llegar a ser: tú eres el maestro del eterno retorno[86]... ¡ése es tu destino!

Que debas ser el primero en pregonar esta doctrina, ¡cómo no iba a consistir ese gran destino también en tu mayor riesgo y tu mayor enfermedad! Observa: nosotros sabemos aquello que tú enseñas: que todas las cosas retornan perpetuamente, y nosotros mismos volvemos con ellas, y sabemos que nosotros existimos ya infinitas veces, y todas las cosas existieron con nosotros. Tú enseñas que hay un gran año del porvenir, un monstruoso gran año: una y otra vez tiene éste que darse la vuelta, como sucede con los relojes de arena, para volver a suceder y su media copa de arena a vaciarse, de manera que todos esos años resultan ser iguales a sí mismos en lo que tienen de más grande y también en aquello que tienen de más diminuto. Así, nosotros somos iguales a nosotros mismos

---

86   El eterno retorno es una doctrina filosófica muy antigua, que en Occidente fue divulgada por los estoicos, mientras que en Oriente está presente en concepciones más antiguas todavía. Básicamente, la doctrina en cuestión plantea que el universo tiene un principio y también un fin, producido el cual todo vuelve a suceder infinitamente, sin variación posible. En su obra titulada *Die fröhliche Wissenschaft* (*La Gaya Ciencia*, 1882) Nietzsche expone esta doctrina, vuelta a abordar en *Also sprach Zarathustra. Ein Buch für Alle und Keinen* (*Así Habló Zaratustra*, 1885) que es posterior.

cada año, tanto en lo que es más grande como en lo que es más pequeño. Y si tú desearas morir ahora, Zaratustra, también sabríamos cómo te hablarías a ti mismo en ese trance... ¡pero nosotros, tus animales, te suplicamos que no mueras todavía! Hablarías sin temor, antes bien dando un venturoso suspiro de alivio: ¡porque una gran pesadez y un gran ahogo se quitarían de encima de ti, que eres el más paciente de los hombres! "Ahora me muero y me desvanezco", tú dirías, "y dentro de un momento seré nada. Las almas son tan mortales como lo son los cuerpos.

Pero el nudo de las causas, en el cual yo estoy comprendido, torna y él me creará nuevamente! Yo mismo soy una parte más de los orígenes del eterno retorno. Vendré otra vez, así como este sol, esta tierra, esta águila, esta serpiente, no llegando a una vida novedosa o mejor o semejante; yo volveré perpetuamente a esta misma e idéntica vida, igual en lo más grande e igual también en aquello que es lo más pequeño, para enseñar nuevamente el eterno retorno de las cosas, para decir nuevamente la palabra del gran mediodía terrestre y humano, para nuevamente anunciar el superhombre a los hombres. He dicho mi palabra, quedo despedazado por causa de ella y así lo desea mi suerte perpetua... ¡yo perezco como aquel que anuncia! Llegó la hora de que el que se hunde en su crepúsculo a sí mismo se bendiga. Así culmina el crepúsculo de Zaratustra".

Cuando los animales terminaron de decir estas palabras callaron y esperaron a que Zaratustra les dijera algo, pero Zaratustra no escuchó que ellos callaban. En vez de ello yacía silencioso, con sus ojos cerrados, parecido a uno que duerme, aunque ya no lo hacía porque se encontraba en conversación con su alma. Mas la serpiente y el águila, al encontrarlo tan silencioso, honraron el gran silencio que lo rodeaba y se alejaron de allí con el mayor cuidado.

Del gran anhelo

"Alma mía, yo te enseñé a decir 'hoy' como se pronuncia 'alguna vez' y 'en otro tiempo' y a bailar tu ronda por encima de cualquier 'aquí y allí y allá'. Alma mía, yo te redimí de todos los rincones, yo te quité el polvo, las arañas y la oscuridad.

"Alma mía, yo lavé del pequeño pudor y de la virtud de los rincones y te convencí de la conveniencia de presentarte desnuda ante los ojos del sol.

"Con la tormenta llamada 'espíritu' yo soplé sobre tu mar borrascoso; soplando alejé de él todas las nubes y yo estrangulé inclusive al estrangulador llamado 'pecado'.

"Alma mía, te brindé el derecho a decir 'no' como la tempestad y a decir 'sí' como lo dice el cielo abierto. Tan silenciosa como la luz tú estás en este momento y cruzas a través de tormentas de negación.

"Alma mía, te devolví la libertad sobre lo creado y lo no creado: ¿quién conoce la voluptuosidad del porvenir como la conoces tú?

"Alma mía, te enseñé el despreciar que no llega como una carcoma, aquel que es el más grande y más amoroso despreciar, aquel que ama al máximo precisamente allí donde máximamente desprecia.

"Alma mía, te enseñé a convencer de tal manera que convences a los mismos argumentos para que vengan hasta ti; tal como hace el sol cuando convence al mar para que ascienda hasta su altura.

"Alma mía, aparté de ti todo obedecer, todo doblar la rodilla y todo llamar 'señor' a otro, te di a ti misma el nombre de 'giro de la necesidad' y el nombre de 'destino'.

"Alma mía, te di nuevos nombres y juguetes de mil colores, te llamé 'destino' y 'contorno de todos los contornos', 'ombligo del tiempo' y también te denominé 'campana azur'.

"Alma mía, a tu comarca natal le di de beber toda la sabiduría, todos los vinos nuevos y asimismo todos los vinos füertes, innumerablemente añejos, de la sabiduría.

"Alma mía, todo el sol lo derramé sobre ti, y toda la noche y todo el callar y todo el anhelo; tú creciste para mí como una viña.

"Alma mía, inmensamente rica y pesada estás ahora, tal como una viña, con abultadas ubres y apretados racimos de oro; apretada y oprimida por tu misma dicha, esperando a causa de tu sobreabundancia, y avergonzada inclusive de tu espera.

"¡Alma mía, en ninguna parte hay en este instante un alma más amorosa y más abarcadora o más amplia que tú! El futuro y el pasado ¿dónde se encontrarían más cercanos y juntos que en ti?

"Alma mía, te di todo, y mis manos se vaciaron por ti: Ahora me dices, sonriendo y plena de melancolía: '¿Quién de nosotros es aquel que debe agradecer? Acaso, ¿el que da no debe agradecer que aquel que toma, tome? Tal vez, ¿hacer regalos no constituye una necesidad? ¿Tomar no constituye un apiadarse?'.

"Alma mía, entiendo por qué sonríes con melancolía: ¡También tu enorme riqueza extiende ahora sus manos con anhelo!

"¡Tu plenitud mira por encima de mares bullentes y busca y espera; el anhelo de la mayor plenitud mira desde el cielo de tus ojos que ríen!

"¡Ciertamente, alma mía, quién vería tu sonrisa y no quedaría deshecho en lágrimas? Los ángeles mismos se deshacen en lágrimas a causa de la excesiva bondad de tu sonrisa.

"Tu bondad y tu excesiva bondad son las que no quieren lamentarse y llorar: y, sin embargo, alma mía, tu sonrisa desea las lágrimas, y tu boca temblorosa desea los sollozos.

"'¿No consiste todo llorar en un lamentarse? ¿Y no consiste todo lamentarse en un acusar?'. Así te diriges a ti misma, y por esa razón, alma mía, prefieres reír antes que desahogar tu sufrimiento. ¡Lo prefieres antes que desahogar en manantiales de lágrimas todo el dolor que te causan tu plenitud y todos los reclamos de la viña para que acudan viñadores y podadores!

"Pero tú no deseas llorar, no quieres desahogarte en lágrimas de tu purpúrea melancolía, ¡por eso debes tú cantar, alma mía! Observa como yo mismo sonrío, yo te anuncié estas cosas: cantar, con un canto bramador, hasta que todos los mares se llamen a silencio para escuchar tu anhelo; hasta que tu bote se balancee sobre silenciosos y deseantes mares, el dorado milagro, alrededor de cuyo oro dan saltos todas las cosas que son malas y todas aquellas que resultan prodigiosas, así como muchos animales grandes y pequeños, y todo lo que tiene fabulosos pies ligeros para lograr correr sobre caminos de color violeta, hacia el dorado milagro, hacia el bote voluntario y su propietario: éste es el vendimiador, que espera con una podadora de diamantes. Es tu gran liberador, alma mía, aquel que no tiene nombre... ¡aquel al que solamente los cantos futuros le encontrarán un apropiado nombre! Ciertamente tu aliento tiene ya el aroma de los cantos del porvenir. Ya tú ardes y sueñas, ya bebes tú, sedienta, de todos los consoladores manantiales de sonoras honduras, ya descansa tu melancolía en la ventura de los cantos futuros!

"Alma mía, ahora te di todo, inclusive lo último que poseía, y mis manos se vaciaron por ti: ¡ordenarte que cantaras, observa tú, eso era mi último asunto!

"Ordenarte cantar, y ahora tú habla, di: ¿quién de nosotros tiene ahora que expresar su agradecimiento?

"Mejor todavía: ¡canta para mí, canta, alma mía! ¡Y déjame que sea yo quien dé las gracias!".

Así habló Zaratustra.

La otra canción del baile

"En tus ojos he mirado hace un instante, vida: oro vi brillar en tus nocturnos ojos, mi corazón se quedó paralizado ante esa sensualidad... ¡una barca de oro vi yo brillar sobre aguas nocturnas, una bambolante barca de oro que se hundía, bebía agua, volvía a hacer sus señas!

"A mi pie, encolerizado de tanto bailar, arrojaste una mirada, una bamboleante mirada que sonreía, inquiría, derretía. Solamente en dos oportunidades agitaste tus castañuelas con pequeñas manos y entonces se balanceó mi pie con anhelo de bailar.

"Mis talones se irguieron, los dedos de mis pies escuchaban para comprenderte mejor: tiene, efectivamente, quien baila, sus oídos ¡en los dedos de los pies!

"Hacia ti di un brinco: tú retrocediste huyendo de mi salto; ¡y hacia mí lanzó llamas la lengua de tus ondulantes cabellos fugitivos!

"Di otro brinco apartándome de ti y de tus serpientes y en aquel instante tú te detuviste, medio vuelta hacia mí, los ojos repletos de deseo.

"Con miradas tortuosas tú me enseñas caminos tortuosos y en ellos mi pie aprende... ¡estratagemas!

"Te temo si estás cerca, te amo si permaneces lejana; tu huida me atrae, tu búsqueda me lleva a detenerme: yo padezco, ¡mas qué no he padecido con placer por ti!

"Tu frialdad inflama, tu odio subyuga, tu huida ata, tu burla conmueve: ¡quién no te odiaría a ti, gran atadora, tú que envuelves, tentadora, buscadora, tú que encuentras!

"¡Quién no te amaría a ti, pecadora que eres inocente, impaciente, veloz como el viento, de mirar infantil!

"¿Hacia dónde me arrastras en este instante, criatura milagrosa, niña traviesa? ¡Y ahora tornas a huir de mí, dulce presa, niña ingrata!

"Te sigo danzando, te sigo inclusive gracias a una pequeña huella. ¿Dónde tú te encuentras? ¡Dame tu mano! ¡Un dedo, siquiera!

"Aquí hay cuevas y densas malezas: ¡nos vamos a perder aquí! – ¡Alto, detente! ¿No ves revolotear lechuzas y murciélagos?

"¡Tú, búho; tú un murciélago! ¿Quieres acaso reírte de mí? ¿Dónde es que nosotros nos encontramos? De los perros aprendiste este modo de aullar y ladrar.

"¡Tú me gruñes con cariño y con blancos dientecillos, tus malignos ojos saltan hacia mí desde una enrulada melenita!

"Esta es una danza realizada a campo traviesa: yo soy el cazador – ¿tú deseas ser mi perro, o quieres ser mi gamuza[87]? ¡Ahora, ven aquí, a mi lado! ¡Rápido, malvada brincadora! ¡Ahora, arriba! ¡Al otro lado, ya! – ¡Ay, me caí yo mismo al saltar!

"¡Mírame tendido en el suelo, tú, arrogancia, e implorar la gracia! ¡Me gustaría recorrer en tu compañía caminos que fueran más gratos, senderos amorosos, a través de silenciosos bosquecitos de muchos colores! O allí, a lo largo del lago: ¡allí donde nadan y danzan los peces dorados!

"¿Ahora estás fatigada? Allá arriba hay ovejas y ocasos: ¿no es bello dormir cuando los pastores tocan sus flautas?

"¿Tan fatigada tú te encuentras? ¡Yo te llevo, deja simplemente caer tus brazos! Y si sufres de sed, yo tendría sin duda alguna cosa que darte, ¡pero tu boca no desea beberlo!

"¡Esta maldita, ágil, flexible serpiente, que es también una bruja escurridiza! ¿Adónde te has marchado? ¡Pero... si en la cara siento, de tu mano, dos huellas y manchas rojas!

"¡Estoy ciertamente cansado de ser siempre tu tonto pastor! Tú, bruja, hasta ahora estuve cantando yo para ti, ahora tú debes... ¡gritar para mí!

"¡Al compás de mi látigo debes bailar y gritar para mí! Acaso he olvidado el látigo?

"¡No!

"Entonces la vida me respondió de este modo, y al hacerlo se tapaba sus deliciosos oídos:

---

87 Rupicapra rupicapra, mamífero de la familia Bovidae, semejante a la cabra, también llamado rebeco. Habita en las zonas montañosas de Europa y parte de Asia y tiene valor como trofeo de caza.

'¡Zaratustra! ¡No hagas resonar de manera tan horriblemente tu látigo! Lo sabes muy bien: el ruido mata los pensamientos y ahora precisamente me vienen pensamientos muy graciosos.

Nosotros somos, los dos lo somos, dos holgazanes que no hacemos ni el bien ni el mal. Más allá del bien y del mal encontramos nuestra isla y nuestra pradera verde ¡nosotros dos estamos solos! ¡Por esa primera razón es que debemos ser buenos el uno con el otro!

Y aunque no nos amemos profundamente, ¿es preciso sentir resentimiento si no se ama hondamente?

Que yo soy buena contigo, y muy seguidamente resulto ser excesivamente buena contigo, eso bien lo sabes tú: y la razón es que siento celos de tu sabiduría. ¡Esa loca y vieja tonta, la sabiduría!

Si alguna vez se apartara de ti ésa, tu sabiduría, entonces se apartaría de ti también mi amor, y lo haría velozmente'.

En este punto la vida miró pensativamente detrás y alrededor de sí y dijo en tono bajo: ¡Zaratustra, tú no me eres lo suficientemente fiel!

No me amas tanto como tú dices, ni mucho menos; yo lo sé, tú piensas que pronto irás a abandonarme.

Hay una vieja, pesada, muy pesada campana que retumba, es ella la que retumba durante la noche y su sonido sube hasta donde está tu cueva; cuanto tú escuchas cómo dan las horas los tañidos de esa campana, a medianoche, tú piensas en estas cuestiones entre la una y las doce.

Tú cavilas sobre esto, Zaratustra, yo bien lo sé, ¡tú piensas que muy pronto vas a abandonarme!'.

'Sí' –le contesté yo, vacilando– 'pero tú sabes también esto'. Entonces le dije algo al oído, por entre los mezclados, amarillentos, insensatos mechones de su pelo.

'¿Tú conoces eso, Zaratustra? Porque eso no lo sabe nadie'.

Y nos miramos el uno al otro y observamos la verde pradera, en cuya superficie principiaba a correr la frescura del atardecer, y entonces lloramos juntos. Entonces, empero, me fue la vida más querida que lo que jamás ha sido para mí toda mi sabiduría".

Así habló Zaratustra.

Los siete sellos

Si yo soy un adivino y estoy pleno de ese espíritu de vaticinio que camina sobre una alta cresta entre dos mares; aquel que camina como una pesada nube entre lo pasado y lo porvenir, enemigo de las cañadas que sofocan y de todo aquello que está fatigado y no es capaz de vivir ni de morir. Dispuesta se encuentra en su oscuro seno a arrojar el rayo y el fulgurante brillo redentor, repleta de rayos que dicen ¡sí! y ríen diciendo ¡sí!, preparada para arrojar vaticinadores y brillantes resplandores: ¡venturoso el que está pleno de cosas como éstas! ¡Ciertamente por larguísimo tiempo tiene que colgar de la montaña, como si fuese una mala tormenta, que en cierta ocasión debe encender la luz del porvenir!

Cómo no iba yo a desear la eternidad y el matrimonial anillo de los anillos, ¡el anillo del retorno!

Nunca encontré hasta ahora una mujer con la que quisiera tener hijos, a no ser esta a quien yo amo: ¡porque yo te amo a ti, eternidad!

¡Porque yo te amo, eternidad!

Si alguna vez mi furia destrozó sepulcros, arrancó mojones e hizo rodar antiguas tablas, las que estaban ya rotas, hasta honduras cortadas a pico. Si alguna vez mi escarnio me llevó a arrojar de su lugar aquellas palabras que estaban cubiertas de moho y yo vine como una escoba para arañas de la cruz y como ventarrón que limpia antiguas y sofocantes criptas fúnebres. Si alguna vez me senté contento allí donde están enterrados los viejos dioses, bendiciendo al mundo, amándolo, junto a los monumentos de los antiguos calumniadores del mundo, porque yo amo hasta las iglesias y los sepulcros divinos, con la condición de que el cielo mire con su ojo puro a través de sus destruidos tejados; me gusta sentarme, como la hierba y la colorada amapola, sobre las igleslas que están destruidas...

¿Cómo no iba yo a desear la eternidad y el matrimonial anillo de los anillos, el anillo del retorno?

Jamás encontré todavía la mujer con quien quisiera tener hijos, a no ser ésta a quien yo amo: ¡porque yo te amo, eternidad!

¡Porque yo te amo, eternidad!

Si alguna vez llegó hasta mí algo del soplo creador y de aquella celeste necesidad que inclusive a los azares obliga a danzar en una ronda de estrellas. Si alguna vez reí con la misma risa del rayo creador, al que gruñendo, pero obedeciéndolo, sigue el largo tronar de la acción. Si alguna vez jugué a los dados con las deidades sobre la divina mesa de la tierra, de modo que la tierra tremoló, se resquebrajó y arrojó resollando ígneos torrentes, porque una mesa divina es la tierra, que tiembla con nuevas palabras creadoras y con divinos juegos de dados: ¿Cómo no iba yo a desear la eternidad y el matrimonial anillo de los anillos, el anillo del retorno?

Jamás encontré todavía la mujer con quien quisiera tener hijos, a no ser ésta a quien yo amo: ¡porque yo te amo, eternidad!

¡Porque yo te amo, eternidad!

Si alguna vez bebí a grandes sorbos de aquella espumosa y condimentada jarra en la que se encuentran bien mezcladas todas las cosas. Si alguna vez mi mano derramó las cosas más lejanas sobre las más próximas, fuego sobre el espíritu, y placer sobre el dolor y lo que era más inicuo sobre lo que constituía lo más bondadoso. Si yo mismo soy un grano de esa sal redentora, ésa que permite que todas las cosas se mezclen bien en tal jarra; porque hay una sal que une lo bueno con lo malvado y hasta lo más malvado es digno de servir de condimento y de postrera efusión:

¿Cómo no iba yo a desear la eternidad y el matrimonial anillo de los anillos, el anillo del retorno?

Jamás encontré todavía la mujer con quien quisiera tener hijos, a no ser ésta a quien yo amo: ¡porque yo te amo, eternidad!

¡Porque yo te amo, eternidad!

Si soy amigo del mar y de todo cuanto pertenece al linaje marino, y cuando más amigo suyo soy es cuando furioso me contradice. Si en mí existe y perdura aquel placer indagador que empuja las velas hacia lo desconocido, si en mi placer hay un placer que propio es de aquel que es navegante. Si alguna vez mi alegría gritó: "La ribera se ha desvanecido, ahora está rota mi última cadena, brama lo que carece de límites alrededor de mí, allá lejos fulguran para mí el espacio y el tiempo, ¡magnífico, adelante, viejo corazón!".

¿Cómo no iba yo a desear la eternidad y el matrimonial anillo de los anillos, el anillo del retorno?

Jamás encontré todavía la mujer con quien quisiera tener hijos, a no ser ésta a quien yo amo: ¡porque yo te amo, eternidad!

¡Porque yo te amo, eternidad!

Si mi virtud es la de un bailarín, y muy repetidamente brinqué sobre ambos pies hacia un éxtasis de oro y esmeralda. Si mi maldad es una maldad que ríe y vive entre colinas de rosas y macizos de lirios; ciertamente en la risa se reúne todo lo que resulta ser malvado, pero santificado y redimido por su propia ventura.

Y si mi alfa y mi omega[88] es que todo lo pesado se torne liviano, todo sea cuerpo, bailarín, sea todo espíritu, pájaro: ¡ciertamente esto es mi alfa y es mi omega!

¿Cómo no iba yo a desear la eternidad y el matrimonial anillo de los anillos, el anillo del retorno?

---

88   Alusión al Apocalipsis, 1, 8, cuando dice: "Soy yo el alfa y el omega, dice Jehová; soy el que es y el que va a ser y va a venir, el señor de todo lo que existe".

Jamás encontré todavía la mujer con quien quisiera tener hijos, a no ser ésta a quien yo amo: ¡porque yo te amo, eternidad!

¡Porque yo te amo, eternidad!

Si alguna vez extendí silentes cielos sobre mí, y con alas propias volé hacia cielos que eran propios. Si yo nadé jugando en hondas lejanías de luz, y mi libertad alcanzó una sabiduría que sólo es de pájaro, y si así es como habla la sabiduría de pájaro: "¡Mira, no hay ni arriba ni existe el abajo! ¡Arrójate de acá para allá, hacia adelante, hacia detrás, tú el que eres tan liviano! ¡Canta, ya no sigas hablando! ¿Acaso las palabras no fueron creadas para los que son pesados? ¿No mienten, para quien es liviano, todas las palabras? Canta, ya no sigas hablando!".

¿Cómo no iba yo a desear la eternidad y el matrimonial anillo de los anillos, el anillo del retorno?

Jamás encontré todavía la mujer con quien quisiera tener hijos, a no ser ésta a quien yo amo: ¡porque yo te amo, eternidad!

¡Porque yo te amo, eternidad!

Cuarta y última parte

"¿En qué lugar del mundo se han cometido estupideces mayores que entre aquellos que son compasivos? ¿Y qué cosa en el mundo ha provocado mayor dolor que las imbecilidades realizadas por aquellos que son compasivos?

"¡Pobres todos aquellos que aman y no poseen aún una elevación que esté por encima de su compasión!

"Así me dijo el demonio una vez: 'También Dios tiene su infierno: éste es su amor a los hombres'.

"Y hace poco le oí decir esta frase: 'Dios ha muerto; por causa de su compasión por los hombres es que ha muerto Dios' ".

Así habló Zaratustra.

La ofrenda de la miel

Nuevamente pasaron más lunas y más años sobre el alma de Zaratustra, y él no prestaba atención alguna a eso; pero así fue que su cabello se tornó de color blanco. Un día, cuando estaba sentado sobre una roca delante de su cueva y miraba silenciosamente hacia fuera de la caverna —desde allí se ve el mar lejano, al otro lado de abismos bien sinuosos— sus animales estuvieron dando vueltas en torno de él, pensativos, y por fin se colocaron frente a él.

"Zaratustra", le dijeron, "¿es que estás buscando con la mirada tu dicha?".

—¡Qué importa la dicha! —respondió él— hace ya mucho que yo no aspiro a la dicha, aspiro a alcanzar el logro de mi obra.

"Zaratustra", dijeron nuevamente los animales, "dices estas cosas como quien está excedido de bien. ¿No yaces tú en un lago de dicha azul como el cielo?".

—¡Bribones! —respondió Zaratustra, y sonrió— ¡qué bien han elegido la imagen! Pero también saben que mi dicha es pesada, que no es como una fluyente ola de agua: me aprieta y no quiere despegarse de mí, semejante a la pez derretida.

Entonces los animales tornaron dar vueltas a su alrededor, meditantes, y otra vez se colocaron frente él.

"Zaratustra", le dijeron, "¿a eso se debe, pues, el que tú mismo te estés volviendo cada vez más amarillento y oscuro, aunque tu cabello parezca ser blanco y semejante al lino? ¡Mira, estás sentado sobre tu pez!".

—¡Qué dicen, animales míos! —dijo Zaratustra y se rió—. Ciertamente blasfemé cuando hablé de la pez. Lo que a mí me sucede es lo que les ocurre a las frutas cuando maduran. La miel que hay en mis venas es lo que más densa torna mi sangre y, también, más silenciosa vuelve a mi alma.

"Así será, Zaratustra", respondieron los animales, y se arrimaron a él, "pero, ¿no deseas subir a una elevada montaña? El aire allí es más puro, y hoy se ve una parte del mundo que resulta ser mayor que nunca".

—Sí, mis animales —respondió él—, acertado es su consejo y adecuado a mi corazón: ¡hoy quiero ascender a una alta montaña! Pero cuiden de que allí tenga a mi alcance miel, miel de colmena, amarilla, blanca, buena, fresca como el hielo. Porque ustedes deben saber que en esas alturas deseo yo ofrecer la ofrenda de la miel.

Pero cuando Zaratustra hubo llegado a la cima mandó que volvieran a sus casas sus animales, aquellos que lo habían acompañado, y vio que entonces se encontraba solo; entonces se rió de todo corazón, miró a su alrededor y habló de esta manera:

¡Hablar de ofrendas de miel fue solamente una estratagema de oratoria y, ciertamente, también una bobería útil! Aquí arriba me está permitido expresarme con mayor libertad que en cuevas de ermitaños y frente a sus bestias domesticadas.

¡Para qué realizar una ofrenda! Yo dilapido lo que se me obsequian, yo que soy un pródigo que posee mil manos: ¡cómo podría aún llamar a esto hacer una ofrenda!

Cuando yo solicitaba miel, lo que pedía era apenas un cebo y un dulce y viscoso almíbar, uno que les gusta hasta a los osos gruñones y los pájaros raros, quisquillosos y malignos. Es el mejor cebo, precisamente el adecuado para que lo empleen los cazadores y pescadores. Porque si el mundo es como un tenebroso bosque abundante en animales, y por ende, un jardín de las delicias de los cazadores acechantes, a mí me parece, aun mejor, un mar rico y repleto de abismos, lleno de peces y mariscos de todos los colores. A punto tal que hasta las deidades querrían volverse pescadores en su orilla y echar allí sus redes: ¡tanto abundan el mundo las rarezas grandes y las que son pequeñas!

Particularmente el mundo de los hombres, el mar de los hombres. A éste yo arrojo la línea de mi caña de oro y le ordeno al abismo del hombre que se abra ante mí.

Le ordeno: ¡Ábrete y arrójame tus peces y tus brillantes mariscos! ¡Con mi mejor carnada yo capturo los más singulares peces humanos! Yo arrojo mi propia felicidad bien lejos, al conjunto de las latitudes y todas las lejanías, entre el alba, el mediodía y el ocaso, para comprobar si son muchos los peces humanos que aprenden a tirar y morder de mi dicha. Hasta que éstos, mordiendo mis afilados y ocultos anzuelos, se vean obligados a ascender a mi altura: los multicolores pececillos de los abismos, deben así subir hacia el más malvado de todos los pescadores de hombres.

Porque tal soy yo a fondo y desde el comienzo, tirando, atrayendo, levantando, subiendo... Soy uno que tironea, cría y corrige, el que no inútilmente se dijo a sí mismo en una época pasada: "¡Alcanza tú a ser aquel que eres!".

Entonces que los hombres asciendan ahora hasta mí, pues aún espero los signos de que arribó el momento de mi descenso, yo aún no me hundo en mi crepúsculo como debo hacerlo, entre los hombres.

A que suceda esto yo espero en este sitio, astuto y mofándome, en las elevadas montañas, y no estoy impaciente ni paciente, sino que me encuentro como aquel que se olvidó hasta de la paciencia... porque ya no "sufre".

Mi destino me deja tiempo, así es: ¿acaso me olvidó? ¿Será que se encuentra sentado a la sombra de una enorme roca y allí se aplica a cazar moscas?

Ciertamente le estoy agradecido a mi perpetuo destino, de que no me apremie y me deje tiempo para dedicarme así a bromas y travesuras: de manera que hoy trepé a esta montaña elevada para pescar.

¿Ha pescado un hombre, alguna vez, peces sobre las elevadas montañas? Aunque sea una bobería ello es lo que yo deseo y hago aquí en las alturas: mejor es esto que no tornarme solemne y verde y también amarillo allá en lo bajo, a fuerza de esperar... Como alguien que gruñe de furia a fuerza de aguardar, una santa borrasca rugiente que desciende de las montañas, un sujeto impaciente que les grita a los valles: "¡Oigan, o los castigo con el látigo de Dios!".

No es que yo me enoje por ello con ésos que están tan furiosos: ¡me hacen reír mucho! ¡Impacientes tienen que estar esos grandes timbales sonoros, que hablan hoy o no hablan jamás!

Pero mi destino y yo no le hablamos al "hoy" y tampoco conversamos con el "nunca"; para hablar disponemos de paciencia, y tenemos tiempo, y más que tiempo todavía.

Porque un día él tiene que venir, y no tendrá permitido seguir de largo.

¿Quién tiene que venir un día, y no tendrá permitido seguir de largo? Nuestro gran Hazar[89], o sea, nuestro gran y remoto reino del hombre, el reino de Zaratustra de los mil años[90].

¿A qué distancia está ese que es "remoto"? ¡Qué me importa a mí esa distancia! No por ella es para mí menos firme: con ambos pies estoy seguro sobre esa base, sobre un fundamento permanente, sobre una dura roca antigua, sobre estas mismas montañas pretéritas, las más elevadas y duras entre todas, a las que vienen todos los vientos como a una divisoria meteorológica, preguntando ¿dónde?; ¿de dónde?; ¿hacia dónde?

¡Ríe aquí, luminosa y sana malignidad mía! ¡Desde las más elevadas montañas lanza hacia abajo tu brillante carcajada de burla! ¡Pesca para mí con tu brillo aquellos peces humanos que resultan ser los más hermosos!

Y aquello que en todos los mares a mí me pertenece, mi "en-mí" y mi "para-mí" en todas las cosas; péscame eso y sácalo fuera, sube eso hasta donde yo estoy: eso es lo que espero yo, que soy el más malvado de todos los pescadores.

¡Lejos, bien lejos ve, anzuelo mío! ¡Dentro, hacia abajo, carnada de mi dicha! ¡Deja caer gota tras gota tu más almibarado rocío, miel de mi corazón! ¡Muerde, anzuelo mío, en el vientre de toda lóbrega penuria!

¡Lejos, muy lejos vayan, ojos míos! ¡Cuántos mares en torno de mí, cuántos futuros humanos que amanecen! Por encima de mí – ¡qué calma tan rosada! ¡Qué silencio tan libre de nubes!

---

89   La palabra persa "hazar" significa mil —como en el caso de la versión persa de *Las Mil Noches y Una Noche*, denominada "Hazar Afsanah" (Las Mil Leyendas)– y en este caso, se refiere a un período de mil años, como lo señala el Apocalipsis, 20, cuando habla de un reinado de mil años.

90   Referencia al Evangelio según San Mateo, 21, cuando narra la entrada en Jerusalén de Jesucristo, montado sobre un burro.

El grito de socorro

Al día siguiente se encontraba nuevamente sentado Zaratustra sobre la roca, delante de su cueva, mientras los animales se afanaban por el mundo para traer renovado alimento, asimismo nueva miel, porque Zaratustra ya había devorado y hasta derrochado la antigua miel hasta que de ella no quedó siguiera una diminuta gota. Mientras se encontraba allí sentado, con un bastón en la mano, y dibujaba sobre el suelo la sombra de su figura, meditando, y, ciertamente, no lo hacía sobre sí mismo ni respecto de su sombra. Repentinamente se asustó y sobresaltó, porque junto a su sombra veía otra. Al mirar rápidamente a su alrededor e incorporarse, observó que junto a él se encontraba el adivino, aquel a quien —en otra época— había dado de comer y de beber en su propia mesa, el heraldo del gran cansancio, aquel que predicaba: "Todo es idéntico, nada vale la pena, el mundo no tiene sentido alguno, el saber estrangula". Mas su cara había cambiado desde aquel tiempo y cuando Zaratustra lo miró a los ojos, su corazón volvió a sobresaltarse, pues tantos eran los malos augurios y los rayos grisáceos que cruzaban por el rostro del adivino.

Éste, que había comprendido lo que ocurría en aquel instante en el alma de Zaratustra, se pasó la mano por el rostro como si deseara borrar sus facciones; lo mismo hizo Zaratustra. Cuando ambos se calmaron y se reanimaron en silencio, estrecharon sus manos en señal de que deseaban reconocerse.

—Eres bienvenido —le dijo Zaratustra— adivino del gran cansancio, no debe resultar inútil que otrora hayas sido mi huésped. ¡Come y bebe asimismo este día en mi casa, y disculpa que un viejo alegre se siente a tu lado a la mesa!

—¿Un viejo alegre? —respondió el adivino moviendo su cabeza—. Quien quiera que seas o quieras tú ser, Zaratustra, lo has sido ya durante mucho tiempo aquí arriba, ¡dentro de poco no estará ya tu barca en terreno seco!

—¿Acaso yo estoy en terreno seco? —preguntó Zaratustra, riendo al mismo tiempo.

—Las olas que rodean tu montaña —respondió el adivino—. Suben cada vez un poco más, las olas de la gran necesidad y la gran penuria pronto levantarán tu barca y te transportarán muy lejos de este lugar.

Zaratustra calló al oír la respuesta del adivino y se asombró.

—¿No oyes algo, todavía? —siguió diciendo el adivino—. ¿No ascienden acaso de la hondura fragores y bramidos?

Zaratustra siguió callado y escuchó: en ese instante se escuchó un prolongado alarido y era aquel que los abismos se lanzaban los unos a los otros y se devolvían, porque ninguno deseaba conservarlo, dado que sonaba tan horrendo.

—Infame adivino —dijo luego Zaratustra— ése grito es un pedido de auxilio, un grito de hombre, e indudablemente proviene de un lóbrego mar. ¡Qué me importa lo que precisen los hombres! Mi último pecado, ése me fue guardado para el final, ¿sabes cómo se llama?

—¡Compasión! —contestó entonces el adivino con el corazón rebosante, y levantó las manos—. ¡Zaratustra, aquí estoy para inducirte a cometer tu último pecado!

Apenas fueron pronunciadas estas palabras sonó nuevamente el grito, más prolongado y angustioso que antes; asimismo, se lo oyó mucho más próximo que la vez anterior.

—¿Oyes, tú lo oyes, Zaratustra? —dijo el adivino—. Ese grito se dirige a ti, a ti te llama: ¡ven, acude ya, que es tiempo, ya ha llegado la hora!

Zaratustra, en tanto, guardaba silencio, desconcertado y sacudido su ánimo por aquello; finalmente preguntó, como aquel que en su alma titubea:

—¿Quién me llama? —dijo entonces.

—Tú lo sabes muy bien —se apresuró el adivino a contestarle, con violenta manera—. ¿Por qué te ocultas? ¡El hombre superior es quien aúlla y te llama!

—¿El hombre superior? —gritó Zaratustra espantado— ¿Qué quiere ése de mí? ¡El hombre superior... qué quiere aquí? —y entonces comenzó a sudar copiosamente.

El adivino no le respondió a Zaratustra; prosiguió escuchando atento a la hondura y al hacerse un gran silencio en ella, tornó a mirar a Zaratustra, quien se encontraba de pie y temblabas de pavor.

—Zaratustra —comenzó a decir el adivino con tristeza—, no te encuentras allí como uno al que su dicha lo hace girar... ¡tú deberás danzar si es que no deseas caerte al suelo! Mas así quieras bailar y hacer todas tus piruetas frente a mí, nadie podría con justicia decirme que allí danza el último hombre alegre... Inútilmente se afanaría en subir hasta aquí uno que estuviese en la búsqueda de ese tipo de hombre. Hallaría seguramente cuevas y más cuevas y madrigueras para aquellos que buscan ocultarse, pero de modo alguno daría con manantiales de dicha ni yacimientos sin explotar del oro de la dicha. Dicha... ¿de qué manera hallarla entre ermitaños y gentes enterradas en vida? ¿Es que debo buscar aún la última dicha en las islas venturosas y en sitios remotos y situados en mares hace tiempo olvidados? Cuando todo es igual, nada vale la pena, es inútil buscar y respecto de las islas venturosas... ¡ya tampoco existen!

De tal modo se expresó el adivino, entre graves suspiros, pero al oír el último de aquellos suspiros Zaratustra reaccionó, habiendo recuperado la lucidez.

—¡No, no y tres veces no! —bramó éste con fuerza y luego acarició sus barbas—. ¡De esa materia sí que yo sé más que tú! ¡Todavía existen las islas venturosas! ¡No hables tú de eso, suspirante bolsa de penurias! ¡Cesa de parlotear respecto de eso, nube lluviosa en medio de la mañana! ¿No estoy yo ya empapado por causa de tus penurias, y mojado como un perro? Ahora voy a sacudirme y a poner distancia de ti, para quedar seco nuevamente. ¡A sentir asombro de esto no tienes derecho alguno! ¿Te resulto acaso poco amable? Mas aquí tienes a mi corte. en lo que hace a tu hombre superior, ¡está bien!, voy a apurarme a buscarlo en aquellos bosques, porque de ellos provenía su grito. Tal vez lo persigue allí un feroz animal. Se encuentra en mis dominios... ¡en mis dominios no debe padecer daño alguno! Ciertamente hay muchos animales feroces en mi casa.

Tras hablar de tal manera, Zaratustra se volvió para irse. Entonces le dijo el adivino: –Eres un pícaro, Zaratustra. Yo lo sé muy bien: ¡quieres sacarme de en medio! ¡Eliges correr a los bosques, tú prefieres acechar animales feroces! ¿Para qué podría servirte hacer algo semejante? Al ocaso me verás nuevamente, en tu propia cueva esperaré sentado, con la paciencia y también la pesadez que tiene un leño... ¡así es que yo te esperaré!

–¡Que sea de tal manera, si es que tú así lo quieres! –respondió Zaratustra mientras se iba– ¡Y lo que es de mi propiedad en la cueva también es tu propiedad, pues tú eres mi huésped! Si hallas todavía miel dentro de mi cueva, ¡que te aproveche! Cómetela toda, oso que no para de gruñir, ¡a ver si comiéndola alcanzas a dulcificar un tanto tu alma, dado que al ocaso ambos deseamos estar de buen humor! ¡De buen humor y felices de que un día como éste por fin se haya terminado! Tú mismo debes danzar al son de mis cantares, como si fueras ciertamente mi oso bailador. ¿No lo crees así? ¿Mueves tu cabeza? ¡Muy bien! ¡Adelante con ello, oso viejo! También yo soy como tú uno que adivina.

Así habló Zaratustra.

Coloquio con los reyes

No había trascurrido todavía una hora desde que Zaratustra andaba caminando por las montañas y los bosques, cuando repentinamente vio un raro séquito. Exactamente por aquel sendero por el que estaba bajando venían dos reyes ca-

minando: conducían un burro bien cargado y estaban engalanados con sus coronas y luciendo cinturones de púrpura, de
tantos colores como dos flamencos.

¿Qué quieren esos monarcas en mi reino?, se dijo asombrado Zaratustra, y se escondió raudamente detrás de unos
arbustos que por allí había. Cuando los reyes se estaban ya
acercando al sitio donde él se encontraba, Zaratustra susurró,
como hace aquel que en soledad se dirige a sí mismo: "¡Qué
cosa más rara, qué extraña! ¿Cómo se debe entender esto que
contemplo? Veo a dos reyes ¡y un solo burro!".

Entonces los dos reyes detuvieron su marcha, se sonrie-
ron, observaron hacia el sitio de donde la voz provenía, y luego se miraron entre sí.

"Cosas como ésas las pensamos también entre nosotros",
señaló el rey que estaba a la derecha, "pero no las decimos".

El rey de la izquierda se encogió de hombros y replicó:

"Indudablemente éste es un pastor de cabras o tal vez
sea un ermitaño que ha morado solo, durante un tiempo que
resultó excesivo, aislado entre piedras y bosques. Careciendo
durante un lapso tan prolongado de toda compañía humana,
seguramente sus buenos modales se echaron a perder".

"¿Los buenos modales?", respondió con gran amargura
y pésimo humor el otro rey, "¿de qué nosotros venimos huyendo? ¿No es acaso de ésos, los buenos modales ¿De nuestra
'buena sociedad'? Mejor resulta ser, definitivamente, vivir entre ermitaños y pastores de cabras que en compañía de nuestro dorado, falso y aliñado populacho, esa plebe que prefiere
llamarse a sí misma 'la buena sociedad', así se llame a sí misma 'nobleza'. Allí todo es falso y está bien podrido... y en pri-
merísimo lugar la sangre, gracias a pésimas y añejas enfermedades y a curanderos que resultan ser todavía peores. El mejor
y mi preferido sigue siendo para mí hoy, como ayer, un sano
campesino, quien es rústico, astuto, empecinado y tenaz; tal
es hoy el linaje más noble. El campesino hoy el mejor; ¡y el
linaje de los campesinos es aquel que debería ejercer el domi-

nio! Pero éste es el reino del populacho, yo ya no permito que me engañen. Y populacho significa mezcolanza. Mezcolanza plebeya: en ella todo está revuelto con todo: el santo y el bandido, el hidalgo y el judío y todos los animales que alguna vez llenaron el arca de Noé. ¡Buenos modales! Entre nosotros todo es definitivamente falso y está bien podrido. Nadie sabe ya de qué modo venerar y exactamente de ello es de lo que nosotros huimos. Ellos son perros hartantes y pegajosos, pintan con purpurina las hojas de palma. ¡La náusea que me estrangula es que hasta nosotros los reyes nos hemos tornado falsos: andamos recubiertos y disfrazados con la vieja y descolorida gala de nuestros abuelos, siendo medallones para los más imbéciles y para los más astutos y para todo aquel que ahora se dedica a traficar con el poder! Nosotros no somos de ningún modo los primeros, pero resulta perentorio que pasemos por serlo. De estas pantomimas falsas ya estamos hasta la coronilla y hasta nos hace vomitar del asco.

De la chusma escapamos, de todos esos ruidosos y de los moscardones que escriben,

del hedor pestífero de los mercachifles, de la agitación de los ambiciosos, del aliento infame... Morar en medio de la chusma ¡pasar por ser los primeros en medio de la chusma! ¡Náuseas, sólo náuseas! ¡Qué importancia tenemos ya nosotros, los que somos reyes!".

"Tu antigua enfermedad te ataca nuevamente", manifestó a continuación el rey de la izquierda, "la náusea te obsesiona, mi pobre hermano. Ya sabes que hay alguien que nos escucha en este momento".

En el acto salió de su escondite Zaratustra, quien había escuchado atentamente lo que habían dicho los reyes; entonces a acercó a ellos y les dijo:

—Quien los escucha, quien con placer los escucha, oh reyes, se llama Zaratustra. Yo soy Zaratustra, quien dijo en otra época: "¡Qué importancia tienen ya los reyes!" Perdonen mi alegría cuando dijeron ustedes: "¡Qué importancia tenemos nosotros los reyes!". Este paraje es mi reino: ¿qué andan buscando ustedes en él? Quizás encontraron en el sendero que busco: el hombre superior.

Cuando los reyes lo oyeron decir esto se dieron golpes en el pecho y dijeron al unísono:

"¡Fuimos reconocidos! Con la espada de esas palabras cortaste tú la más apretada oscuridad que había en nuestros corazones. Descubriste cuál era nuestra necesidad, entonces... ¡mira! Estamos en el camino para hallar al hombre superior, aquel que resulte ser superior a nosotros, aunque seamos reyes. Para él traemos este burro. Porque el hombre supremo, el que es superior a todos los demás hombres, debe ser en la tierra también el señor absoluto (90). No hay desgracia mayor en el destino del hombre parecida a cuando los poderosos de este mundo no resultan ser además los primeros entre los hombres; entonces todo se torna falso y retorcido y monstruoso. Y cuando inclusive resultan ser los últimos, y más animales que hombres, entonces el populacho acrecienta su valor, y finalmente la virtud del populacho alcanza a afirmar: ¡miren, únicamente yo soy la virtud!'".

–¿Qué termino yo de escuchar? –replicó Zaratustra–. ¡Qué sabiduría encuentro en estos reyes! Me hallo fascinado y ciertamente deseo componer unos versos sobre este tema, aunque estos versos resulten no adecuados para que todos los escuchen. Hace tiempo ya que olvidé guardar consideraciones con orejas largas. ¡Muy bien, entonces, delante!

Mas en aquel momento sucedió que asimismo el burro hizo uso de la palabra y lo hizo de manera clara y malévola.

En otra época –pienso que en el año primero de la salvación– dijo la sibila, embriagada sin haber bebido vino:

"¡Ay, las cosas andan mal!
¡Es la ruina! ¡Jamás el mundo cayó tan bajo!
Roma descendió a convertirse en prostituta y burdel,
el César romano descendió a ser un animal,
y Dios mismo – ¡se hizo judío!"

Los reyes gozaron con estos versos de Zaratustra; y el rey de la derecha señaló: "¡Oh Zaratustra, qué bien hicimos en ponernos en camino para verte! Tus enemigos nos mostraban tu imagen en su espejo: en él tú mirabas con una mueca demoníaca y una risa burlona; así era que teníamos miedo de ti. ¡Pero para qué servía eso! Una y otra vez nos perforabas el oído y el corazón con tus discursos. Finalmente dijimos: '¡qué importa qué aspecto él tenga! Debemos escucharlo a él, quien enseña: '¡deben amar la paz como el camino hacia guerras nuevas, y la paz corta más que la larga!'. Nadie ha dicho hasta hoy palabras tan bélicas como éstas: '¿Qué es ser bueno? Ser corajudo es bueno. La buena guerra es la que santifica cualquier causa. Zaratustra, la sangre de nuestros padres se movía en nosotros al oír esas palabras: era como el discurso que les la primavera a los viejos toneles de vino. Cuando las espadas chocaban como serpientes de manchas rojas, nuestros padres sentía que la vida era buena; bajo la paz el sol les resultaba flojo y tibio, y una paz prolongada los llenaba de vergüenza. ¡Cómo suspiraban cuando veían en la pared espadas brillantes y secas! Lo mismo que éstas, también ellos sufrían sed de combate. Porque una espada quiere beber sangre y brilla de deseo".

Mientras los reyes así hablaban con acalorado ardor de aquello que era la dicha para sus ancestros, a Zaratustra lo asaltaron grandes deseos de mofarse de su entusiasmo, porque resultaba evidente que se trataba de reyes muy pacíficos, reyes con rostros antiguos y de gran delicadeza, pero alcanzó a controlarse.

¡Muy bien! —se dijo— hacia allá continúa el sendero, allá está la cueva de Zaratustra; ¡y este día debe ser seguido por una larga noche! Ahora me llama un grito de socorro que me lleva a alejarme de ustedes a toda prisa.

Es un honor para mi cueva que unos reyes quieran descansar en ella y esperar: ¡pero, por cierto, deberán ustedes de esperar largo rato!¡Qué importa! ¿Dónde se aprende actualmente a esperar mejor que en una corte? La entera virtud de los reyes, la que les ha restado tener – ¿no se llama actualmente: 'poder-aguardar'?

Así habló Zaratustra.

La sanguijuela

Zaratustra continuó pensativo andando su sendero, que descendía cada vez más. Así fue cruzando a través de bosques y recorrió las riberas de las ciénagas, bordeándolas. Como les pasa a todos aquellos que meditan respecto de complejas cuestiones, finalmente tropezó con un hombre y le dio un pisotón. Repentinamente le dirigieron un par de maldiciones, acompañadas por un grito de dolor y varias injurias. Zaratustra se llevó tal susto que levantó su bastón de caminante y con él descargó varios garrotazos sobre aquel al que había pisado. Mas enseguida recobró el juicio y se rió de la necedad que había hecho.

–Perdóname –le dijo al que había pisado, quien se había incorporado, enojadísimo, y luego se había sentado–, perdóname y escucha, antes de nada, esta parábola. Tal como hace un viajero que sueña con cosas remotas y que tropieza, sin darse cuenta, en una calleja solitaria con un perro que duerme, tendido al calor del sol, y ambos se enfurecen, se injurian como enemigos mortales, ambos mortalmente aterrados, así nos sucedió a nosotros. Pero... ¡qué poco faltó para que ambos se acariciaran, ambos, el viajero y el perro, ya que los dos son solitarios!

"Quienquiera que tú seas", dijo aún muy enojado el pisado, "¡también con tu parábola me pisas, ya no solamente con tu pie! ¿Acaso yo soy un perro?". Entonces el que había sido pisado se incorporó y sacó de la ciénaga su brazo desnudo. Hasta entonces se había mantenido oculto, tendido en el suelo, como lo hacen aquellos que acechan presas de caza en los marjales.

¡Pero qué haces!, –exclamó Zaratustra muy asustado, pues veía correr la sangre por aquel brazo desnudo– ¿qué te sucedió? ¿Te ha mordido, pobre diablo, una bestia malvada?

Aquel que sangraba se rió entonces, pese a que todavía se encontraba muy furioso con lo sucedido.

"¡Y eso a ti qué te importa!", dijo, y quiso irse de allí, "aquí estoy en mi casa y estos son mis dominios. Que me pregunte cualquier otro, pero a un embustero raramente le voy a responder".

–Tu te engañas –dijo Zaratustra compadeciéndose, mientras intentaba retenerlo–. Te engañas: aquí no te encuentras en tu morada, sino que estás en lo que constituye mi reino, y aquí nadie debe sufrir daño. Tú puedes llamarme como te plazca, que yo seguiré siendo aquel que debo ser. Mi nombre es Zaratustra y por allí, por ese sendero, se llega hasta mi cueva. Ella no está muy lejana. ¿No deseas curar tus heridas en mi cueva? Tu vida ha sido ardua, pobre hombre: primeramente te mordió una bestia y luego un hombre te ha pisado.

Mas cuando el pisado oyó el nombre de Zaratustra, toda su expresión cambió.

–¡Qué me sucede! –exclamó–. ¿Quién me interesa más en este mundo si no es ese exclusivo hombre, Zaratustra, y ese exclusivo animal que se alimenta de sangre, la sanguijuela? Debido a ella estaba yo tendido junto a esta ciénaga, igual que uno que pesca, y ya mi brazo había sido mordido una decena de veces, cuando he aquí que me pica, en busca de mi sangre, Zaratustra, ¡el erizo más bello de todos! ¡Qué felicidad, qué milagro es éste! ¡Bendito sea este día que me llevó a venir hasta la ciénaga! ¡Alabado sea la mejor y más viviente de las ventosas que hoy existen, bendito sea Zaratustra, la gran sanguijuela de las conciencias!–, dijo aquel que había sido pisado.

Zaratustra se alegró al escuchar sus palabras, así como sus delicados y tan respetuosos modales.

–¿Quién eres? –le preguntó Zaratustra y le tendió la mano– entre nosotros queda mucho por decir y aclarar, pero ya, creo yo, se está haciendo de día, y éste será un día puro y luminoso.

–Yo soy el concienzudo del espíritu– respondió el interpelado. –Y en los asuntos del espíritu difícilmente haya otro que los aborde con superior rigor, severidad y dureza que yo, salvo en el caso de aquel de quien aprendí a hacerlo de tal modo, el mismísimo Zaratustra. ¡Es mejor ignorarlo todo que saber mucho a medias! ¡Mejor ser un imbécil por cuenta propia que un sabio según los criterios de los demás! Yo voy al fondo de las cosas: ¿qué importa que éste sea grande o pequeño? ¿Que se llame ciénaga o cielo? Un palmo de fondo me alcanza, ¡mientras sea genuinamente fondo y suelo! Apenas un palmo de fondo: sobre él se puede permanecer de pie. En la auténtica ciencia de la conciencia no hay nada que sea grande ni nada que sea pequeño.

–¿Entonces, tú eres aquel que conoce a la sanguijuela? –le preguntó Zaratustra– ¿y estudias la sanguijuela hasta sus último fondo, tú, el concienzudo?

–Zaratustra –le contesto el que había sido pisado–, eso sería una enormidad, ¡cómo iba a serme permitido tal atrevimiento! Aquello en lo que yo soy un maestro y un gran conocedor es en todo lo referente al cerebro de la sanguijuela ¡tal es mi mundo! ¡Porque también ése es un mundo! Perdóname si en teste punto el que habla es mi orgullo, pero eso se debe a que, ciertamente, en tal materia yo no tengo igual. Por esa razón fue que dije antes que aquí yo estaba en mi casa. ¡Cuánto hace que estudio esa sola materia, el cerebro de la sanguijuela, con el objetivo de que esa verdad escurridiza no se me escurra a mí! ¡Por ello es que digo que aquí se encuentra mi dominio! Por esta razón, yo de deshice de todo lo demás; por esta causa todo lo demás me provocó la mayor indiferencia y exactamente al costado de mi sabiduría tiene su tienda montada mi más oscura ignorancia. Mi conciencia del espíritu manda que yo conozca una exclusiva cosa y lo ignore todo en referencia a lo que no sea ella misma. ¡Me provocan náuseas todas las mediocridades espirituales, todos los vaporosos y cambiantes soñadores! ¡Donde mi honestidad termina, allí soy ciego y no otra cosa deseo ser que un *un violento*! Mas allí donde deseo saber, allí precisamente deseo ser además honrado, o sea duro, riguroso, cruel, severo, implacable... Que en otra época tú afirmaras, Zaratustra, que "espíritu es la existencia que se tajea a sí misma en vivo!, tal sentencia fue la que me condujo hasta tu doctrina y a seguirla. Ciertamente, ¡mi propia sangre es aquello que ha incrementado mi sabiduría!

"Como la evidencia enseña", pensó Zaratustra, porque todavía la sangre continuaba manando de las heridas del brazo del concienzudo. Diez sanguijuelas permanecían aferradas a él. "¡Extraño camarada, cuántas cosas me enseña esta evidencia, o sea, que tú mismo eres quien me las enseña! ¡Quizá no me sea permitido vaciarlas en tus oídos rigurosos! Entonces, ¡separémonos aquí! Mas me agradaría, ciertamente, volver a verte. Por aquel rumbo el sendero trepa hasta la entrada a mi cueva; esta misma noche puedes tú ser en ella el huésped bienvenido. Asimismo sería muy de mi agrado compensar en tu cuerpo que yo te haya pisado. Mas en este momento un grito de auxilio me reclama y debo dejarte con la mayor prisa".

Así habló Zaratustra.

El mago

Cuando Zaratustra rodeó una roca vio no lejos y debajo de sí, en el mismo sendero por donde iba, a un hombre que agitaba sus extremidades como lo hacen los dementes enfurecidos y que, finalmente, cayó de bruces sobre el suelo.

—Alto —así le dijo en aquel momento Zaratustra a su corazón— ése que está allí debe ser, ciertamente, el hombre superior, aquel de quien provenía el grito de auxilio. Veré si aún se le puede brindar ayuda.

Pero cuando a toda prisa Zaratustra llegó hasta el sitio donde aquel hombre yacía, vio que se trataba de un anciano que temblaba, con la mirada inmóvil, y pese a que Zaratustra se esforzó para hacerlo incorporar, todo ese esfuerzo fue en vano: el pobre diablo ni siquiera parecía darse cuenta de que alguien se encontraba junto a él. Solamente miraba en torno de sí, con gestos que inspiraban piedad, como aquel que ha sido abandonado por todos a su exclusiva suerte. Finalmente, el caído comenzó a dejar oír sus lamentos, después de retorcerse y temblar varias veces más. Y así dijo:

"¿Quién es aquel que me calienta, quién me ama todavía?
¡Denme manos que ardan,
braseros para el corazón!
¡Tendido en tierra, temblando de pavor,
parecido a uno que está medio muerto,
uno a quien los demás le calientan los pies,
sacudido por fiebres desconocidas,
temblando ante las agudas, heladas flechas del escalofrío,
acosado por ti, ¡oh, tú, pensamiento!
¡innombrable, oculto y espantoso!
¡Cazador escondido tras las nubes!
Fulminado en tierra por ti,
ojo burlón que me observas desde las tinieblas:
así yazgo y me encorvo,
me retuerzo, atormentado por todos
tus perennes tormentos.
Herido por ti, que eres
el más cruel de todos los cazadores,
¡tú, dios desconocido!
¡Hiere más profundamente,
hiéreme otra vez!
¡Taladra, destruye mi corazón!
¿Por qué este suplicio me das,
con flechas de punta embotada?

¿Por qué tornas a mirar,
sin fatigarte del suplicio del hombre,
con ojos crueles como los rayos divinos?
¿No quieres matar,
sino torturar y torturar?
¿Para qué me atormentas a mí,
dios cruel y desconocido?
¿Es que te avecinas a escondidas?
¿Qué es lo que tú deseas
en esta medianoche? ¡Dilo ya!
Tú me acosas y me oprimes...
¡Estás ya demasiado cerca!
¡Vete, vete!
Me escuchas respirar,
y escuchas mi corazón.
Lo examinas, dios celoso...
Mas ¿de qué estás celoso?
¡Vete, vete de aquí!
¿Para qué quieres esa escalera?
¿Tú deseas entrar en el corazón,
ingresar en mis más escondidos
pensamientos?
¡Sinvergüenza! ¡Ladrón desconocido!
¿Qué es lo que quieres robar?
¿Qué deseas escuchar?
¿Qué buscas tú arrancar con estos tormentos?
¡Tú, el torturador!
¡Tú, el dios verdugo!
¿Es que yo tengo, como hace el perro,
que arrastrarme ante ti?
¿Obediente, loco de entusiasmo,
moviendo la cola para expresarte mi amor?
¡Es inútil! ¡Sigue pinchando,
cruento aguijón! No, no soy un perro:
¡Apenas tu pieza de caza soy yo,

¡cruento cazador!
Tu más soberbio cautivo,
¡un salteador oculto tras las nubes!
Háblame por fin: ¿qué es aquello que de mí
quieres tú, bandolero del camino?
¡Tú, escondido por el rayo, y así desconocido!
Háblame ahora mismo,
¿qué quieres tú, dios desconocido?
¿Cómo, es que buscas rescate?
¿Cuánto dinero de rescate quieres?
Pide mucha suma, ¡te lo sugiere mi segundo orgullo!
¿A mí es a quien quieres? ¿A mí?
¿A mí, completo?
¿Y me torturas, tonto,
para atormentar mi orgullo?
Bríndame amor ¿quién es aquel
que me calienta todavía?
¿Quién es el que aún me ama?
Dame manos que ardan,
braseros para mi corazón,
Dame a mí, al más solitario de los hombres,
aquel al que el hielo, un séptuplo hielo
le enseña a desear
inclusive tener enemigos...
Enemigos, sí, dame enemigos,
entrégame, cruento enemigo,
Dame... ¡a ti mismo!
¡Se fue! ¡Huyó también él,
mi último y exclusivo compañero,
mi gran enemigo,
mi desconocido,
mi dios verdugo!
¡No, vuelve
con todas tus torturas!
¡Vuelve al último

de todos los solitarios!
¡Todos los arroyos de mis lágrimas
corren hacia ti!
¡Y la postrera llama de mi corazón
para ti se levanta ardiente!
¡Oh, vuelve,
Mi dios desconocido, mi dolor!
¡Mi postrera felicidad!"

En ese momento Zaratustra no pudo contenerse más; echó mano de su bastón y golpeó con todas sus energías al que así se lamentaba.

—¡Detente! —le gritaba con risa repleta de furia— ¡detente ya, histrión! ¡Falsario! ¡Mentiroso! ¡Yo te conozco muy bien! ¡Yo voy a calentarte las piernas, mago malvado, entiendo mucho de calentar a sujetos como tú!

—¡Basta! —dijo el anciano, incorporándose de un salto—. ¡No me golpees más, Zaratustra!

¡Esto yo lo hacía solamente por jugar! Estos asuntos son parte de mi arte; ¡brindándote esta evidencia quise ponerte a prueba a! Ciertamente... ¡adivinaste acertadamente cuáles eran mis intenciones! Mas también tú me diste una prueba que no es pequeña respecto de ti: ¡eres muy severo, sabio Zaratustra! ¡Golpeas con dureza empleando tus "verdades". Tus bastonazos me obligan a proclamar esta verdad!

—No me lisonjees —le respondió Zaratustra, aún muy furioso y con los ojos sombríos—. ¡Mentiroso! Eres falso ¡tú no puedes hablar respecto de ninguna verdad! Tú eres el mayor pavo real entre todos los pavos reales; tú eres un océano de vanidad, ¿qué papel intentaste representar frente a mí, malvado mago, a quien debía yo creerle cuanto te quejabas de tal manera?

—El penitente del espíritu —contestó el anciano—, ese papel era el que yo representaba ante ti... Pero, ¡si tú mismo creaste, en otra época, tal expresión, la del mago y el poeta que terminan por volver su espíritu contra sí mismos! ¡El metamorfoseado que se hiela con motivo de su perversa ciencia y conciencia! Confiésalo: ¡mucho tiempo ya transcurrió, Zaratustra, hasta que descubriste mi arte y mi embuste! Tú creíste en mi necesidad cuando me sostenías la cabeza entre tus manos; yo oía tu queja: "¡lo han amado muy poco, demasiado poco!". De haberte yo engañado tanto, de eso se regocijaba interiormente mi perversidad.

–Posiblemente hayas engañado a otros que eran más sutiles que yo –dijo Zaratustra con severidad–, pues yo no estoy en guardia contra los mentirosos, yo debo permanecer sin guardar cautela, pues así lo requiere mi suerte. Pero tú estás obligado a engañar: ¡tanto yo te conozco! ¡Tú tienes que ofrecer siempre dos, tres, cuatro y hasta cinco sentidos! ¡Tampoco eso que confesaste ha sido suficientemente verdadero ni falso para mí! Infame falsario, ¡cómo podrías actuar de otra manera, tú! Engalanarías hasta tu enfermedad si te exhibieras desnudo ante tu médico. Y así terminas de engalanar ante mí tu embuste, diciendo: "¡esto yo lo hacía solamente por jugar!". También había seriedad en eso, ¡tú eres, en cierto modo, un penitente del espíritu! Yo te entiendo muy bien: te convertiste en el encantador de todos, pero ningún embuste, mentira ni argucia resta para ti mismo, pues... ¡tú estás para ti mismo desencantado! Cosechaste la náusea como tu exclusiva verdad. Ninguna palabra es ya en ti genuina, aunque sí lo es tu boca, o sea, aquella náusea que está pegada a tu boca.

–¡Quién te crees que tú eres! –gritó entonces el mago con tono soberbio–. ¿A quién le está permitido hablarme en ese tono, a mí, que soy el más grande de los vivientes?– y un rayo verde salió de sus ojos, dirigido contra Zaratustra. Mas en el acto el mago mudó de expresión y dijo con pesar:

–Zaratustra, me encuentro muy fatigado, siento náuseas de mis propias artes, yo no soy grande ¡Para qué seguir fingiendo! Tú sabes bien que he buscado la grandeza... Quise representar el papel de un gran hombre, y convencí a muchos de que efectivamente lo era, aunque esa mentira era mayor que mis fuerzas. Contra ella me destrozo... Zaratustra, absolutamente todo es mentira en mí, mas que yo esté destrozado... ¡ese estar yo destrozado es genuino!.

—Ello te honra —dijo Zaratustra con aire sombrío, bajando y desviando sus ojos—. Te honra, pero al mismo tiempo ello te traiciona; me refiero al haber buscado la grandeza. No eres grande, anciano y maligno mago. Lo único que yo alabo en ti, lo mejor y más honrado que tú tienes, es precisamente esto, que te hayas fatigado de ti mismo y por fin hayas proclamado que no eres grande. Exactamente como lo haría con un penitente del espíritu, en esto te alabo a ti. Aunque haya sido por un instante, en ese exclusivo instante tú has sido auténtico. Pero dime, mago, ¿cuál es el objeto de tu búsqueda entre mis bosques y rocas? Cuando tú te interpusiste en mi sendero, ¿qué esperabas obtener de mí? ¿A qué pretendías tú tentarme?

De tal modo habló Zaratustra y sus ojos fulguraban al hacerlo.

El anciano mago guardó silencio un instante más y luego dijo:

—¿Que yo te tenté a ti? Simplemente yo estoy en búsqueda de alguno que sea simple, inequívoco, justo y genuino, honesto; uno que sea una copa repleta de sabiduría, un santo del saber... ¡yo busco a un gran hombre! ¿Acaso lo ignoras, Zaratustra? ¡Aquel que yo busco tiene por nombre Zaratustra!

Entonces un profundo silencio descendió sobre ambos y Zaratustra se sumergió hondamente en sí mismo, tan hondamente que sus ojos se cerraron. Después tomó la mano del viejo mago y le dijo con la mayor amabilidad, aunque también maliciosamente:

—¡Muy bien! Por allá asciende el sendero, allí está la cueva de Zaratustra. En ella te está permitido buscar a ése que buscas hallar. Encontrarás consejo entre mis animales, pregúntale a mi águila, interroga a mi serpiente; ellas te ayudarán a buscar. Sin embargo, mi cueva es muy amplia y hasta yo mismo, definitivamente, todavía no encontré a un hombre grande. Para aquello que genuinamente es grande, el ojo más delicado es hoy muy grosero y basto. Tal es el dominio del populacho, Ya me topé no una, sino en muchas ocasiones, con alguno que se estiraba hinchadamente frente a la plebe que aullaba: "¡Contemplen al gran hombre!". Finalmente, lo único que sale de todo ello es viento. Finalmente estalla la rana cuando se ha hinchado excesivamente y lo que sale de ella es viento. Perforar el vientre de uno que está hinchado es lo que yo denomino una buena diversión. ¡Muchachos, presten atención a esto...! El día actual es del populacho, ¡quién conoce ciertamente, hoy, qué cosa es ser grande y cuál es ser pequeño! ¡Quien buscaría, con fortuna, tal objetivo! Un imbécil, exclusivamente un imbécil; los imbéciles son de lo más afortunados. ¿Buscas grandes hombres, tú, tonto raro? ¿Quién te ha enseñado a hacer tal cosa? ¿Es hoy momento para eso? Tú, maligno buscador, ¿por qué así buscas tentarme?

Así habló Zaratustra, con el corazón reconfortado, y siguió caminando por el sendero, riendo.

Jubilado

No mucho tiempo después de haberse sacado de encima Zaratustra al embustero mago, vio nuevamente a alguien que estaba sentado a la vera del sendero que él seguía. Era aquel un hombre alto y negro, mas de pálido y descarnado rostro: éste le causó un disgusto bien violento.

—Allí está sentada —le dijo Zaratustra a su corazón—, allí espera sentada la tribulación, bien embozada; eso me parece que corresponde a la variedad de los sacerdotes: ¿qué quieren ellos en mi reino? Acabo de huir de ese mago y tiene que cruzarse un nigromante nuevamente en mi sendero. Es un brujo cualquiera, uno que ejerce la imposición de manos, un tenebroso taumaturgo por la gracia divina, un ungido injuriador del mundo... ¡a quien el diablo se lleve! Pero el diablo jamás se halla donde debería estar y siempre arriba demasiado tarde, ¡ese maldito enano renco!

De tal modo maldecía Zaratustra, impacientemente y pensaba en cómo pasaría velozmente frente al hombre negro, mirando concentradamente en otra dirección. A continuación, cómo ciertamente las cosas ocurrieron de otra forma que la que él suponía. Porque en aquel instante el hombre sentado lo había divisado ya, y tal como uno que se encuentra en una circunstancia impensada se irguió de un salto y corrió hacia Zaratustra.

–¡Quienquiera que tú seas, viajero –dijo el hombre negro–, auxilia a uno que está perdido, a uno que anda buscando, a un viejo al que fácilmente puede ocurrirle cualquier percance! Este mundo me resulta extraño y lejano de cuanto yo conozco, escuché bramar a las fieras salvajes y aquél que hubiese podido socorrerme no existe más. Buscaba yo al último hombre piadoso, a un santo, a un ermitaño, uno que solitario en sus bosques todavía cosa alguna había oído de cuanto el mundo hoy conoce.

–¿Qué sabe hoy el mundo? –preguntó Zaratustra–. ¿Acaso que no vive ya el antiguo Dios en quien todo el mundo creyó otrora?

–Tú lo dijiste –le contestó el abatido viejo–. Yo he servido a ese antiguo Dios hasta que llegó su última hora. Ahora estoy jubilado, carezco de amo, y sin embargo no soy libre ni estoy contento siquiera un momento, salvo cuando me entrego a mis recuerdos. Por eso es que ascendí hasta estas montañas, para celebrar finalmente, nuevamente, una fiesta para mí, como conviene que lo haga un antiguo papa y padre de la Iglesia: pues debes enterarte... ¡soy el último papa!, toda una fiesta de píos recuerdos y divinos cultos. Mas ahora asimismo él ha muerto, el más piadoso de los hombres, aquel santo del bosque, aquel que alababa continuamente a su dios cantando y dando gruñidos. A él no lo encontré cuando hallé su morada, mas sí a dos lobos que estaban dentro, aullando por causa de su muerte, ya que todas las bestias a él lo amaban. Entonces escapé de allí corriendo. ¿En vano había viajado yo, hasta estos bosques y estas montañas? Mi corazón decidió en aquel momento que buscara a otro diferente, al más piadoso de todos los hombres que no creen en Dios... ¡que buscara a Zaratustra!

Así dijo aquel viejo y escrutó con mirada penetrante a aquel que se encontraba delante de él. Pero Zaratustra tomó la mano del viejo papa y la miró largo rato con gran admiración.

—Mira, venerable —expresó después— ¡qué mano tan bella y tan alargada! Es la mano de alguien que ha repartido siempre bendiciones. Mas ahora esa mano toma firmemente a aquel a quien tú buscas, a mí, a Zaratustra. Yo soy Zaratustra, el ateo, aquel que dice: ¿quién es más ateo que yo, para deleitarme con sus enseñanzas?

Así habló Zaratustra, y con sus ojos llegaba hasta los pensamientos y las más ocultas intenciones del papa jubilado. Finalmente éste dijo:

—Quien lo amó y lo poseyó más que ningún otro, él lo ha perdido también en mayor medida que cualquier otro hombre. ¿Acaso no soy yo, de nosotros dos, el más ateo? Pero... ¡quién podría alegrarse de algo como esto!.

—Le has servido hasta el final —manifestó Zaratustra pensativo, tras un profundo silencio—. ¿Sabes tú cómo falleció? ¿Es cierto aquello que se dice, que la compasión la lo estranguló, que vio cómo el hombre colgaba de la cruz, y no soportó que el amor al hombre se transformara en su infierno y luego en su muerte?

Pero el viejo papa no le contestó, sino que con timidez y dolor, sombríamente, desvió la mirada.

—Déjalo que se vaya —susurró Zaratustra después de larga meditación—, permite que se vaya, ya ha desaparecido. Aunque te honra que no digas más que buenas cosas respecto del fallecido, sabes tan bien como yo quién él era; y también conoces que seguía raros caminos.

—Hablando entre tres ojos —dijo el viejo papa, que era tuerto—, en cuestiones de Dios yo soy más erudito que el mismo Zaratustra y muy adecuado es que lo sea. Mi amor le ha servido durante muchos años, mi voluntad obedeció en todo a su voluntad. Pero un buen sirviente sabe todo, inclusive aquellos asuntos que su amo se oculta a sí mismo. Él era un Dios oculto[91], abundante en secretos. Definitivamente no supo cómo procurarse un hijo, como no fuera apelando a seguir caminos extraños y sinuosos. En la puerta de su fe se encuentra el adulterio. Quien alaba su nombre como el de un Dios amoroso no tiene una idea adecuadamente alta del mismísimo amor. ¿Acaso no quería este mismo Dios, además ser un juez? Mas el amante ama por encima todo premio o cualquier retribución. Cuando era joven, este Dios del Oriente era cruel y vengativo y construyó un infierno para entretenimiento de aquellos que eran sus favoritos. Finalmente se tornó anciano y como tal se volvió piadoso, blando, débil; más semejante a un abuelo que a un padre, y más que a un abuelo, parecido a una achacosa vieja vacilante. Se sentaba allí, marchito, en el rincón donde se encontraba su estufa, afligido a causa de la endeblez de sus piernas, fatigado del mundo, fatigado de querer, y un día se asfixió con su propia, su misma excesiva compasión.

—Tú, viejo papa —lo interrumpió en aquel punto Zaratustra—. ¿Has visto eso con tus propios ojos? Es factible que ello haya sucedido de esta manera, te este modo y también de otra manera. Cuando los dioses mueren, lo hacen siempre según muchas clases de muerte. Pero... ¡bueno! Así o de ese otro modo; así, de éste, o de tal otra manera... ¡él se ha ido! Él contradecía lo que preferían mis oídos y mis ojos; no quisiera decir nada que fuera peor, referido a él. Yo amo todo lo que mira limpia y honestamente, pero en él,

---

91   Referencia a Isaías, 45, 15, cuando dice: "Ciertamente Tú eres un Dios oculto, el Dios de Israel, el Salvador".

y tú, anciano sacerdote, lo sabes perfectamente, había algo de tus maneras, de las maneras propias de los sacerdotes... él era ambiguo. Y también, él era oscuro. ¡De qué modo se encolerizaba en nuestra contra, resoplando de furia, porque no alcanzábamos a entenderlo correctamente...! Pero, siendo así... ¿Por qué no atinaba a expresarse con mayor claridad? Y llegado el caso, si comprenderlo era cosa de nuestros oídos, si fue él nuestro creador, ¿por qué razón no nos dio oídos mejores? ¿Acaso había barro[92] en nuestras orejas? ¡Bueno, quién era el responsable de haberlo dejado allí? ¡Excesivo número de cosas se le arruinaron a ese alfarero que no había aprendido completamente las artes propias de su oficio! Mas que se vengara de sus alfarerías y criaturas porque le habían salido mal hechas! Eso es un pecado que atenta contra el buen gusto. Asimismo en la piedad hay buen gusto y éste terminó por decir: "¡Fuera Dios, mejor no tener un dios, mejor hacerse cada uno su propio destino, mejor ser un imbécil, mejor ser Dios mismo!".

–¡Qué es lo que estoy escuchando! –dijo enseguida el papa, aguzando el oído–, Zaratustra, ¡con tanta incredulidad eres más piadoso de lo que tú piensas! Algún Dios, presente en ti, te ha convertido a tu ateísmo. ¿Acaso no es tu compasión aquello que no te permite seguir creyendo en Dios? ¡Tu exagerada honradez te llevará más allá del bien y del mal! ¿Qué te fue guardado para el final? Tienes ojos, manos y boca destinados a la bendición desde la mismísima eternidad. Las bendiciones no se dan solamente con la mano. Cerca de ti, aunque desees ser el más ateo de los hombres, huelo un escondido perfume a incienso y prolongadas bendiciones: esto me hace bien y simultáneamente me causa dolor. ¡Deja que yo sea tu huésped, Zaratustra, apenas por una noche! ¡En ningún sitio me siento mejor que cerca de ti!

---

92   Referencia al Génesis, 2, 7, cuando dice: "Y entonces el Señor modeló al hombre empleando la arcilla de los suelos".

–¡Amén y que así sea! –dijo Zaratustra con gran admiración–. Por allí asciende el sendero que lleva hasta mi casa, allí está la cueva de Zaratustra. Ciertamente encantado te acompañaría hasta allí, venerable anciano, porque amo a todos los hombres que son piadosos, mas un grito de auxilio me solicita y él me obliga a separarme ahora mismo de ti. En mi reino nadie debe recibir ningún daño; mi cueva es un buen paradero y aquello que más me gustaría sería colocar nuevamente en tierra firme y sobre firmes piernas a todos los que están apenados. Pero, ¿quién podría quitarte el peso de ésa, tu melancolía? Para tamaña tarea carezco de la fuerza necesaria. Ciertamente durante mucho tiempo tendremos que esperar hasta que alguno logre resucitar a tu Dios, porque esa deidad ya no existe; él ha muerto de verdad.

Así habló Zaratustra.

El más feo de los hombres

Nuevamente echó a correr Zaratustra a través de montañas y bosques, y sus ojos buscaron y buscaron, pero en ninguna parte pudo ver a aquel a quien quería ver, al gran necesitado que gritaba solicitando auxilio. Pese a ello, Zaratustra se regocijaba y se sentía agradecido. "¡Qué buenas cosas –se decía– me regaló este día, como recompensa por haberlo iniciado tan mal! ¡Qué interlocutores tan raros encontré! Deseo meditar largamente sobre lo que me dijeron, como el ganado rumia el buen grano... deberé molerlo hasta que llegue a mi alma como si fuera leche!".

Pero cuando el sendero tornó a rodear una gran piedra, el paisaje se transformó súbitamente y Zaratustra ingresó en un dominio de la muerte, donde riscos colorados y negros miraban rígidos hacia las alturas. Allí ni un poco de hierba, ni un solo árbol se veía, ni el canto de un pájaro se oía. Ciertamente aquel valle era un sitio que todas las bestias evitaban cuidadosamente, hasta lo hacían así las fieras más feroces; apenas una horrendas serpientes, gruesas y verdosas, lo elegían para fenecer en él, al volverse muy viejas. Por tal razón los pastores llamaban a ese triste y desolado paraje La Muerte de la Serpiente.

Por esto los pastores llamaban a este valle: La Muerte de la Serpiente.

Zaratustra se hundió en un negro recuerdo, porque le parecía que ya había estado en cierta ocasión en aquel sitio. Entonces, pesados asuntos oprimieron su ánimo, a punto tal que su paso se volvió cada vez más lento, hasta que finalmente se detuvo inmóvil. Fue en ese momento cuando observó que algo estaba sentado junto al sendero, algo que era apenas semejante a un hombre. Súbitamente Zaratustra se avergonzó por haber visto algo así y se ruborizó por ello hasta las mismas raíces de sus cabellos blancos y apartó sus ojos de eso y se aprestó a dejar aquel deprimente paraje.

Fue en aquel momento que oyó un ruido, parecido a un gorgotear, y que venía del suelo. Era aquel un sonido semejante al que hacen de noche las cañerías atascadas. Finalmente surgió de allí una voz y escuchó Zaratustra esas palabras que la voz decía:

"¡Zaratustra! ¡Zaratustra! ¡Encuentra tú la solución para mi enigma! ¡Habla, habla! ¿Cuál es la venganza que se toma del testigo? Te invito a que vuelvas atrás, ¡aquí hay hielo resbaladizo! ¡Cuidado, no sea que tu orgullo se quiebre aquí las piernas! ¡Tú te crees muy sabio, eres soberbio, Zaratustra! Resuelve entonces el enigma, ¡ese enigma que soy yo mismo! ¡Declara, entonces quién soy yo!".

Al escuchar Zaratustra estas palabras... ¿qué fenómeno tuvo lugar en su espíritu? La piedad lo embargó y él cayó de bruces allí donde se encontraba, tal como hace a su tiempo la encina que ha resistido largamente el esfuerzo de los leñadores; así de súbito, pesadamente cae, dando horror a los mismos que pugnaron por derribarla. Pero Zaratustra rápidamente se incorporó, con sus facciones endurecidas.

–Te conozco muy bien –dijo Zaratustra con broncínea voz– ¡tú no eres otro que el asesino de Dios! Déjame partir. Tú no aguantabas a Ese que te veía siempre y de lado a lado de atravesaba con su mirada... ¡A ti, que eres el más feo entre todos los hombres, y entonces tú te vengaste así de quien era testigo de ello!

De tal modo se expresó Zaratustra y quiso partir de inmediato; pero aquello, que era inexpresable, sujetó un extremo de su traje y volvió a gorgotear y a tratar de encontrar palabras, hasta que finalmente dijo éstas:

–¡Quédate aquí, no sigas de largo! ¡Ya adiviné qué hacha fue la que dio contigo en tierra y te felicito, Zaratustra, por otra vez de pie! Adivinaste tú qué siente aquel que lo mató a Él, aquel que fue el asesino de Dios. ¡Permanece aquí, siéntate cerca de mí, que no será en vano! ¿A quién querría yo acercarme, sino a ti? ¡Permanece conmigo, siéntate aquí, mas no vayas a mirarme! Honora de tal modo mi fealdad... Me persiguen y ahora tú eres mi último refugio. Ellos no me persiguen con su odio ni con sus secuaces; en tal caso, ¡de una persecución como ésa yo me mofaría y hasta me sentiría feliz y orgulloso! Acaso, ¿el éxito no estuvo siempre del lado de aquellos que fueron bien perseguidos?[93]. Aquel que bien persigue, con la mayor facilidad aprende a seguir, dado que marcha detrás... Mas de aquello que escapo es de su piedad, buscando santuario en ti. Protégeme tú, tú que eres mi último refugio, tú que has adivinado, Zaratustra, cuáles son los sentimientos que experimenta aquel que lo mató a Él. ¡Permanece conmigo! Mas si persistes en tu voluntad de marcharte, guárdate de seguir el sendero que yo tomé, pues ese es el mal camino. ¿Sientes ira contra mí, debido a que llevo largo rato hablando y mascullando?

---

93   Referencia al Evangelio según San Mateo, 5, 10, cuando dice: "Bienaventurados sean aquellos perseguidos por causa de la justicia, porque para ellos se abrirá el reino de los cielos".

¿Te enoja que yo quiera darte estos consejos? Pero si tu sabes que yo, que soy el más feo de todos los seres humanos, soy asimismo aquel que posee los pies más pesados y más grandes. Por donde yo anduve el camino es malo. Cuanto sendero es pisado por mis pies se queda muerto y para siempre arruinado. Pero como tú pasaste a mi lado silenciosamente; como enrojeciste, en tales signos reconocí yo que tú eras Zaratustra. Cualquier otro me hubiese simplemente arrojado su limosna, su piedad, expresada con miradas y palabras. No soy un mendigo yo para que ellos hagan eso, eso tú también lo adivinaste. Soy demasiado rico, pero rico en cosas tremendas y grandes, asimismo horrendas y que no pueden ser expresadas... ¡Fue tu vergüenza, Zaratustra, aquello que me ha honrado! A penas pude yo huir de las multitudes de los piadosos, para lograr dar con aquel que enseña que "la piedad es inoportuna". ¡Para dar contigo, Zaratustra! Se trate de la piedad de un dios o se trate de la compasión humana, ella va contra todo pudor. No desear ayudar puede ser una actitud más noble que esa virtud que se apresura solícitamente a actuar. Entre todas las personas pequeñas actualmente se nombra eso como una virtud, eso, la piedad, pero esa gente carece de todo respeto por la mayor desgracia, que es la mayor fealdad, que es el mayor fracaso. Como el perro mira por encima de los lomos del rebaño de ovejas, yo miro por encima a todas esas pequeñas personas. Son gente gris, lanuda, benévola. Tal como la garza mira con desprecio por encima de los estanques de aguas poco hondas, echando su cabeza hacia atrás, de tal modo miro yo por encima del hormiguear de grises y diminutas olas, voluntades y almas. Durante excesivo tiempo se les dio la razón a esas personas pequeñas: así se les terminó por dar, finalmente, asimismo el poder; actualmente se imparte esta enseñanza: "Bueno es solamente aquello que las personas pequeñas denominan bueno". Y "verdad" se llama actualmente aquello que dijo el predicador que vino de ellos, aquel raro santo que era, además, el abogado de las personas pequeñas, aquel que dijo de sí mismo: "yo soy la verdad"[94]. Desde hace mucho ese fanfarrón hace levantar la cresta a las personas pequeñas; ése que enseñó un error nada pequeño cuando enseñó: "yo soy la verdad". ¿Alguna vez se le dio una respuesta más gentil a un fanfarrón? Mas tú, Zaratustra, lo dejaste de lado al pasar y dijiste: "¡No, tres veces no!". Tú enseñaste a ponerse en guardia contra la compasión no a todos, no a nadie, sino a ti y a los que son de tu linaje. Tú te avergüenzas de la vergüenza del que sufre en demasía y, ciertamente, cuando tú dices "de la piedad surge una gran nube, ¡presten atención, hombres!". Cuando tú enseñas: "todos los creadores son duros y todo gran amor está por encima de su propia piedad"... ¡Qué bien pareces entender los signos meteorológicos! Mas tú mismo... ¡ponte en guardia contra tu propia compasión! Porque son muchos aquellos que están en camino hacia ti, muchos los que padecen, los que dudan, los que desesperan, los que se asfixian, los que se congelan. Asimismo contra mí te advierto que debes tú ponerte en guardia. Tú has adivinado aquel que es mi mejor y mi peor enigma; me adivinaste a mí y a lo que yo había hecho. Yo conozco el hacha que te tumba. Mas Él debía morir; Él miraba con unos ojos que todo lo veían. Él veía las profundidades del hombre, toda la oculta infamia y fealdad de lo humano. Su compasión nada tenía de pudor y penetraba hasta mis rincones más mugrientos. Él era el mayor de los curiosos, de los indiscretos, de los compasivos y por ello tenía que morir. Él me veía siempre y de un testigo así deseé vengarme o bien, dejar ya de vivir. El Dios que lo veía todo, aquel que también veía al hombre: ¡ese Dios tenía que morir! ¡El hombre no puede aguantar que siga vivo un testigo como ése!.

De modo tal habló el más feo de los hombres. Y luego Zaratustra se incorporó y se preparó para marcharse, porque estaba helado hasta sus mismas entrañas.

---

94   Referencia al Evangelio según San Juan, 14, 6, cuando dice: "Yo soy la verdad, el camino y la vida".

—Tú, que eres inexpresable —dijo Zaratustra—, me pusiste en guardia contra tu sendero. Como manera de agradecerte que lo hayas hecho, voy a alabarte los míos. Mira, allá arriba está la cueva de Zaratustra, que es grande, honda y posee muchos rincones; allí encuentra su santuario el más escondido de los hombres. Junto a ella hay cien agujeros y hendiduras para aquellos animales que se arrastran, revolotean y saltan. Tú, expulsado que te has expulsado a ti mismo, ¿no deseas vivir en medio de los hombres y de la piedad de ellos? ¡Entonces... haz como hago yo! Así aprenderás de mí, porque solamente obrando es que se aprende. ¡Fundamentalmente y ante todo, habla con mis animales! La bestia más orgullosa y aquella que es más inteligente, ¡son sin duda los más calificados consejeros para nosotros!

Así habló Zaratustra y siguió su camino, más pensativamente y más despacio que antes, porque mientras marchaba se interrogaba sobre numerosas cuestiones y no le resultaba nada fácil dar respuesta a tantas y tan complejas preguntas.

"¡Qué pobre resultar ser el hombre!, pensaba para sí mismo; "¡qué feo, qué repleto de una oculta vergüenza! Proclaman que el hombre se ama a sí mismo... ¡qué grande debe ser ese amor por sí mismo! ¡Cuánto desprecio tiene en su contra! También ése de ahí se amaba a sí mismo tanto como se despreciaba a sí mismo; en mi opinión es uno que ama mucho y que desprecia otro tanto. Todavía no encontré a uno que se desprecie con mayor hondura: también esto es altura. ¿Acaso era ése el hombre superior, aquel al que oí gritar pidiendo auxilio? Yo amo a los mayúsculos despreciadores. Pero el hombre es algo que debe ser superado".

El mendigo voluntario

Cuando Zaratustra dejó atrás al más feo de los hombres, sintió frío y soledad. Numerosos pensamientos, fríos y solitarios, cruzaban por su mente, originando que su cuerpo se enfriara más. Pero mientras marchaba, subiendo y bajando por el sendero; mientras cruzaba por verdes praderas, barrancas pedregosas y agrestes, donde seguramente otrora un pujante arroyuelo había hecho correr su torrente, repentinamente sus pensamientos se tornaron más cálidos y amables.

—¿Qué me ha sucedido? —se interrogó a sí mismo— algo cálido y viviente me conforta, y tiene que estar cercano a mí. Ya estoy menos solo; desconocidos hermanos y camaradas de travesía vagabundean a mi alrededor; ya su tibio aliento llega hasta mi alma.

Pero cuando escudriñó a su alrededor en busca de aquellos que brindaran consuelo a su aislamiento, sucedió que éstos eran unas vacas que se encontraban juntas en la altura; su presencia y su olor eran los responsables de haber entibiado el corazón de Zaratustra.

Esas vacas parecían estar escuchando con interés a alguien que les hablaba y no prestaban la menor atención a aquel que se les acercaba. Cuando Zaratustra se encontró junto a ellas, escuchó con nitidez una voz de hombre que provenía de en medio de aquel ganado: era notorio que las vacas habían vuelto sus cabezas hacia quien se encontraba hablándoles.

Entonces con toda premura Zaratustra se arrojó en medio de esas mansas bestias y las apartó, temeroso de que algún hombre hubiese sufrido un accidente, situación en la cual de nada podría servirle la piedad de aquel ganado. Pero se había llamado a engaño Zaratustra: vio a un hombre sentado sobre el suelo y que parecía estar animando a las vacas para que no temieran nada de él, un sujeto pacífico y que predicaba en la montaña, y en cuyos ojos la mismísima bondad era la que predicaba.

—¿Qué es lo buscas tú por aquí? —exclamó Zaratustra, completamente asombrado.

—¿Qué es lo que busco yo por aquí? —le respondió ese hombre—. Busco lo mismo que buscas tú, ¡gran aguafiestas! O sea, yo busco la dicha en la tierra. Para dar con ella es que yo quiero aprender de estas vacas. Seguramente tú ya lo sabes: llevo yo la mitad de esta mañana hablándole a las vacas y exactamente ahora estaban ellas por contestarme. ¿Por qué razón tú vienes y las molestas? Mientras no nos transformemos y hagamos como hacen las vacas, no lograremos ingresar en el reino de los cielos[95]. Efectivamente, de ellas deberíamos aprender cierta cosa: a rumiar. Con toda certeza, si el hombre conquistara el mundo entero y no aprendiera esa exclusiva cosa, el rumiar: ¡de qué le serviría! No escaparía a sus pesares, a su penuria mayor, esa que actualmente recibe el nombre de náusea. ¿Quién no tiene hoy repletos de náuseas el corazón, la boca, los ojos? ¡Tú también! ¡Mira, en vez, cómo lucen estas vacas!.

Así dijo el predicador de la montaña, y luego volvió sus ojos hacia Zaratustra, pero entonces se transformó; hasta ese momento había permanecido mirando amorosamente a las vacas.

–¿Con quién estoy yo hablando? –dijo con horror, y se incorporó de un salto–. Éste no es otro que el hombre sin náusea, éste es Zaratustra, el vencedor de la gran náusea, estos son los ojos, ésta es la boca, éste es el corazón de Zaratustra.

Y mientras decía todo esto, le besaba a Zaratustra las manos, con los ojos llenos de lágrimas. Actuaba como aquel que recibe de los cielos un precioso tesoro. Las vacas lo veían hacer y se asombraban de ello.

–No hables así de mí, ¡hombre raro y encantador! –dijo Zaratustra, a la defensiva ante su ternura–. ¡Primeramente háblame de ti! ¿No eres acaso el pordiosero voluntario, aquel que en antaño se despojó de una gran riqueza, que se avergonzó de ella y de los ricos, y huyó hacia donde viven los pobres para regalarles la abundancia y su corazón? Aunque ellos a él no lo aceptaron.

---

95   Referencia sarcástica al Evangelio según San Mateo, 18, 3, cuando dice: "De cierto, de cierto les digo, que si no se convierten y hacen como hacen los niños, jamás entrarán en el reino de los cielos".

—Los pobres a mí no me aceptaron —dijo el pordiosero voluntario—, tú lo sabes bien. Por esa causa es que terminé viviendo entre las bestias, como estas vacas.

—Entonces aprendiste —repuso Zaratustra— que es más fácil tomar bien que darlo y que obsequiar adecuadamente es todo un arte y la postrer y más exquisita maestría que ofrece la bondad.

—Particularmente en estos tiempos —le respondió el pordiosero voluntario—, cuando todo lo que es más bajo se tornó rebelde y orgulloso a su propio modo, o sea, al estilo del populacho. Porque la hora sonó de la gran, malvada y lenta revuelta del populacho, de los esclavos... una rebelión que no hace más que crecer más y más. Actualmente cualquier acto de beneficencia, cualquier pequeño regalito indignan a los de abajo; ¡y los excesivamente ricos, que se prevengan! Quien hoy, parecido a una botella ventruda, gotea por cuellos excesivamente estrechos, hoy a esas botellas la gente gusta de quebrarles el cuello. Codicia lujuriosa y biliosa, rencor irritado, soberbia plebeya: todo eso me saltó a la cara. Ya no es cierto que los pobres sean bienaventurados[96]; el reino de los cielos se encuentra entre las vacas.

—¿Y por qué no está el reino de los cielos entre los ricos? —preguntó Zaratustra con toda la intención de tentarlo, mientras rechazaba a las vacas, que acariciaban con total confianza a aquel hombre tan pacífico.

—¿Por qué tratas de hacerme caer en tentación? —repuso éste—. Tú mismo lo sabes mucho mejor de lo que yo lo sé. ¿Qué fue aquello que me llevó a irme con los pobres, Zaratustra? ¿No fue acaso la razón para ello la náusea que me causaban los que más ricos son? ¿Los expulsados de toda riqueza, aquellos que toman su beneficio de las sobras, con ojos fríos, con pensamientos impregnados de codicia, esa chusma hedionda, aquella cuyo he-

---

96 Alusión al Evangelio según San Lucas, 6, 20, cuando dice: "Bienaventurados los pobres, porque de ellos es el reino de los cielos".

dor llega hasta el mismo cielo, ese populacho dorado, falsificado, cuyos padres fueron ladrones, pájaros carroñeros, traperos... ese populacho que gusta de complacer a las mujeres, lujurioso y que con tanta facilidad olvida. Nada a ellos los diferencia de las prostitutas... ¡populacho por arriba, populacho por abajo! ¡Qué significado tiene ya la expresión "los pobres" y la expresión "los ricos"! Esa diferencia la olvidé – por ello me escapé muy lejos, cada vez más y más lejos, hasta dar con estas vacas.

Así se expresó aquel pacífico pordiosero voluntario, y resoplaba y sudaba mientras hablaba, de manera tal que las vacas continuaron contemplándolo con asombro.

Pero Zaratustra tenía sus ojos fijos en el rostro de aquel hombre, sonriéndole, mientras el pordiosero hablaba con tanta severidad, y movió la cabeza sin decir nada.

–Te violentas a ti mismo, predicador de las alturas, al hacer uso de palabras tan duras.

Para una dureza como la que empleas no están hechos tu boca ni tus ojos –dijo Zaratustra, y prosiguió–: Tampoco, según lo aprecio, tu estómago fue hecho para tanto rigor: a él le repugna todo esa furia y todo ese odio. Tu estómago prefiere cosas más suaves, ya no eres un carnicero. Me pareces, mejor, alguien que se alimenta de vegetales y raíces. Quizá tú mueles granos. Además, seguramente no gustas de los placeres carnales y amas la miel.

–Has adivinado muy bien –le contestó el pordiosero voluntario, ya aliviado–. Yo amo la miel, muelo granos, busque aquello que fuera grato al paladar e hiciera puro el aliento; también aquello para lo que se necesita un tiempo prolongado, una labor que lleve a ocupar toda la jornada y los hocicos de los gentiles haraganes. Estas vacas han llegado mucho más lejos que nadie, pues inventaron el hábito de rumiar y estar echadas bajo el sol. También se apartan de los pensamientos pesados, que hinchan inútilmente el corazón.

–¡Excelente! –dijo Zaratustra–. Deberías conocer asimismo a mis animales, mi águila y mi serpiente, bestias que hoy no tienen parangón sobre la tierra. Mira, por allí se desliza el sendero que conduce hasta mi morada; por favor, me agradaría que fueras mi huésped esta noche y que hablaras con mis animales respecto de la dicha de las bestias hasta mi vuelta a la cueva. Porque ahora me llama el pedido de auxilio que me lleva a dejarte a toda prisa. Hallarás miel fresca en mi cueva, miel dorada de los mejores panales, tan fresca como el hielo; ¡regálate con ella! Ahora despídete prontamente de tus vacas, ¡hombre raro y encantador, aunque esa despedida te resulte ardua porque son tus amigas y maestras más amables!

–Con la excepción de uno al cual yo amo aún más –dijo el pordiosero voluntario–. ¡Tú eres bueno, y hasta eres mejor que una vaca, Zaratustra!

–¡Vete, infame adulón! –gritó Zaratustra malignamente–. ¿Por qué me corrompes con la miel de tus adulaciones? ¡Vete, vete! –volvió a gritar Zaratustra, y amenazó con el bastón al amable pordiosero, que huyó de él a todo correr.

La sombras

Apenas había el pordiosero voluntario desaparecido de allí, mientras tornaba Zaratustra a estar a solas con él mismo, repentinamente escuchó sonar detrás de sí una voz nueva, una que gritaba con fuerza: "¡Alto, Zaratustra, espera! ¡Soy yo, Zaratustra, soy yo, tu sombra!". Pero Zaratustra no esperó, dado que se había adueñado de su ánimo un súbito fastidio, al caer en cuenta de cuánta gente había en sus montañas.

–¿Hacia dónde ha partido mi soledad? –se dijo–. Ciertamente y estoy harto: estas montañas están repletas de gente, mi reino ya no es de este mundo[97], preciso de montañas que sean nuevas. ¿Es mi sombra la me llama? ¡Qué

---

97   Referencia al Evangelio según San Juan, 18, 36, cuando dice: "Mi reino no es de este mundo".

me importa mi sombra! ¡Que corra, que corra detrás de mí!... Yo me escaparé de ella.

Así habló Zaratustra para sí y escapó de aquel lugar, pero aquel que estaba detrás de él iba siguiéndolo, de manera tal que muy seguidamente eran tres los que corrían, cada uno detrás del otro, de esta manera: el pordiosero voluntario iba delante; detrás de él, Zaratustra y en tercer lugar su sombra.

No era muy prolongado el tiempo que llevaban así corriendo los tres, cuando comprendió Zaratustra que era aquello una estupidez y quiso sacarse de encima su disgusto.

—¡Caramba! —se dijo—. ¿Acaso los acontecimientos más ridículos no han tenido siempre lugar entre nosotros, los ermitaños? ¡Ciertamente en demasía ha crecido mi estulticia gracias a vivir así aislado en estos parajes! ¡Para colmo de males, ahora me veo obligado a escuchar a tres pares de piernas de tontos corriendo en compañía! Acaso... ¿es adecuado que Zaratustra se asuste de una sombra, la suya? ¡Si hasta me parece que ella tiene las piernas más largas que las mías!

De tal modo dijo Zaratustra, riéndose con los ojos y las entrañas. Luego detuvo su carrera y se volvió velozmente, tanto que al hacerlo por poco no arroja al piso a su perseguidor y su sombra, de tan junto a sus talones que ésta iba, siendo ella como era, tan débil. Pero cuando él la observó con mayor atención se horrorizó como si estuviese mirando a un espectro, pues tan delgado, oscuro y antiguo parecía ser aquel que lo perseguía hasta momentos antes.

—¿Quién eres tú? —le preguntó Zaratustra con gran energía—. ¿Qué asunto te trae por aquí? ¿Y por qué razón te llamas a ti mismo "mi sombra"? No me agradas ni en lo más mínimo.

—Perdóname— le contestó la sombra—, que sea yo; y si no te gusto, bueno, entonces... Zaratustra, por ello hago mi alabanza de ti y de tu buen gusto. Soy un caminante que ha transitado ya mucho camino, siempre marchando detrás de tus talones: siempre siguiendo tu mismo sendero, pero sin objetivo alguno, sin hogar. De manera que, ciertamente, poco más necesito para ser el judío errante y eterno, excepto porque no soy judío, ni tampoco eterno. ¿Cómo es que debo seguir caminando siempre? ¿Desfalleciente, errante, arrastrado lejos por los vientos? ¡Tierra, para mí te has vuelto excesivamente redonda! En todas las superficies ya estuve yo sentado, en espejos y cristales de ventanas me dormí, en todo parecido al polvo que se ha cansado: todas las cosas toman algo de mí, ninguna de ellas me da nada. Yo adelgazo y ya casi parezco ser una sombra. Mas a ti, Zaratustra, es a quien más tiempo he seguido, volando y corriendo, y aunque de ti me escondía he sido, empero, tu mejor sombra: en todos los sitios en los que estuviste tú sentado, también me encontraba sentado yo. En tu compañía anduve errando por los universos más remotos y helados, parecido a un espectro que, por su propia voluntad, corre sobre los techos y las nieves del invierno. Fue en tu compañía que ambicioné todo lo que está prohibido, aquello que es lo peor y lo más lejano. Si existe en mí algo de mérito, ello es no haber temido jamás a ninguna prohibición. Contigo quebré todo aquello que, en otra época, fue venerado y alabado por mi corazón. Yo eché por tierra todos los límites y las imágenes, yendo detrás de los anhelos más riesgosos. Ciertamente alguna vez pasé corriendo por encima de todos los crímenes. Cuando el diablo muda su piel, ¿no se despoja asimismo de su nombre? El nombre es, efectivamente, también piel. El diablo mismo es quizá una piel. "Nada es cierto, todo se encuentra permitido": así me decía yo para darme coraje. En las aguas más heladas me arrojé, tanto de cabeza como de corazón. ¡Cuántas veces me encontré, por ese motivo, más desnudo que un cangrejo rojizo! ¡Dónde se han ido, lejos de mí, todo el bien y toda la vergüenza y la fe en lo que es bueno! ¡Dónde se ha ido esa fingida inocencia que tenía en otra época, la inocencia propia de los buenos y de sus nobles mentiras! Ciertamente demasiado seguido seguí de cerca a la verdad, marché junto a sus pisadas, cuando ella me pisaba la cabeza... En ocasiones yo creía que estaba mintiendo y... ¡fíjate tú! Era en esas ocasiones que daba con la verdad. Un excesivo número de cosas se hicieron evidentes para mí y actualmente nada me importa en absoluto. Nada existe ya de lo que amo; entonces, ¿de qué modo podría yo amarme a mí mismo? Vivir como se me antoje o no vivir en absoluto es lo que yo deseo, es aquello que asimismo quiere el más santo entre todos los hombres santos. Pero... ¿encuentro placer en algo ahora? ¿Poseo un objetivo? ¿Existe un puerto para mi barco? ¿Algún viento favorable encuentro? Solamente aquel que sabe en dirección a qué navega conoce asimismo qué viento resulta ser favorable para su tránsito de los mares. ¿Qué me ha quedado ya? Un corazón fatigado y sinvergüenza; una voluntad careciente de toda estabilidad; alas para revolotear y un espinazo que está roto. Esta búsqueda de mi hogar, Zaratustra, bien lo conoces tú, esta búsqueda ha constituido mi mayor aflicción, aquella que me consume. ¿Dónde está situado mi hogar? Por él inquiero y busco y he buscado, y aún no he dado con él en parte alguna. Este permanente encontrarme en todas partes, este permanente encontrarse en ninguna parte, vanamente permanente...

Así habló la sombra, y la cara de Zaratustra se fue alargando al escucharla.

–¡Tú eres mi sombra! –dijo Zaratustra finalmente, con gran pesar–. Tu peligro no es pequeño, ¡tú, espíritu libre y viajero! Tuviste hoy un mal día: ¡procura que no te toque en suerte un atardecer que resulte ser peor todavía! Para los que como tú son errantes, hasta una cárcel termina pareciendo un sitio venturoso. Tú... ¿observaste de qué modo duermen los criminales que son encarcelados? Lo hacen tranquilamente, gozando de una flamante seguridad. ¡Debes tener cuidado de no caer, finalmente, cautivo de una fe más angosta aún; una ilusión ardua y bien rigurosa! A ti, actualmente te tienta y te seduce todo lo que es riguroso y concreto. Ya has perdido tu objetivo ¿De qué modo podrás librarte de una pérdida como esa y consolarte de ella? Perdida la meta ¡has perdido asimismo el camino! ¡Tú, pobre trotamundo, soñador... tú que eres como una mariposa que está fatigada!, ¿Verdad tener esta tarde un respiro y una vivienda? ¡Sube entonces a mi cueva! Por allí se desliza el sendero que conduce hasta mi cueva... Ahora lo que deseo es huir velozmente de ti. Ya siento pesar sobre mí algo semejante a una sombra... Yo deseo correr en absoluta soledad, a fin de que, de tal modo, retorne la claridad a mi alrededor. Para conseguirlo debo permanecer aún mucho más tiempo corriendo dichosamente sobre mis extremidades. Pero esta tarde, en mi morada...

Así habló Zaratustra.

A mediodía

Zaratustra corrió y no volvió a encontrarse con nadie que no fuera él mismo; porque se encontró continuamente a sí mismo y gozó de su soledad y sus pensamientos tuvieron por objeto cosas buenas durante horas y más horas. Pero al llegar el mediodía, con el sol sobre su cabeza, Zaratustra pasó junto a un viejo árbol, retorcido y lleno de nudos, que estaba abrazado y envuelto amorosamente por una viña, quedando oculto bajo ella: de él colgaba, como ofreciéndose a los que por allí pasaran, una gran cantidad de racimos amarillos. Entonces Zaratustra deseó calmar algo de sed que sentía y se dispuso a cortar un racimo; pero cuando ya extendía el brazo para tomarlo se le ocurrió otra cosa: echarse junto al árbol, en aquel mediodía, y dormir. Así lo hizo Zaratustra, quien en cuanto estuvo tendido en el suelo, sobre la colorida hierba, y gracias también al silencio que allí reinaba, se olvidó de la poca sed que sentía y se durmió plácidamente, dado que, como dice el refrán de Zaratustra, una cosa resulta más necesaria que la otra. Pero dormido, sus ojos seguían estando abiertos, pues no se cansaban de ver y alabar el árbol y el amoroso abrazo de la viña. Durmiendo, Zaratustra le habló de la siguiente manera a su corazón:

—¡Silencio! ¿No se ha tornado absolutamente perfecto el mundo en este preciso momento? ¿Qué me ocurre ahora? Tal como un viento encantador, el que no es visto, baila sobre el mar, ligero como una pluma, de esa manera que el sueño danza sobre mí. No cierra mis ojos; permite que continúe despierta mi alma. Ciertamente es tan leve como una pluma y me convence de una manera que no conozco, roza apenas mi interior con su mano aduladora, me obliga a que mi alma se alargue: ¡de qué modo es que se me vuelve más larga y fatigada mi alma rara! ¿Le ha llegado el atardecer de un séptimo día, exactamente al mediodía?[98] ¿Ha caminado ya durante un tiempo excesivo, venturosa, entre cosas que son buenas y maduras? Mi alma se estira alargándose, alargándose... ¡cada vez un poco más! Ella yace en silencio, mi alma rara. Excesivo número de buenas cosas ya he gozado y esa dorada pesadumbre me oprime y me tuerce la boca.

Tal como un barco que alcanzó su bahía más calma y se adosa a la tierra, fatigado de las travesías prolongadas y de la precaria seguridad de los mares. ¿No resulta ser más fiel la tierra?

Como un barco de ésos se afirma en la tierra, alcanza en ese instante que una araña teja su tela yendo desde la tierra hasta él. No se necesita entonces algún cable que sea más resistente. Como esas embarcaciones exhaustas estoy descansando ahora yo, en la más serena cala; cercano a la tierra, confiadamente, fielmente, esperando mientras me encuentro atado a ella con los hilos más tenues de todos.

¡Ah, felicidad!¿Quieres tú cantar, alma mía? Tú que yaces sobre la hierba.

Mas la hora secreta es esta, aquella que es solemne, ésa en la que pastor alguno deja oír el sonido de su flauta.

---

98 Referencia al Génesis, 2, cuando dice que el Creador descansó de su obra al llegar el séptimo día.

¡Ve con mucho cuidado! Un cálido mediodía duerme sobre los prados. ¡No cantes, guarda silencio! El mundo es perfecto.

¡No cantes, ave de las llanuras, tú, alma mía, ni susurres apenas! Observa ¡en silencio!, el añejo mediodía dormita, se mueve su boca: ¿no bebe ahora una gota de la dicha, una antigua y dorada gota de la dorada dicha, una gota de vino dorado? Algo se desliza sobre él, su dicha sonríe. De modo igual es como ríe un dios. ¡Silencio!

"Para alcanzar a ser feliz... con qué poco alcanza para ser feliz!". Así repetía yo en una pasada época y suponía que yo era un sabio, mas aquello era una simple blasfemia: esto lo he comprendido en este preciso instante.

Los tontos inteligentes hablan de una mejor manera. Las cosas más pequeñas, tenues y ligeras: el crujido de un lagarto, un soplo, un roce, un pestañeo... lo que es poco es la mejor dicha, la mayor felicidad. ¡Silencio! ¿Qué me sucedió? ¿Acaso el tiempo se escapó volando? ¿No estoy cayendo? ¿No he caído en el pozo de la eternidad? ¿Qué me pasa? ¡Silencio! ¿Me han dado una punzada en el corazón? Corazón, ¡hazte pedazos después de tanta dicha, después de un puntazo como éste! ¿No era perfecto el mundo hace un segundo apenas? ¿Redondo, maduro?

Un dorado y redondo aro, ¿hacia dónde huye volando? ¡Correré yo tras él!

Entonces Zaratustra se estiró y percibió que dormía, y luego se dijo:

—¡Arriba, dormilón!, ¡dormilón en medio del mediodía! ¡A moverse, mis viejas piernas! Es tiempo más que cumplido, aún les queda una buena parte por andar y ya durmieron sobradamente... ¿cuánto tiempo? ¡Como la mitad de la eternidad! ¡Vamos, arriba, mi viejo corazón! ¿Cuánto tiempo necesitas después de tanto soñar, para despertarte?

Zaratustra entonces se adormeció otra vez y su alma habló en su contra y se defendió y volvió a dormirse, diciendo él: "¡Déjame! ¡Silencio! ¿No era perfecto el mundo en este instante? ¡Dorada y redonda bola!".

—¡Levántate —dijo en aquel trance Zaratustra—, pequeña ladrona, holgazana! ¿Sigues extendida, bostezando, suspirando, cayendo en pozas tan hondas? ¡Quién eres tú, mi alma! —entonces Zaratustra se asustó, dado que un rayo de sol cayó del cielo sobre su rostro).

—Oh cielo por encima de mí —se dijo suspirando y se sentó derecho— ¿tú me miras? ¿Tú escuchas a mi alma rara? ¿Cuándo vas a beber esta gota de rocío que cayó sobre todas las cosas terrestres, en qué momento beberás esta alma rara... ¿Cuándo, pozo de lo eterno, sereno y horrendo abismo del mediodía, cuándo vas a beber, reincorporándola de tal manera a ti, mi alma?

Así habló Zaratustra, y se levantó de su yáciga junto al árbol, tal como si saliese de una extravagante ebriedad, y el sol aún continuaba e encima de su cabeza. De esto podría alguien deducir razonablemente que Zaratustra, en consecuencia, no permaneció durante mucho tiempo durmiendo.

El saludo

Hasta el fin de la tarde no retornó Zaratustra a su morada, después de haber buscado y vagado inútilmente por tan largo tiempo. Pero cuando estuvo a no más de veinte pasos

de ella, sucedió lo que él menos esperaba: nuevamente oyó el grito de auxilio. Pero para su mayor sorpresa, aquella vez el grito venía desde su propia cueva. Era aquel un alarido prolongado, repetido, raro, y Zaratustra distinguía perfectamente que estaba conformado por diversas voces; pero oído desde lejos, sonaba igual que un grito que escapara de una sola boca.

En aquel momento Zaratustra se lanzó de un brinco hacia su cueva... ¡qué espectáculo sus ojos contemplarían, después de aquello que se había ofrecido ya a sus oídos! Allí estaban sentados, reunidos, todos aquellos con quienes él se había encontrado durante el día: el rey de la derecha y el monarca de la izquierda, el viejo mago, el papa, el pordiosero voluntario, también la sombra y el concienzudo del espíritu; el triste adivino y el burro y el más feo de los hombres. Este se había colocado una corona en la cabeza y se había ceñido dos cintos de color púrpura, porque le agradaba, como les sucede a todos los que son feos, disfrazarse y engalanarse. En medio de aquel grupo estaba el águila de Zaratustra, con las plumas erizadas y muy alterada, porque se veía obligada a contestar una excesiva cantidad de preguntas sobre asuntos para los que no tenía respuesta alguna; la aguda serpiente pendía colgada de su cuello.

Todo esto lo vio Zaratustra y sintió una gran admiración. Después fue observando a cada uno de sus invitados con amable interés, leyendo en la hondura de sus almas y nuevamente se quedó admirado.

Mientras tanto los que allí había reunido se habían incorporado de sus asientos y esperaban respetuosamente a que Zaratustra tomara la palabra. Zaratustra lo hizo así:

—¡Ustedes, hombres que están desesperados; ustedes, hombres raros! ¿Es su grito de pedido de auxilio aquel que yo oí? Ahora sé también dónde hay que buscar a ése a quien inútilmente busqué hoy: el hombre superior... ¡En mi propia cueva está sentado el hombre superior! Pero... ¡De qué me estoy yo admirando! ¿Acaso no lo traje yo mismo hasta aquí con ofrendas de miel y con sagaces reclamos de mi dicha?

Empero, ¿me estoy engañando si supongo que ustedes son poco adecuados para estar en compañía, que se ponen de mal humor los unos a otros, ustedes que dan gritos de auxilio, al estar sentados juntos aquí, en mi cueva? Tiene que venir primeramente uno, uno que los vuelva a hacer reír, un buen payaso alegre, un bailarín y viento y malcriado, y travieso, algún viejo tonto, ¿qué les parece? ¡Perdónenme, hombres desesperados, que yo les hable con estas palabras simples, indignas ciertamente de invitados como ustedes! Pero ustedes no adivinan qué es lo que torna mi corazón tan presuntuoso: ¡ustedes mismos y su visión, perdonen esto! Todo aquel que observa a un desesperanzado recupera sus ánimos. Para brindarle consuelo a un desesperado cualquiera se estima lo bastante fuerte. A mí mismo me han dado ustedes esa energía... ¡un buen regalo, mis nobles invitados! No se enojen, entonces, si yo también yo les ofrezco algo mío. Este es mi dominio, pero aquello que me pertenece, durante esta tarde y esta noche también debe ser de ustedes. Mis animales deben servirlos, para que ésta mi morada sea su lugar de descanso. En mi casa nadie debe sentirse desesperado; en mi coto de caza yo salgo en defensa de aquel atacado por las fieras salvajes. Seguridad, eso es lo primero que les ofrezco a ustedes. Lo segundo es mi dedo meñique, y una vez que posean ese dedo, podrán tomar mi mano entera, mi corazón, ¡sean ustedes bienvenidos!

Así habló Zaratustra, y rió pleno de amor y maldad. Después de este saludo sus invitados volvieron a hacer una reverencia y se callaron por respeto, pero el rey de la derecha le contestó a su anfitrión hablando por todos ellos.

—Por la manera en que nos has ofrecido la mano y tu saludo, reconocemos que tú eres Zaratustra. Te rebajaste ante nosotros; casi le hiciste daño a nuestro respeto, pero, ¿quién sería capaz de rebajarse, como tú, con tal orgullo? Esto es un consuelo para nuestros ojos y corazones. Por contemplar esto subiríamos complacidos a montañas más altas que ésta. Deseosos de ver espectáculos vinimos, es cierto, pues queríamos ver qué es lo que aclara los ojos turbios. Han desaparecido nuestras ganas de gritar pidiendo socorro. Nuestra mente y nuestro corazón están abiertos y extasiados. Poco falta y nuestro valor se transformará en engreimiento. Nada es más alentador, Zaratustra, que una voluntad elevada y potente. Se trata de la planta más bella que da la tierra. Un paisaje completo se reconforta con apenas uno de esos árboles.

Al que crece como tú lo haces, Zaratustra, yo lo comparo con el pino: alto, silencioso, endurecido, solitario, hecho de la mejor y más flexible madera, soberano y extendiendo sus poderosas y verdes ramas hacia su reino, dirigiendo fuertes preguntas a vientos y tormentas y a cuanto tiene siempre su casa en lo alto; brindando respuestas todavía más fuertes. Uno que da órdenes, un vencedor. ¿Quién no escalaría, por verlo, las elevadas montañas? Con tu árbol de aquí, Zaratustra, se reconforta hasta el hombre sombrío y fracasado. Con tu visión se vuelve seguro incluso el inseguro y se cura su corazón. Ciertamente hacia esta montaña y este árbol se dirigen hoy numerosas miradas; un gran deseo se echó a caminar y muchos aprendieron a preguntar: ¿quién es Zaratustra? Aquel en cuyo oído derramaste alguna vez las gotas de tu canción y de tus mieles: todos los escondidos, los ermitaños solitarios, los ermitaños que viven en pareja, han dicho de pronto a su corazón: "¿Vive todavía Zaratustra? Ya no vale la pena vivir, todo es idéntico, todo es en vano: ¡tenemos que vivir con Zaratustra!". "¿Por qué no viene él, que se anunció hace ya tanto?", así se preguntan muchos; ¿lo ha engullido el aislamiento? ¿O somos nosotros los que debemos ir a él?". Ahora que la propia soledad se ablanda y rompe como un sepulcro que se quiebra y no puede seguir conteniendo cadáveres. Por todos lados se ven resucitados[99]. Ahora suben y suben las olas en torno de tu montaña, Zaratustra. Y pese a que tu altura es muy elevada, muchos deben subir hasta ti; tu barco no debe seguir ya por mucho más tiempo descansando en seco. Que nosotros, hombres desesperados, hayamos venido ahora a tu cueva y ya no desesperemos, es un presagio de que otros mejores están viniendo hasta ti, porque también él está en

---

99 Alusión al Evangelio según San Mateo, 27, 50, 53, cuando dice: "Jesús gritó fuertemente y dejó ir el espíritu. Entonces el velo del santuario se cortó en dos partes, de arriba hacia abajo, la tierra tembló, las rocas se rajaron, los sepulcros se abrieron y muchos cuerpos de santos que habían fallecido resucitaron; luego de que él resucitó, salieron de las tumbas, entraron en la ciudad santa y se les aparecieron a muchos".

camino hacia ti, el último vestigio de Dios entre los hombres, o sea, todos los hombres del gran anhelo, de la gran náusea, del gran aburrimiento, todos los que no quieren vivir a no ser que aprendan de nuevo a abrigar esperanzas ¡a no ser que aprendan de ti, Zaratustra, la gran esperanza!".

Así dijo el rey de la derecha, y tomó la mano de Zaratustra para besarla, pero éste rechazó tal homenaje y se echó hacia atrás ganado por el espanto, silencioso y como si huyera repentinamente hacia un sitio remoto. Después de un rato, sin embargo, él volvió a estar junto a sus invitados, los miró con ojos claros e indagantes y dijo:

—Huéspedes míos, ustedes, hombres superiores, quiero hablar con ustedes en alemán y con claridad. No era a ustedes a quienes yo esperaba en estas montañas.

—¿En alemán y con claridad? ¡Que Dios tenga clemencia! —dijo entonces el rey de la izquierda—, ¡es evidente que este sabio oriental no conoce a los queridos alemanes! Quiere expresar: "en alemán y con rudeza". ¡Bueno, actualmente éste no es el peor de los gustos!

—Ciertamente es posible que todos ustedes sean hombres superiores —continuó diciendo Zaratustra— pero en mi criterio no son ustedes lo suficientemente altos ni lo adecuadamente fuertes. Según mi opinión, o sea para lo inexorable que dentro de mí guarda silencio, pero que no se callará permanentemente. Y si me pertenecen a mí, no es ello algo en igual medida que como me pertenece mi brazo derecho. Aquel que posee piernas enfermas y delicadas, como ustedes, prefiere, tanto si lo sabe como si no lo sabe, que sean indulgentes con él. Pero con mis brazos y mis piernas yo no soy indulgente, yo no soy indulgente con aquellos que son mis guerreros: ¿de qué manera podrían ser ustedes útiles para mi combate? Con ustedes yo echaría a perder hasta las victorias. Un gran número de ustedes se desplomarían apenas con oír el sonoro redoble de mis tambores. Tampoco son ustedes para mí suficientemente hermosos ni bien nacidos. Yo preciso espejos puros y lisos para mis doctrinas; sobre la superficie de ustedes hasta mi propia imagen se deforma. Los hombros de ustedes sufren la presión de numerosas cargas, de excesivos recuerdos. Hay más de un enano maligno escondido en sus rincones. Dentro de ustedes, asimismo, está la plebe escondida. Pese a que sean altos y superiores, mucho en ustedes es deforme y retorcido. Ustedes son exclusivamente puentes, porque, ¡que hombres más altos puedan pasar sobre ustedes a la otra ribera! Son ustedes escalones: ¡no se enojen, entonces, contra aquel que asciende por encima de ustedes hacia la que es su propia altura! Puede que de la semilla de ustedes surja alguna vez un vástago genuino, un heredero que resulte ser perfecto: pero esa circunstancia aún es muy remota. Ustedes mismos no son aquellos que corresponden a mi linaje y mi nombre. No son ustedes los que espero en éstas, mis montañas, ni es con ustedes con quienes es correcto que yo descienda por última vez. Ustedes han acudido aquí apenas como un presagio de que hombres más altos ya están en marcha y vienen a mi encuentro. No aquellos que son los hombres del gran deseo, de la gran náusea, del mayor aburrimiento, y de aquello que ustedes han denominado como el postrer residuo de Dios. ¡No y tres veces digo no! Es a otros a los que yo espero aquí en estas montañas y mis pies no se moverán de aquí hasta que no lleguen ellos; ellos, más altos y fuertes, más victoriosos y alegres y cuadrados de cuerpo y alma. ¡Son leones que ríen aquellos que deben acudir! Ustedes, mis invitados, hombres raros, ¿todavía no escucharon nada respecto de mis hijos? ¿Nada oyeron respecto de que marchan a mi encuentro? Háblenme entonces de mis jardines, de mis islas venturosas, de mi nueva y hermosa especie... ¿por qué razón no se refieren a ello? Ese es el obsequio que yo espero de su amor, que ustedes me hablen sobre mis hijos. Para ello soy rico, para ello me transformé en pobre, pues... qué no di y qué no daría por poseer una sola cosa: ¡esos hijos, ese vivero viviente, esos árboles de la existencia de mi voluntad y de mi mayúsculo esperanza!

Así habló Zaratustra, y súbitamente interrumpió su palabra, porque lo acometió su deseo y así fue que cerró los ojos y los labios a causa del movimiento de su corazón. Asimismo callaron todos sus invitados y allí siguieron, abrumados, con la sola excepción del viejo adivino, que empezó a trazar signos con sus manos y hacer extraños gestos.

La cena

Entonces el anciano adivino interrumpió el saludo entre Zaratustra y sus invitados, adelantándose como uno que no tiene más tiempo que perder; tomó la mano de Zaratustra y le dijo:

—¡Zaratustra! Una cosa resulta ser más necesaria que la otra, como tú mismo dices. Para mí, ahora, también una cosa es más precisa que otra. Una palabra dicha a tiempo: ¿no me habías tú invitado a comer? Y aquí hay muchos que han caminado mucho trecho. ¿No desearás, acaso, darnos de comer con palabras? Asimismo hablaron muchos de ustedes de congelarse, ahogarse, asfixiarse y otras catástrofes corporales, pero nadie recordó mi catástrofe, o sea, que estoy hambriento.

Así habló el anciano adivino y al oírlo, los animales de Zaratustra escaparon de allí aterrados, porque observaron que lo que ellos habían traído durante la jornada no sería suficiente para saciar el hambre, siquiera, del anciano adivino.

—Además, estoy sediento —dijo el adivino—, y aunque escucho el sonido del agua, parecido al que hace el discurso sapiencial, o sea, abundante e incapaz de sentir cansancio, yo lo que quiero... ¡es vino! No todos son, como Zaratustra, bebedores innatos de agua. Por otra parte, el agua es bebida conveniente para los fatigados y marchitos; para nosotros lo más adecuado es el vino, pues solamente el vino brinda sanación inmediata y súbita salud.

En aquel momento, mientras el viejo adivino pedía vino, sucedió que también el rey de la izquierda, el que era taciturno, hizo uso de la palabra.

—Del vino —dijo aquel monarca— nos hemos ocupado nosotros: mi hermano el rey de la derecha y yo mismo. Tenemos vino suficiente, un burro cargado de vino. Lo único que falta aquí es el pan.

—¿Pan? —retrucó Zaratustra, riéndose—. Justamente pan es lo que no poseen los ermitaños. Mas el hombre no vive sólo de pan, sino asimismo de la carne de buenos corderos[100] y yo poseo dos de ellos; debemos descuartizarlos ahora y sazonarlos con especias, con salvia, pues así es como me placen. Y también agregarles raíces y frutas, que sean adecuadamente sabrosos para los golosos; no deben faltar ni nueces ni enigmas. Vamos, entonces, a preparar velozmente un gran banquete. En casa de Zaratustra aquel que desee comer debe asimismo ayudar a la preparación de los manjares, aunque sea un rey. En casa de Zaratustra, ciertamente, lo correcto es que hasta un rey sea cocinero.

Esta contestación de Zaratustra complació a todos los allí presentes; solamente el pordiosero voluntario estaba en contra del vino y la carne especiada.

—¡Escuchen ustedes —dijo—, a este comilón de Zaratustra! ¿Acaso la gente va a las cuevas y las montañas a comer? En este mismo instante comprendo aquello que él nos enseñó en otra época, ¡ensalzada sea la pequeña pobreza! ¿Por qué quiere eliminar a los pordioseros?

—Intenta estar de buen humor —le contestó Zaratustra— como lo estoy yo. Sigue fiel a tu hábito, hombre excelente, muele tu grano, bebe de tu agua, ensalza tu cocina: ¡si ello es lo que te vuelve alegre! Yo soy una ley sólo para los míos, no una

---

100 Alusión al Evangelio según San Mateo, 4, 4, cuando dice: "El hombre no vive solamente de pan, sino de todas las palabras que salen de los labios de Dios".

ley para todos. Quien me pertenece tiene que poseer huesos fuertes y asimismo pies ligeros. Le deben agradar los combates y las fiestas; no debe ser un hombre taciturno, ni un soñador. Él debe estar dispuesto a lo más arduo como si fuese una fiesta suya, debe encontrarse sano y salvo. Aquello que es superior le pertenece a los míos y también me pertenece a mí; y si no nos lo dan, nosotros lo tomamos: ¡el mejor alimento, el cielo más puro, los pensamientos más potentes, las mujeres más bellas!

Así habló Zaratustra; pero el rey de la derecha retrucó:

—¡Qué extraño! ¿Se han escuchado alguna vez cosas inteligentes como éstas, salir de la boca de un sabio? Lo más raro en un sabio es que hable con inteligencia y no sea un burro.

Así dijo el rey de la derecha, y se asombró; pero el burro, con perversa voluntad, respondió rebuznando a sus palabras. Así empezó aquel prolongado banquete que en los libros históricos se llama "La cena"[101].

Durante ella no se habló de otra cuestión que del hombre superior.

Del hombre superior

1

Cuando por primera vez fui a los hombres, cometí la bobería propia de los ermitaños, la máxima bobería, pues fui y me instalé en el mercado. Y al dirigirme a todos, en realidad no le estaba hablando a nadie. Esa noche mi compañía fueron los muertos y los volatineros. Yo mismo era, casi, un cadáver.

Pero a la mañana siguiente llegó a mí una verdad nueva y aprendí a decir "¡Qué importancia tienen para mí el merca-

---

101 Resulta más que evidente el buscado paralelo con la Última Cena, celebrada por Jesucristo y sus discípulos.

do, el populacho, el ruido que hace el populacho y las largas orejas del populacho!".

Ustedes, hombres superiores, aprendan de mí esta enseñanza, que consiste en saber que en el mercado nadie cree en hombres superiores. Y si quieren hablar allí, ¡bien! Pero el populacho dirá parpadeando: "todos somos iguales".

"Ustedes, hombres superiores, –de tal modo lo expresa el populacho parpadeando– no existen los hombres superiores, todos somos iguales, el hombre no es más que hombre, ¡ante Dios todos somos iguales!".

¡Ante Dios! Pero ese Dios ha muerto. Y ante el populacho nosotros no queremos ser iguales. ¡Ustedes, hombres superiores, váyanse del mercado!

2

¡Ante Dios! ¡Pero ese Dios ha muerto! Para ustedes, hombres superiores, ese Dios representaba el mayor de todos los peligros.

Desde que se encuentra en su sepulcro, ustedes volvieron a resucitar. Solamente ahora arriba el máximo mediodía; solamente ahora se convierte en señor el hombre superior. ¿Entendieron esto, mis hermanos? Están ustedes asustados; ¿acaso sienten vértigo sus corazones? ¿Ven ustedes abrirse un abismo ante sus pies? ¿Ladra aquí un perro de los infiernos?

Entonces, ¡adelante, hombres superiores! Ahora es cuando gira la montaña del futuro humano. Dios ha muerto: ahora nosotros queremos que viva el superhombre.

3

Aquellos que actualmente se sienten más preocupados se preguntan: "¿Cómo se conserva el hombre?". Pero Zaratustra se interroga, él que es el único y asimismo el primero en hacerlo, sobre: "¿Cómo se supera al hombre?".

El superhombre es aquello que yo amo, él es para mí lo primero y es también lo único: no el hombre, no el semejante, no el más pobre ni aquel que más sufre, no el mejor.

Hermanos míos, lo que yo puedo amar en el hombre es que es un tránsito y un crepúsculo.

Asimismo en ustedes hay muchas cosas que me inducen a amar y tener esperanzas.

Ustedes han sentido desprecio, hombres superiores, y ello me hace tener esperanzas, porque los que son grandes despreciadores son también los grandes veneradores.

En el hecho de que hayan desesperado hay mucho que alabar. Porque no han aprendido de qué modo resignarse, no han aprendido ustedes las pequeñas corduras.

Hoy las personas pequeñas se han convertido en señores: todas ellas predican la resignación y la modestia, la cordura y la laboriosidad, los miramientos y el prolongado etcétera de las pequeñas virtudes.

Aquello que pertenece a la especie femenina, aquello que viene de un linaje servil y, particularmente, la mixtura plebeya: eso quiere ahora adueñarse de todo el destino del hombre... ¡Qué náusea!

Eso interroga e interroga incansablemente, siempre sobre lo mismo: "¿Cómo se conserva el hombre, de la manera mejor, más prolongada y grata?". Así se han convertido en los dueños del hoy.

Superen a esos señores de la actualidad, mis hermanos, a esas personas pequeñas, porque... ¡ellas son el mayor peligro para el superhombre!".

¡Superen, hombres superiores, las pequeñas virtudes, las pequeñas corduras, los miramientos diminutos, el ruido de las hormigas, el miserable bienestar, la "felicidad de los demás"!

Antes que resignarse es mucho mejor desesperar. Ciertamente yo los amo porque no saben cómo vivir hoy, ¡ustedes, hombres superiores! Ya que así es como ustedes viven. ¡Ese es el mejor modo de vivir!

4

¿Tienen ustedes coraje, mis hermanos? ¿Son gente de corazón? No hablo de valor ante testigos, sino del valor del ermitaño y el águila, de ese coraje que ningún Dios ya contempla.

A las almas frías, a las mulas de carga, a los ciegos, a los beodos, a ésos yo no los denomino como gente de corazón. Corazón tiene el que conoce el miedo, pero domina el miedo, el que tiene ante sus ojos el abismo, pero lo mira con orgullo.

El que ve el abismo con los ojos de las águilas, el que sujeta el abismo con garras de águila: ése es el que genuinamente tiene coraje.

5

"El hombre es maligno", así me dijeron, buscando consolarme, aquellos que son los más sabios. ¡Si actualmente eso que dijeron fuera la verdad! Porque el mal es la mejor fuerza del hombre.

"El hombre debe mejorar y debe empeorar", tal es mi enseñanza. Lo peor es necesario para lo mejor del superhombre.

Para el predicador de las pequeñas gentes tal vez fuera bueno que padeciera por el pecado del hombre[102]. Mas yo me alegro: el gran pecado es mi gran consuelo.

---

102 Referencia a Jesucristo, relacionada con lo que dice el Evangelio según San Mateo, 8, 17: "Él tomó nuestras debilidades y cargó con nuestras enfermedades".

Esto no está dicho, empero, para orejas que sean largas. No cualquier palabra le conviene a cualquier hocico. Éstas cosas son delicadas y lejanas: ¡hacia ellas no deben alargarse las pezuñas de las ovejas!

6

Ustedes, hombres superiores, ¿creen que yo estoy aquí para arreglar lo que ustedes estropearon?

¿Que quiero prepararlos, a ustedes los que sufren, para que tengan un lecho más cómodo?

¿O mostrarles caminos nuevos y más fáciles a ustedes los que vagan, extraviados en sus escaladas?

¡No! ¡Tres veces digo que no! Deben perecer cada vez más, cada vez los mejores de su especie, porque ustedes deben llevar una vida siempre peor y más ardua. Sólo de esta manera crece el hombre hasta esa altura en la que el rayo cae sobre él y lo destroza... ¡Lo adecuadamente alto para recibir el rayo!

Hacia lo poco, hacia lo prolongado, hacia lo remoto tienden mi mente y mi deseo: ¡qué podría importarme la mucha, corta, pequeña miseria de ustedes!

¡Para mí no sufren ustedes todavía suficientemente! Porque padecen por ustedes, no han sufrido todavía por el hombre. ¡Mentirían si afirmaran otra cosa! Ninguno de ustedes padece por aquello por lo que yo he padecí.

7

No me alcanza con que el rayo ya no provoque daño. No deseo desviar su dirección: debe aprender cómo trabajar para mí.

Hace ya mucho que mi sabiduría se acumula como una nube, se torna más silenciosa y más negra. Así hace toda sabiduría que alguna vez debe alumbrar rayos.

Para estos hombres de hoy no quiero yo ser luz ni ser llamado luz. A estos deseo cegarlos: ¡rayo de mi sabiduría, arráncales los ojos!

8

No quieran nada por encima de su capacidad: hay una falsedad maligna en quienes quieren cosas que se encuentran por encima de su propia capacidad. ¡Particularmente cuando aspiran a las cosas grandes! Porque originan desconfianza contra las cosas grandes, esos refinados falsificadores y comediantes, hasta que finalmente son falsos incluso ante sí mismos, sujetos de ojos bizcos, madera carcomida y blanqueada, cubiertos con un abrigo de palabras fuertes, de virtudes aparatosas, de obras falsas y brillantes.

¡Tengan en esto mucha precaución ustedes, hombres superiores! Porque ninguna otra cosa me resulta actualmente más rara y más preciosa que la honestidad.

La actualidad, ¿no le pertenece acaso al populacho? Pero el populacho no sabe qué es lo grande, qué es lo pequeño, qué es aquello que es recto y es honesto: el populacho es inocentemente retorcido y miente permanentemente.

9

Tengan ustedes hoy una sana desconfianza, ¡ustedes, hombres superiores, hombres valerosos!

¡Hombres que poseen un corazón abierto! ¡Y conserven secretas sus razones! Porque este presente le pertenece al populacho.

Aquello que en otra época el populacho aprendió a creer sin razones, ¿cómo podrían destruirlo las razones?

En el mercado se convence con gestos. Las razones, por el contrario, vuelven desconfiado al populacho. Y si en alguna oportunidad la verdad resultó vencedora allí, háganse esta pregunta, con sana desconfianza: "¿Qué poderoso error fue el que combatió por ella?".

¡Cuídense también de los doctos! Ellos los odian: ¡dado que ellos son estériles! Tienen ojos fríos y secos y ante ellos cualquier pájaro yace desplumado.

Ellos se jactan de no mentir, pero la incapacidad para mentir no es ya, ni muy remotamente, el amor a la verdad. ¡Ustedes pónganse en guardia!

¡La falta de fiebre no es ya, ni remotamente, equivalente al conocimiento! A los espíritus resfriados no les creo. Quien no puede mentir, no sabe qué cosa es la verdad.

10

Si quieren subir a lo alto, ¡empleen sus propias piernas! ¡No dejen que los conduzcan hasta arriba, no se sienten sobre las espaldas y las cabezas de los otros!

¿Tú montaste a caballo? ¿Y cabalgas ahora raudo hacia tu meta? ¡Pues bien, amigo mío, también tu pie tullido va sobre el caballo!

Cuando llegues a la meta, cuando saltes de tu caballo: precisamente en tu altura, hombre superior ¡sufrirás un tropiezo!

11

¡Ustedes creadores, hombres superiores! No se está gestando más que al propio hijo.

¡No se dejen convencer ni adoctrinar! ¿Quién es el semejante de ustedes? Y aunque obren "por sus semejantes"... ¡no crean, sin embargo, por él!

Olviden ese "por", creadores: la virtud de ustedes desea que no hagan ninguna cosa "por...", ni "a causa de..."

ni "porque...". No deben escuchar ustedes estas pequeñas palabras falsas.

El "por el prójimo" solamente es la virtud de las personas que son pequeñas: entre ellas se repiten cosas como: "tal para cual" y "una mano lava la otra". ¡No poseen ni el derecho ni la fuerza necesarios para exigir el egoísmo de ustedes!

¡En el egoísmo de ustedes, creadores, están presentes la cautela y la previsión de la mujer que está embarazada! Lo que nadie ha visto todavía, el fruto: eso es lo que el entero amor de ustedes protege y cuida y nutre.

¡Allí donde está todo el amor de ustedes, en su hijo, allí asimismo se encuentra el conjunto de la virtud de ustedes!

La obra y la voluntad de ustedes es el "semejante" de ustedes. ¡No permitan que los induzcan a admitir valores falsos!

12

¡Ustedes creadores, hombres superiores! Quien tiene que parir está enfermo y quien parió ya está impuro.

Pregunten a las mujeres: no se da a luz porque divierta. El dolor hace cacarear a las gallinas y los poetas.

En ustedes, creadores, hay muchas cosas que resultan ser impuras. Esto se debe a que tuvieron que ser madres.

Un nuevo hijo: ¡cuánta nueva mugre vino al mundo también con él! ¡Apártense! ¡Y quien ha engendrado debe lavarse el alma hasta limpiarla!

13

¡No sean virtuosos por encima de sus propias fuerzas! ¡No deseen de ustedes mismos algo que vaya contra lo que es verosímil!

¡Caminen por los senderos por los que ya anduvo antes la virtud de sus padres! ¿Cómo quieren subir alto si no sube con ustedes la voluntad de los que fueron sus padres?

¡Quien quiera ser el primero, que esté atento a no convertirse también en el último![103] ¡Donde se encuentren los vicios de sus padres no deben querer pasar ustedes por santos!

Si los padres de alguien fueron adictos a las mujeres y las bebidas fuertes y a la carne de jabalí: ¿qué ocurriría si ese alguien pretendiese de sí la castidad?

¡Una imbecilidad sería eso! Mucho, ciertamente, me parece para ése que se resigne con ser el esposo de una, dos o tres mujeres.

Y si fundara monasterios y escribiese encima de sus portales: "el camino hacia la santidad", yo diría: "¡para qué!, ¡eso es una nueva estupidez! Ha fundado para sí mismo una prisión y un asilo: ¡Que le aproveche!". Pero yo no creo en eso.

En la soledad crece lo que uno ha llevado consigo a ella, también el animal interior. Por ello no resulta adecuada para muchos la soledad.

¿Surgió hasta ahora en la tierra algo más sucio que los santos del desierto? En torno a ellos no andaba suelto solamente el diablo, sino también el cerdo.

14

Apocados, avergonzados, torpes, como un tigre al que le ha salido mal un asalto: de tal modo a ustedes, hombres superiores, los he visto repetidamente apartarse furtivamente a un costado. A ustedes les había salido mal un juego de dados.

Pero ustedes, jugadores de dados, ¡qué importancia puede tener eso! ¡No habían aprendido a jugar y a trampear como

---

103 Alusión al Evangelio según San Mateo, 19, 30, cuando dice: "Los primeros serán los últimos y primeros serán los últimos".

se debe! ¿No estamos siempre sentados a una gran mesa de trampas y de juegos?

Y aunque no les hayan estropeado grandes cosas, ¿acaso por ello ustedes las han arruinado? Así ustedes mismos las hayan estropeado, ¿se arruinó por esa causa el hombre? Si el hombre se arruinó... ¡bien, adelante!

15

Cuanto más elevada es la variedad de una cosa, tanto más raramente se obtiene. Ustedes, hombres superiores, ¿no son todos ustedes hombres que están malogrados?

¡Tengan coraje, eso qué importa, cuántas cosas son todavía posibles! ¡Aprendan a reíros de ustedes mismos como hay que reír! ¿Por qué razón asombrarse de que se hayan malogrado y se hayan logrado a medias ustedes mismos, ustedes, casi despedazados! ¿Es que no se agrupa y empuja en ustedes el futuro del hombre?

Lo más lejano y hondo, estelarmente elevado que posee el hombre, ésa, su fuerza inmensa: ¿no hierve todo eso, chocando lo uno con lo otro, en la olla de ustedes?

¿Por qué resulta extraño que más de una olla se rompa? ¡Aprendan a reírse de ustedes mismos, que es como hay que reírse! Ustedes, hombres superiores, ¡cuántas cosas son todavía factibles! Ciertamente, ¡cuántas cosas se obtuvieron ya! ¡Qué abundante es esta tierra en pequeñas cosas buenas y perfectas, tan bien logradas!

¡Coloquen pequeñas cosas buenas y perfectas a su alrededor, hombres superiores!

Su dorada madurez sana el corazón. Lo perfecto nos enseña a tener esperanzas.

16

¿Cuál ha sido hasta ahora el pecado más grande? ¿No lo es la palabra de quien dijo: "¡Ay de aquellos que ríen aquí!"[104]? ¿Él no encontró en la tierra razón alguna para reírse? Lo que ocurrió es que él no buscó bien; hasta un niño encuentra aquí motivos para reírse.

Él no amaba lo suficiente, pues ¡de otra manera nos habría amado también a nosotros, nosotros los que reímos! Él nos odió e injurió, nos prometió llanto y rechinar de los dientes[105].

¿Por qué hay que maldecir cuando no se ama? Ello me parece de mal gusto. Pero así es como actuó aquel que venía del populacho.

Él mismo no amó lo suficiente; sino se habría enojado menos, porque no se lo amó. Todo gran amor no quiere amor: quiere más. ¡Eviten a todos los que son incondicionales, de esa variedad! Es una pobre variedad enferma, una especie plebeya, cuyos miembros contemplan perversamente la vida, tienen mal de ojo para esta tierra.

¡Eviten a todos los incondicionales de esa variedad! Tienen los pies y corazones muy pesados; ellos no saben bailar. ¡Cómo iba a resultar ligera, así, la tierra para ellos!

17

Por senderos retorcidos todas las cosas buenas se acercan a su meta. Parecidas a los gatos, ellas arquean el lomo, ronronean ante la cercanía de la dicha; todas las cosas que son buenas ríen.

---

104 Alusión al Evangelio según San Lucas, cuando dice: "Ay de los que ahora se ríen, porque van a lamentarse y llorar".

105 Referencia al Evangelio según San Mateo, 8, 12, cuando dice: "Los hijos del reino serán arrojados a las tinieblas exteriores y allí será el llanto y el rechinar de los dientes".

La manera de andar muestra si alguien camina ya por su propio camino: ¡por eso, véanme caminar a mí! Pero quien se acerca a su meta danza.

Ciertamente yo no me he transformado en una estatua, ni me encuentro allí plantado, rígido, insensible, petrificado, semejante a una columna; a mí me gusta correr con rapidez. Y aunque en la tierra hay también barro y denso pesar, quien posee pies ligeros corre hasta por encima del barro y baila sobre él como si fuera hielo pulido.

Levanten sus corazones, hermanos míos, ¡arriba, todavía más arriba! ¡Y no se olviden tampoco de las piernas! Levanten también las piernas, buenos danzarines y lo que resulta ser todavía mejor: ¡sosténgase hasta sobre la cabeza!

18

Esta corona del que ríe, esta corona de rosas; yo mismo me la puse sobre la cabeza y también yo mismo hice santa mi risa. A ninguno yo encontré que fuese lo suficientemente fuerte, hoy, para hacer algo semejante.

Zaratustra el danzarín y el ligero, el que hace señas con las alas, listo para volar, haciendo señas a todos los pájaros, preparado y listo, venturoso en su ligereza. Zaratustra el que dice la verdad, Zaratustra el que ríe la verdad, no un impaciente ni un incondicional. Definitivamente uno que ama dar brincos y piruetas; ¡yo mismo me puse esa corona sobre la cabeza!

19

Levanten sus corazones, hermanos míos, ¡arriba, más arriba! ¡No se olviden de las piernas! Levanten también sus piernas, buenos bailarines, y todavía algo mejor: ¡sosténganse sobre la cabeza!

También en la felicidad hay animales pesados, hay rengos que lo son de nacimiento. Extrañamente se esfuerzan, como un elefante que se molesta en sostenerse sobre la cabeza. Es mejor estar demente de dicha que estar loco de infelicidad; es mejor bailar malamente que andar cojeando. Aprendan entonces de mí: hasta la peor de las cosas tiene dos buenos reversos; incluso la peor de las cosas tiene buenas piernas para danzar. ¡Aprendan de mí ustedes, hombres superiores, a sostenerse sobre las piernas bien derechas!

¡Olvídense de poner cara de pesarosos y también olviden todo pesar plebeyo! ¡Qué patéticos me resultan ahora hasta los payasos del populacho! Pero la actualidad es del populacho.

20

Hagan como el viento cuando se deja caer desde sus cuevas montañesas y desea danzar al son de su mismo silbido; entonces los mares tiemblan y dan saltos bajo sus pasos.

El que le pone alas a los burros y ordeña a las leonas, ¡bendito sea ese buen espíritu indomable, que llega como lo hace viento borrascoso para todo hoy y todo populacho; ése que es enemigo de las cabezas espinosas y meditabundas, y de todas las hojas marchitas y malezas. Que sea alabado ese libre espíritu cerril de la tempestad, que danza sobre los pantanos y las penas como si fueran praderas!

El que odia a los tuberculosos perros plebeyos y toda cría sombría y estropeada. ¡Alabado sea ese espíritu de todos los espíritus libres, la borrasca que se ríe, que sopla polvo en los ojos de todos los infectos pesimistas!

Respecto de ustedes, hombres superiores, esto es lo peor de ustedes: ninguno aprendió a bailar como hay que hacerlo. ¡Bailar por encima de ustedes mismos! ¡Qué importa que se hayan malogrado!

¡Cuántas cosas son posibles todavía! ¡Aprendan a reírse de ustedes mismos sin preocupación alguna, levanten sus corazones, buenos danzarines, ¡arriba, todavía más y más arriba, y no se olviden tampoco de cómo es el buen reír!

Esta corona del que se ríe, esta corona de rosas: ¡a ustedes, hermanos míos, les arrojo esta corona! Yo santifiqué el reírse; ustedes, hombres superiores, aprendan de mí ¡a reír!

La canción de la melancolía

1

Mientras Zaratustra decía estas cosas se encontraba cerca de la entrada de su cueva y al decir las últimas palabras se escabulló de entre sus invitados y huyó por un corto rato al aire libre.

—¡Puros aromas en torno a mí —Zaratustra exclamó—, venturoso silencio en torno a mí! Pero ¿dónde están mis animales? ¡Vengan cerca de mí, águila mía, serpiente mía! Díganme, animales míos: esos hombres superiores, todos ellos ¿acaso no huelen bien? ¡Puros perfumes en torno a mí! Sólo ahora sé y siento cuánto yo los amo, animales míos.

Y Zaratustra repitió: —¡Yo los amo, animales míos!

El águila y la serpiente se acercaron a él cuando pronunció estas palabras, y levantaron hacia él sus ojos. Así estuvieron juntos los tres, guardando el mayor silencio, y olfatearon y saborearon juntos el aire puro, porque el aire era allí fuera mejor que junto a los hombres superiores.

2

Apenas había abandonado Zaratustra su cueva cuando el viejo mago se incorporó, miró con astucia a su alrededor y dijo:

—¡Ya salió! Hombres superiores, permítanme hacerles cosquillas con este nombre de bendición y lisonja, como él mismo. Ya me está invadiendo mi maligno espíritu de engaño y magia, mi genio melancólico, el que es un rival de este Zaratustra: ¡perdonen! Ahora desea mostrar su magia ante ustedes, exactamente en este momento tiene su justa hora. Inútilmente lucho contra este perverso espíritu.

"A todos ustedes, sean los que sean los honores que con palabras se atribuyan, así se hagan llamar "espíritus libres" o "veraces" o "penitentes espirituales" o "libres de cadenas" o los "hombres del gran deseo", a todos ustedes, los que padecen de la gran náusea como yo, a quienes el antiguo Dios se les ha muerto sin que aún un nuevo Dios se encuentre en la cuna entre pañales[106], para todos ustedes es propicio mi espíritu y mi demonio-mago. Yo los conozco a ustedes, hombres superiores, y yo lo conozco a él; yo conozco también a ese espíritu perverso, ése al que amo para mi dolor, a ese Zaratustra: él mismo me parece, repetidamente, parecido a la hermosa máscara de un santo, como a una nueva y rara máscara, en la que se complace mi espíritu perverso, el demonio melancólico. Yo amo a Zaratustra, así me parece a menudo, a causa de mi espíritu perverso. Mas ya me acomete y me doblega este espíritu melancólico, este demonio del crepúsculo. Ciertamente, hombres superiores, se le antoja —¡abran ustedes los ojos!— se le antoja acudir desnudo, si como hombre desnudo o como desnuda mujer[107], todavía yo lo ignoro, pero arriba y me domina... ¡abran sus ojos ustedes! La jornada ya termina,

---

106 Referencia al Evangelio según San Lucas, 2,12, cuando dice: "Les doy esta señal: encontrarán un niño envuelto en pañales y tendido en un pesebre".

107 Alusión a los súcubos y los íncubos, supersticiosa creencia de origen medieval en espíritus malignos, machos y hembras, que atormentaban a los mortales durante el sueño, induciéndolos al pecado de la carne para perderlos.

para todo en la tierra se acerca el anochecer, incluyendo también a las cosas que son las mejores entre todas... ¡Oigan, vean ustedes, hombres superiores, qué clase de demonio es, hombre o mujer, este espíritu de la melancolía vespertina!.

Así habló el viejo mago, miró astutamente en torno suyo y luego tomó el arpa.

3

"Cuando el aire pierde su luz,
Cuando el consuelo del rocío
Cae gota a gota sobre la Tierra,
Ni visible ni audible
Pues delicado zapato calza
El rocío que consuela, como todos los suaves consoladores,
Entonces te acuerdas, ardiente corazón,
De cómo en otro tiempo sufrías de sed,
De cómo, calcinado y cansado, tenías sed
De lágrimas celestes y gotas de rocío,
Mientras en los amarillentos caminos herbosos
Miradas del sol crepuscular malvadamente
Corrían en torno a ti a través de oscuros árboles,
Ardientes y cegadoras miradas del sol, contentas de
    hacer daño.
"¿El que pretende la verdad... tú?". Así se burlaban
    ellas...
No! ¡Solamente un poeta!
Un animal, un animal sagaz, rapaz, clandestino,
Que se ve obligado siempre a mentir,
Que sabiéndolo y queriéndolo debe mentir:
Ansioso de botín,
Oculto bajo muchos colores,
Para sí mismo máscara,
Para sí mismo presa

¿Eso es el pretendiente de la verdad?
¡No! ¡Solamente un tonto! ¡Solamente un poeta!
Sólo alguien que dice discursos multicolores
Que abigarradamente grita desde máscaras de tonto,
Que anda dando vueltas por engañosos puentes de palabras.
Por multicolores arcos iris,
Entre cielos falsos y falsas tierras,
Vagando, flotando,
¡Solamente un tonto! ¡Solamente un poeta!
¿Ese es el que pretende la verdad?
No silencioso, rígido, liso, frío,
Convertido en imagen,
En pilar de Dios,
No colocado delante de los templos,
Como guardián de un dios:
¡Eso no! Hostil a esos monumentos de la verdad,
Más familiarizado con la jungla que con los templos,
Repleto de gatuna soberbia,
Saltando por cualquier ventana a cualquier azar,
Olfateando toda selva virgen,
Olfateando con anhelo y deseoso
De correr pecadoramente sano y multicolor y hermoso,
En selvas vírgenes,
Entre fieras rapaces de colorido pelaje,
De correr robando, deslizándose, mintiendo,
Con belfos lujuriosos,
Venturosamente burlón, venturosamente infernal,
Venturosamente sediento de sangre,
O parecido al águila que por mucho, mucho tiempo,
Mira fijamente los abismos, esos que son sus abismos.
¡Oh, cómo éstos se envuelven hacia abajo,
Hacia abajo, hacia dentro,
Hacia honduras cada vez más hondas!
¡Luego repentina, directamente,
Con extasiado vuelo,

Lanzarse sobre corderos,
Caer sobre ellos de un solo golpe, voraz,
Ávido de corderos,
Enojado contra todos los espíritus de cordero,
Furioso contra todo lo que tiene
Mirada de cordero, ojos de cordero, lana rizada,
Aspecto gris, corderil benevolencia de cordero!
Así, de águila, de pantera
Son los deseos del poeta,
Son tus deseos bajo miles de máscaras,
¡Tú tonto! ¡Tú poeta!
Tú que en el hombre has visto
Tanto un Dios como un cordero.
Despedazar al Dios que existe en el hombre
Y despedazar al cordero que hay en el hombre,
Y reír al despedazar.
¡Ésa, ésa es tu mayor ventura!
¡Ventura de una pantera y un águila!
¡Ventura de un poeta y un tonto!
Cuando el aire va reduciendo su luminosidad,
Cuando ya la hoz de la luna
Entre rojos purpúreos
Y hostil al día,
A cada paso secretamente va
Segando inclinados prados de rosas,
Hasta que ellas caen,
Se hunden pálidas hacia la noche.
Así descendí yo mismo en otra época
Desde la locura de mis verdades,
Desde mis deseos del día,
Fatigado del día, enfermo de luz,
Descendí hacia abajo, hacia la noche y la sombra:
Por una sola verdad
Abrasado y sediento:
– ¿Te acuerdas todavía, tú recuerdas, ardiente corazón,

De cómo sentías sed, en ese entonces?
Sea yo desterrado
De toda verdad,
¡Sólo necio!
¡Sólo poeta!".

De la ciencia

Así cantó el viejo mago; y todos los que estaban allí reunidos cayeron como pájaros, sin percatarse de ello, en la red de su sagaz y melancólica voluptuosidad. Solamente el concienzudo del espíritu no había quedado atrapado en ella: él le arrebató apresuradamente el arpa al mago y exclamó:

—¡Aire, dejen que ingrese el aire puro! ¡Hagan entrar a Zaratustra! ¡Tú vuelves sofocante y ponzoñosa esta cueva, maligno y viejo mago! Con tu seducción conduces, falso y refinado, a deseos y junglas desconocidos. ¡Pobres de nosotros, cuando son gentes como tú las que hablan de la verdad y la encarecen! ¡Pobres de todos los espíritus libres que no se ponen en guardia contra tales magos! Perdida está su libertad: tú enseñas a volver a las cárceles, viejo diablo melancólico, en tu lamento resuena una llamada seductora, ¡te asemejas a ésos que con su alabanza de la castidad invitan ocultamente a entregarse a la carne!

Así habló el concienzudo del espíritu; y el viejo mago miró en torno, disfrutó de su triunfo y se tragó, en razón de ello, el disgusto que el concienzudo del espíritu le causaba.

—¡Ya cállate! —dijo con modestia—, las buenas canciones necesitan tener buenos ecos; después de entonar las buenas canciones es preciso callarse por mucho tiempo. Así hacen todos los presentes, los hombres superiores. Indudablemente tú has entendido muy poco de lo que decía mi canción. Hay en ti escaso espíritu de magia.

–Tú me alabas –respondió el escrupuloso–, al separarme así de ti, ¡Muy bien! Pero respecto de ustedes... ¿Qué es lo que veo! Todos ustedes siguen allí sentados con ojos lujuriosos... Ustedes, que son espíritus de libertad... Ustedes, almas libres, ¡dónde ha ido a parar su libertad! Se parecen casi a esos que han mirado prolongadamente a jóvenes malvadas bailando desnudas... ¡asimismo sus almas bailan! En ustedes, hombres superiores, tiene que haber más que en mí de eso que el mago denomina su perverso espíritu de magia y engaño. Sin duda debemos ser diferentes. Ciertamente juntos hemos hablado y pensado bastante, antes de que Zaratustra volviera a su cueva, como para que yo no supiera: nosotros somos distintos. Estamos en la búsqueda de cosas que también son diferentes, aquí en las alturas, ustedes y yo. Yo busco mayor seguridad, por ello me acerqué a Zaratustra. Él es todavía la torre y la voluntad más firme. Ahora, cuando todo duda, cuando la tierra por completo tembleques. Pero ustedes, cuando miro los ojos que ponen, me parece que lo que buscan es mayor inseguridad, más horrores, más riesgos, más terremotos. Casi estoy seguro de que ustedes apetecen, y perdonen mi soberbia, hombres superiores, la peor y más riesgosa de las existencias, aquella que yo más temo, la existencia de las fieras salvajes. Ustedes desean las selvas, las cuevas, las montañas agrestes y los abismos como laberintos. Los guías que extraen del peligro no son aquellos que más les gustan, sino aquellos que desvían de todos los senderos, los encantadores. Pero si esos deseos son genuinos en ustedes, del mismo modo me resultan imposibles de satisfacer. Comprobadamente el miedo es el más básico y hereditario de los sentimientos humanos. Por causa del miedo es que se explica el conjunto de las cosas, el pecado original tanto como la virtud original. Fue del miedo que surgió asimismo mi virtud, la cual tiene por otro nombre ciencia. El miedo, ciertamente, a las bestias salvajes, fue lo que más prolongadamente se enseñó a la humanidad, así como a esa bestia que en la humanidad se esconde y que teme ella dentro de sí misma; la bestia a la que llama Zaratustra "el animal interior". Ese largo y antiguo miedo, finalmente refinado, intelectualizado, vuelto espíritu, me parece que actualmente lo llamamos ciencia.

De tal manera habló el concienzudo del espíritu, pero Zaratustra, que en ese preciso instante volvía a su morada y había escuchado sus palabras, le arrojó un puñado de flores al concienzudo del espíritu y se rió de lo que aquel llamaba "sus verdades".

—¿Qué acabo de oír? —dijo Zaratustra—. Tal parece que eres un tonto o que yo lo soy. Tu verdad voy a volverla de cabeza ahora mismo. El miedo, ciertamente, es nuestra excepción. Mas el valor y la peripecia y la inclinación por lo incierto, por lo no osado, el coraje, me parece que es la completa prehistoria humana. A los animales más salvajes y temerarios el hombre les ha envidiado y quitado todas sus virtudes, y solamente de esa forma es que se convirtió en hombre. Ese coraje, ese valor, finalmente refinado, espiritualizado, intelectualizado, ese valor humano con alas de águila y astucia de serpiente: ése, estimo yo, actualmente se llama...

—¡Zaratustra! —gritaron al unísono todos los que se estaban sentados allí, y dejaron oír una enorme carcajada. Entonces de entre ellos se levantó algo que era como una nube muy pesada. También el mago se rió y dijo astutamente:

—¡Muy bien! ¡Ya se ha ido, mi espíritu maligno! ¿Acaso no fui yo mismo quien los puso en guardia en contra de él, al decir que es un mentiroso, un espíritu de mentira y engañoso? Especialmente cuando se deja ver desnudo. ¡Pero qué puedo hacer yo en contra de su perfidia! ¿Acaso lo creé yo a él y al mundo?

¡Muy bien! ¡Seamos nuevamente buenos y hombres de buen humor! Pese a que Zaratustra mire con mala mirada, véanlo ustedes mismos: él está enojado conmigo; pero antes de que caiga la noche aprenderá nuevamente a quererme y alabarme, porque no puede vivir mucho tiempo sin cometer boberías semejantes.

Él ama a sus enemigos[108]: de ese asunto entiende mejor que ninguno de los que yo conocí, mas de ello se venga... ¡en sus amigos!

De tal modo habló el anciano mago, y los hombres superiores aplaudieron sus palabras, de manera que Zaratustra se volvió y fue estrechando, con maldad y amor al mismo tiempo, la mano a sus amigos, como hace aquel que debe reparar algo y excusarse. Cuando haciéndolo llegó hasta la entrada de su cueva, sintió ganas de salir a respirar al aire puro del exterior y ver a sus animales, por lo que salió de su morada.

Entre hijas del desierto

1

—¡No te vayas! —le dijo entonces aquel caminante que se llamaba a sí mismo "la sombra de Zaratustra"—, quédate con nosotros, o podría volver a acometernos el antiguo pesar. Ya el viejo mago nos ha brindado sus peores cosas, y observa, el papa piadoso tiene lágrimas en sus ojos y ha vuelto a embarcarse en el mar de la melancolía. Estos reyes, ciertamente, siguen poniendo frente a nosotros buen semblante: ¡esto es lo que ellos mejor han aprendido de todos nosotros! Pero si no contaran con testigos, seguramente también en ellos volvería a empezar el juego malvado... ¡aquel de las nubes vagabundas, de la húmeda melancolía, de los cielos nublados, de los soles robados, de los vientos de otoño cuando braman! El juego maligno de nuestro aullar pidiendo auxilio: ¡quédate entre nosotros, Zaratustra! ¡Aquí hay mucha miseria oculta que quiere expresarse, mucho atardecer, mucha nube, mucha atmósfera enturbiada!

---

108 Referencia al Evangelio según San Mateo, 5, 44, cuando dice: "Amen a sus enemigos".

Tú nos has nutrido con fuertes alimentos para hombres y con sentencias poderosas: ¡no permitas que, finalmente, nos ganen de nuevo el ánimo los espíritus frágiles y femeninos! ¡Tú eres el único que vuelves fuerte y claro el aire en torno de ti! Nunca encontré aire tan puro como el que respiro junto a ti, en tu cueva. Muchos países yo visité, mi nariz ha aprendido a examinar y juzgar aires de muchas variedades: ¡pero en tu casa es donde mi nariz experimenta su máximo placer! A no ser que... ¡oh, perdón, perdón por un viejo recuerdo! Perdóname una vieja canción, una que compuse en cierta ocasión, cuando estaba entre las hijas del desierto. En compañía de ellas había un aire igualmente puro, luminoso, oriental; ¡fue allí, entonces, cuando yo más alejado me encontré de la nublada, húmeda, melancólica y vieja Europa! En aquel tiempo yo amaba a las jóvenes de Oriente y otros azules reinos celestiales, sobre los que no cuelgan nubes ni pensamientos. No podrán ustedes creer con cuánta gracia estaban sentadas, cuando no bailaban, profundas, pero sin pensamientos, como enigmas adornados con cintas, como nueces de sobremesa, multicolores y extrañas, ¡ciertamente!, mas sin nubes: misterios que se dejan adivinar... por amor a esas muchachas yo compuse en aquella ocasión una canción de sobremesa.

Así habló aquel viajero y sombra y antes de que alguno alcanzara a contestarle había tomado ya el arpa del anciano mago y cruzado sus piernas. Luego miró, tranquilo y sapiente, en torno a sí, y aspiró lentamente el aire, como alguien que en países nuevos percibe por primera vez un aire novedoso y extraño. Luego comenzó a cantar con una voz que semejaba ser una suerte de rugidos.

2

"El desierto crece: ¡pobre de aquel que dentro de sí guarda desiertos!

¡Qué solemne!
¡Qué ciertamente solemne!
¡Qué comienzo tan digno!
¡Qué africanamente solemne!
Propio de un león
O de un moralista mono aullador,
Pero nada para ustedes,
Encantadoras amigas,
A cuyos pies por vez primera
A mí, un europeo,
Entre palmeras
Se le permite sentarse.
¡Maravilloso, ciertamente!
Ahora estoy aquí sentado,
Cerca del desierto y
Tan lejos nuevamente de él,
Y tampoco convertido en desierto todavía,
Sino engullido
Por este diminuto oasis:
Hace un instante abrió con un bostezo
Su gentil hocico,
El más perfumado de todos:
¡Y yo caí dentro de él,
Hacia abajo, a través y entre ustedes,
Encantadoras amigas!
¡Gloria, gloria a aquella ballena si a su huésped
Tan bien lo trató! ¿Entienden
Mi docta referencia?
Gloria a su vientre
Si fue así
Un vientre y un oasis tan grato
Como éste: cosa que empero dudo,
Pues yo vengo de Europa,
La cual es más incrédula que todas
Las esposas ya viejas.

¡Quiera Dios mejorarla!
¡Amén!
Ahora estoy aquí sentado,
En este diminuto oasis,
Parecido a un dátil,
Moreno, lleno de dulzura, sudando oro, deseoso
De una redonda boca de muchacha,
Y, todavía más, de helados,
Níveos, cortantes, incisivos dientes
De muchacha, por los que languidece
El corazón de todos los calientes dátiles.
Parecido, demasiado parecido
A esos frutos del Sur,
Estoy aquí acostado, mientras diminutos
Insectos alados
Me rodean bailando y jugando,
Y asimismo deseos y ocurrencias
Todavía más pequeños,
Más locos, más malvados,
Rodeado por ustedes,
Mudas, llenas de presentimientos
Jovencitas-gatos,
Dudú y Suleica,
Rodeado de esfinges, para
Amontonar muchos sentimientos:
(¡Dios le perdone a mi lengua
Un pecado como este!)
Aquí estoy yo sentado,
respirando el mejor aire de todos,
Aire del paraíso ciertamente,
Ligero y luminoso aire, espolvoreado de oro,
Todo el aire puro que alguna vez
Cayó de la Luna...
¿Sucedió esto por azar
O quizá fue por soberbia,

Como cuentan los viejos poetas?
Mas yo, escéptico, lo cuestiono
Porque vengo de Europa,
La cual es más incrédula que todas
Las esposas ya viejas.
¡Quiera Dios mejorarla!
¡Amén!
Respirando este aire bellísimo,
Hinchada mi nariz como un cáliz,
Sin futuro, sin recuerdos,
Así estoy aquí sentado,
Deliciosas amigas,
Y contemplo cómo la palmera,
Tal como una bailarina,
Se arquea y pliega y las caderas mueve,
¡Uno va a imitarla si la mira mucho tiempo!
¿Igual que una bailarina, que, a mi entender,
Durante mucho tiempo ya, durante un peligroso largo
    tiempo,
Siempre se sostuvo únicamente sobre una sola pierna?
¿Y que por ello olvidó, a mi entender,
La otra pierna?
Vanamente, al menos, he buscado la gema gemela
La añorada, o sea, la otra pierna,
En la santa cercanía
De su encantadora, graciosa
Pollerita de encajes, movediza como un abanico.
Sí, mis bellas amigas,
Si del todo quieren creerme:
¡La perdí!
¡Desapareció para siempre!
¡La otra pierna!
¡Qué lástima, esa otra amable pierna!
¿Dónde estará y se quejará, tan abandonada,
La pierna solitaria?

¿Llena de miedo por un
Feroz monstruo, un león amarillo
De dorados rizos? O hasta ya
Roída y quizá devorada...
Qué lamentable: ¡Devorada!
¡No lloren,
Gentiles corazones!
¡No lloren,
Corazones de dátil! ¡Pechos de leche!
¡Corazones como bolsitas
De regaliz!
¡No llores más,
Pálida Dudú!
¡Sé hombre, Suleica! ¡Ánimo! ¡Ánimo!
¿Sería adecuado ahora
Un tónico,
Un tónico para el corazón?
¿Una sentencia ungida?
¿Una exhortación solemne? –
¡Levántate, dignidad,
¡Dignidad de la virtud! ¡Dignidad del europeo!
¡Sopla, torna a soplar,
Fuelle de la virtud!
¡Rugir una vez más,
Rugir moralmente,
Como león moral
Rugir ante las hijas del desierto!
¡Pues el aullido de la virtud,
Deliciosas muchachas,
Es, más que ninguna otra cosa,
El ardiente deseo, el apetito voraz del europeo!
De nuevo estoy erguido,
Como europeo,
¡No puede hacer otra cosa, que Dios me ayude
¡Amén!

El desierto crece: ¡pobre de aquel que dentro de sí guarda desiertos!".

El despertar

1

Después de la canción del viajero "sombra de Zaratustra" la cueva se llenó enseguida y súbitamente de sonidos y risas y como los invitados hablaban simultáneamente y tampoco el burro, animado por ello, siguió callado, se apoderó de Zaratustra una ligera aversión y un deseo de burlarse de sus huéspedes pese a que, al mismo tiempo, se alegrara de su contento, porque lo interpretó como una señal de que estaban curados. De tal modo que salió de su cueva al aire libre y conversó con sus animales.

—¿Dónde está ahora su pesar? —dijo, ya recobrado de su hastío—. ¡Junto a mí se han olvidado de gritar pidiendo socorro! Aunque todavía no se han olvidado de seguir gritando.

Y Zaratustra se tapó los oídos, porque el rebuznar del burro se mezclaba con las expresiones de ruido júbilo de esos hombres superiores.

—Están alegres —comenzó a decir Zaratustra— y, ¿quién sabe?, tal vez lo estén a costa de quien los invitó. Si aprendieron de mí a reír, no es, empero, mi risa la que han aprendido. ¡Pero eso qué importancia tiene! Son viejos y se curan a su modo, ríen a su manera; mis oídos han soportado antes cosas mucho peores y no se enojaron. Este día es una jornada de triunfo: ¡ya huye el espíritu de la pesadez, mi viejo y máximo enemigo! ¡Qué bien desea culminar esta jornada que de manera tan mala y ardua comenzó! Y desea terminar: Ya arriba el atardecer: ¡sobre el mar cabalga el buen jinete! ¡Cómo se mece, el venturoso, el que vuelve a casa, sobre la silla color de púrpura de su caballo! El cielo mira luminoso, el mundo yace hondo: ¡todos ustedes, gente extraña que ha venido a mí, vale la pena que vivan a mi lado!

Así habló Zaratustra y nuevamente llegaron desde la caverna los gritos y las risas de los hombres superiores: entonces él recomenzó su discurso:

—Pican, mi carnada actúa, también de ellos se aleja su enemigo, el espíritu de la pesadez. Ya aprenden a reírse de sí mismos. ¿Es que yo oigo correctamente? Mi alimento para hombres surte efecto, mi sentencia deliciosa y poderosa. Ciertamente ¡no los he alimentado con legumbres que originan flatulencia! Los nutrí con alimento para guerreros, con aquel que es adecuado para conquistadores y nuevos apetitos he despertado. Nuevas esperanzas hay en sus brazos y sus piernas, su corazón se ensancha. Encuentran nuevas palabras, pronto su espíritu respirará soberbia. Tales alimentos no son ciertamente para niños, ni para viejitas y muchachitas anhelantes. A éstas se les convencen las entrañas de otro modo y no seré yo su médico y maestro. La náusea se va ya de esos hombres superiores: ¡muy bien!, tal es mi triunfo. En mis dominios ellos se tornan seguros; se ellos escapa toda vergüenza idiota; ellos encuentran desahogo. Vuelven a ellos las buenas horas, otra vez se solazan y rumian. Ellos se tornan agradecidos. Esta es a mi criterio la mejor de todas las señales, que ellos se tornen agradecidos. En poco tiempo más crearán nuevas fiestas y levantarán estatuas en memoria de sus antiguas alegrías. ¡Ellos son convalecientes!

Así habló Zaratustra alegremente a su corazón, y miraba a lo lejos; pero sus animales se acercaron entonces a él y honraron su felicidad y su silencio.

2

Repentinamente el oído de Zaratustra se asustó: ciertamente, la cueva quedó de pronto ocupada por un silencio mortal, cuando momentos antes estaba llena de risas y gritos alegres. La nariz de Zaratustra olió entonces un perfumado humo de incienso, como el que se desprende de las piñas cuando arden en el fuego.

—¿Qué sucede, qué hacen ellos? —se preguntó, y se deslizó a escondidas hasta la entrada para poder observar a sus invitados sin que ellos lo advirtieran. Más... ¡maravilla tras maravilla!, ¡qué cosas tuvo que ver entonces!

—¡Otra vez son piadosos, rezan, están locos! —dijo, embargado por el mayor asombro. Ciertamente, el conjunto de esos hombres superiores: los reyes, el papa jubilado, el viejo mago, el pordiosero voluntario, el caminante y sombra, el anciano adivino, el concienzudo del espíritu y el más feo de los hombres, todos se encontraban arrodillados, como si fuesen niños o ingenuas viejitas y adoraban al burro. En aquel momento el más feo de los hombres empezó a resoplar, como si quisiera decir algo inexpresable; y cuando logró hablar, lo que entonaba se trataba de una piadosa letanía en homenaje al burro al que alababan con rezos e incienso. Dicha letanía decía así:

"¡Amén! ¡Alabanza, honores, sabiduría, gratitud, gloria y fortaleza a nuestro Dios por los siglos de los siglos!".

Entonces el burro rebuznó.

"Él soporta nuestra carga, él tomó la figura del sirviente, él es paciente de corazón y nunca dice que no; y quien ama a su Dios, lo castiga".

Entonces el burro rebuznó.

"Él no habla, salvo para decir siempre sí al mundo que creó: así alaba a su mundo. Su astucia es la que no habla: así muy rara vez incurre en error".

Entonces el burro rebuznó.

"Camina por el mundo sin que pueda ser percibido. Gris es el color de su cuerpo, con ese color esconde su virtud. Si tiene espíritu, lo mantiene oculto; pero todos creen en sus largas orejas".

Entonces el burro rebuznó.

"¡Qué oculta sabiduría es ésta, tener las orejas largas y decir únicamente sí y nunca no! ¿No ha creado el mundo a su imagen, es decir, lo más imbécil que resultó posible?".

Entonces el burro rebuznó.

"Tú recorres senderos rectos y retorcidos; te ocupas muy poco respecto de lo que nos parece recto o retorcido a los hombres. Más allá del bien y del mal está tu reino. Tu inocencia está en no saber qué cosa es la inocencia".

Entonces el burro rebuznó.

"Mira cómo no rechazas a nadie, ni a los pordioseros ni a los reyes. Dejas que los niños vengan hasta ti y cuando los muchachos malvados te seducen[109], rebuznas tú con la mayor simpleza".

Entonces el burro rebuznó.

"Tú amas las burras y los higos frescos, no eres remilgado. Un cardo te acaricia el corazón cuando tienes hambre. En esto radica la sabiduría de un Dios".

Entonces el burro rebuznó.

La fiesta del asno

1

En esta parte de la letanía ya no pudo Zaratustra seguir dominándose, rebuznó él también, más fuerte que el mismo burro, y se lanzó de un brinco en medio de sus demenciados invitados.

—¿Qué es esto que están haciendo, hijos de hombres? —exclamó mientras obligaba a levantarse del suelo a los reza-

---

109 Alusión a Proverbios, 1, 10, cuando dice: "Hijo mío, si los perversos intentan engañarte, tú no cedas".

dores–. Si alguien distinto de Zaratustra los estuviese mirando ¡juzgaría que ustedes, con su nueva fe, son los mayores blasfemos o las más ~~julios~~ de ~~todas las viejitas~~! Respecto de ti, viejo papa, ¿cómo va contigo adorar a un burro como si fuera Dios?

–Zaratustra –respondió el papa jubilado–, perdóname, pero en asuntos de Dios yo soy más ilustrado que tú y ello es correcto. ¡Es mejor adorar a Dios bajo esta forma que bajo ninguna otra! Debes cavilar sobre esta sentencia, mi muy noble amigo: enseguida adivinarás que contiene sabiduría. Aquel que dijo "Dios es espíritu" fue el que dio en la tierra el mayor paso y el mayor salto hacia la incredulidad: ¡no es fácil reparar todo el daño que esa frase ha hecho! Mi viejo corazón salta de gozo al ver que hay todavía algo que adorar. ¡Perdónale esto, Zaratustra, a un viejo y piadoso corazón papal!

–Y tú –le dijo Zaratustra al caminante que era su sombra– ¿Tú te haces llamar y te crees un espíritu libre, cuando te entregas a actos de idolatría y comedias de curas? ¡Peor, te comportas tú aquí que con tus malignas muchachas morenas, tú perverso creyente nuevo!

–Bastante mal –le respondió el caminante y sombra–, tienes razón: ¡pero yo qué puedo hacer! El antiguo Dios está vivo nuevamente, oh Zaratustra, digas lo que tú digas. El más feo de los hombres es el culpable de todo esto, pues él fue quien volvió a resucitarlo. Y pese a que sostiene que en otro tiempo lo mató, la muerte no es nunca, entre los dioses, otra cosa que un prejuicio.

–Y tú –dijo Zaratustra–, tú, maligno y viejo mago, ¡qué es lo que has hecho! ¿Quién va a creer en ti de ahora en más, en estos tiempos que son tan libres, si tú crees en tales divinas burradas? Lo que hiciste fue una imbecilidad... ¡cómo has podido cometerla tú, tan inteligente como eres, tal!

–Oh, Zaratustra –le respondió el mago–, tú tienes toda la razón, ha sido una imbecilidad, una que me ha costado muy cara.

–Y tú en particular –dijo Zaratustra al concienzudo del espíritu– ¡reflexiona y ponte el dedo en la nariz! ¿No hay aquí algo que le resulte repugnante a tu conciencia? ¿No es tu espíritu demasiado puro para estos rezos y para el hedor que exhalan estos compañeros de tus rezos?

—Algo hay en esto —respondió el concienzudo del espíritu y se colocó el dedo en la nariz—. Algo hay en esto que hasta le hace bien a mi conciencia. Tal vez a mí no me está permitida la creencia en Dios, mas lo cierto es que en esta figura Dios me resulta de lo más creíble. Dios debe ser eterno, según el decir de los más piadosos: quien tanto tiempo tiene se toma tiempo y lo hace de la manera más lenta e idiota que puede; así es como puede llegar bien lejos. Aquel que posee excesivo espíritu gustaría de estar demente por la imbecilidad misma. ¡Reflexiona respecto de ti, Zaratustra! También tú podrías volverte un burro a fuerza de riquezas y sabiduría. ¿No le gusta a un sabio perfecto caminar por los caminos más retorcidos? La evidencia lo enseña, Zaratustra, ¡tu evidencia!

—Y también tú —dijo Zaratustra y se volvió hacia donde se encontraba el más feo de los hombres, quien seguía tendido en el suelo, elevando el brazo hacia el burro para darle vino de beber—. Di, inexpresable, ¡qué fue lo que tú hiciste! Pareces metamorfoseado, tus ojos arden, el manto de lo sublime envuelve y oculta tu fealdad: ¿qué fue lo que tú hiciste? ¿Es cierto lo que dicen, que volviste a resucitarlo? ¿Con qué objeto? ¿No estaba muerto con toda razón? Tú pareces resucitado: ¿qué hiciste?, ¿por qué te has dado la vuelta? ¿Por qué te has convertido...? ¡Habla tú, inexpresable!

—Oh Zaratustra —respondió aquel que era el más feo de los hombres—, ¡eres un tunante! Si él vive todavía, si vive nuevamente o si se encuentra enteramente muerto ¿quién de nosotros dos es aquel que lo sabe mejor? Te lo pregunto, pero yo sé una cosa que de ti mismo aprendí en otra época, Zaratustra: quien más hondamente desea matar, se ríe. "No con la ira, sino con la risa se mata", así dijiste tú en otra época, Zaratustra, tú el que está oculto, tú el aniquilador sin ira, tú, que eres ciertamente un santo peligroso, ¡eres tú efectivamente un pícaro!

2

Entonces Zaratustra, asombrado de esas respuestas, dio un brinco hacia la puerta de la cueva y les gritó con fuerte voz:

—¡Ustedes, pícaros, payasos! ¡Por qué se desfiguran y esconden ante mí! ¡Cómo se les agitaba el corazón de placer y maldad por haberse vuelto nuevamente niños pequeños, o sea, piadosos, por proceder otra vez como niños, o sea por rezar, juntar las manos y musitar: "Dios mío"! Abandonen esta habitación de niños, mi cueva, en la que hoy están como en su casa todas las niñerías. ¡Refresquen fuera su ardiente atrevimiento de niños y el ruido que habita sus corazones! Mientras no se vuelvan, en efecto, como niños pequeños no entrarán en aquel reino de los cielos —entonces Zaratustra señaló hacia arriba—. Pero nosotros no queremos entrar en el reino de los cielos porque nos hemos hecho hombres y aquello que queremos es el reino de la tierra.

3

Nuevamente comenzó Zaratustra a hablar:

—¡Mis nuevos amigos —les dijo— ustedes, gente rara, hombres superiores, cómo me gustan ustedes ahora, desde que nuevamente se volvieron gente alegre! Todos ustedes, efectivamente, florecieron, y me parece que flores como ustedes tienen necesidad de festividades nuevas, de un diminuto y valeroso dislate, algún culto divino y cierta celebración del burro, de algún viejo y alegre tonto... Zaratustra, de un ventarrón que les despeje las almas. ¡No se olviden de esta noche y esta fiesta del burro, hombres superiores! Esto lo inventaron ustedes en mi morada y para mí es un buen presagio... ¡pues cosas como ésta las crean exclusivamente los convalecientes! Y cuando vuelvan a celebrar esta fiesta del burro, ¡háganlo por amor a ustedes, háganlo también por amor a mí! ¡Y en memoria mía!

Así habló Zaratustra.

La canción del noctámbulo

1

Mientras tanto los invitados, uno detrás del otro, habían ido saliendo de la cueva, al aire libre y a la fresca y meditativa noche. Zaratustra mismo condujo de la mano al más feo de los hombres para mostrarle su mundo nocturno, la gran luna redonda y las argénteas cascadas que había junto a su cueva. Al fin se detuvieron los unos junto a los otros, todos ellos eran viejos pero tenían un corazón valiente y consolado, y se asombraban de sentirse tan bien en la tierra. La quietud de la noche entraba cada vez más en sus corazones. Y de nuevo pensó Zaratustra dentro de sí: "¡Oh, cómo me agradan estos hombres superiores en este momento preciso!" pero no lo dijo porque honraba su felicidad y su silencio.

Entonces ocurrió lo más asombroso de aquel asombroso y prolongado día: el más feo de los hombres comenzó nuevamente a resoplar y cuando por fin logró hablar, una pregunta redonda y pura surgió de su boca, una pregunta buena, honda, clara, que agitó el corazón de todos los presentes.

—Amigos míos —dijo el más feo de los hombres—, ¿qué les parece? Gracias a este día, estoy por primera vez contento de haber vivido toda mi existencia. No me alcanza con manifestar esto. Digo que vale la pena vivir en esta tierra, pues una sola jornada, una sola fiesta en la casa de Zaratustra me enseñó a amar la tierra. "¿Esto era la vida?", le quiero manifestar a la muerte; "Bien, entonces otra vez". Amigos míos, ¿qué les parece a ustedes? ¿No quieren decirle a la muerte, como lo hago yo: "¿Esto era la vida?". Gracias a Zaratustra: "Bien, entonces otra vez".

Así dijo el más feo de los hombres; y no faltaba mucho tiempo para que llegara la medianoche. ¿Qué suponen que sucedió en aquel momento? En cuanto los presentes oyeron sus palabras, tomaron repentinamente conciencia de su metamorfosis y su curación y de quién las había producido. Entonces le agradecieron vivamente a Zaratustra, venerándolo, haciéndole caricias, besando sus manos, cada uno a su modo. Mientras que unos reían, otros soltaban el llanto. El anciano adivino danzaba con gozo, y aunque algunos lo atribuyen a que estaba repleto de vino, verdaderamente se encontraba más lleno de dulce existencia y se había alejado de él todo su cansancio. Existen otros que narran que el burro bailó entonces, porque no inútilmente el más feo de todos los hombres le había dado de beber vino. Puede que todo haya sido así o tal vez, todo sucedió de otra manera; si efectivamente el burro no bailó esa noche, empero tuvieron lugar sucesos todavía más raros. En resumen, como afirma el proverbio de Zaratustra: "¡Qué importa todo eso!".

2

Pero Zaratustra, mientras esto ocurría, estaba allí como uno que se ha embriagado: su mirada se apagaba, balbuceaba, sus pies vacilaban. ¿Quién adivinaría los pensamientos que entonces cruzaban por su alma? Era claro que su espíritu se había alejado de él y huyó hacia adelante y anduvo por sitios muy lejanos, como se dice: sobre una elevada peña, como está escrito, entre dos mares, lo pasado y lo futuro, caminando como una nube muy pesada". Mas paulatinamente, mientras los hombres superiores lo sostenían, volvió en sí y apartó con las manos a los veneradores y preocupados; pero no habló. Súbitamente volvió la cabeza, pues parecía oír algo: luego se llevó el dedo a la boca y dijo: "Vengan".

Se hizo el silencio y la calma allí; de la profundidad, en cambio, subía el sonido de una campana. Zaratustra escuchó, e igual hicieron los hombres superiores; luego volvió a llevarse el dedo a la boca y volvió a decir: "Vengan, ya viene la medianoche". Su voz era entonces diferente, mas seguía sin moverse de donde estaba y el silencio y la calma se hicieron aun mayores.

Los allí presentes escucharon, también el burro prestó oído, y los dos animales heráldicos de Zaratustra, el águila y la serpiente, y la cueva de Zaratustra y la luna redonda y fría y hasta la mismísima noche. Zaratustra se llevó por tercera vez el dedo a la boca y dijo: "Vengan, vamos, que ya es hora, caminemos en la noche!".

3

Ustedes, hombres superiores, sepan que la medianoche se aproxima: ahora quiero decirles algo al oído, como me lo dice a mí, también al oído, esa vieja campana. Me lo dice de una forma tan íntima, terrible y cordial, esa campana que ha pasado por vivencias mayores que aquellas propias de un hombre; ya contó la suma de latidos de los padres de ustedes... y cómo suspira y se ríe en sueños, la vieja y honda medianoche.

¡Silencio! ¡Silencio! Ahora se oyen muchas cosas a las que durante el día no les es permitido hablar en voz alta; pero ahora, en el aire fresco, cuando hasta el ruido de sus corazones se ha callado, ahora se dejan oír y se deslizan en las almas nocturnas y desveladas: ¡cómo suspira!, ¡cómo ríe en sueños! ¿No oyes cómo, de tan íntima forma, tan terrible y cordial, te habla a ti la vieja y honda medianoche! Hombre: préstale atención.

4

¡Pobre de mí! ¿Dónde se ha ido el tiempo? ¿Se ha hundido en pozos muy hondos? El mundo está dormido, el perro aúlla y la luna brilla. Prefiero morirme antes que decirles a ustedes los pensamientos de mi corazón en esta medianoche.

Ya he muerto y todo ha terminado. Araña, ¿por qué tejes tu tela a mi alrededor? ¿Quieres mi sangre? ¡El rocío cae, la hora llega! La hora en que tirito y me hielo, la hora que pregunta y pregunta: ¿Quién tiene un corazón que sea suficiente para esto? ¿Quién debe ser el amo de la tierra! El que quiera decir: ¡así deben correr ustedes, corrientes grandes y pequeñas!

La hora está cercana: tú, hombre superior, ¡presta atención!, este discurso es para oídos delicados, para los tuyos: ¿qué es lo que dice la profunda medianoche?

5

Algo me arrastra, mi alma danza. ¡Obra del día! ¿Quién debe ser el amo de la tierra?

La luna es fría, el viento calla. ¿Han ustedes volado ya bastante alto? Han bailado, pero una pierna no es un ala.

Ustedes, bailarines buenos, todo placer ha acabado ahora, el vino se transformó en orines, todas las copas se volvieron blandas, los sepulcros balbucean.

No han volado lo bastante alto: ahora los sepulcros balbucean: "¡redención a los muertos!".

¿Por qué se prolonga tanto la noche? ¿No nos vuelve ebrios la luna?

Ustedes, hombres superiores, ¡rediman los sepulcros, despierten a los cadáveres!

¿Por qué el gusano continúa royendo? Se acerca, se acerca la hora, retumba la campana, continúa chirriando el corazón, sigue royendo el gusano de la madera, el gusano del corazón... ¡El mundo es tan profundo!

6

¡Dulce lira, yo alabo tu sonido, tu borracho sonido de sapo! ¡Hace cuánto tiempo, desde qué lejos viene hasta mí tu sonido lejano, desde los estanques del amor!

¡Vieja campana, dulce lira! Todo el dolor te desgarró el corazón, el dolor del padre, el dolor de los padres, el dolor de los abuelos... Tu discurso está ya maduro, como dorado otoño y dorada tarde, como mi corazón de ermitaño. Ahora hablas: también el mundo se tornó maduro, el racimo negrea, ahora quiere morir de felicidad. Ustedes, hombres superiores, ¿no huelen alguna cosa?

Misteriosamente gotea hacia arriba un aroma, un perfume y un aroma de eternidad, un oscuro aroma como de vino dorado, de añeja dicha, de felicidad borracha de perecer a medianoche, lo que canta que el mundo es hondo y más hondo de lo que el día supuso.

7

¡Déjame, pues yo soy demasiado puro para ti, no me toques! ¿No se ha vuelto perfecto ahora mi mundo?

Mi piel es demasiado pura para tus manos. ¡Déjame, tú, día imbécil, grosero y torpe!

¿No es más luminosa la medianoche?

Los más puros deben ser los amos de la tierra, los más desconocidos, los más fuertes, los espíritus de la medianoche, que son más luminosos y profundos que el día.

Tú, día, ¿andas a tientas detrás de mí? ¿Extiendes tu mano hacia mi dicha?

¿Soy yo, para tu criterio, rico, solitario, un tesoro escondido, un yacimiento de oro?

Tú, mundo, ¿me quieres a mí? ¿Resulto ser para ti mundano? ¿Soy para ti espiritual? ¿Soy para ti divino? Mas, día y mundo, ustedes son excesivamente torpes; deben ustedes poseer manos más inteligentes... extiéndanlas hacia una felicidad más profunda, hacia una infelicidad más profunda, extiéndanlas hacia algún dios, no hacia mí. Mi infelicidad, mi felicidad son profundas, día que eres tan extraño, pero yo no soy un Dios, un infierno divino: profundo es su dolor.

8

¡El dolor de Dios es más profundo, mundo extraño! ¡Extiende tus manos hacia el dolor divino, no hacia mí! ¡Qué clase de ser soy yo! ¡Una dulce lira ebria, una lira de medianoche, una campana-sapo que nadie comprende, pero que debe hablar frente a sordos, hombres superiores! ¡Porque ustedes no me comprenden!

¡Todo terminó, juventud, mediodía, tarde! Ahora arribaron el atardecer, la noche y la medianoche; el perro aúlla, el viento: ¿no es el viento un perro? Gime, gañe, aúlla. ¡Cómo suspira y se ríe, cómo resuella y jadea la medianoche!

¡Cómo habla sobria en este momento, esa poetisa borracha!, ¿Ahogó todavía en más vino su embriaguez?, ¿se ha vuelto más que despierta?, ¿rumia, acaso?

Su dolor es lo que rumia, en sueños, la vieja y profunda medianoche; todavía más, su placer. El placer, aunque el dolor sea profundo: el placer es más profundo que el sufrimiento.

9

¡Tú vid! ¿Por qué razón tú me alabas? ¡Yo te corté, sin embargo! Yo soy cruel y tú eres quien sangra: ¿qué quiere esa alabanza tuya de mi crueldad beoda?

"Lo que llegó a ser perfecto, todo lo maduro... ¡desea morirse!", de tal modo dices tú. ¡Bendita sea la podadera del viñador! Pero todo lo inmaduro desea vivir.

El dolor dice: "¡Fuera de aquí, dolor!". Pero todo aquello que sufre desea vivir, para tornarse maduro y alegre y deseoso de cosas más remotas y elevadas, más luminosas. "Yo quiero herederos", dice todo lo que sufre, "yo quiero hijos, no me quiero a mí".

Pero el placer no quiere herederos ni hijos... el placer se quiere a sí mismo, quiere eternidad y retorno, quiere todo-lo-que-es-idéntico-a-sí-mismo-eternamente.

El dolor dice: "¡Rómpete y sangra, corazón! ¡Camina ya, pierna! ¡Ala, vuela ahora mismo! ¡Arriba! ¡Dolor!". ¡Bien y adelante! Oh viejo corazón mío: el dolor dice: "¡pasa!".

10

Ustedes, hombres superiores, ¿qué les parece? ¿Soy un adivino, tal vez un soñador? ¿Un borracho es lo que yo soy? ¿Un intérprete de sueños? ¿Una campana de la medianoche? ¿Una gota de rocío? ¿Un vapor y un perfume de la eternidad? ¿No lo oyen, no lo huelen? Ahora se volvió mi mundo uno perfecto y la medianoche es asimismo el mediodía; el placer es dolor, la maldición es también bendición, la noche sol... Váyanse o aprenderán: un sabio es asimismo un imbécil.

¿Han dicho sí alguna vez a un solo placer? Amigos míos, entonces ustedes dijeron sí también a todo dolor. Todas las cosas se encuentran encadenadas, trabadas, enamoradas.

¿Han querido alguna vez dos veces una sola vez, han dicho en alguna ocasión: "¡tú me agradas, felicidad"! ¡Instante! ¡Entonces quisieron que todo volviera a ser!

Todo de nuevo, todo eterno, todo encadenado, unido, enamorado... entonces ustedes amaron el mundo, ustedes eternos, ámenlo eternamente, para siempre, y también al dolor díganle: ¡pasa, pero luego vuelve! Pues todo placer quiere: ¡eternidad!

11

Todo placer desea la eternidad de las cosas, desea miel, heces, medianoche ebria, sepulcros, consuelo de lágrimas sobre los sepulcros, desea dorada luz de atardecer ¡qué es lo que no desea el placer!, resulta ser más sediento y cordial, más hambriento y terrible, más misterioso que cualquier sufrimiento, se quiere a sí mismo, toma la carnada de sí mismo, la voluntad del anillo combate en él.

Desea amor y odio; es muy rico, obsequia, dilapida, suplica que se lo tome, agradece al que lo toma, desea hasta que lo odien. Tan rico es que tiene sed de dolor e infierno, de odio y oprobio; desea lo lisiado del mundo, porque este mundo ¡ustedes bien saben de él!

De ustedes, hombres superiores, siente deseo el placer, el indómito, venturoso... El placer desea el dolor de ustedes, fracasados. El placer eterno siente deseos de lo fracasado, dado que todo placer se desea a sí mismo... y es por ello que desea también sufrimiento. ¡Ah, dicha, ah dolor!

¡Rómpete ahora, corazón! Ustedes, hombres superiores, aprendan esto: el placer desea la eternidad, quiere la eternidad de todas las cosas: ¡el placer desea la eternidad!

12

¿Ya aprendieron mi canción? ¿Ya adivinaron su significado? ¡Muy bien, entonces adelante!

Ustedes, hombres superiores, ¡canten para mí ahora mi canción de ronda!

¡Canten la canción cuyo título es "una vez más", cuyo sentido es "¡Por toda la eternidad!", canten, hombres superiores, el canto de ronda de Zaratustra!

¡Hombre, presta atención a esto!

¿Qué es lo que dice la honda medianoche?

"Yo dormía,
Y de un hondo sueño desperté:
El mundo es profundo,
Mucho más de lo que el día ha pensado.
Hondo es su dolor.
El placer resulta todavía más hondo que el sufrimiento:

El dolor dice: ¡Pasa!
Pero todo placer desea la eternidad,
¡Quiere una honda eternidad!".

El signo

La mañana después de esa noche, Zaratustra se levantó de su cama, se ciñó los riñones[110] y salió de su cueva, ardiente y fuerte como el sol de la mañana que viene de tenebrosas montañas.

–Tú, oh magno astro –dijo Zaratustra, como había dicho en otra época–, profundo ojo de la dicha, ¡qué sería de ella si no tuvieras a quienes tú iluminas! Si ellos siguieran en sus habitaciones mientras tú estás ya despierto y vienes y obsequias y distribuyes: ¡cómo se enojaría tu pudor! ¡Muy bien!, ellos están dormidos aún; ellos, que son hombres superiores, mientras que yo ya estoy despierto. ¡Ellos no son convenientes camaradas de travesía para mí! No son ellos los que yo espero en éstas, mis montañas.

"A mi obra quiero aplicarme, a mi día, pero ellos no entienden cuáles son los signos de mi mañana y mis huellas no son para ellos ningún aviso. Duermen aún en mi cueva, continúan masticando mis medianoches. Aquel oído que me oiga, el oído obediente, está ausente en ellos".

Esto había dicho Zaratustra a su corazón mientras el sol se levantaba y entonces se dispuso a mirar interrogativamente hacia lo alto, porque había oído el agudo grito de su águila.

–¡Muy bien! –exclamó–, así me agrada y me conviene. Mis animales ya están despiertos, porque yo estoy despierto. Mi águila está despierta y alaba al sol, como yo lo hago. Con sus garras toma la luz que es nueva. Ustedes son mis animales

---

110 Referencia a Reyes, 18, 46, cuando dice: "Fue sobre Elías la mano del Señor, quien ciñó sus riñones, y vino corriendo entonces a Jezrael frente a Ahab".

adecuados y yo los amo. ¡Pero todavía carezco de la compañía de hombres adecuados!

Así dijo Zaratustra; y súbitamente se sintió rodeado por bandadas de incontables pájaros. El estruendo de tantas alas y el bullicio en torno a él eran tan grandes, que cerró los ojos. Sobre él había caído algo parecido a una nube, una nube de flechas que cayeran sobre un enemigo nuevo. Pero se trataba de una nube de amor, una que caía sobre un nuevo amigo.

—¿Qué me ocurre?, —pensó Zaratustra, y se dejó caer paulatinamente sobre una roca grande que estaba a la entrada misma de su cueva. Mientras intentaba defenderse del cariño de los pájaros, le sucedió algo todavía mucho más extraño, pues su mano tocó sin esperarlo una densa y cálida melena, al tiempo que retumbó frente a él un potente rugido de león.

—Es el signo que llega —se dijo Zaratustra, y su espíritu se modificó. Cuando la claridad se hizo presente frente a él, observó que a sus plantas yacía una potente y amarilla bestia, una que apoyaba sobre sus rodillas la cabeza y no deseaba alejarse de él debido al amor que le profesaba, como si fuera un perro que torna a dar con su antiguo dueño[111]. Pero los pájaros no eran menos apasionadamente amorosos que aquel león y cada vez que un pájaro se posaba sobre el hocico de la fiera, ésta sacudía la poderosa cabeza y se asombraba y reía de ello.

A todos esos animales amantes Zaratustra les dijo solamente: "mis hijos están cercanos", y luego enmudeció. Pero su corazón se había aliviado y de sus ojos brotaban lágrimas que caían sobre sus manos. Ya no prestaba atención a otra cosa, y permanecía allí sentado, sin moverse ni hacer más caso de las bestias que lo rodeaban.

Fue en ese momento que los pájaros comenzaron a volar de un sitio al otro y se le posaban sobre los hombros y acari-

---

111 Alusión a *La Odisea*, cuando Ulises retorna a Ítaca envejecido y disfrazado como un pordiosero, para ser reconocido solamente por su perro fiel.

ciaban su cabello cano y no se cansaban de expresar su alegría y su afecto. El fornido león, por su parte, lamía las lágrimas que caían sobre las manos de Zaratustra y rugía y gruñía suavemente. Así hacían aquellos animales.

Todo esto siguió así durante largo o corto rato, porque para fenómenos como aquel no existe una medida temporal adecuada. Pero luego los hombres superiores que se encontraban en la cueva dejaron de dormir, se irguieron y ya estaban preparados para salir ante su presencia y brindarle el saludo de la mañana. Al despertar habían comprendido que Zaratustra no estaba entre ellos. Pero cuando se aproximaron a la entrada de la cueva y el león oyó sus pasos, se separó repentinamente de Zaratustra y se arrojó rugiendo ferozmente hacia el interior de la cueva. Aquellos hombres superiores, al oírlo rugir, profirieron gritos al unísono, recularon huyendo y enseguida desaparecieron.

Zaratustra, aturdido, se levantó de su asiento, miró en torno, interrogó a su corazón, volvió en sí, y se dijo: "¿Qué es lo que escuché, qué es lo que acaba de suceder?".

Los recuerdos tornaron a su mente y comprendió con una sola mirada cuanto había acontecido entre el día anterior y aquel momento presente.

—Aquí está la piedra —se dijo y se acarició la barba—, sobre ella estuve sentado ayer por la mañana. Aquí se me acercó el viejo adivino, y aquí oí por primera vez el grito de auxilio. La necesidad de ustedes, hombres superiores, fue la que aquel viejo adivino me auguró durante la mañana de ayer, pues a que acudiera a atender la necesidad de ustedes quería convencerme... "Zaratustra", me dijo él, "vengo a tentarte para que cometas tu último pecado".

—¿A tentarme a cometer mi último pecado? —exclamó Zaratustra y furioso se rió de sus últimas palabras—. ¿Qué me estaba reservado como último pecado?

Nuevamente Zaratustra se abismó en sí mismo y volvió a sentarse sobre la gran roca y reflexionó. Repentinamente se irguió y dijo:

—¡Compasión por el hombre superior! —gritó, y su rostro se endureció como el bronce— ¡Muy bien! ¡Eso ya tuvo su momento! Mi sufrimiento y mi compasión ¡no importan! ¿Aspiro yo a la felicidad? ¡Yo aspiro a mi obra! ¡Bien! El león ha llegado, mis hijos están cerca, Zaratustra está maduro, mi hora ha llegado. Ésta es mi mañana, empieza mi día: ¡asciende tú, gran mediodía!

Así habló Zaratustra, y abandonó su cueva, ardiente y poderoso como un sol matinal que proviene de montañas tenebrosas.

Obras principales de Friedrich Wilhelm Nietzsche

Fatum e historia (1862)
Libertad de la voluntad y fatum (1868)
Homero y la filología clásica (1869)
El drama musical griego (1870)
Sócrates y la tragedia (1870)
La visión dionisíaca del mundo (1870)
El Estado griego (1871)
El nacimiento de la tragedia en el espíritu de la música (1872)
Sobre el porvenir de nuestras instituciones educativas (1872)
Cinco prefacios para libros no escritos (1872)
La filosofía en la época trágica de los griegos (1873)
Sobre verdad y mentira en sentido extramoral (1873)
Primera consideración intempestiva: David Strauss, el confesor y el escritor (1873)
Segunda consideración intempestiva: Sobre la utilidad y el perjuicio de la historia para la vida (1874)
Tercera consideración intempestiva: Schopenhauer como educador (1874)
Cuarta consideración intempestiva: Richard Wagner en Bayreuth (1876)

*Humano, demasiado humano. Un libro para espíritus libres
(1878)*

El caminante y su sombra (1880)

Aurora. Reflexiones sobre los prejuicios morales (1881)

La ciencia jovial. La gaya ciencia (1882)

*Así habló Zaratustra. Un libro para todos y para ninguno
(1883- 1885)*

*Más allá del bien y del mal. Preludio a una filosofía del futuro
(1886)*

La genealogía de la moral. Un escrito polémico (1887)

El Anticristo. Maldición sobre el cristianismo (1888)

*El caso Wagner. Un problema para los amantes de la música
(1888)*

Ditirambos de Dioniso (1888–1889)

El crepúsculo de los ídolos, cómo se filosofa con el martillo (1889)

Nietzsche contra Wagner Documentos de un psicólogo (1889)

Ecce homo. Cómo se llega a ser lo que se es (1889)

Índice